Der Spiegelwächter

Für Louisa

ANNINA SAFRAN

Der Spiegelwächter

Die Saga von Eldrid

Bibliografische Information der Deutschen Nationalbibliothek:
Die Deutsche Nationalbibliothek verzeichnet diese Publikation in der Deutschen Nationalbibliografie; detaillierte bibliografische Daten sind im Internet über dnb.d-nb.de abrufbar.

TWENTYSIX – der Self-Publishing-Verlag
Eine Kooperation zwischen der Verlagsgruppe Random House und
BoD – Books on Demand
© 2018 Annina Safran
Satz, Herstellung und Verlag:
BoD – Books on Demand, Norderstedt

ISBN: 978-3-7407-4667-4

Inhalt

Prolog	11
Erstes Kapitel Der Schlüssel	16
Zweites Kapitel Der Spiegel	19
Drittes Kapitel Das Gesicht	31
Viertes Kapitel Das Spiegelzimmer	36
Fünftes Kapitel Eldrid	42
Sechstes Kapitel Uri	50
Siebtes Kapitel Das Spiegelbild	62
Achtes Kapitel Minas Geschichte	71
Neuntes Kapitel Aufbruch	84
Zehntes Kapitel Die Spiegelwächter	90
Elftes Kapitel Ludmillas Aufgabe	102

ZWÖLFTES KAPITEL Fluar	111
DREIZEHNTES KAPITEL Minas Problem	121
VIERZEHNTES KAPITEL Bodans Hütte	123
FÜNFZEHNTES KAPITEL Lando	130
SECHZEHNTES KAPITEL Die Berggeister	142
SIEBZEHNTES KAPITEL Zamir	157
ACHTZEHNTES KAPITEL Die Verabredung	165
NEUNZEHNTES KAPITEL Ada	168
ZWANZIGSTES KAPITEL Die Schneegeister	172
EINUNDZWANZIGSTES KAPITEL Schnee über Fluar	180
ZWEIUNDZWANZIGSTES KAPITEL Minas Idee	186
DREIUNDZWANZIGSTES KAPITEL Lando als Späher	189
VIERUNDZWANZIGSTES KAPITEL Die Macht	194
FÜNFUNDZWANZIGSTES KAPITEL Zamirs Machtdemonstration	199
SECHSUNDZWANZIGSTES KAPITEL Fluars Besetzung	208

Siebenundzwanzigstes Kapitel 213
    Der Sumpf

Achtundzwanzigstes Kapitel 217
    Der Rat

Neunundzwanzigstes Kapitel 230
    Pixi

Dreissigstes Kapitel 237
    Bodans Durchquerung des Gebirges

Einunddreissigstes Kapitel 241
    Landos Bericht

Zweiunddreissigstes Kapitel 254
    Zamirs Lockruf

Dreiunddreissigstes Kapitel 259
    Bodans Gefangennahme

Vierunddreissigstes Kapitel 262
    Godal

Fünfunddreissigstes Kapitel 267
    Der Vogel

Sechsunddreissigstes Kapitel 270
    Trauer und Verzweiflung

Siebenunddreissigstes Kapitel 274
    Der Besuch

Achtunddreissigstes Kapitel 278
    Bodans Schatten

Neununddreissigstes Kapitel 284
    Ludmillas Entscheidung

Verzeichnis der Personen und Wesen 289

Prolog

Hatte sie gerade ein Klirren gehört? Das konnte nicht sein! Ludmilla hob den Kopf und sah sich um. Sie hockte auf dem Waldboden und hatte das Treiben eines wundersamen Schmetterlingsvölkchens beobachtet. Abertausende winzig kleine Wesen, nicht größer als Stecknadelköpfe, die aussahen wie schillernd bunte Schmetterlinge, waren organisiert wie Ameisen. Dabei benutzten sie jedoch nicht ihre Flügel, sondern spazierten aufrecht und stolz auf dem Waldboden umher und streckten ihre kleinen, menschlich aussehenden Köpfe mit spitzen langen Nasen in die Luft. Das war verwunderlich, amüsant und faszinierend zugleich.

Nun aber war Ludmilla abgelenkt und stand langsam auf. Woher kam dieses Geräusch? Es hatte sich genauso angehört, als wäre ein Glas auf einen harten Boden gefallen und in tausend kleine Teilchen zersplittert. Gerade als sie sich fragte, ob sie es sich vielleicht eingebildet hatte, hörte sie wieder etwas: Ganz entfernt meinte sie, ein Knirschen zu hören. So als liefe jemand über Scherben. Ludmilla drehte sich stirnrunzelnd und alarmiert im Kreis. Sie hatte bereits viele merkwürdige Dinge in diesem Wald entdeckt und noch mehr unbekannte Geräusche gehört. Aber diese Geräusche gehörten einfach nicht hierher. Jedoch alles, was sie sah, waren uralte, riesenartige Bäume, deren Kronen sich berührten, als würden sie sich umarmen, leuchtend grüne Sträucher und Büsche in den unterschiedlichsten Facetten und den mit Moos bedeckten Waldboden.

Ludmilla schüttelte ungläubig den Kopf. Und dennoch war sie sich sicher: Sie hatte sich nicht geirrt. Irgendwoher mussten diese Geräusche kommen. Ein winziger regenbogenfarbiger Vogel, nicht größer als Ludmillas Daumen, flatterte um sie herum und setzte sich auf ihren Arm. Ludmilla lächelte ihn voller Bewunderung an. Für einen kurzen Augenblick ließ sie sich ablenken, aber dann besann sie sich. »Ich habe leider keine Zeit mehr«, flüsterte sie dem Vogel zu und verscheuchte ihn mit einer sanften Handbewegung. Sie hatte ein ungutes Gefühl im Bauch. Irgendetwas stimmte hier nicht. Sie musste zurück! Erst langsam, dann immer schneller lief sie den Waldweg entlang. Zwischendurch blieb sie stehen und horchte. Es war nichts mehr zu hören. Dennoch wurde sie immer unruhiger. Sie war schon viel zu lang in dieser Welt gewesen. Sie musste nach Hause.

Endlich! Vor ihr wurde der Wald lichter und sie konnte den Wasserfall hören. Die Höhle war nicht mehr weit. Ein letztes Mal drehte sie sich um. Sie war allein. Vorsichtig schlich sie den Höhleneingang entlang und spähte um die Ecke. Vor ihr lag die Höhle und sie war leer. Ludmilla atmete erleichtert auf. »Zum Glück! Uri ist nicht da!« Bei dem Namen »Uri« verdrehte sie genervt die Augen. Hastig durchquerte sie die Höhle und lief zu dem Spiegel, der in der hintersten Ecke im Dunklen stand. Er leuchtete nicht. Jetzt nur nicht die Geduld verlieren! Ludmilla atmete tief durch und berührte den Spiegel. Wie wunderschön er war! Ganz vorsichtig berührte sie die Verzierungen. Aber er begann nicht zu leuchten. Ludmillas Herz begann zu rasen. Sie musste zurück. Sie wollte zurück. Immer wieder berührte sie den Spiegel. Vorsichtig und sacht. »Oh, bitte, bitte, bitte«, murmelte sie vor sich hin und strich sich eine lange rote Haarsträhne aus dem Gesicht.

Da hörte sie ein dumpfes Geräusch. So als würde jemand gegen einen harten Gegenstand laufen. Ludmilla fuhr herum. Hier musste doch jemand sein. Aber die Höhle war leer. Sie kniff ihre hellen blauen Augen zusammen. »Hallo?«, rief sie laut und fordernd. Wie ein Echo vernahm sie ein boshaftes Kichern. Ludmillas Herz blieb vor Schreck fast stehen. Sie drehte sich im Kreis, konnte aber niemanden entdecken. Also lief sie wieder in die Höhle hinein. »Hallo!«, rief sie ungeduldig. »Ist hier jemand?« Sie suchte die Feuerstelle und die Wände ab. Vielleicht ein kleines Wesen mit einer lauten Stimme? Aber sie konnte nichts entdecken. Irgendetwas stimmte hier nicht. Hilflos sah sie zum Spiegel. Der Spiegel antwortete ihr mit seinem Leuchten. Erleichtert atmete Ludmilla auf. »Na also, geht doch!«, sagte sie leicht überheblich, während sie auf den Spiegel zulief. »Und das hier muss dann wohl bis zum nächsten Mal warten!«, rief sie laut in die Höhle hinein, als erwarte sie, dass jemand antwortete.

Der Spiegel verschluckte Ludmilla und in der nächsten Sekunde stolperte sie in das Zimmer. Sie hatte Mühe sich abzufangen. Gerade noch rechtzeitig ergriff sie den nächststehenden Sessel und verhinderte so einen Sturz. »Puh«, sagte sie leise und atmete schwer auf. Nach der Reise durch den Spiegel war ihr immer etwas übel. Sie stützte sich auf den Sessel, doch da sah sie es aus den Augenwinkeln. Die Zimmertür stand sperrangelweit offen! Sie hatte sie aber geschlossen, bevor sie durch den Spiegel gereist war. Ludmilla riss den Kopf herum. Also stimmte *hier* etwas nicht! Diese Geräusche kamen aus dieser Welt! Aber wie war das möglich? Durch den Spiegel? Das war neu.

»Mina?«, rief Ludmilla zaghaft. Vorsichtig steckte sie ihren Kopf aus dem Zimmer. Der Flur war dunkel. Keine Spur von ihrer Großmutter. Erleichtert atmete sie auf. Das war nicht das erste Mal, dass sie dachte, dass ihre Großmutter sie erwischt hätte. Unwillig schüttelte sie den Kopf, als wolle sie diesen Gedanken abschütteln, und wandte sich wieder dem Spiegel zu. Er leuchtete noch immer und sein Leuchten erfasste einen kleinen Teil des Raumes. Ludmilla sah sich im Spiegel an. Sein Blatt hatte ein paar rostige Stellen, dennoch konnte sie sich darin gut sehen. Ihre langen dunkelroten Haare hingen ihr wirr ins Gesicht. Sie strich sie zur Seite und betrachtete sich für einen Augenblick. Aus ihrem länglichen blassen Gesicht stachen hellblaue Augen hervor, die von dicken dunkelroten Augenbrauen eingerahmt wurden. Die prägnante Augenpartie überspielte die etwas zu große Nase, die Ludmilla kritisch betrachtete. Ihre schmalen rosa Lippen presste sie aufeinander. Und gerade als die Anspannung ein wenig wich, grinste ihr Spiegelbild sie an. Ludmilla zuckte zusammen. Das konnte einfach nicht sein. Sie grinste nicht! Aber dieses Mädchen in dem Spiegel grinste, und zwar ein fieses Grinsen. Ungläubig fasste sich Ludmilla ins Gesicht. Ihr Mund war vor Erstaunen leicht geöffnet. Aber *sie* grinste nicht! Nur ihr Spiegelbild tat es. Ihr Herz fing an zu rasen. Sie machte einen Schritt auf den Spiegel zu, doch da erlosch das Leuchten. In dem Zimmer wurde es schlagartig stockdunkel.

Ludmilla konnte kaum etwas sehen, am wenigsten konnte sie ihr Spiegelbild erkennen. Es war alles so schnell gegangen. Sie musste sich geirrt haben. »Das geht doch gar nicht, Ludmilla!«, flüsterte sie zu sich selbst und schüttelte den Kopf. Doch so sicher war sie sich da nicht. Schließlich hatte sie es mit einem magischen Spiegel zu tun, der das Portal in eine andere Welt war. Sie hatte sich bisher keine Gedanken darüber gemacht, wie sich das auf ihre Welt auswirkte, dass sie den Spiegel benutzte.

Langsam und in Gedanken versunken lief sie zur Tür. Da knirschte es unter ihren Füßen. Verwundert trat sie einen Schritt zurück. Das Licht vom Flur fiel auf den Boden, auf dem eine zerbrochene Vase lag. Sie hatte zuvor auf dem Tisch gegenüber vom Spiegel gestanden. Ludmilla schlug sich die Hand auf den Mund und riss die Augen auf. Sie atmete schwer durch ihre Hand. Hastig sah sie sich erneut im Zimmer um. Nichts rührte sich. Unschlüssig blieb sie stehen. Was hatte das alles zu bedeuten? Und viel wichtiger: *Wer* hatte die Vase zerbrochen?

Als Ludmilla die Tür zu dem Zimmer schloss und auf Zehenspitzen den Flur entlangschlich, hatte sie eine Entscheidung getroffen: Sie würde sich mit Uri treffen müssen. Zwar war er ihr nicht geheuer, aber vielleicht konnte er ihr erklären, was hier vor sich ging. Schließlich war er der Wächter dieses Spiegels, der Spiegelwächter.

Erstes Kapitel

Der Schlüssel

Ludmilla grinste übermütig. Endlich! Wie lange hatte sie auf diesen Moment gewartet. Triumphierend drückte sie den Schlüsselbund in ihrer Hand. Ihre Großmutter summte immer noch ein Liedchen vor sich hin und schnitt das Gemüse für das Abendessen. Sie hatte tatsächlich nichts bemerkt. Ganz vorsichtig ließ Ludmilla das Schlüsselbund in ihre Hosentasche gleiten. Bloß kein Geräusch machen, dachte sie angespannt. Sie spürte die Schlüssel in ihrer Tasche und Mina hatte sich nicht umgedreht.

»Wie lange brauchst du noch?«, fragte Ludmilla so natürlich wie möglich. Innerlich zitterte sie aber vor Aufregung. Mina hielt inne und drehte sich um.

»Nicht mehr lang, Schätzchen!«, erwiderte sie fröhlich und strahlte Ludmilla an. Sie nickte ihr aufmunternd zu. »Ich rufe dich, wenn das Essen fertig ist.«

Ludmilla nickte knapp zurück und erwiderte das Lächeln. Dann verließ sie hastig die Küche. Instinktiv griff sie sich an die Hosentasche. Sie freute sich wie ein kleines Kind. Endlich hatte sie die Schlüssel ergattern können. Mina trug sie immer bei sich. Nur sehr selten legte sie sie überhaupt aus der Hand. Es war also nur eine Frage der Zeit, bis sie bemerkte, dass sie fehlten.

Ludmilla huschte die Stufen hinauf. Die Treppen knarrten fürchterlich, aber sie ließ sich nicht beirren. Schnell erreichte sie den ersten Stock. Zielstrebig wandte sie sich nach links in den dunklen Flur. Es gab mehrere Türen. Ludmilla lief bis zu der letzten Tür auf der rechten Seite. Mussten jetzt auch noch die Dielen knarren? Genervt rollte sie mit den Augen und blies sich eine rote Haarsträhne aus den Augen. Mit einem nervösen Blick den Flur hinunter, Richtung Treppe, holte sie das Schlüsselbund hervor und suchte nach dem passenden Schlüssel. Es waren viele Schlüssel und natürlich passte keiner auf Anhieb. Ludmilla sah auf ihre schmalen blassen Hände, in denen sie die Schlüssel hielt. Sie zitterten. Warum war sie nur so aufgeregt? Wenn Mina sie jetzt erwischte, gab es Ärger. Mächtig Ärger! Aber den gab es eigentlich ständig und es kümmerte Ludmilla nicht. Am Ende vertrugen sie sich immer wieder und Mina hatte nicht genug Fantasie, um sich für Ludmilla Strafen auszudenken, die sie beeindruckten.

Über Ludmillas Gesicht huschte ein selbstzufriedenes Lächeln. Ihre Großmutter hatte sie gut im Griff und gerade stand sie in der Küche und kochte das Abendessen. Warum sich also Sorgen machen? Sie atmete tief durch und versuchte es erneut. Langsam steckte sie jeden einzelnen Schlüssel ins Schloss. Einige passten gar nicht erst, andere passten, ließen sich aber nicht drehen. Es war der vorletzte Schlüssel. Er glitt fast wie von selbst ins Schloss. Ein leises Klicken und die Tür schwang auf. Erst machte ihr Herz einen Freudenhüpfer, dann fuhr sie aber auch schon vor Schreck zusammen und fing die Tür gerade noch rechtzeitig an der Klinke auf, bevor sie an die Wand knallte. Ludmillas Herz klopfte wie wild. Wie konnte sich die Tür so verselbstständigen? Hier gab es keinen Luftzug und sie hatte der Tür keinen Stoß versetzt. Es war ihr, als hätte die Tür gewusst, dass es der richtige Schlüssel war.

Zögerlich spähte Ludmilla in den Raum und versuchte diesen verrückten Gedanken abzuschütteln. Es war nur eine Tür! Zu gern hätte sie einen kurzen Blick riskiert, was in dem Zimmer war, das Mina wegschloss. Unentschlossen starrte Ludmilla den Gang hinunter und horchte. Mina summte nicht mehr in der Küche. Sie erstarrte. Hörte sie Schritte? Ludmilla zog die Tür zu und schlich auf Zehenspitzen den Gang entlang. Kurz vor der Treppe hörte sie Mina mit dem Geschirr klappern. Erleichtert atmete sie auf.

»Ludmilla! Das Essen ist fertig!«

Ludmilla sah auf den Schlüsselbund in ihrer Hand. »Ich komme!«, rief sie und rutschte fast geräuschlos das Treppengeländer hinunter. Mit einem großen Schritt war sie in der Küche und sah, dass ihre Großmutter am Herd stand, den Rücken ihr zugewandt. Blitzschnell und kaum hörbar legte Ludmilla das Schlüsselbund zurück. Dann lief sie auf Mina zu und ergriff einen Topf. »Soll ich den so auf den Tisch stellen oder wollen wir die Bohnen in eine Schüssel umfüllen?« Dabei zeigte sie ihr breitestes Lächeln.

Zweites Kapitel

Der Spiegel

Ludmilla und Mina wohnten in einem großen, alten, verwinkelten Haus. Es hatte mehrere Stockwerke, viele kleine Zimmer und mehrere Treppen, die in die verschiedenen Stockwerke führten. Es gab sogar Treppen, die nur einzelne Zimmer verbanden. Viele der Flure waren geschwungen, so dass das Haus insgesamt sehr unübersichtlich war. Schon Minas Eltern hatten in diesem Haus gelebt, so dass sie sehr daran hing. Für die beiden war es eigentlich viel zu groß, aber Mina war schlecht darin, Dinge auszusortieren und wegzuschmeißen oder zu verschenken. Deshalb gab es in jedem Stockwerk Zimmer, in denen Mina Erinnerungsstücke aufbewahrte. Diese Zimmer waren vollgestopft mit alten Möbeln, Lampen, Koffern, Truhen und anderen Dingen, von denen sich Mina nicht trennen wollte. Ludmilla hatte die Zimmer immer wieder durchforstet und viele Fragen gestellt. Mina hatte sie bereitwillig und gerne beantwortet, da sie es liebte, Geschichten zu erzählen.

Jedoch gab es ein Zimmer in dem Haus, das Ludmilla nicht betreten durfte. Bei ihrem Einzug in Minas Haus hatte Mina ihr das Versprechen abgenommen, dieses Zimmer nicht zu betreten. Sie hatte ihr erklärt, dass sie darin Erinnerungsstücke aufbewahre, deren Erinnerungen sie nicht teilen wollte. Sie hatte sie für sich begraben. Begraben in diesem Zimmer, das sie dennoch nicht auflösen wollte, und deshalb sei dieses Zimmer immer abgeschlossen. Ludmilla war zwar sehr neugierig, aber da sie alle anderen

Zimmer durchforsten durfte, hielt sie sich daran. Sie sah keinen Sinn darin, in einem Zimmer zu stöbern, wenn sie nicht darüber reden und keine Fragen stellen durfte. Sie hatte das Zimmer fast vergessen, bis sie vor ein paar Monaten einen Streit aufgeschnappt hatte, der sich genau in diesem Zimmer abgespielte. Das hatte alles geändert.

Ludmilla machte gerade in ihrem Zimmer Hausaufgaben, als sie laute Stimmen hörte. Die Stimme ihrer Großmutter schrillte durch das ganze Haus. Und da war noch eine zweite Stimme. Eine tiefe, ruhige Stimme, die Ludmilla nicht kannte und die auf Mina einredete. Ludmilla war den Stimmen gefolgt. Sie kamen aus dem ersten Stock des Hauses. Aus dem verbotenen Zimmer. Die Tür stand offen und ein sonderbares, strahlendes Licht schien auf den Flur hinaus. Es kroch über den Boden, als hätte es ein Eigenleben. Ludmilla schlich auf Zehenspitzen den Flur entlang und lauschte.

»Das ist zu viel verlangt, Uri!«, hatte Mina aufgebracht geschrien. »Das kannst du nicht ernsthaft erwarten. Ich weiß, dass ich euch viel schulde und dir ebenso viel zu verdanken habe, aber sie ist meine Enkeltochter!« Minas schwerer Atem war nicht zu überhören. »Sie ist dafür auch überhaupt nicht geeignet. Sie ist frech, respektlos und übermütig.« Mina hatte kurz spöttisch aufgelacht. »Ich kenne die Wesen. Die können mit einer solch unverschämten Art nicht umgehen. Das ist heute eine andere Zeit als damals. Die Jugend von heute …«, sie stockte, als suche sie nach den richtigen Worten, »… und Ludmilla trägt einen Ton am Leibe …«

Mina ließ eines ihrer verächtlichen Schnaufen ertönen, das Ludmilla so gut kannte, dass sie unwillkürlich grinsen musste. Sie wusste, dass sie mit ihrem *Ton* ihre Großmutter zur Weißglut treiben konnte. »Sie kann sich und ihre Fähigkeiten nicht einschätzen«, hatte Mina weitergezetert. »Sie hält sich für das Größte und Beste! Sie überschätzt sich ständig. Sie ist ein pubertierender Teenager, der von eurer Welt keine Ahnung hat. Sie wird die Gefahr, die sich dahinter verbirgt, nicht einschätzen können und du wirst sie nicht beschützen können.«

»Du kennst meine Mächte, Mina«, hatte der Mann sie unterbrochen, den sie Uri nannte. »Selbstverständlich kann ich sie beschützen.« Seine Stimme war sehr ruhig und besonnen.

Minas hysterisches Auflachen hatte durch das ganze Haus geschrillt. »Dann müsstest du sie vor sich selbst beschützen und das kannst selbst du nicht!«, hatte sie mit sich überschlagender Stimme geschrien. »Ich habe einmal sehr deutlich gesagt, dass der Scathan-Spiegel nicht mehr als Portal zur Verfügung steht.«

»Und daran haben wir uns beide bis zum heutigen Tag gehalten, Mina«, unterbrach Uri sie mit klarer lauter Stimme. Er versuchte, das hysterische Schreien von Mina zu übertönen.

Aber Mina war weder zu übertönen, zu beruhigen noch zu überzeugen: »Ich werde es nicht erlauben. Ich bin für sie verantwortlich und ich sage: NEIN! ENDE der Diskussion!«

Mit diesen Worten war Mina aus dem Zimmer gestürmt und mit Ludmilla fast zusammengestoßen.

Mina war zusammengefahren und hatte Ludmilla entsetzt angestarrt. Es war Ludmilla so vorgekommen, als hätte Mina für einen Moment nun auch ihre restliche Fassung verloren. Doch dann hatte sie losgepoltert: »Was machst du hier?«

In ihrer Stimme hatte eine ungewöhnliche Schärfe gelegen. Ihre blaugrauen Augen hatten sie böse angefunkelt und sie hatte schwer geatmet. Sie hatte vor Aufregung am ganzen Leib gezittert. Aber bevor Ludmilla etwas erwidern konnte, hatte Mina sie am Arm gepackt und zur Treppe geschoben.

»Hier gibt es nichts zu sehen oder zu hören. Wie oft muss ich dir noch sagen, dass dieses Zimmer für dich tabu ist?«, hatte sie sie angeherrscht. Sie hatte die Worte angestrengt herausgepresst, als ob ihr das Sprechen schwerfiele. »Und ich kann für dich nur hoffen, dass du uns nicht belauscht hast!«

Ludmilla war so verdutzt über die Reaktion ihrer Großmutter gewesen, dass ihr keine schlagfertige Antwort eingefallen war.

Sie hatten nie mehr darüber gesprochen. Ludmilla hatte das Thema vermieden, weil sie nicht noch mehr Ärger bekommen wollte. Und Mina hatte es auch von sich aus nicht angesprochen. Aber eines hatte dieser Vorfall bei ihr bewirkt: Ludmilla wollte unbedingt einen Blick in dieses Zimmer werfen. Irgendetwas musste in diesem Zimmer sein. Warum hatte sich Mina gerade in dem Zimmer mit diesem Uri gestritten? Und wer war dieser Uri überhaupt? Von welchen Mächten und Wesen hatten die beiden gesprochen? Und was hatte Mina mit »eurer Welt« gemeint? Und noch eine Frage ließ Ludmilla nicht los: Wie war dieser Uri in das Haus gelangt und wieder hinaus? Sie hatte weder jemanden kommen noch weggehen gehört oder gesehen. Und das obwohl sie den gesamten Abend darauf gewartet hatte und jemand an ihrem Zimmer im Erdgeschoss vorbeimusste, um zur Haustür zu gelangen.

Seit diesem Vorfall waren mehrere Monate vergangen, in denen sich Ludmilla keinen Reim auf den Streit hatte machen können. Sie hatte keinerlei Vorstellung, worum es in dem Gespräch gegangen war. Sie konnte sich auch nicht erklären, warum ihre Großmutter sie so negativ beschrieben hatte. Normalerweise lobte Mina sie immer in den höchsten Tönen und behielt ihre kleinen Streitereien für sich. Ludmilla liebte ihre Großmutter über alles, auch wenn sie das selten sagte. Sie hatten eine besondere Art, miteinander umzugehen. Respektvoll und vor allem ohne Streit. Mina hasste es, zu streiten. Umso mehr wunderte sich Ludmilla über ihren Ausbruch. Ihre Worte, die sie gegenüber Uri verwandt hatte, hatten Ludmilla zwar getroffen, aber sie hatte es damit abgetan, dass Mina sehr aufgeregt gewesen war und in der Aufregung Sachen gesagt hatte, die sie nicht so gemeint hatte. In dieser Hinsicht war Ludmilla sehr pragmatisch. Sie kannte ihre Großmutter und wusste, wie sehr sie sie liebte. Ihren Ausbruch konnte sie sich zwar nicht erklären, war sich aber sicher, dass es nichts mit ihr, Ludmilla, direkt zu tun hatte. Und was es damit auf sich hatte, das musste sie unbedingt herausfinden.

Und nun konnte es Ludmilla kaum erwarten, sich in diesem Zimmer umzuschauen. Wer weiß, wann Mina das nächste Mal in das Zimmer geht?, dachte sie bei sich, während sie gedankenverloren in ihrem Essen herumstocherte. Vor zwei Tagen hatte sie die Tür aufgeschlossen, und seitdem hatte sie keine Gelegenheit gehabt, sich dem Zimmer auch nur zu nähern. Ihre Großmutter war immer zu Hause, wenn sie zu Hause war. Und während Mina im Haus war, konnte sie nicht länger in den ersten Stock verschwinden.

Ihre Großmutter blickte sie streng an. »Ludmilla! Wenn du keinen Hunger hast, musst du nichts essen.«

Ludmilla starrte auf ihren halbvollen Teller.

»Aber du kannst mir gern Gesellschaft leisten. Erzähl mir von der Schule.«

Ludmilla sah sie an. Ihre Großmutter war groß und schlank. Das lange weiße glatte Haar steckte sie stets zu einem strengen Knoten im Nacken zusammen und um ihren Hals hing ihre Lesebrille an einer goldfarbigen Kette. Ihre blaugrauen Augen blitzten sie an. Mina war recht jung geblieben, auch wenn sie das mit ihren altmodischen Kleidern gut zu verstecken wusste. Sie trug immer einen weiten Rock, der über die Knie reichte. Dazu eine Bluse und darüber eine Strickjacke. Das ganze Jahr lang. Es war fast eine Art Uniform. Ludmilla sah zu ihren Turnschuhen hinunter und musste grinsen.

»Was ist so lustig?«, erkundigte sich Mina leicht pikiert.

Ludmilla fing an zu kichern. »Ich stelle mir dich gerade mit Jeans und Sneakers vor.«

Mina zog die Augenbrauen hoch. »Mit was?«

»Na, mit Jeans und meinen Turnschuhen. Du weißt schon, was man sonst noch so tragen kann, wenn man nicht Rock, Bluse und Strickjacke trägt«, gluckste Ludmilla los.

Mina lächelte amüsiert. »Ich habe verstanden. Aber ich mag meine Kleidung. Möchtest du aufstehen?«

Das war typisch für Mina. Sie hatte nicht viel Humor, verstand

Ludmillas Scherze sehr oft nicht und erstickte Diskussionen meist im Keim. Ludmilla hatte sich daran gewöhnt und wusste, wie sie damit umzugehen hatte.

Ludmilla wollte sich nach dem Essen gerade in ihr Zimmer verziehen, als Mina sagte: »Ludmilla, ich muss heute Abend noch mal weg. Es könnte spät werden. Geh also bitte nicht zu spät ins Bett. Morgen ist Schule, in Ordnung?«

Ludmilla sah sie erstaunt an. Ihre Großmutter ging selten aus. Sehr selten! Sie überlegte kurz, ob sie nachfragen sollte, was sie mache, aber dann bemerkte sie Minas Gesichtsausdruck. Sie sah an diesem Abend sehr müde aus. Ihre Stirn hatte tiefe Falten und der Mund wirkte besonders dünn. Ludmilla zog die Augenbrauen zusammen und biss sich auf die Unterlippe. »Okay«, sagte sie und versuchte gelassen zu wirken. Sie hob kurz die Hand zum Gruß und ließ ihre Großmutter stehen.

Die Haustür fiel schwer ins Schloss. Ludmilla war allein. Darauf hatte sie gewartet. Ungläubig ging sie zum Fenster. Sie konnte gerade noch die Rücklichter von Minas Auto sehen, wie sie um die Ecke bogen. Weg war sie. Irgendwie war ihr plötzlich mulmig zumute. Warum, konnte sie nicht sagen. Langsam ging sie die Treppe in das obere Stockwerk hinauf. Selbst als sie vor der Tür stand, zögerte sie noch. Sie blickte erneut den Gang hinunter. Keiner da. Das wusste sie doch. Warum traute sie der Ruhe nicht? Die Dielen knarrten nicht. Das taten sie komischerweise nie, wenn Mina nicht im Haus war. Manchmal hatte Ludmilla sich schon überlegt, dass das Haus mit Mina sprach. Das passte zu den Geschichten ihrer Großmutter. Die Geschichten über das Haus. Mina war der Meinung, dass jedes Möbelstück und sogar ein ganzes Haus seine eigene Geschichte hatten. Und wenn man lang genug davorsitze und zuhöre, bekomme man die Geschichte vielleicht erzählt. Das entscheide das Möbelstück oder das Haus selbst.

Früher hatte sie Mina mit Fragen über das Haus gelöchert und Mina hatte immer eine passende Geschichte parat gehabt. Aber das war lange her. Heute erzählte ihr Mina keine Geschichten mehr. Was daran lag, dass Ludmilla nicht mehr danach fragte. Sie fand die Geschichten inzwischen kindisch und konnte oder wollte Mina nicht mehr recht glauben. Früher hatte sie alle Geschichten geglaubt und geliebt. Heute dachte sie öfter darüber nach, was Mina ihr erzählt hatte, und fragte sich insgeheim, was daran wohl ausgedacht und was wahr war. Und manchmal vermisste sie Minas Geschichten richtig. Aber das mochte sie nicht zugeben. Weder vor sich selbst noch vor Mina.

Ludmilla schüttelte den Kopf. Sie hatte jetzt keine Lust, über das Haus nachzudenken. Entschlossen drückte sie die Türklinke hinunter. Aber die Tür öffnete sich nicht. Ludmilla starrte sie ungläubig an. Sie hatte sie aufgeschlossen und den Schlüssel zurückgelegt! War Mina in den letzten Tagen in dem Zimmer gewesen und hatte danach wieder abgeschlossen? Nervös kniff sie die Augen zusammen und drückte erneut die Klinke hinunter. Jetzt etwas fester und mit mehr Druck. Klemmte die Tür? Ludmilla presste die Lippen zusammen und lehnte sich gegen die Tür. Sie wollte unbedingt in dieses Zimmer. Und jetzt war *die* Gelegenheit.

Die Tür sprang so plötzlich auf, dass Ludmilla in den Raum reingeschleudert wurde. Sie stolperte und stieß gegen einen Sessel. »Aua!«, stieß sie vorwurfsvoll hervor.

Sie rieb sich die Hüfte, während sie sich langsam umsah. Das Zimmer sah genauso aus wie ein anderes Zimmer im Haus, in dem Mina alte Möbel aufbewahrte. Möbel über Möbel, die mit großen weißen Laken abgedeckt waren. Unschlüssig stand sie da. Es war dunkel in dem Zimmer. Sehr dunkel und kühl. Ludmilla rieb sich fröstelnd die Unterarme, während sie zur Tür ging und den Lichtschalter betätigte. Das Klicken des Schalters hallte durch das gesamte Haus. Aber im Zimmer blieb es dunkel. »Keine Glühbirne!«, stöhnte Ludmilla. Sie drehte sich um und suchte nach einer Lampe. Aber keiner der verhüllten Gegenstände sah wie eine Lampe aus. »Also gut!«, murmelte Ludmilla genervt und lief aus dem Zimmer.

Während sie den Gang entlanglief, knallte die Tür hinter ihr zu. Ludmilla fuhr zusammen und blieb stehen. Langsam drehte sie sich um und sah den Flur hinunter. Dieser lag ganz still da. Es gab keinen Luftzug. Ludmilla schüttelte den Kopf, als wolle sie einen schlechten Gedanken abschütteln. So was passierte in dem Haus andauernd. Merkwürdige Dinge. Dinge, die sich Ludmilla nicht erklären konnte. Manchmal machte es ihr Angst, aber diesen Gedanken schob sie dann ganz schnell beiseite.

Ludmilla lief durch die Küche in den Vorratsraum, in dem der Werkzeugkasten stand. Daneben stand die Taschenlampe. »Mein Freund, die Taschenlampe!«, sagte sie hämisch. Sie sprach gern laut zu sich selbst, wenn sie allein im Haus war. Auch wenn das etwas schräg war, es passte zu ihr. Ludmilla war ein Außenseiter in der Schule. Sie war ein eher stilles Mädchen, das gern beobachtete und viel las. Sie war für eine Fünfzehnjährige durchschnittlich groß, hatte leicht wellige, dunkelrote, dicke lange Haare, die sie sich gern zu einem Pferdeschwanz hochband, und große, strahlend blaue helle Augen. Ihre Haut war extrem blass und ihr Gesicht sehr schmal, so dass sie häufig kränklich aussah. Ihre Statur war schlaksig. Sport gehörte nicht zu ihren Vorlieben. Insgesamt gefiel sie sich in der Rolle der verschlossenen Außenseiterin. Ihre Mitschüler waren ihr viel zu albern, zu kindisch, und viele gemeinsame Interessen konnte Ludmilla nicht entdecken. Sie fand ihre Mitschüler langweilig, wie den Großteil ihrer Mitmenschen. Oft hatte sie das Gefühl, dass sie eine andere Sprache spräche als alle anderen um sie herum. Das war ihr zu mühsam und so blieb sie lieber für sich.

Ludmilla pfiff sich ein Liedchen, während sie zurück zum Zimmer lief. Dabei musste sie grinsen. Ja, die verschrobene Ludmilla. Spricht zu sich selbst und pfeift Lieder, während sie Zimmer mit altem Kram durchforstet. Das passte doch. Vor der Tür blieb Ludmilla stehen und atmete tief durch. »Na, dann wollen wir mal!« Sie drückte entschlossen die Klinke hinunter. Dieses Mal ließ sich die Tür ganz leicht öffnen. Mit der Taschenlampe leuchtete sie das Zimmer ab. Die Schlagläden waren geschlossen. Es gab insgesamt drei Fenster, die in einem Erker lagen. Die schweren dunkelroten, samtartigen Gardinen waren zugezogen, so dass kein einziger Lichtstrahl von draußen in das Zimmer dringen konnte. Ludmilla bahnte sich ihren Weg zu den Fenstern, zog die Gardinen zur Seite, öffnete die Fenster und schob die Schlagläden zur Seite. Die Schienen quietschten so laut, dass Ludmilla angestrengt das Gesicht verzog. Sie hasste dieses Geräusch. Mit der Taschenlampe beleuchtete sie die Schienen, auf denen die Schlagläden liefen. Sie schüttelte missbilligend den Kopf. Sie waren völlig verrostet. »Mina hat hier seit Jahrzehnten kein Sonnenlicht reingelassen«, murmelte Ludmilla empört. Draußen fing der herrlich verborgene Garten des Hauses die letzten Strahlen des Sonnenuntergangs ein. Ludmilla öffnete alle Fenster ganz weit und ließ frische wärmende Sommerluft in das Zimmer hereinströmen.

Unschlüssig sah sie sich in dem Zimmer um. Etwas unwillig seufzte sie. Was versteckte Mina hier? Warum hatte sie sich gerade in diesem Zimmer mit diesem Uri gestritten? Irgendetwas musste hier sein. Nur was? Ganz vorsichtig fing sie an, die Laken zu entfernen. Sie faltete jedes einzelne Laken sorgfältig zusammen und legte alle auf einen Haufen. Schließlich starrte sie fragend auf ihr Werk. Das Zimmer stand voll mit Sesseln, Stühlen, mehreren kleinen Tischen, zwei Kommoden und einem Sofa. An der Wand standen einige Bilder. Nichts von den Dingen erschien Ludmilla interessant oder auffällig. Sie schaute sich lange im Zimmer um. »Was suche ich?«, fragte sie sich, während sie ratlos jedes einzelne Möbelstück betrachtete. Und dann erinnerte sie sich an das merkwürdige Licht, das aus dem Zimmer gekommen war, an dem Abend, an dem sich Mina mit diesem Uri gestritten hatte. Woher war das eigentlich gekommen?

Ludmilla kniff den Mund zusammen, so dass ihr Kinn noch spitzer wirkte. Irgendetwas musste sie übersehen haben. Ihr Ehrgeiz war geweckt. Immer wieder drehte sie sich im Kreis, lief die einzelnen Stücke ab, betrachtete sie eingehend, bevor sie sie verwarf. Und dann entdeckte sie etwas, das sie bisher übersehen hatte. Direkt hinter der Tür lehnte etwas sehr Großes, Rechteckiges an der Wand. Es war ebenfalls mit einem Leinentuch abgedeckt und etwas tiefer als ein Bild. Ludmilla ging auf die Tür zu und schloss sie fast ganz. Draußen war es inzwischen dunkel geworden, so dass nur durch den Spalt der Tür etwas Licht vom Flur in das Zimmer hineinfiel. Ludmilla konnte das Laken kaum entfernen. Das, was sich darunter befand, war größer als sie selbst und sehr schwer. Deshalb schlug sie das Laken so weit sie konnte zurück. Sie wollte erst einmal sehen, was sich darunter verbarg, bevor sie sich die Mühe machte, das ganze Laken zu entfernen. Bei den restlichen Möbeln hatte sich die Mühe nicht gelohnt. Genervt sah sie in das Zimmer. Und sie musste auch noch alles wieder zudecken. »Wer weiß, wann Mina das nächste Mal das Zimmer betritt. Dann muss alles wieder aussehen wie vorher«, knurrte sie vor sich hin. Endlich wandte sie sich dem zu, was sie gerade aufgedeckt hatte, und es verschlug ihr den Atem.

Es war ein Spiegel. Ein riesiger, wunderschöner Spiegel. Der Rahmen war aus dunklem Ebenholz und mit einem geschnitzten Muster versehen. Darüber lag goldene Farbe und zusätzliche goldene Verzierungen. Der Rahmen war übersät von Ornamenten, Blumen, Ranken, Blättern und anderen Zeichen. Ludmilla entdeckte Schriftzeichen, die ihr völlig fremd waren. Das Gold auf dem dunklen Holz glänzte, als wäre es gerade erst gestern poliert worden. Ludmilla kam aus dem Staunen gar nicht mehr heraus. Sie musste sich unbedingt den gesamten Spiegel anschauen. So konnte sie gerade einmal die Hälfte davon betrachten.

Aber das Laken komplett zu entfernen war schwieriger, als sie gedacht hatte. Es war über den Spiegel gelegt und klebte an der Wand. Der Spiegel könnte umfallen, wenn sie an dem Laken zog. Sie überlegte. Direkt neben der Tür stand ein alter Ohrensessel mit einem scheußlichen verblassten Blumenmuster. Ludmilla schüttelte missbilligend den Kopf, während sie ihn vorsichtig in

Richtung des Spiegels schob. Wie konnte Mina etwas so Hässliches aufbewahren? Das Parkett quietschte und knarrte. Der Sessel aber blieb stumm. Er glitt fast geräuschlos über den Boden. »Hallo, Verbündeter!«, feixte Ludmilla. »Du bist zwar hässlich, aber zweckdienlich.« *Zweckdienlich.* Ein schönes Wort. Ludmilla liebte es, Wörter zu sammeln. Wohlklingende Wörter, skurrile Wörter, bösartige Wörter, romantische Wörter. Alle Wörter, die ihrer Meinung nach irgendwie besonders klangen oder einen bestimmten Ausdruck hatten oder sie einfach nur ansprachen. Zweckdienlich war ein solches Wort. Grinsend schob sie den Sessel links neben den Spiegel und stieg darauf. Jetzt konnte sie vorsichtig das Laken von dem oberen Ende des Spiegels lösen. *Zweckdienlich!* Ludmilla gluckste bei dem Gedanken an dieses Wort. Das musste sie sofort in ihr Büchlein zu ihrer Wörtersammlung hinzufügen. Aber jetzt erst einmal der Spiegel: Als sie den Rest des Lakens runterzog, verschlug es ihr abermals die Sprache. Am oberen Rand des Spiegels gab es zusätzliche Malereien aus Gold, die eine Geschichte zu erzählen schienen. Das musste sie sich genauer anschauen. Sie wusste zwar nicht, ob es der Spiegel war, den Mina versteckt hielt, aber irgendwie machte es Sinn. Wieso sollte Mina etwas so Schönes in einem verschlossenen Zimmer stehen lassen? Das musste einen Grund haben. Nur welchen? Nachdenklich betrachtete sie den Spiegel. Und plötzlich fiel ihr auf, wie dunkel es geworden war. Und spät. Sie hatte die Zeit völlig vergessen und hatte keine Ahnung, wann Mina zurück sein würde.

Es fiel ihr schwer, aber sie musste sich an die Arbeit machen und die Möbel wieder mit den Laken bedecken. Dabei starrte sie immer wieder den Spiegel an. Er war zu faszinierend. Zumindest von den Malereien und den Schriftzeichen wollte sie ein Foto mit ihrem Handy machen. Damit könnte sie im Internet recherchieren, um welche Schriftzeichen es sich handelte. Vielleicht würde sie so auch etwas über die Herkunft des Spiegels herausfinden. Als sie ihr Handy aus ihrer Hosentasche zog, bemerkte sie, dass ihr Akku leer war. Ludmilla fluchte. Ihr lief die Zeit davon. Das musste bis zum nächsten Mal warten. Schweren Herzens bedeckte sie schließlich den Spiegel mit dem Laken und verließ das Zimmer.

Drittes Kapitel

Das Gesicht

Sie schloss die Tür und lief den Flur entlang. Als sie die Treppe erreicht hatte, hörte sie das Auto ihrer Großmutter in die Einfahrt fahren. Das Garagentor quietschte laut. Hastig wollte sie gerade die Treppe hinunterlaufen, da hörte sie ein leises Klicken. Ludmilla hielt inne und schaute zurück in den Gang. Noch während sie angestrengt in die Dunkelheit starrte und sich fragte, was das für ein Geräusch gewesen war, entdeckte sie ein schwaches Licht, das den Flur erhellte. Als käme es aus dem Zimmer, dessen Tür sie gerade geschlossen hatte. Sie zuckte zusammen. Was jetzt? Sie schaute die Treppe hinunter und dann wieder den Flur entlang. Mit klopfendem Herzen lief sie zurück zu dem Zimmer. Die Tür stand sperrangelweit offen. Das Zimmer leuchtete in dem goldenen Licht, das Ludmilla vor ein paar Monaten schon einmal gesehen hatte.

Sie starrte staunend in das Zimmer, als sie die Autotür von Minas Auto hörte, die ins Schloss fiel. Panisch ergriff sie die Türklinke und zog die Tür zu. Zur Sicherheit drückte sie sich gegen die Tür. Sie öffnete sich nicht noch mal. Durch den Türspalt am Boden kroch das goldene Licht in den Flur. Entsetzt starrte Ludmilla auf den erleuchteten Boden. »Bitte hör auf zu leuchten. Du verrätst mich noch!«, flüsterte sie. Dann sprintete sie den Flur hinunter, sprang die Treppe hinunter, mehrere Stufen auf einmal nehmend, und rannte in ihr Zimmer. Währenddessen hörte sie, wie Mina die Haustür aufschloss. Hastig schaltete sie ihre

Schreibtischlampe an und schlug ein Lehrbuch auf, das auf dem Schreibtisch lag.

Sekunden später steckte Mina den Kopf zur Tür rein. »Du lernst noch?« Mina kam in das Zimmer. »Hast du morgen einen Test?«, fragte sie prüfend.

Ludmilla versuchte einen gelassenen Gesichtsausdruck aufzusetzen und unterdrückte ihren schweren Atem. »Nein, aber ich will vorbereitet sein.«

Sie hustete leicht. Als Mina sie weiter fragend ansah, blaffte sie sie an: »Sei doch froh, dass ich mich fortbilde!« Das Wort „fortbilde" sprach sie betont langgezogen und gekünstelt aus.

Mina hob spöttisch die Augenbrauen. »Ja, sicher, Ludmilla. Nur, das Buch habe ich im Wohnzimmer gefunden und hatte es dir auf deinen Schreibtisch gelegt. Es ist über ein Jahr alt. Ich kann mir nicht vorstellen, dass du dich damit noch *fortbilden* kannst.« Mina warf ihr ein überlegendes Lächeln zu und ergriff die Türklinke.

Ludmilla starrte entgeistert auf das Buch. Ihre Wangen fingen an zu glühen.

»Vergiss nicht, die Zähne zu putzen, bevor du schlafen gehst. Ich gehe jetzt ins Bett«, erklärte ihr Mina sachlich.

Ludmilla warf ihr einen erstaunten Blick zu. Sie konnte kaum glauben, dass Mina nichts weiter dazu sagen wollte.

»Gute Nacht, Schätzchen!«, flötete Mina nur und zog die Tür hinter sich zu.

Später in der Nacht konnte Ludmilla nicht einschlafen. Der Spiegel und das goldene Licht gingen ihr nicht aus dem Kopf. Kam das Licht von dem Spiegel? War es das? Er war übersät von dieser goldenen Farbe. Das passte irgendwie zusammen. Und dann fiel es ihr siedend heiß ein: die Taschenlampe. Sie hatte die Taschenlampe in dem Zimmer vergessen. Sie musste noch mal in das Zimmer. Aber natürlich nur, um die Taschenlampe zu holen. Nicht, um den Spiegel zu betrachten. Sie grinste. Sie konnte einfach nicht widerstehen.

Ludmilla wartete noch eine Weile, um sicherzugehen, dass Mina schlief. Als sie sich endlich einen Ruck gab, war es weit nach Mitternacht und Mina schlief tief und fest. Vorsichtig schlich Ludmilla die Stufen hinauf. Sie kannte die Treppe in- und auswendig und wusste genau, welche Treppenstufen besonders laut knarrten. Die hätten sie bestimmt verraten. Aber gerade in diesem Moment knarrten alle Treppenstufen, und zwar so laut, dass es im gesamten Haus widerhallte. Das konnte sie jetzt nicht gebrauchen. Was sollte sie Mina sagen, wenn sie sie im oberen Stockwerk des Hauses antraf? Atemlos blieb sie auf der Treppe stehen und horchte nach unten. Alles still.

Oben angekommen, zögerte sie. Sollte sie es wagen, das Licht einzuschalten? Es war einer dieser altmodischen Schalter, die man drehen musste und die ein klickendes Geräusch machten. Aber ohne das Licht vom Flur würde sie die Taschenlampe nicht finden können. Also musste sie es riskieren. Sie konnte nicht darauf spekulieren, dass das mysteriöse Leuchten wiederauftauchte. Das klinkende Geräusch hallte den Flur entlang. Ludmilla horchte angestrengt. Alles blieb still. Also weiter. Zur Tür. Mit zittriger Hand drückte sie die Klinke nach unten. Die Tür gab nicht nach. Ludmilla stutzte und versuchte es erneut. Ohne Erfolg. Inzwischen raste ihr Herz. Was sollte das schon wieder? Während sie ratlos die Tür anstierte, öffnete sie sich plötzlich ganz langsam von selbst und blieb einen Spaltbreit offen stehen.

Jetzt fehlt nur noch ein Knarren und ich stecke mitten in einem dieser absurden Gruselfilme, dachte sie und presste angestrengt die Zähne aufeinander. Sie zögerte eine Weile und stand unschlüssig vor dem Zimmer. Dann drückte sie die Tür mit ihrem nackten Fuß einen weiteren Spalt auf. Die Taschenlampe stand zwei Schritte von ihr entfernt auf dem Fußboden. Von ihrer Position aus konnte Ludmilla den Spiegel nicht sehen. Unentschlossen stand sie auf der Türschwelle. Sie hatte beide Hände zu Fäusten geballt, ihr Herz raste und sie atmete schneller. »Jetzt sei kein Angsthase!«, murmelte sie und machte einen großen Schritt in das Zimmer.

Hastig ergriff sie die Taschenlampe und wandte sich zum Gehen, als es unter dem Leinentuch zu leuchten begann. Ludmilla hielt inne und starrte den Spiegel an. Also doch! Das seltsame Licht kam von dem Spiegel. Aber wie konnte das sein? Ja, sie hatte viele verrückte Dinge in diesem Haus erlebt. Türen, die sich verselbstständigten, Holzdielen und selbst Möbel, die ein regelrechtes Eigenleben hatten, wenn es darum ging, Geräusche von sich zu geben. Aber ein Leuchten? Das war etwas Neues. Sie war hin- und hergerissen. Einerseits war sie neugierig und wollte unter das Leinentuch schauen, andererseits hatte sie panische Angst. Das, was hier passierte, konnte sie sich nicht erklären. Mit Logik nicht und auch sonst nicht.

Schließlich nahm sie ihren ganzen Mut zusammen und hob mit spitzen Fingern das Leinentuch an. Ihr Herz schlug ihr bis zum Hals, als sie realisierte, dass der gesamte Spiegel leuchtete. Es war nicht nur der Rahmen, dessen Goldverzierungen, die regelrecht in Brand standen, sondern auch das Spiegelblatt selbst, das leuchtete. Es war ein Leuchten, als ob sich die Sonne darin spiegelte. Ludmilla stand mit aufgerissenen Augen vor dem Spiegel. Vorsichtig schlug sie das Tuch noch weiter zurück. Jetzt konnte sie auch ein Teil ihres eigenen Spiegelbildes erkennen.

Und auch ihr Spiegelbild leuchtete, es brannte buchstäblich. Ludmilla wich stolpernd zurück. Sie sah ihr viel zu großes T-Shirt, das sie nur zum Schlafen trug, die Shorts und ihre nackten Füße, die genauso leuchteten wie der Rest des Spiegels. Dann sah sie an sich hinunter und sie leuchtete nicht. Natürlich nicht. Nur ihr Spiegelbild. Was ging hier vor?

Noch bevor Ludmilla einen weiteren klaren Gedanken fassen konnte, nahm sie eine Bewegung am oberen Teil des Spiegels war. Am höchsten Punkt des rechteckigen Rahmens schob sich etwas aus dem Rahmen heraus. Ein winzig kleines Gesicht, vollkommen in Gold getaucht und mit dicken Backen, bildete sich auf dem Leinentuch ab. Ludmilla entfuhr ein unterdrückter Aufschrei. Sie schlug sich die Hand auf den Mund und machte noch einen Schritt nach hinten, so dass sie gegen die Tür stieß. Die Tür schwang zu und wäre fast mit einem lauten Knall ins Schloss gefallen, hätte Ludmilla nicht in letzter Sekunde die Klinke zu fassen bekommen. Ihr Herz pochte wie wild. Sie stand schwer atmend an der Tür und starrte den Spiegel an. Sosehr sie auch versuchte, sich zusammenzureißen, den einzigen klaren Gedanken, den sie fassen konnte, war FLUCHT. Sie traute sich nicht mehr, das Leinentuch wieder über den Spiegel zu ziehen. Ihr Griff um die Taschenlampe wurde fester, als sie die Tür schloss.

Ludmilla lief so schnell sie konnte auf Zehenspitzen den Flur entlang. Sie drehte sich immer wieder panisch um. Dieses Mal blieb die Tür zum Zimmer geschlossen. Als sie an der Treppe ankam, hörte sie ganz leise eine Stimme rufen: »Ludmilla! Ludmilla!« Sie erstarrte. Die Stimme gehörte nicht Mina. Immer wieder rief jemand ihren Namen. Es war mehr ein Flüstern, das im Flur und in Ludmillas Kopf widerhallte. Die Stimme war hoch, warm und freundlich. Die Panik schnürte ihr die Kehle zu. Ludmilla löschte vorsichtig das Licht im Flur. Natürlich gab der Lichtschalter wieder das hässliche laute Geräusch von sich. Aber das war jetzt auch egal. Mina war bestimmt schon wach geworden. Jetzt ging es nur darum, so schnell wie möglich ins Erdgeschoss zu gelangen und eine gute Ausrede parat zu haben.

So leise wie möglich rannte Ludmilla in ihr Zimmer und verkroch sich unter ihre Decke. Erst dann wagte sie wieder zu atmen. Sie presste sich die Decke auf den Mund und keuchte. Mit rasendem Herzen saß sie in ihrem Bett und horchte. Nichts. Alles still. Dennoch wagte sie kaum zu atmen. Sie horchte und horchte. Und dann hörte sie es wieder: »Ludmilla! ... Ludmilla!«, hallte es immer wieder durch das gesamte Haus und blieb in Ludmillas Kopf stecken. Es war kein Flüstern, sondern ein Ruf. Ein Ruf des Spiegels, oder bildete sie sich das nur ein?

Viertes Kapitel

Das Spiegelzimmer

Ludmilla schlief schlecht in dieser Nacht. Immer wieder träumte sie von dem Spiegel, dem Leuchten und von Mina, wie sie sie vor dem Spiegel erwischte. Als sie am nächsten Morgen aufwachte, war sie immer noch müde. Sie blieb noch eine Weile liegen und dachte darüber nach, ob sie es noch einmal wagen sollte, zu dem Spiegel zu gehen. Ihre Neugier war sehr groß. Eigentlich war bisher nichts Gefährliches oder Schlimmes passiert, versuchte sie sich zu beruhigen. Aber sie konnte sich das Leuchten nicht erklären, und dass mitten in der Nacht jemand oder etwas ihren Namen rief, machte ihr Angst. Schließlich beschloss sie, den Gedanken erst mal ruhen zu lassen. Sie konnte sich nicht entscheiden.

Als sie in die Küche kam, saß Mina am Küchentisch, trank ihren Tee und las die Zeitung. Sie hatte wie immer einen grauen Rock mit einer weißen Bluse und einer Strickjacke darüber an. Ihre Füße steckten in schwarzen Slippern. Ludmilla hatte sich ihr blaues Lieblingskapuzensweatshirt übergezogen und lief barfuß zur Teekanne, die neben dem Herd stand.

»Guten Morgen«, murmelte sie verschlafen und beobachtete Mina dabei aus den Augenwinkeln an. Mina reagierte nicht sofort. Sie nickte kurz und war in ihren Artikel vertieft. Ludmilla atmete innerlich erleichtert auf. Also hatte Mina in der Nacht nichts gehört. Sonst würde sie sie genau jetzt einem Kreuzverhör unterziehen.

Schließlich blickte Mina auf und sah Ludmilla prüfend an. »Hast du gut geschlafen? Du siehst schrecklich aus«, stellte sie knapp fest.

»Vielen Dank für das reizende Kompliment«, meckerte Ludmilla sie an.

Mina verkniff sich ein Lachen. Stattdessen fragte sie weiter: »Geht es dir gut? Ich meine es ernst. Du siehst krank aus. Zum Glück ist Wochenende. Da kannst du dich ausruhen. Magst du dich vielleicht noch einmal hinlegen?« Sie sah sie besorgt an.

Ludmilla aber, die Minas Fürsorglichkeit in diesem Moment schrecklich nervte, verzog den Mund. Bevor sie sich zusammenreißen konnte, giftete sie sie weiter an: »Mir geht es gut! Ich bin nicht krank. Kein Grund zur Sorge.«

Mina zog erbost die Augenbrauen hoch. »Also gut, Fräulein. Aber mäßige deinen Ton!« Mina scheute zwar die Konfrontation, aber sie bestand auf einen respektvollen Umgang.

Ludmilla zögerte, murrte dann ein »Ja, in Ordnung, Entschuldigung« und setzte sich zu Mina an den Küchentisch. Eigentlich wollte sie gar nicht so biestig sein. Sie gefiel sich selbst nicht, wenn sie sich so verhielt. Aber sie konnte manchmal nicht aus ihrer Haut. Und auch wenn es klüger gewesen wäre, Mina nach dieser Nacht nicht so anzublaffen, sie konnte sich nicht beherrschen. Jetzt tat es ihr leid.

»Hast du Pläne für das Wochenende?«, fragte sie Mina versöhnlich.

Mina sah verwundert von ihrer Zeitung auf. »Nein, warum? Du?«

Ludmilla schüttelte den Kopf. Sie hatte fast nie Pläne für das Wochenende. Ihr Leben war insgesamt sehr langweilig. Die Wochenenden verbrachte sie entweder mit Mina zu Hause oder in der Bibliothek. Zwar hatte sie ein Handy, ein Tablett und einen eigenen Computer, aber da sich ihre Großmutter energisch weigerte, technische Neuerungen im Haus einzuführen, war Ludmilla gezwungen, einen Teil ihrer Hausaufgaben in der Bibliothek zu machen. Sie hatte so oft mit Mina über die Notwendigkeit des Internets und WLANs diskutiert, und das ohne Erfolg, dass sie es inzwischen aufgegeben hatte. Mina ließ sich nicht beirren: Sie empfand das Internet für völlig überflüssig und unnötig. Da war nichts zu machen.

»Wozu brauchst du dieses Internet, wenn du alles in der Bibliothek nachlesen kannst?«, argumentierte Mina immer. In Minas Augen war die Bibliothek genau der richtige Ort für Teenager in Ludmillas Alter. »Dort kannst du doch auch deine Freunde treffen. Oder du nimmst sie mal mit zu uns nach Hause und lernst hier mit ihnen?«, versuchte Mina das Positive aus der Situation herauszukehren.

Ludmilla verdrehte dann immer die Augen. Sie hatte keine Freunde, die sie mit nach Hause bringen wollte. Schon gar nicht zum Lernen. Sie war eine ausgezeichnete Schülerin und lernte mit Vorliebe allein. Aber vor allem lernte sie am liebsten in der Bibliothek. Nicht nur, weil sie dort das WLAN nutzen konnte, sondern auch weil es dort jede Menge interessanter Bücher gab. Ludmilla liebte Bücher. Sie vertiefte sich gern in irgendwelche Sachbücher, die sie durch Zufall entdeckte. Für ihre Hausaufgaben brauchte sie meist nicht lange. Aber auch das brauchte Mina nicht zu wissen. Wenn es Ludmilla langweilig war, ging sie in die Bibliothek. Also verbrachte sie ihr halbes Leben in der Bibliothek. Zumindest kam es Ludmilla so vor.

Dieses Wochenende wollte sie unbedingt etwas über die Schriftzeichen auf dem Spiegel herausfinden. Zu dumm, dass sie kein Foto hatte machen können. Aber vielleicht konnte sie das ein oder andere Schriftzeichen aus dem Kopf aufmalen. Bei dem Gedanken an den Spiegel lief ihr ein Schauer über den Rücken. Sie hatte es gerade einmal für ein paar Minuten vermeiden können, sich weitere Gedanken über den Spiegel zu machen. Sofort musste sie wieder an das Leuchten, das kleine Gesicht und die Stimme denken. Davon bekam sie Gänsehaut. Und dennoch: Sie konnte nicht aufhören, daran zu denken.

Ludmilla verbrachte den restlichen Tag in der Bibliothek und versuchte irgendetwas über den Spiegel herauszufinden. Ohne Erfolg. Weder die Schriftzeichen hatte sie in einem der vielen Bücher über Graphologie finden können, noch hatte einer der zahlreichen Suchmaschinen etwas über leuchtende Spiegel ausgespuckt. Völlig enerviert und müde kam Ludmilla nach Hause. Mina hatte sie sogar auf dem Handy angerufen und gefragt, wann sie käme. Mina rief sie fast nie auf dem Handy an. Nur wenn sie sich wirklich Sorgen machte oder verstimmt war.

An dem Abend schwiegen die beiden sich an. Ludmilla ignorierte Minas prüfende Blicke und ging direkt nach dem Abendessen in ihr Zimmer.

»Wollen wir nicht noch schauen, ob es etwas im Fernsehen gibt?«, fragte Mina ihr hinterher.

Ludmilla winkte ab und drehte sich nur halb um. »Ich bin müde, entschuldige, Mina, ich gehe gleich ins Bett.«

Mina schaute ihr kritisch hinterher. Irgendetwas stimmt mit ihr nicht. Ludmilla war unausgeglichener als sonst. Sie wirkte angestrengt. Mina hatte sich den ganzen Tag den Kopf darüber zerbrochen, was wohl mit Ludmilla los war. Sie konnte jedoch noch nicht herausfinden, was es war.

Mitten in der Nacht wachte Ludmilla auf. Sie schreckte hoch, und da hörte sie es: Wieder und wieder hallte der Ruf durch das Haus: »Ludmilla ... Ludmilla ...!« Es war ein Singsang in der Stimme, der etwas Vertrauensvolles an sich hatte. In Ludmilla stieg Panik auf. Wenn jetzt Mina davon aufwachte? Sie musste etwas dagegen tun.

Sie nahm ihren ganzen Mut zusammen und lief mit nackten Füßen die Treppe hinauf. Dieses Mal ließ sie das Licht aus. »Der Spiegel leuchtet doch eh«, murrte sie vor sich hin. Sie fror am ganzen Körper und hatte einen Kloß im Hals. Dennoch wollte sie um keinen Preis, dass Mina erfuhr, dass sie das Zimmer aufgeschlossen und den Spiegel entdeckt hatte. Also hatte sie keine Wahl. Sie musste diese Stimme zum Schweigen bringen. Nur wie?

Unschlüssig stand sie vor der Tür. Das goldschimmernde Leuchten kroch auf dem Boden durch den Türspalt. Ludmilla zögerte. Da ertönte der nächste Ruf: »Ludmilla!« Sie zuckte zusammen und drückte die Türklinke hinunter. Während sie in das Zimmer trat, zischte sie unaufhörlich: »Sch, sch. Nicht so laut. Ich bin ja da. Jetzt hör endlich auf, nach mir zu rufen.«

»Was ist das kleinere Übel? Von Mina eine Standpauke zu bekommen oder sich mit diesem Ding rumzuschlagen?«, fragte sie sich missmutig, als sie auf den Spiegel zutrat. Das alles war ihr nicht geheuer. Dieses Mal brannte der Spiegel regelrecht. Die Ranken und Blumen und Ornamente auf seinem Rahmen glühten, als stünden sie in Flammen. Ludmilla bestaunte dies mit einem gewissen Abstand.

Das Rufen war verstummt und so konnte sie sich auf den Spiegel und sein Leuchten konzentrieren. Allmählich wurde sie ruhiger. Vorsichtig streckte sie ihre Hand aus. Der Spiegel strahlte keine Wärme ab. »Also kein Feuer!«, murmelte sie vor sich hin und legte den Kopf schräg.

Ihr Blick blieb an ihrem eigenen Spiegelbild hängen. Wie sie dastand. Die langen dunkelroten Haare hingen ihr wirr ins Gesicht. Ihre blauen Augen funkelten sie durch den Spiegel an. Auch ihr Spiegelbild leuchtete. Immer noch ungläubig starrte Ludmilla an sich hinunter. Ihr Körper wurde nur leicht angeleuchtet. Kein Brennen, kein Glühen, kein Leuchten. Aber wieso dann ihr Spiegelbild? Bevor Ludmilla noch einen weiteren klaren Gedanken fassen konnte, bemerkte sie, dass sich die Verzierungen auf dem Rahmen des Spiegels veränderten. Sie verformten sich zu glühenden Schriftzeichen, Buchstaben, Chiffren. Ludmilla fluchte innerlich, dass sie ihr Handy nicht dabeihatte. Das konnte sie sich unmöglich alles merken.

Noch während sie damit beschäftigt war, sich die Schriftzeichen einzuprägen, nahm sie eine Bewegung am obersten Rand des Rahmens wahr. Genau in der Mitte des Rahmens trat ein kleines Gesicht hervor. Es hatte rote glühende Augen, dicke Backen und volle Lippen. Wie ein Raffael-Engel. Ludmilla stieß einen unterdrückten Schrei hervor und stolperte rückwärts. Sie atmete schwer, aber sie zwang sich hinzusehen. Da öffnete sich der Mund und es ertönte eine warme hohe Stimme: »Tritt ein!«

Ludmilla schluckte.

»Tritt ein!«, hauchte das Miniaturgesicht. »Tritt ein, Ludmilla!«

War das ein schlechter Scherz? Wohin denn eintreten? Ludmilla sah sich um. Um sie herum war alles dunkel.

»Tritt ein, Ludmilla. Du wirst erwartet, tritt ein!«

Wieder schaute sich Ludmilla um. Das konnte nicht echt sein. War das ein Traum? Sie kniff sich vorsichtshalber in den Arm. Aber das Gesicht blieb. Es fing an, in seiner hellen lieblichen Stimme zu summen. Eine wunderschöne beruhigende Melodie ertönte. Wäre da nur nicht dieses fratzenhafte Miniaturgesicht, das glühte und ihren Namen kannte und ihr panische Angst einjagte. Komisch nur, dass Ludmilla dieses Mal nicht fluchtartig den Raum verließ. Irgendetwas hielt sie davon ab. Sie blieb. Und nachdem das Gesicht schon eine Weile gesummt hatte, trat Ludmilla wie in Trance auf den Spiegel zu, berührte ihr Spiegelbild und schloss die Augen.

Fünftes Kapitel

Eldrid

Als Ludmilla die Augen wieder öffnete, lag sie in einer Höhle. Hinter ihr stand der Spiegel. Aber er leuchtete nicht mehr. Sie sprang auf. »Wo bin ich?«, fragte sie laut. Sie drehte sich im Kreis. Der Boden unter ihren nackten Füßen war warm und ein wenig feucht. Sie hörte Wasserrauschen. Wie von einem Wasserfall. Ludmillas Herz klopfte wie wild. Was ging hier vor? Ungläubig blickte sie den Spiegel an. Er stand gegen eine Felswand gelehnt und sah genauso aus wie der Spiegel im Haus ihrer Großmutter. Nur das Laken fehlte.

Zögerlich trat Ludmilla auf den Spiegel zu und versuchte hinter den Spiegel zu schauen. Sie presste ihr Gesicht an die Felswand. Aber hinter dem Spiegel war nur die lauwarme Felswand, gegen die sie sich gerade lehnte. Fassungslos betastete sie die Wand. Sie war warm, genauso wie der Boden. Ihre Füße befühlten den Boden, der ungewöhnlich weich für einen Höhlenboden war.

Mit zittrigen Fingern tastete sie den Spiegel ab. Als würde sich daran ein Knopf oder ein Hebel befinden, der sie zurückbrächte. Aber da war kein Knopf. Und auch kein Hebel. Weder auf dem Rahmen noch auf dem Spiegelblatt selbst. Ludmillas Atem ging schnell, Panik stieg in ihr auf. Sie starrte in den Spiegel. In diesem Moment fiel es ihr auf: Sie konnte sich nicht darin spiegeln. Ungläubig berührte sie das Spiegelblatt. Kein Spiegelbild! Als wäre der Spiegel erblindet. War das wirklich derselbe Spiegel? »Wo zum

Teufel bin ich hier?«, fragte sie laut. Sie drehte sich um und schaute angestrengt in die Höhle.

Es war eine große Höhle aus Stein und Felsen. Die Wände der Höhle schimmerten golden und hatten eine samtige beige Farbe. Dieser Schein tauchte die Höhle in ein warmes dämmriges Licht, so dass genug zu erkennen war, ohne dass es gleißend hell war. »Wie das Leuchten des Spiegels«, murmelte Ludmilla vor sich hin. Sie blickte nach oben und erkannte weit entfernt die Höhlendecke. Es war eine riesige Höhle mit einer extrem hohen Decke.

In der Mitte der Höhle befand sich eine Feuerstelle. Etwas weiter links davon konnte Ludmilla einen Gang erkennen, der aber eine Biegung machte, so dass nicht zu sehen war, wo er hinführte. Es war ein schmaler Gang, der nicht ganz so hoch war wie die Höhle selbst. Er war der einzige Weg, der in die Höhle hinein- und auch hinausführen musste. Also musste er auch irgendwohin führen. Nach draußen? Nur, *wo* war draußen? Und *was* war draußen?

Unschlüssig trat Ludmilla auf der Stelle. Neugierig reckte sie sich, um die Feuerstelle besser sehen zu können. Dabei hielt sie sich am Spiegel fest, als würde er ihr Halt geben. Sie konnte ein kleines Feuer erkennen. Es lagen Strohballen um die Feuerstelle herum, im Kreis angeordnet, und ein angenehmer Geruch lag in der Luft. Es war niemand zu entdecken. Sie war allein. Allein mit diesem Spiegel.

Zum ersten Mal in ihrem Leben war sich Ludmilla nicht sicher, was sie tun sollte. Ihre sonst so vorlaute Art war verschwunden. Tränen traten ihr in die Augen. Sie fühlte sich wie ein kleines Mädchen, das nur noch nach Hause in ihr Bett wollte. Sie rieb sich den nackten Fuß an ihrem Bein. Was sollte sie nur machen? Sie ließ sich auf den Boden neben den Spiegel sinken, zog die Beine an und vergrub ihr Gesicht zwischen ihre Knie. Denk nach, Ludmilla! Denk!, befahl sie sich. Aber alles, woran sie sich erinnerte, war, dass dieses Miniaturfratzengesicht eine Melodie gesummt hatte und dann die Erinnerung abbrach. Zweifelnd blickte sie an dem Spiegel hoch. Das kleine Gesicht thronte auf dem höchsten Punkt des Rahmens und war stumm.

»Jetzt rufst du nicht mehr meinen Namen, was?«, giftete Ludmilla das Gesicht wütend an. Ihre Worte hallten in der Höhle wieder, so dass sie zusammenzuckte und sich panisch umsah. Nicht, dass sie jemand gehört hatte und jetzt in die Höhle kam. Aber vielleicht könnte sie dann Fragen stellen. Nur was, wenn jemand kam und gar keine Fragen beantworten konnte oder wollte? Sie war ein Eindringling. Unschlüssig starrte sie immer wieder den Spiegel an. Aber dieser blieb stumm. Genauso wie das Miniaturgesicht, das auf dem Rahmen ruhte und sich nicht rührte.

Nach einer Weile des Wartens und des Grübelns beschloss Ludmilla, sich ein wenig umzusehen. Vorsichtig und ganz langsam durchquerte sie die Höhle. Immer wieder drehte sie sich zum Spiegel um, den sie nicht aus den Augen lassen wollte. Mehr als die Feuerstelle und die Strohballen konnte sie aber nicht entdecken. Je weiter sie in die Höhle hineinlief, desto mehr rückte der Spiegel in den Schatten des hinteren Teils der Höhle, der dunkler war als der Rest der Höhle. Schon von der Mitte der Höhle aus konnte Ludmilla den Spiegel nicht mehr sehen. Es war, als würde er sich unsichtbar machen. Ludmilla zögerte kurz, aber dann siegte ihre Neugier. »Ich kann ja nicht ewig neben diesem Ding hocken. Irgendetwas muss ich unternehmen«, stellte sie fest und trippelte unsicher den Gang entlang.

Der Gang machte viele Biegungen, jedoch gab es keine Abzweigung. Nach einigen Metern wurde er breiter und höher, und das Rauschen, das sie bereits in der Höhle gehört hatte, wurde immer lauter. Als sie um eine weitere Ecke bog, erkannte sie den Ausgang der Höhle. Er lag groß und breit vor ihr und warmes helles Sonnenlicht schlich sich in den Gang hinein. Das Rauschen wurde zu einem Getöse. Als Ludmilla aus dem Gang hinaustrat, blickte sie genau in einen Wasserfall, der vor dem Eingang der Höhle in die Tiefe rauschte. Ludmilla trat ganz nah an den Wasserfall heran, so dass sie einzelne Spritzer abbekam. Der Wasserfall hatte so viel Kraft, dass sich schon kleine Ableger wie winzige Nadeln auf der Haut anfühlten. Das Wasser war eiskalt. Die Spritzer sahen aus wie Funken, so einzigartig fingen sie die Sonnenstrahlen ein.

Ludmilla schaute sich nach allen Seiten um. *Wo* war sie? Unsicher schaute sie in den Gang hinein, der in die Höhle führte. Und jetzt? Auf beiden Seiten des Wasserfalls waren nur Felswände zu sehen, an denen jeweils ein kleiner Weg weg von der Höhle führte. Beide Wege sahen fast identisch aus. Sie waren in den Felsen geschlagen, endeten aber in moosbedeckten Trampelpfaden, so dass Ludmilla dahinter Pflanzen vermutete. Es kam ihr fast so vor, als ob ein Spiegel genau am Ausgang der Höhle angelegt worden war. Ludmilla konnte keinen Unterschied zwischen dem Weg rechts von der Höhle weg und links von der Höhle weg erkennen. Nur der Ausgang der Höhle selbst neigte sich ein ganz klein wenig nach links. Das war für Ludmilla die Entscheidungshilfe. Sie wählte den linken von den beiden Wegen, weg von der Höhle, weg von dem Wasserfall, aber auch weg vom Spiegel.

Als Ludmilla fast den Trampelpfad erreicht hatte, drehte sie sich noch einmal zur Höhle um. Sollte sie es wirklich wagen und sich so weit von dem Spiegel entfernen?

»Habe ich eine Wahl?«, fragte sie sich laut. »Das Ding leuchtet nicht und das Fratzengesicht singt nicht, was der Weg zurück zu sein scheint. Also kann ich mich auch ein wenig umschauen.« Und bekräftigend fügte sie hinzu: »Außerdem kann ich mir diese Gelegenheit nicht entgehen lassen.«

Sie war nur in das viel zu große weiße T-Shirt und die gestreiften Shorts gekleidet, die sie zum Schlafen trug. Aber es war warm, wie an einem heißen Sommertag, und selbst die nackten Füße störten sie nicht.

Der Trampelpfad führte direkt in einen Wald und entfernte sich schnell vom Wasserfall. Ludmilla hätte zu gern das Ende des Wasserfalls gesehen, aber das Gebüsch und die angrenzenden Bäume verwehrten ihr die Sicht. Nur das tosende Wasser war zu hören, das mit viel Schaum und Dampf in die Tiefe stürzte. Es dauerte noch eine ganze Weile, bis dieses Geräusch leiser wurde. Ludmilla lief weiter in den Wald hinein, drehte sich aber immer wieder um. Bei aller Neugier wollte sie sich nicht verlaufen.

Der Wald war wundervoll. Er war voller Nadel- und Laubbäumen. Alle waren hochgewachsen mit riesigen Baumkronen, die den Blick in den Himmel verwehrten. Die dichten Büsche, Sträucher und Gräser, die den Boden überdeckten, erinnerten an einen Urwald und passten nicht recht zu den Nadel- und Laubbäumen. Ludmilla hatte einen solchen Wald noch nie gesehen. Der Lärm des Wasserfalls wurde langsam leiser und Ludmilla blieb stehen, um den Geräuschen des Waldes zu lauschen. Sie hörte Vögel merkwürdige Melodien trällern. Sie hatte den Eindruck, dass es traurige und düstere Lieder waren. Doch bevor sie sich darüber weitere Gedanken machen konnte, bemerkte sie, wie dunkel es in dem Wald war. Der Wald war so dicht bewachsen, dass kaum Licht bis zum Waldboden durchdrang. Am Wasserfall war es viel heller gewesen. Hier war es eher so, als würde es gerade dämmern. Hoffentlich wird es hier nicht gleich dunkel, dann sehe ich nichts mehr, dachte Ludmilla.

Doch ihre Zweifel wurden binnen kürzester Zeit von immer neuen Entdeckungen überdeckt: Es gab eine Facettenvielfalt von dunklen Farben, die sie in der Natur noch nie gesehen hatte. Die Blätter und selbst die Baumstämme hatten dunkle Farben und tauchten den Wald dadurch zusätzlich in ein Dämmerlicht. Ludmilla konnte sich an den nachtblauen Blättern, tiefroten Blumen, die an Rotwein oder Blut erinnerten, und fast schwarzen Baumstämmen gar nicht sattsehen. Nur noch ein paar Meter, entschied sie. Sie konnte nicht anders. Sie konnte jetzt noch nicht umdrehen. Sie wollte mehr sehen.

Ludmilla lief immer tiefer in den Wald hinein, bestaunte die Schönheiten, die sie sah, und vergaß für eine kurze Zeit ihre Fragen und Bedenken. Sie war wie berauscht von dem Duft, den die Blumen verströmten, und dem melancholischen Gesang der

Vögel. Die Bäume schienen uralt zu sein, ihre Stämme waren so dick, dass Ludmilla sie nicht hätte umfassen können. Der Weg glich mehr einem Trampelpfad, der mit dunklen geschwärzten Tannennadeln bedeckt war. Bei jedem Schritt sank Ludmilla in die Tannennadeln ein und hinterließ einen Fußabdruck. So hinterlasse ich eine Spur, die ich zurückverfolgen kann, dachte Ludmilla zuversichtlich.

Was sie nicht bemerkte war, dass die Tannennadeln sich wieder hoben und der Fußabdruck dadurch verschwand. Ludmilla bemerkte auch nicht die kleinen Feen mit ihren dunklen durchsichtigen Flügeln, die hinter ihr herflogen und sie misstrauisch beäugten. »Was will sie hier? Wer hat sie hereingelassen?«, zischten sie sich unentwegt zu. Und sie bemerkte die schwarzen Vögel nicht, die aussahen wie Krähen und jeden ihrer Schritte lautlos aus der Luft verfolgten.

Irgendwann wurde es Ludmilla dann doch mulmig zumute und sie drehte sich um. Sie hatte sich zu sehr ablenken lassen, aber jetzt wollte sie wieder zum Spiegel zurückkehren. Ihr Herz begann wie wild zu pochen, als sie bemerkte, dass ihre Fußspuren verschwunden waren. Hatte es eine Abbiegung gegeben? War sie so weit von dem Wasserfall entfernt, dass sie nicht einfach dem Geräusch nachgehen konnte? Sie lief den Weg zurück, den sie gekommen war. Sie lief immer schneller und schneller. Angst stieg in ihr hoch. Ludmilla rannte so schnell sie konnte. Die Bäume waren plötzlich nicht mehr wunderschön, sondern riesig und bedrohlich und erstickten jegliches Sonnenlicht. Und dann nahm sie plötzlich auch die schwarzen Vögel über sich wahr, die ihr stumm zu folgen schienen. Ihr standen die Tränen in den Augen, als sie das Getöse des Wasserfalls wahrnahm. Wenigstens hatte sie sich nicht verlaufen. Vollkommen außer Atem und keuchend kam sie am Wasserfall an.

Ludmilla blieb kurz stehen und drehte sich um. Die schwarzen Vögel waren verschwunden. Das Getöse des Wasserfalls dröhnte, während ihr Herz in ihrem Kopf pochte. Und plötzlich meinte sie wütendes Geschrei der Vögel zu hören. Jenseits des Wasserfallgetöses. Sie drehte den Kopf in die Richtung, aus der sie gekommen war, und horchte. Aber das Getöse des Wasserfalls und ihr eigenes Keuchen übertönten alles. Sie hatte es sich sicherlich nur eingebildet. Ludmilla versuchte den Gedanken abzuschütteln und wandte sich dem Gang zu, der in die Höhle führte.

Gerade als sie um die erste Ecke gebogen war, wandte sie sich noch einmal um. War da eine Bewegung hinter ihr gewesen? Panik ergriff sie wieder. Sie rannte in die Höhle hinein, hastig und mit klopfendem Herzen. Sie erkannte die Umrisse des Spiegels, der an der Felswand lehnte. Sie stürzte auf den Spiegel zu. Zitternd kniete sie sich vor den Spiegel. Was sollte sie tun? Würde er sie zurückbringen? Irgendwie kam ihr das richtig vor. Nur wie? Er musste leuchten, das stand fest. Und das Gesicht musste diese Melodie von sich geben. So war es zumindest gewesen. Nur, wie bekam sie das hin? Ludmilla zwang sich, tief durchzuatmen. Sie hatte ihn berührt, erinnerte sie sich nun. Ihre Finger zitterten, als sie das blinde Spiegelblatt berührte. »Bitte, bitte, bitte«, murmelte sie immer wieder. Und: »Schnell, schnell, schnell, BITTE!« Ludmilla traute sich nicht mehr, sich umzudrehen, sie wollte einfach nur noch nach Hause. Raus aus dieser Welt. Und tatsächlich! Der Spiegel erfüllte ihr den Wunsch und fing an zu leuchten. Ludmilla zuckte zurück und sah zu dem Gesicht hoch. Das blieb stumm. »Vielleicht brauche ich dich ja gar nicht!«, zischte Ludmilla feindselig zwischen den Zähnen hervor. Zögerlich streckte sie die Hand aus und berührte das Spiegelblatt. Der Spiegel verschlang sie sofort. Doch aus der Ferne meinte sie noch eine Stimme zu hören: »Ludmilla!« Eine wohltuend freundliche Stimme.

Ludmilla landete recht unsanft auf der anderen Seite des Spiegels. Es gab einen lauten Knall. Sie saß benommen auf dem Fußboden des Zimmers im Haus ihrer Großmutter, in dem der Spiegel *auch* stand. Sichtlich verwirrt blieb sie auf dem Boden sitzen. Der Spiegel hinter ihr leuchtete noch. Instinktiv rückte sie von ihm ab.

Dennoch konnte sie nicht anders, als ihn anzuschauen. Sie starrte ihr leuchtendes Spiegelbild an. Hier hatte sie eines!

Sie zitterte immer noch am ganzen Körper, ihr T-Shirt war verschmutzt und ihre Füße schwarz. Ludmilla betrachtete sich im Spiegel. »Was hast du da nur angestellt?«, fragte sie sich. Eine Haarsträhne fiel ihr ins Gesicht, die sie ungelenk zur Seite strich. Sie schüttelte ungläubig den Kopf. Misstrauisch betrachtete sie den Spiegel. Die Verzierungen, Schriftzeichen und Ornamente leuchteten immer noch. Aber wo waren die Schriftzeichen, die sie vorhin noch gesehen hatte? Sie rückte etwas näher, wobei sie darauf achtete, den Spiegel nicht zu berühren. Die Verzierungen verschwanden und Schriftzeichen erschienen auf dem Rahmen, so als würde eine unsichtbare Hand eine Geschichte auf den Rahmen schreiben. Gerade als sich Ludmilla darin vertieft hatte, sich die Schriftzeichen weiter einzuprägen, trat das kleine Gesicht aus der oberen Mitte des Spiegelrahmens hervor und flüsterte: »Ludmilla!«

Ludmilla zuckte zusammen und schob sich instinktiv vom Spiegel weg. »Du!«, giftete sie das Gesicht an. »Als ich dich gebraucht habe, hast du nicht reagiert. Fratze!«

»Du musst zurückgehen. Gleich morgen Nacht zur selben Zeit. Es ist wichtig«, sprach das Gesichtchen unbeirrt weiter. Seine Stimme war lieblich und warm. »Hörst du, Ludmilla! Morgen, selbe Zeit! Benutze den Spiegel«, bekräftigte es.

»Ja, ja!«, antwortete Ludmilla erschöpft, ohne nachzudenken.

Dann verschwand das Gesicht im Rahmen. Damit erlosch auch das Leuchten des Spiegels. Ludmilla starrte noch lange auf den Spiegel und auf die Stelle, an der das Gesicht erschienen war. In dem Zimmer war es dunkel, aber es dämmerte schon, als Ludmilla langsam in ihr Bett schlich. Sie achtete nicht auf Geräusche, die sie machte und die im Haus widerhallten. Sie war wie unter Schock. Und sie konnte gar nicht richtig glauben, dass sie das alles wirklich erlebt hatte. Und jetzt sollte sie zurückkehren? Zurückkehren? Durch den Spiegel? Wieder an diesen Ort? War es überhaupt ein Ort? Was war das für eine Welt?

Sechstes Kapitel

Uri

Als sie aufwachte, war es noch früh am Morgen. Es war Sonntag und eigentlich hätte Ludmilla ausschlafen können. Aber sie konnte nicht schlafen. Ihre Gedanken kreisten um den Spiegel und die Erlebnisse der letzten Nacht. Die Bibliothek hatte am Sonntag geschlossen und ihre Internetrecherchen auf ihrem Handy ergaben keinen einzigen Treffer. Sie hatte den ganzen Tag damit zugebracht, sich den Kopf zu zerbrechen, wie sie sich das alles am besten erklären könnte. Die Zeichnungen von den Verzierungen auf dem Spiegel, die sie angefertigt hatte, halfen auch nicht weiter. Das, was sie erlebt hatte, und diesen Spiegel gab es schlichtweg nicht. Eigentlich auch logisch, dachte sich Ludmilla am Ende dieses sehr langen Tages. Sie war zu dem Schluss gekommen, dass sie niemandem davon erzählen konnte. Niemand würde ihr glauben. Jeder würde sie für verrückt halten. Aber Mina auch? Während des Abendessens beobachtete sie sie verstohlen. Wie viel wusste Mina über diesen Spiegel und die Welt, die in dem Spiegel oder hinter dem Spiegel steckte? Hatte sie vielleicht mit jemandem geredet, der aus dieser Welt kam? Der nun auch mit Ludmilla reden wollte? Irgendeinen Zusammenhang musste der Streit zwischen Mina und diesem Uri mit dem Spiegel doch haben.

Als sie ins Bett ging, stand ihr Entschluss fest. Sie konnte das nicht auf sich beruhen lassen. Sie hatte zu viele Fragen. Panik und Angst würde sie hinunterschlucken müssen und der Aufforderung folgen. Und genauso kam es: Irgendwann nach Mitternacht betrat Ludmilla das Zimmer, in dem sich der Spiegel befand. Es dauerte keine Minute und der Spiegel fing an zu leuchten. Sie zögerte kurz, bevor sie vorsichtig das Spiegelblatt berührte, und sah ihre Hand verschwinden.

Ludmilla landete auf dem weichen warmen Höhlenboden. Sie rieb sich die Augen und sprang auf. Dieses Mal war sie besser ausgerüstet. Sie hatte über ihre Schlafsachen ihre Jeans angezogen. Außerdem hatte sie Turnschuhe an. Und dieses Mal war sie nicht allein: An der Feuerstelle saß ein merkwürdig aussehender uralter Mann. Er blickte zu ihr hinüber und winkte freundlich. »Ludmilla! Wie schön! Komm her, setz dich zu mir!« Wieso kannten eigentlich alle ihren Namen? Ludmilla schüttelte verständnislos den Kopf und lief mit langsamen Schritten auf die Feuerstelle zu. Nervös sah sie sich um und versuchte gleichzeitig, den Mann nicht aus den Augen zu lassen. Waren sie allein?

Der Mann stand auf. Er war nicht größer als ein Kind, hatte schlohweißes gewelltes Haar, unendlich viele Falten im Gesicht und gebräunte Haut. Auf seiner kleinen Nase saß eine Nickelbrille mit einem sehr feinen Drahtgestell. Er war sehnig und seine Bewegungen fließend. Sein schmaler Körper steckte in einem Gewand aus hellem Leinenstoff. Es bestand aus einem Hemd mit Stehkragen, das bis zum letzten Knopf zugeknöpft war, und einer schmal geschnittenen Hose, die bis zu den Knöcheln reichte. Seine nackten Füße steckten in hellen Ledermokassins. Er kam ein paar Schritte auf Ludmilla zu und breitete seine Arme aus, als wolle er sie umarmen. Dabei machte er eine einladende Bewegung zur Feuerstelle.

»Komm, setz dich zu mir.« Er strahlte sie an. »Du musst viele Fragen haben.«

Ludmilla nickte zustimmend. Dennoch zögerte sie.

»Ich steh lieber erst mal«, sagte sie störrisch. »Was ist das alles hier?«

Das Männchen lächelte breit und freundlich.

»Und *wo* bin ich?«, fragte Ludmilla weiter.

Er lächelte weiter. Seine goldschimmernden kleinen Augen blitzten. Offenbar hatte er Spaß an der Situation. Das machte Ludmilla plötzlich wütend.

»Ich finde das überhaupt nicht komisch!«, zischte sie ihn an und schob ihren Kopf nach vorn. »Ich werde durch dieses Ding«, sie zeigte mit dem Finger auf den Spiegel, »durch das … das halbe Universum geschleudert …«, stammelte sie. Das Männchen brachte sie aus dem Konzept. »… und lande in einer völlig anderen Welt. Dabei bin ich noch nicht einmal gefragt worden. Und dieses Fratzen-Engelsgesicht ist auch nicht gerade vertrauenerweckend. Und mit eurem Singsang im Haus weckt ihr zum einen meine Großmutter auf und zum anderen ist das wie in einem schlechten Film.« Sie schnaubte.

Das Männchen wiederholte seine einladende Bewegung. »Ich beantworte dir gern alle Fragen, Ludmilla. Ich kann verstehen, dass du verärgert und verwirrt bist. Dass das alles nicht sehr vertrauenerweckend ist, das gebe ich zu. Aber willst du dich nicht setzen? Deine Fragen zu beantworten, kann ein bisschen dauern.«

Ludmilla blieb mit versteinerter Miene stehen. »Das kann ich mir denken«, erwiderte sie verbissen. »Aber was ich als Erstes wissen möchte«, sie holte tief Luft, »und dazu brauche ich nicht zu sitzen, ist: Warum war keiner hier, als ich letzte Nacht hier gelandet bin? Ich wurde gerufen und eingeladen, den Spiegel zu benutzen. Und dann lande ich in dieser völlig irrsinnigen Welt hinter diesem Spiegel und bin komplett allein«, sprudelte es aus ihr heraus. »Das war ziemlich beängstigend für mich und alles andere als einladend. Eigentlich ist gar nichts«, sie spuckte die letzten Worte buchstäblich vor die Füße des Männchens, »von all dem hier vertrauenerweckend. Warum werde ich gerufen? Warum bin ich hier? Und wo bin ich hier? Und, fangen wir doch mal von vorn an: Wer oder was bist du? Denn meinen Namen kennst du ja offenbar schon.«

Das Männchen lächelte sie geduldig an. »Ich kann deine Aufregung verstehen, und bitte verzeih, dass ich letzte Nacht nicht hier war. Ich war leider«, er stockte kurz, als suche er nach dem richtigen Wort, »verhindert.«

Ludmilla sah ihn skeptisch an. Eine freche Antwort lag ihr schon auf den Lippen, als das Männchen fortfuhr: »Ich bin Uri und ich freue mich sehr, dich kennen zu lernen.«

Uri streckte Ludmilla die Hand entgegen. Er hatte lange dünne Finger und seine Fingernägel leuchteten leicht golden. Bei näherem Hinsehen schien fast alles an ihm golden zu leuchten. Seine Augen, seine Haut und selbst seine Haare hatten einen goldenen Schimmer.

Ludmilla wich einen Schritt zurück. »Du bist also Uri!«, brach es aus ihr heraus. »Du hast dich mit meiner Großmutter gestritten.« Sie schnaubte. »Ich wusste es. Du bist durch dieses Ding gereist und hast dich mit meiner Mina gestritten. Und wegen dir hat sie so schlecht über mich geredet!«, herrschte sie ihn an.

Uri aber blieb ruhig und lächelte weiter. »Genauso war es. Und du hast uns belauscht.« Er blickte in Ludmillas erstauntes Gesicht.

»Natürlich habe ich das. Das war jetzt auch nicht schwer zu erraten!«, blaffte sie ihn weiter an. Gleichzeitig biss sie sich auf die Unterlippe, da sie merkte, dass sie mit ihrer Reaktion zu weit gegangen war. Sie wollte Antworten auf ihre Fragen, und die bekam sie nicht, wenn sie ihn so anfuhr.

»Mina hat nicht übertrieben. Du bist frech und auch ein wenig respektlos.« Uri wiegte seinen kleinen Kopf hin und her und grinste sie breit an. »Ich kann dich gut verstehen. Ich kann nachvollziehen, dass du aufgebracht bist. Das alles«, er deutete mit seiner ausgestreckten Hand in den Raum hinein, »ist sicherlich sehr beängstigend für dich. Aber gib mir eine Chance, dir alles zu erklären. Was meinst du? Wollen wir uns jetzt in Ruhe unterhalten?«

Ludmilla funkelte ihn verbissen an. Sie war hin- und hergerissen. Diese Welt faszinierte sie. Aber so, wie Mina sich aufgeregt hatte, führte dieser Uri nichts Gutes im Schilde. Sie presste die Lippen aufeinander.

»Also gut!«, zischte sie ihn dann an.

Uri hob die Augenbrauen, so dass seine Stirn noch mehr Falten bekam. Die Brille rutschte die Nase hinunter und seine goldschimmernden Augen blitzten.

Er zögerte, bevor er fortfuhr: »Gut.« Seine Stimme klang immer noch freundlich und warm. Aber sein Gesichtsausdruck hatte sich verändert. Er wirkte angestrengt und beherrscht. Uri baute sich vor Ludmilla auf. Das sah etwas merkwürdig aus, denn er war sehr zierlich und mindestens zwei Köpfe kleiner als Ludmilla. Seine weißen Haare fielen in leichten Wellen in seinen Nacken, während er zu Ludmilla hinaufschaute. »Fangen wir mal mit der Frage an, wo du hier bist.«

Ludmilla hob an, ihn erneut zu unterbrechen, beherrschte sich dann aber und schwieg. Sie blitzte ihn böse an, so dass Uri ihr einen irritierten Blick zuwarf, bevor er feierlich erklärte: »Du bist hier in einer Welt, die Eldrid heißt. Eldrid, die Welt des Lichts.« Er machte eine Pause, so als wolle er dieser Tatsache noch mehr Nachdruck verleihen. »*Das* hier ist eine Welt, die sich von deiner Menschenwelt unterscheidet. Hier leben nur sehr wenige Menschen. Vielmehr leben hier Wesen mit Mächten.« Uri wartete kurz auf eine Reaktion.

Ludmilla setzte ihr Pokerface auf und regte sich nicht.

»Mit *Mächten* meine ich Zauberkräfte und Fähigkeiten, Ludmilla«, erklärte er weiter und sah sie erwartungsvoll an. Aber sie zeigte keinerlei Verwunderung.

Uri schnaufte enerviert, hob leicht die Schultern und erzwang sich ein Lächeln. »Hier leben Wesen, die du wahrscheinlich aus Märchen und Fabeln kennst. Wesen wie Feen und Elfen und Hexen und Zauberer. Und Wesen, von denen du wahrscheinlich noch nie gelesen oder gehört hast.«

Ludmilla hob spöttisch die Augenbrauen.

Uri konnte ihre Zweifel kaum übersehen und fügte schnell

hinzu: »Wenn du möchtest, kannst du bald einige dieser Wesen kennen lernen. Dann wirst du es glauben.«

Warum gab er sich solche Mühe? Und warum konnte sie es nicht lassen, so herablassend zu sein? Sie war hier in einer Welt, die sie nicht kannte, von der sie nicht wusste, was es für eine Welt war und wo sie überhaupt war. Sie hatte so viele Fragen, die ihr Uri bestimmt beantworten könnte. Doch sie konnte nicht anders. Das war unklug von ihr, das wusste sie, und dennoch verzog sie ihren Mund zu einem höhnischen Grinsen.

»Sicher doch«, erwiderte sie unverschämt. Gleichzeitig verkrampfte sie sich, weil sie sich am liebsten auf den Mund geschlagen hätte. Jetzt war sie eindeutig zu weit gegangen. Was war nur los mit ihr?

Uri blickte sie irritiert an und rang einen Moment um Fassung. Er zitterte leicht, als er fortfuhr: »Eldrid ist mit deiner Menschenwelt durch Spiegel verbunden. Die Spiegel dienen als Portal zwischen den beiden Welten. Menschen können nach Eldrid reisen, und die Wesen von Eldrid können in die Menschenwelt reisen. Einer dieser Spiegel steht bei deiner Großmutter im Haus. *Ich* bin ein Spiegelwächter und bewache diesen Spiegel oder, wie du sagst, dieses *Ding*.«

Ludmilla musste unwillkürlich schmunzeln.

Uri sah sie verhalten an, seine Stimme wurde milder. »Dieser Spiegel hat sehr viel Macht und muss mit Bedacht benutzt werden. Er ist kein Spielzeug! Für die Wesen, die hier in Eldrid leben, ist eure Menschenwelt nicht sehr interessant«, fuhr er fort. »Aber für euch Menschen ist unsere Welt dafür umso spannender. Und gerade deshalb muss dafür gesorgt werden, dass nicht zu viele Menschen in unsere Welt kommen. Ihr Menschen bringt unsere Welt aus dem Gleichgewicht. Ihr habt Eigenschaften, die uns fremd sind. Und wir haben Fähigkeiten, die ihr gern hättet oder von denen ihr träumt, sie zu haben. Das ist auch ein Grund, warum die Wesen von Eldrid sich nicht zu eurer Menschenwelt hingezogen fühlen. Sie haben hier ihr Zuhause gefunden und leben seit mehreren Hunderten von Jahren in Ruhe und Frieden in Eldrid.«

Uri wandte sich von Ludmilla ab und ging auf die Feuerstelle zu, wo er sich hinsetzte. Er starrte in das Feuer, und als er wieder zu sprechen begann, hallte seine Stimme in der Höhle wider: »Es gibt ein paar Dinge, die für dich essenziell sind, wenn du dich hier in Eldrid bewegst. Hier gelten andere Regeln als in deiner Menschenwelt. Und das nicht nur, weil es hier Wesen gibt, die es in deiner Welt nicht gibt. Alle Wesen, die in Eldrid leben, haben eine Macht oder, um es anders auszudrücken, eine Zauberkraft. Das macht Eldrid so besonders und für euch Menschen so fabelhaft. Eldrid ist eine wunderschöne Welt mit einzigartigen Wesen, die wiederum einzigartige Fähigkeiten haben. Ihre Fähigkeiten sind mit ihren Schatten verbunden. Das heißt, dass auch der Schatten diese Macht hat. Die Wesen von Eldrid müssen daher gut auf ihren Schatten aufpassen, da er ihnen auch …« Uri zögerte, als suche er nach dem richtigen Wort. »… abhandenkommen kann.«

»Wie bitte?«, fragte Ludmilla kritisch. Sie war langsam näher gekommen und setzte sich neben Uri. Uris goldschimmernde Augen blitzten. Gleichzeitig hatte Ludmilla den Eindruck, als wäre die Farbe seiner Augen dunkler geworden.

»Schatten können gestohlen werden«, sagte Uri bitter.

Ludmilla sah ihn verständnislos an. »Du meinst wohl, dass diese Mächte gestohlen werden können«, sagte sie belehrend, und ohne Uri zu Wort kommen zu lassen, sprudelte es aus ihr heraus: »Ein Schatten kann nicht gestohlen werden. Das hat etwas mit Licht zu tun. Wo kein Licht, da kein Schatten. Aber wo Licht, da auch immer ein Schatten. Das ist ein ganz einfaches physikalisches Gesetz.«

Uri nickte und schüttelte gleichzeitig den Kopf. »Aber nicht hier in Eldrid.«

Ludmilla runzelte die Stirn. »Wie?!«

Uris Miene verdüsterte sich weiter. »Eldrid ist eine Welt des Lichts. Das Licht hier ist ein ganz besonderes. Es ist unser Lebenselixier. Hinzu kommt, dass wir Mächte haben und diese Mächte mit dem verbunden sind, was uns am wichtigsten ist: dem

Licht und damit auch mit unserem Schatten. Wie du richtig sagst: Wo es Licht gibt, gibt es Schatten. Wir sind hier aber in einer Welt, in der eure physikalischen Gesetze nicht gelten. Dazu gehört, dass unsere Schatten mit unseren Mächten verbunden sind. Jedes Wesen hat mindestens eine Macht und einen Schatten. Der Schatten des Wesens besitzt die Macht genauso wie das Wesen selbst. Es ist also kein Schatten, wie er in eurer Welt existiert. Und wenn hier in Eldrid etwas Bösartiges passiert, dann genau dann, wenn ein Schatten gestohlen wird. Und ich meine: *der Schatten*, nicht die Macht. Denn mit dem Schatten wird auch die Macht gestohlen. Das Wesen ist dann machtlos und schattenlos. Eine Schmach in Eldrid!«

Uri machte eine kleine Pause und starrte ins Feuer. Dann sah er Ludmilla an und setzte ein müdes, gequältes Lächeln auf. Ludmilla schwieg betroffen.

»Sterben die Wesen, wenn sie ihre Schatten und damit auch ihre Mächte verlieren?«, fragte sie nach einer Weile leise. »Und was passiert mit den Schatten, die dann die Macht für sich haben?«

»Das ist eine gute Frage, die alles auf den Punkt bringt«, entgegnete Uri überrascht. »Zunächst einmal, nein: Die Wesen, die ihre Schatten und ihre Mächte verlieren, sterben nicht. Aber sie werden zu so genannten schattenlosen Wesen und verbannen sich selbst an einen sehr dunklen Ort von Eldrid. Es ist grausam. Aber sie tun es aus Schmach vor den Wesen, die ihren Schatten nicht verloren haben.«

Uri atmete schwer ein und aus. Sein Gesicht verdunkelte sich, während er weitersprach: »Der Schatten, der dann keinen Herrn mehr hat, aber eine Macht, der wird zu seinem neuen Herrn gerufen. Zu seinem Dieb! Denn das Wesen, das einen Schatten stiehlt, stiehlt diesen nur, um sich die Macht anzueignen.«

»Das geht?«, unterbrach ihn Ludmilla erstaunt. »Die Macht kann von dem Schatten getrennt werden?«

Uri warf ihr einen irritierten Blick zu. »Auch dies ist eine gute Frage, die genau den Kern trifft. Ja, genauso ist es. Der Dieb des

Schattens spricht einen Zauber, der den Schatten von seiner Macht trennt. Der Dieb kann sich die Macht aneignen und der Schatten ist für ihn nutzlos.«

»Und was passiert mit dem Schatten? Der scheint doch auch in irgendeiner Form lebendig zu sein, oder ist er ohne die Macht nur noch eine Hülle?«, fragte Ludmilla übereifrig. Sie hatte begriffen, dass dieses Thema heikel war, aber Uri hatte ihr klargemacht, dass sie diese Welt verstehen musste, und sie wollte sichergehen, dass sie alles richtig verstand.

Stirnrunzelnd funkelte er sie an. »Hat Mina mit dir bereits über Eldrid und Zamir gesprochen?«, fragte er streng.

»Nein«, erwiderte sie verwundert. Sie schüttelte entschieden den Kopf. »Was hat Mina damit zu tun und wer ist Zamir?«

Uri durchbohrte sie regelrecht mit seinen dunkelgold schimmernden Augen und schwieg. Ludmilla wurde unruhig und wandte den Blick ab.

Schließlich sagte sie: »So wie du reagierst, ist Zamir der Bösewicht, der die Schatten stiehlt und sich die Mächte aneignet«, stellte sie fest und schielte vorsichtig zu Uri.

»Woher ...«, stotterte Uri fassungslos. »Wie kannst du das alles wissen, wenn du davon noch nie gehört hast?«

Sie hob die Schultern. »Dann habe ich Recht?«

Uri nickte, immer noch sichtlich irritiert. »Ja, aber, Ludmilla«, er sah sie eindringlich an und kleine goldene Funken sprangen aus seinen Augen, »das ist kein Spiel! Wir sind hier in Eldrid, und das ist eine magische Welt, in der es auch gefährliche Wesen gibt. Was Zamir, den Dieb der Schatten, anbelangt, so ist er ein ehemaliger Spiegelwächter und damit eines der mächtigsten Wesen in Eldrid. Er hat früher einen Spiegel bewacht, so wie ich. Doch dann hat er sich vom Licht unserer Welt abgewandt. Er hat sich der Dunkelheit verschrieben und versucht unsere Welt in Dunkelheit zu hüllen. Dazu stiehlt er Schatten, eignet sich ihre Mächte an und schickt dann die Schatten an den Himmel. Die gestohlenen Schatten bilden eine mächtige Wolke, die einen Teil von Eldrid bereits verdunkelt hat. Und sein Werk ist noch nicht vollendet. Er hat Verbündete gesammelt und wird erst ruhen, wenn Eldrid im Dunkeln versinkt. Die Wesen von Eldrid können aber ohne ihr Licht nicht existieren. Wir benötigen unser Licht und deshalb befinden wir uns seit einigen Jahren im Kampf gegen die Dunkelheit.«

Uri atmete schwer auf, als trüge er eine schwere Last. »Kampf ist jedoch etwas, was es hier in Eldrid noch nie zuvor gab. Das war immer eine friedfertige Welt. In Eldrid lebten die Wesen gemeinsam in Respekt und Verständnis füreinander. Wir bekämpften uns nicht, wir töteten uns nicht gegenseitig. Das *gab* es in Eldrid nicht. Jetzt«, er zog die Stirn in Falten, als habe er Schmerzen, »versuchen wir Schadensbegrenzung zu betreiben, aber es gelingt uns nicht so, wie wir uns das vorstellen.«

Er sog die Luft ein und schlug sich mit beiden Händen auf die Oberschenkel, so dass kleine goldene Funken von seinen Händen sprühten. Ein verkrampftes Lächeln umspielte seinen Mund, während er Ludmilla prüfend ansah.

Ludmilla nutzte die Atempause, um die Frage zu stellen, die sie am meisten beschäftigte: »Und was hat das alles mit meiner Großmutter zu tun? Warum habt ihr euch gestritten? Worum ging es dabei? Und wieso hast du mich jetzt gerufen?«

Uri lächelte müde. »Ich wollte mich nicht mit deiner Großmutter streiten, Ludmilla. Ich hatte nicht damit gerechnet, dass sie sich so aufregt«, erklärte er leise. Verzweiflung lag in seiner Stimme. »Es tut mir leid, dass es überhaupt so weit gekommen ist. Leider befinden wir uns in einer Notsituation und wir benötigen dringend deine Hilfe.«

»Was hat das mit mir zu tun? Was kann ich schon tun?«, fragte sie ihn verständnislos.

Uri schüttelte den Kopf. »Die Zeit drängt. Mehr kann ich dir heute leider nicht erklären. Dafür musst du wiederkommen. Ich zeige dir gern Eldrid, aber den Teil, der mit Licht durchflutet ist.«

Bevor Ludmilla ihn unterbrechen konnte, sah er sie eindringlich an. »Einen Teil des dunklen Teils von Eldrid hast du bereits gesehen. Fenris. Von diesem Teil musst du dich fernhalten. Er ist sehr gefährlich. Vor allem für Menschen wie dich, die keine Mächte haben. Aber auch der helle Teil von Eldrid birgt Gefahren. Deshalb solltest du nicht allein auf Erkundungstour gehen. Dein letzter Ausflug war grenzwertig. Ich habe leider so viel zu tun, die Wesen davor zu bewahren, ihre Schatten zu verlieren, dass ich nicht ständig beim Spiegel und in meiner Höhle sein kann. Du darfst den Spiegel benutzen, nur erkunde Eldrid nicht allein. Warte auf mein Rufen und ich werde dir Begleitung schicken. Nur für den Fall, dass ich verhindert bin. Du wirst sehen, es wird dir gefallen.« Uri lächelte Ludmilla breit an. Aber sie meinte darin etwas Künstliches zu erkennen.

»Und nun«, er stand auf, »ist es Zeit, dass du wieder nach Hause gehst.« Mit seiner rechten Hand machte er eine kleine Bewegung, seine Fingernägel fingen an, golden zu leuchten, und Ludmilla wurde auf ihre Füße gehoben. Uri ließ sie rückwärts knapp über dem Boden in Richtung des Spiegels schweben. Ludmilla unterdrückte einen Aufschrei. Uris Augen blickten sie freundlich an, aber seine Stimme war kalt und befehlend: »Lass uns bald wieder treffen und ich werde dir noch mehr über Eldrid erzählen. Es gibt so vieles, was du noch wissen musst.«

Sie waren am Spiegel angekommen und Ludmilla drehte sich um. Er leuchtete. Sie fühlte Uris Hand auf ihrem Rücken, wie er sie sanft in den Spiegel schob. Sie wollte noch etwas sagen, aber sie brachte aus ihr nicht erklärlichen Gründen keinen Ton heraus. Wie gelähmt starrte sie auf das blinde Spiegelblatt. Sie konnte noch nicht mal mehr den Kopf drehen, um Uri anzuschauen. Sie wehrte sich verzweifelt, ohne auch nur eine Bewegung machen zu können. Hilflos schwebte sie in der Luft vor dem Spiegel. Dabei wollte sie noch unbedingt wissen, worüber genau sich Uri mit Mina gestritten hatte. Und was hatte Mina mit diesem Zamir zu tun? Aber ihre Zunge war gelähmt.

»Bis bald, Ludmilla. War schön, dich kennen zu lernen. Aber

denke daran: Dies ist kein Spiel! Und diese Welt ist kein Spielplatz für kleine Mädchen, und du solltest deine Besuche ernst nehmen. Und behalte immer die Zeit im Auge!« Seine Stimme klang streng und befehlend.

Im nächsten Augenblick landete Ludmilla sehr unsanft auf dem Boden vor dem Spiegel im Haus ihrer Großmutter.

Siebtes Kapitel

Das Spiegelbild

Ludmilla saß auf dem Boden vor dem Spiegel. In ihrem Kopf drehte sich alles. Sie konnte es nicht fassen. War das wirklich alles echt? Uri, Eldrid, Wesen, Mächte, Schatten, Schattendiebe? Sollte sie das alles einfach glauben? Und dann die Geschichte über diesen Zamir. Das klang selbst für Ludmillas Begriffe sehr fantastisch. Aber der Spiegel und die Welt waren fantastisch. Fantastisch und märchenhaft. Also warum sollte es nicht stimmen? Die Frage war nur: Was hatte sie damit zu tun? Wie konnte sie schon helfen? Wollte sie das überhaupt, nachdem Uri sie *so* behandelt hatte? Ludmilla schnaubte wütend. Er hatte beschlossen, dass sie nach Hause müsste, und hatte ihr keine Wahl gelassen. Sie hasste es, bevormundet zu werden. Noch mehr hasste sie es, wie ein kleines Mädchen behandelt zu werden. Selbstverständlich war ihr klar, dass diese Welt kein Spielplatz war. Als wenn sie noch auf Spielplätzen spielen würde. Sie presste die Zähne aufeinander. Was fiel diesem Wicht ein? Jetzt hätte sie am liebsten Funken aus ihren Augen sprühen lassen.

Je länger sie darüber nachdachte, desto sicherer war sie sich: Sie würde die Welt erkunden, aber nicht mit Uri. Die Behauptung, dass es dort Feen und Elfen und Hexen gab, konnte sie nicht auf sich beruhen lassen. Das musste sie selbst sehen. Uri aber würde sie meiden. Er war ihr nicht geheuer. Sein Verhalten war widersprüchlich. Er war freundlich, milde und geduldig und hatte etwas Gütiges an sich. Aber er war auch herrisch und bevormundend. Sie konnte ihn nicht einschätzen und deshalb hielt sie sich lieber von ihm fern. Zumal es angeblich andere Wesen gab, die es zu entdecken und kennen zu lernen gab. Ihr schwirrte der Kopf, während sie erschöpft in ihr Bett kletterte. Es wurde gerade hell.

In den folgenden Wochen reiste sie mehrere Male nach Eldrid. Sie ignorierte Uris Rufe und benutzte den Spiegel genau in den Nächten, in denen er nicht nach ihr rief. In ihren Augen hatte sie Glück, denn sie traf Uri nie an. Es war wie eine Sucht. Jedes Mal gab es etwas Neues zu entdecken. Dabei wurde Ludmilla immer unvorsichtiger. Sie dachte nicht mehr darüber nach, ob Mina ihr auf die Schliche kommen könnte. Ihre Gedanken drehten sich nur noch um ihren nächsten Ausflug. Ludmilla vermied den dunklen Teil von Eldrid. Sie wählte am Höhlenausgang den rechten Pfad und erkundete den hellen, lichtdurchfluteten Teil des Waldes. Ludmilla entdeckte Eldrid in seiner gesamten Schönheit und Einzigartigkeit, die sie faszinierten. In diesem Teil des Waldes lebten vorwiegend Insekten und vogelähnliche Wesen, denen Ludmilla vorsichtshalber nicht zu nahe kam. Uris Warnung, dass alle Wesen Mächte hätten und Eigenarten, die sie nicht kannte, hatte sie im Kopf, wenn sie Wesen entdeckte. Sie beobachtete sie aus sicherer Entfernung, solange die Wesen nicht auf sie reagierten. Es gab jedes Mal etwas Neues zu entdecken und langsam verliebte sie sich in diese Welt.

Allerdings häuften sich die Vorkommnisse, in denen das Zimmer, in dem der Spiegel stand, verändert war, wenn Ludmilla von ihren Ausflügen zurückkam. Anfangs hatte sie es abgetan und nicht sehen wollen. Die Zimmertür hatte öfter offen gestanden. Manchmal war Mina am nächsten Morgen sehr streng mit ihr gewesen, als hätte sie eine Regel gebrochen. Aber nun war eine Vase zu Bruch gegangen. Und sie hatte diese Geräusche in Eldrid gehört, die aber offensichtlich aus ihrer Welt kamen. Irgendetwas schien in dem Zimmer oder sogar in dem Haus vor sich zu gehen, während sie in Eldrid war. Anders konnte sie es sich nicht erklären. Das konnte sie nicht auf sich beruhen lassen. Sie musste das aufklären. Aber wen konnte sie fragen? Mina nicht. Dann müsste sie ihr die Wahrheit sagen und würde riskieren, das Zimmer nie mehr betreten zu dürfen. Es führte kein Weg daran vorbei: Sie musste Uris Ruf folgen und ihn fragen. Sie hoffte, dass er sie zu Wort kommen lassen würde und Antworten für sie hätte. Ganz wohl war ihr dabei nicht, aber sie sah keine andere Lösung für ihr Problem. Sie wollte um jeden Preis weiter nach Eldrid reisen.

Es dauerte einige Nächte, bevor Uris Ruf durch das Haus hallte. Ludmilla konnte gar nicht schnell genug durch den Spiegel reisen. Uri saß mit dem Rücken zum Spiegel am Feuer, als sie mal wieder besonders unsanft durch den Spiegel geschleudert wurde. Sie rieb sich die Hüfte, während sie zu Uri an die Feuerstelle lief. Er wandte sich zu ihr um und stand auf. Er sah aus wie bei ihrem letzten Treffen. Sein Gesicht glühte golden, so dass das Brillengestell kaum zu erkennen war. Er breitete seine Arme aus, seinen Fingern entsprang ein kleiner goldener Funkenregen und er lächelte ihr wohlwollend entgegen. Ludmilla war sich nicht sicher, wie sie sich verhalten sollte. Innerlich hatte sie eine Abwehrhaltung eingenommen.

»Na, Ludmilla, wie geht es dir? Wie gefällt dir Eldrid?«, begrüßte er sie fast überschwänglich.

»Woher …«, stotterte sie erstaunt.

Aber er unterbrach sie: »Na hör mal!«, sagte er mit einer künstlichen Empörung. »Ich bin der Wächter dieses Spiegels. Hast du denn geglaubt, dass du ihn benutzen kannst, ohne dass ich es weiß?«

Bevor sie antworten konnte, fragte er beiläufig: »Und jetzt hast du Probleme mit deinem Spiegelbild?«

Ludmilla sah ihn ungläubig an. »Warum mit meinem Spiegelbild?«

»Wenn du dich noch einmal mit mir getroffen hättest, hätte ich dir noch ein wenig mehr von Eldrid und davon erzählen können, was für Konsequenzen eine Reise nach Eldrid für euch Menschen hat.«

»Konsequenzen?«, fragte Ludmilla zweifelnd. »Was denn für Konsequenzen?« Sie verkniff sich ein verächtliches Schnauben.

Uri lächelte. Wie schon bei ihrem ersten Zusammentreffen schien ihn ihre Unwissenheit zu amüsieren. »Ich hätte dir erklären können, dass es hier in Eldrid keine Spiegel gibt. Bis auf solche.« Er deutete auf den Spiegel, den Ludmilla inzwischen so gut kannte. »Und selbst wenn es Spiegel gäbe, so könnten sich die Wesen von Eldrid darin nicht spiegeln. Sie haben nämlich kein Spiegelbild. Weder im Wasser noch in Fensterscheiben oder in anderen Oberflächen, die spiegeln. Hier gibt es keine Spiegelbilder. Noch eines eurer physikalischen Gesetze, welches hier nicht funktioniert.«

Ludmilla funkelte ihn erstaunt an und verbiss sich eine Bemerkung.

»Wenn Menschen nach Eldrid reisen, lassen sie ihr Spiegelbild in der Menschenwelt zurück«, fuhr Uri unbeirrt fort.

Ludmilla zuckte zusammen. »Wie bitte?«, fuhr sie ihn an. »Ich lasse mein Spiegelbild zurück?« Sie schnappte ungläubig nach Luft. »Und wie soll DAS gehen?«

»Ganz einfach. Das Spiegelbild bleibt in eurer Welt und nimmt derweil deinen Platz ein.«

»Meinen Platz?«, rief Ludmilla. »Was soll denn das jetzt schon wieder heißen? Meinen Platz?«

Uri ließ sich nicht aus der Ruhe bringen. »Da es in Eldrid keine Spiegelbilder gibt, kannst du dein Spiegelbild nicht mitnehmen, wenn du nach Eldrid reist. Dafür sorgt der Spiegel. Bei deiner Reise nach Eldrid wird dein Spiegelbild von dir gelöst, und sobald du in Eldrid landest, steigt dein Spiegelbild aus dem Spiegel heraus. Es ist dann du und kann sich in deiner Welt frei bewegen. Aber es ist nicht nur ein Spiegelbild. Es ist aus Fleisch und Blut. Es wird zu dir. Da es dein Spiegelbild ist, wird kaum einer den Unterschied merken. Es sieht so aus wie du, nur spiegelverkehrt.«

Ludmilla funkelte Uri sprachlos an. Das hörte sich selbst für Ludmillas Fantasie zu weit hergeholt an. Aber es würde so einiges erklären.

»Also hat mein Spiegelbild die Vase zerbrochen«, murmelte sie vor sich hin. »Und die Tür geöffnet … und mich im Spiegel angelächelt.«

Uri lächelte und nickte.

»Kann ich irgendetwas dagegen tun?«, fragte Ludmilla nach einer Weile.

»Ja, das kannst du.« Seine Augen schienen goldene Blitze zu senden, so leuchteten sie. »Du hast sogar mehrere Möglichkeiten. Zum einen solltest du die Zeit im Auge behalten. Das habe ich dir bereits bei unserem ersten Treffen gesagt. Wenn du nach Eldrid reist, vergeht die Zeit hier zehnmal schneller als in deiner Welt. Das heißt, dass du hier mehr Zeit hast, während in deiner Welt die Zeit in Zeitlupe weiterläuft. Zehn Minuten in Eldrid sind nur eine Minute in deiner Welt. Zum anderen solltest du, wenn du vorhast, länger in Eldrid zu bleiben, dein Spiegelbild einschließen. Wenn du das nicht tust und zu lange in Eldrid bleibst, richtet es Unfug an. Da es sich materialisiert, kann es Türen öffnen, sprechen und alles tun, was du tust. Beziehungsweise, es tut genau das, was du nicht tun würdest. Damit du bestraft wirst, wenn du zurückkehrst. Das gibt deinem Spiegelbild Genugtuung, da es dich bestrafen möchte. Es ist verärgert, dass es von dir getrennt wird und nicht mit nach Eldrid kann. Deshalb tut es nur Dinge, die dir schaden können.«

»Wie? Wie kann ich mein Spiegelbild einschließen?«, sprudelte es aus Ludmilla heraus. Doch dann stockte sie und starrte ihn entsetzt an. Sie zuckte zusammen. »Mina!«, rief sie. »Aber es würde ihr doch nicht sagen, dass es nur das Spiegelbild ist und ich in Eldrid bin, oder?«

Uri lachte amüsiert. Doch dann verengten sich seine Augen. »Dann würde es preisgeben, dass es nicht du ist.« Er überlegte, schüttelte dann aber langsam den Kopf. »Das ist noch nie vorgekommen. Insoweit können wir uns in Sicherheit wiegen.«

»Wieso wir?«, fragte sie verwundert.

Uri antwortete ihr nicht, sondern fuhr fort: »Wahrscheinlicher ist, dass es Dinge anstellt, die Mina wütend machen.«

»Auch das ist nicht gut. Gar nicht gut. Ich war oft lange hier unterwegs. Länger als zehn oder zwanzig Minuten.« Ludmilla lief nervös auf und ab. Sie musste verhindern, dass ihr Spiegelbild ihr Ärger einhandelte. »Ich muss zurück. Uri, schick mich bitte zurück. Mach diesen Schwebetrick mit mir. Aber schick mich bitte sofort zurück.«

Uri aber rührte sich nicht und sah amüsiert zu ihr hoch.

»Bitte, Uri!«, flehte sie ihn an und fing vor Nervosität an zu zappeln.

Uri lächelte immer noch. »Ja, Ludmilla«, antwortete er bedacht. »Aber es gibt da noch eine Sache.«

Ludmilla warf einen hastigen Blick auf den Spiegel.

»Eine Sache«, forderte er störrisch. Jegliche Freundlichkeit war aus seinem Gesicht verschwunden. Seine Augen durchbohrten sie regelrecht. Ludmilla war voller Panik und bemerkte es kaum. Ihre Reisen nach Eldrid. Das würde Mina ihr nicht mehr erlauben, wenn sie erst mal davon wüsste. Das Einzige, was ihr tristes, langweiliges Leben erhellte, waren ihre Reisen nach Eldrid. Das durfte einfach nicht geschehen.

»Bitte, Uri, schnell. Ich will nicht, dass Mina etwas merkt.« Sie machte ein paar Schritte auf den Spiegel zu.

»Ludmilla, hör mir zu!«, dröhnte es durch die Höhle. Ludmilla fuhr zusammen. Noch bevor sie sich zur Feuerstelle umdrehen konnte, stand Uri vor ihr. Seine Augen sprühten goldene Funken. »Es ist wichtig, sehr wichtig!« Seine Stimme war leise und bestimmt.

Sie nickte fieberhaft, und dann bemerkte sie, wie sich sein Gesicht veränderte und er spottete: »Du kannst dir im Übrigen sicher sein, dass Mina bereits etwas gemerkt hat.«

Ludmilla funkelte ihn entgeistert an. Da war sie wieder, diese herablassende Art. Ihre Augen verengten sich vor Wut.

»Sie hat diese Welt selbst zu oft bereist und kann dein Spiegelbild sicherlich von dir unterscheiden«, fuhr er bedacht fort.

Ludmilla runzelte die Stirn. Es brauchte noch ein paar Sekunden, bevor sie begriff. »Moment mal!« Ludmilla hatte ihre Eile vergessen. »Mir war schon bei unserem ersten Gespräch klar, dass Mina Eldrid kennt und dass sie irgendetwas mit diesem Zamir zu tun hatte, aber was soll das heißen, dass sie diese Welt selbst *zu oft* bereist hat?«

Als Uri nicht sofort antwortete, fragte sie weiter: »Was ist passiert? Warum benutzt sie den Spiegel nicht mehr, sondern hat das Zimmer abgeschlossen?« Und plötzlich sah sie klar: »Warum will sie nicht, dass ich den Spiegel benutze?«

Aber Uri reagierte nicht.

»Also«, sie blickte Uri fest in die Augen, »kommt sie noch hierher? Oder nicht?« Sie ahnte die Antwort schon, wollte es aber genau wissen.

Uri seufzte auf. Er lächelte nicht mehr. In seiner Stimme lag auch kein Spott. »Nein, Ludmilla, sie kommt seit sehr langer Zeit nicht mehr hierher.«

Wieder eine Pause. Ludmilla trat von einem Fuß auf den anderen. »Und warum?«, fragte sie ihn ungeduldig.

»Das ist eine lange Geschichte, die dir deine Großmutter selbst erzählen sollte. Sie hängt mit dem zusammen, was hier deine Aufgabe sein könnte«, antwortete er bedacht.

»Was denn jetzt? Erst meintest du, ich könnte euch helfen, und jetzt habe ich eine Aufgabe?«

Ein Lächeln huschte über Uris Gesicht. »Ich denke, es wäre das Beste, du würdest jetzt mit deiner Großmutter sprechen. Sie hat Recht: Es ist gefährlich und ohne ihre Einwilligung wird es zu kompliziert. Lass es dir von ihr erklären. Sie kann das sicherlich besser als ich.«

Er hielt kurz inne und schien zu überlegen. »Und sag ihr bitte, dass ich eine schnelle Entscheidung von ihr benötige und dass sich die Umstände geändert haben. Du kennst jetzt Eldrid und ich habe dich kennen gelernt. Ich bleibe bei unserem Plan und bitte sie, ihre Entscheidung zu überdenken. Kannst du ihr das ausrichten?«

»Ja, aber du hast mir immer noch nicht gesagt, wie ich mein Spiegelbild einschließen kann«, erwiderte sie zögerlich.

Uri lächelte milde. »Das ist richtig. Deine Großmutter wird es dir erklären, wenn sie dir erlaubt, nach Eldrid zu reisen. Wenn sie es dir nicht erlaubt, dann wirst du den Spiegel auch nicht mehr benutzen dürfen.«

Ludmilla funkelte ihn entsetzt an. »Das ist Erpressung!«, schrie sie ihn an. »Mit anderen Worten: Entweder ich rede mit Mina über Eldrid oder ich darf nicht mehr hierher?« Sie ballte ihre Fäuste. »Das ist keine Option. Sie wird eh Nein sagen. In ihrem Streit mit dir hat sie auch schon Nein gesagt und da ging es wohl um mich und meine Aufgabe hier.« Ihre Stimme überschlug sich und wurde schrill. »Was meinst du, wird ihre Meinung ändern? Gar nichts!« Sie schob ihr Kinn hervor. »Sie ist stur!«, presste sie hervor. »Und ein Prinzipienreiter. Hat sie eine Entscheidung getroffen, dann bleibt sie dabei. Sie ändert ihre Meinung nicht.«

Uri erhob sich und hob beschwichtigend die Hände. Aus seinen Fingern sprühte feiner goldener Staub, der durch seine Bewegung wunderschöne Zeichen in die Luft malte. Aber Ludmilla ließ sich davon nicht beeindrucken. Sie schüttelte den Kopf und wich zurück. Nicht schon wieder. Sie wollte nicht schon wieder gegen ihren Willen zurückgeschickt werden. Doch genauso geschah es. Ehe sie sich's versah, beförderte Uri sie auf ihre Reise. Abermals versuchte sie sich dagegen zu wehren, aber gegen ihn war sie machtlos.

»Hab Vertrauen, Ludmilla!«, flüsterte er ihr ins Ohr. »Du musst sie nur überzeugen. Dann sehen wir uns bald wieder und gehen gemeinsam auf eine spannende Reise«, hallte es in ihrem Kopf wider, als sie in das Zimmer hineinstolperte. Die Tür war geschlossen. Hatte ihr Spiegelbild etwa geschlafen? Oder war es heute nicht auf Unfug aus? Ludmilla schaute sich vorsichtig im Zimmer um.

Alles schien wie immer. Kein Möbelstück, das nicht an seinem Platz stand, keine Scherben. Ihr Spiegelbild grinste sie auch nicht böse an, als sie sich im Spiegel betrachtete. Hatte Uri vielleicht einfach nur übertrieben?

   Dennoch hatte sie kein gutes Gefühl, als sie aus dem Zimmer trat. Im Haus war alles ruhig. Mina schien zu schlafen. Doch Ludmilla konnte nicht schlafen. Das waren zu viele neue Informationen. Ihr Spiegelbild ging ihr nicht aus dem Kopf. Was hatte es wohl schon alles angestellt, während sie in Eldrid war? Sie konnte die Anzahl ihrer Reisen in den vergangenen Wochen kaum zählen. Noch mehr trieb sie aber der Gedanke um, dass sie mit Mina sprechen musste. Wenn sie wieder nach Eldrid reisen wollte, was sie *unbedingt* wollte, dann musste sie mit Mina sprechen. Nur wie? Wie sollte sie das anstellen, ohne dass Mina wütend wurde? Das würde nicht leicht werden.

Achtes Kapitel

Minas Geschichte

Irgendwann war Minas Ärger verflogen. Anfangs war sie sehr erbost darüber gewesen, dass Ludmilla ihr Versprechen gebrochen hatte. Aber noch mehr hatte sie sich über sich selbst geärgert. Was hatte sie erwartet? Mit einem neugierigen Teenager im Haus! Dass sie das Geheimnis um den Spiegel würde bewahren können? Mina schüttelte den Kopf. Und nun war es so weit. All ihre Bemühungen, den Spiegel geheim zu halten, waren gescheitert. Und es war sogar noch schlimmer gekommen: Ludmilla hatte nicht nur den Spiegel und seine Funktion entdeckt, sondern Uri hatte sie nach Eldrid reisen lassen! Eldrid, wie sehr sie diese Welt vermisste! Mina wusste zu gut, was es bedeutete, nach Eldrid reisen zu dürfen. Sie war selbst lange regelrecht süchtig nach dieser Welt gewesen. Voller Wehmut dachte sie an ihre Reisen zurück. Nur jetzt war Eldrid nicht mehr die Welt, die sie kennen gelernt hatte. Jetzt war es eine gefährliche Welt. Und Uri erlaubte Ludmilla, in diese Welt zu reisen. Gegen ihren ausdrücklichen Wunsch! Das machte sie sehr ärgerlich und sehr wütend. Was erlaubte er sich? Sie hatte seine Bitte mehr als deutlich verweigert und dennoch ließ er es zu, dass Ludmilla den Spiegel benutzte? Das war ungeheuerlich! Aber es führte kein Weg daran vorbei, sie musste mit Ludmilla reden. Sie musste ihr klarmachen, dass Eldrid eine gefährliche Welt war und dass sie nicht mehr dorthin würde reisen können. Um dies Ludmilla verständlich zu machen, musste sie ihre Geschichte erzählen. Mina seufzte. Sie hatte sich geschworen, nie wieder darüber zu reden. Es schmerzte sie zu sehr. Aber es musste sein. Ludmilla musste es begreifen, sie musste es verstehen. Es war Zeit!

Mina rief Ludmilla entschlossen zu sich. Sie saß in der Küche und bat Ludmilla, sich zu setzen. »Ich muss dir eine Geschichte erzählen«, begann sie. Ludmilla machte ein genervtes Gesicht. Aber Mina ließ sich nicht aus der Ruhe bringen. »Sie handelt von mir und von diesem Spiegel, den du eigentlich, wärst du meiner Bitte gefolgt, gar nicht kennen solltest.«

Ludmilla zuckte zusammen. Sofort bildete sich ein dicker Kloß in ihrem Hals.

Über Minas Gesicht huschte ein Lächeln. Ihre Augen blitzten. Sie tätschelte kurz Ludmillas Hand und ignorierte ihre Anspannung: »Sie wird dir gefallen. Ich war ungefähr in demselben Alter wie du, als ich den Spiegel im Haus meiner Mutter entdeckte. Meine Mutter war ein eher ängstlicher Mensch und wollte nichts von den Spiegeln, den Familien und Eldrid wissen. Ihre Mutter, meine Großmutter, weihte mich in das Geheimnis und in den Pakt ein.«

Ludmilla saß stocksteif auf ihrem Stuhl. Einerseits war sie froh, dass sie dieses Gespräch führten, schließlich hatte Uri dies zur Bedingung gemacht, dass sie den Spiegel weiter benutzen dürfe, andererseits ahnte sie, wie das Gespräch enden würde.

»Sie war diejenige, die meiner Schwester und mir erlaubte, das Spiegelzimmer zu betreten und den Spiegel zu benutzen. Unseren Spiegel. Den Scathan-Spiegel. Er ist schon seit Hunderten von Jahren im Besitz unserer Familie, der Scathan-Familie. Und nun, da ich den Spiegel entdeckt hatte, waren meine Schwester und ich an der Reihe, den Scathan-Spiegel zu benutzen und Eldrid zu bereisen. Habe ich dir jemals von meiner Schwester Ada erzählt?«

Ludmilla schüttelte stumm den Kopf.

Mina merkte, dass sie kurz davor war, abzuweichen. Sie schüttelte sich etwas, streckte ihren Rücken durch und fixierte Ludmilla. »Wie auch immer. Meine Schwester Ada und ich haben

Eldrid viel bereist. Sehr viele Male. Unsere Mutter merkte davon nichts oder wollte es nicht merken und unsere Großmutter hatte nichts dagegen. Uri hatte uns glücklicherweise direkt darüber aufgeklärt, dass wir unsere Spiegelbilder einschließen mussten. Das hat er wohl bei dir versäumt.« Mina entfuhr ein amüsiertes Glucksen, obwohl ihr nicht zum Lachen zu Mute war. »Uri wollte nicht, dass wir so oft nach Eldrid kamen. Er meinte, dass wir die Ruhe stören würden. Das Gleichgewicht in Eldrid durcheinanderbringen würden. Aber Ada und ich wollten diese herrliche Welt erkunden, bereisen und waren regelrecht süchtig, neue Wesen zu entdecken und kennen zu lernen. Das war viel besser als Bücher lesen. Endlich erlebten wir mal etwas.«

Wieder hielt Mina inne und musterte Ludmilla kurz. Ja, Ludmillas Leben war genauso langweilig wie ihres, als sie fünfzehn Jahre alt war. Im Grunde konnte sie Ludmilla nur zu gut verstehen.

»Nach einer Weile schafften wir es, dass der Spiegel uns gehorchte, oder zumindest glaubten wir das. Wahrscheinlich ließ es Uri zu, ich weiß es nicht. Auf jeden Fall konnten Ada und ich Eldrid so oft und so lange bereisen, wie wir wollten. Und das nutzten wir aus. Zum Schluss machten wir fast täglich einen Ausflug. Es gab immer etwas Neues zu entdecken. Es war toll!«

Minas Blick schweifte ab und sie lächelte versonnen. Ludmilla wagte kaum zu atmen.

»Und dann lernten wir Zamir kennen. Zamir war ein Spiegelwächter, so wie Uri. Er bewachte einen anderen Spiegel. Den der Taranee-Familie.«

»Was ist das für eine andere Familie?«, unterbrach Ludmilla sie. Es sprudelte unkontrolliert aus ihr heraus. Sofort biss sie sich auf die Unterlippe und starrte betreten auf die Tischplatte.

Aber Mina lächelte kurz. Dann verhärtete sich ihr Gesicht wieder. Dennoch sprach sie mit milder Stimme: »Du hast Recht. Es ist an der Zeit, dich in das Geheimnis einzuweihen und dir von dem Pakt zu erzählen. Auch wenn es für dich am Ende ohne Belang sein wird.«

Ludmillas Kloß im Hals wurde größer. Ihre schlimmste Befürchtung, dass Mina ihr keine weiteren Reisen nach Eldrid erlauben würde, schien sich zu bewahrheiten.

»Es gibt fünf Spiegel, also fünf Portale, durch die man nach Eldrid gelangt. Diese fünf Spiegel stehen in fünf Häusern hier in dieser Stadt. Sie sind seit Eldrids Anbeginn im Besitz von den fünf Spiegelfamilien: Das ist zunächst unsere Familie, die Scathan-Familie. Unser Spiegel wird, wie du weißt, von Uri bewacht. Der Spiegel, den Zamir bewachte und in seine Höhle führte, steht im Haus der Taranee-Familie. In Eldrid gibt es noch drei weitere Spiegelwächter: Bodan, Uris engster Vertrauter, sowie Kelby und Arden. Bodan wacht über den Spiegel der Solas-Familie. Kelby über den der Ardis-Familie und Arden über den der Dena-Familie. Die fünf Spiegelfamilien schlossen damals einen Pakt, der seit jeher gilt und noch nie gebrochen wurde: Kein Mensch außerhalb der Spiegelfamilien erfährt von den Spiegeln und von Eldrid. Zudem haben die Spiegel selbst einen ganz besonderen Mechanismus: Nur Mitglieder der Spiegelfamilien können die jeweiligen Spiegel aktivieren, und zwar nur ihre eigenen Spiegel. Ein Mitglied der Taranee-Familie kann nicht den Scathan-Spiegel zum Leuchten bringen. So schützen sich die Spiegel selbst vor ungebetenen Reisenden. Die Spiegelwächter verstärken diese Wirkung durch ihre eigene Macht der Kontrolle, wer durch den Spiegel reisen darf. Der Pakt der fünf Spiegelfamilien sollte dazu dienen, Eldrid vor uns Menschen zu schützen. Dabei müsste es andersherum sein.«

Ludmilla starrte Mina verblüfft an. Warum wusste sie nichts davon? Die Namen der anderen Familien hatte sie noch nie gehört. Wusste ihre Mutter von dem Spiegel und dem Pakt? Das konnte sie sich kaum vorstellen. Ihre Mutter hatte keine Fantasie und war nur auf ihren Beruf fixiert. Sie konnte sich ihre Mutter in Eldrid nicht vorstellen.

Noch bevor Ludmilla ihr Gedankenspiel fortsetzen konnte, seufzte Mina auf und sie wurde aus ihren Gedanken gerissen.

»Aber nun zurück zum Wesentlichen: zu meiner Geschichte. Wo war ich?«

»Bei Zamir«, erinnerte Ludmilla sie leise. »Ihr habt Zamir kennen gelernt.«

»Ach ja, genau. Zamir war ganz anders als Uri. Nicht so ernsthaft. Nicht so gewissenhaft. Nicht so streng. Mit Zamir kam uns alles wie ein Spiel vor. *Er* machte aus allem ein Spiel. Ada und ich fanden ihn beide toll. Er war umwerfend in seiner Art und hatte schon damals seine Gestalt des Spiegelwächters abgelegt und die eines Menschen angenommen. Seine Eitelkeit konnte er noch nie verstecken.«

Ein Lächeln huschte über ihr Gesicht und sie kam kurz ins Schwärmen. »Er sah so gut aus. Groß, schlank, blond und ganz blasse zarte Haut. Dadurch wirkte er so zerbrechlich. Er war für jeden Unsinn zu haben. Wir hatten das Gefühl, dass er uns verstand, dass wir dieselbe Sprache sprachen. Das war nur leider das Problem. Es war ein Spiel für ihn. Und er spielte mit *uns*.« Ihre Stimme klang nun bitter. »Zamir schlich sich in unsere Herzen und in unseren Verstand. Wir vertrauten ihm blind. Auf Uri hörten wir nicht mehr. Er war für uns ein Spielverderber und Zamir schürte unsere Abneigung noch zusätzlich. Er hatte immer einen Einwand parat, wenn es um Uri ging, und brachte uns dazu, Uri nicht mehr zu vertrauen. Er hetzte uns regelrecht gegen ihn auf. Und selbst das machte uns nicht misstrauisch. Und Uri …« Sie stockte. »Uri, der Inbegriff des Guten, des Gütigen und der Vernunft, war genauso blind wie wir. Uri sah es nicht kommen. Mit ihm spielte Zamir auch. Und als Uri Zamir endlich durchschaute, war es schon zu spät.«

Mina seufzte und senkte den Kopf. »Ich bin nicht stolz darauf, Ludmilla. Ada und ich waren jung, wir waren blauäugig. Wir glaubten nur an das Gute. Und diese Welt war voll des Guten. Dort gab es nichts Böses. Beziehungsweise, das Böse gab es schon, nur wir sahen es nicht. Wir erkannten es nicht. Und das, obwohl es direkt vor uns war und uns benutzte.«

Minas Stimme fing an zu zittern. »Zamir benutzte uns für seine Pläne. Zunächst verlieh er uns eine Macht.«

Ludmilla hob fragend die Augenbrauen.

»Spiegelwächter sind mitunter die mächtigsten Wesen in Eldrid. Sie haben, neben vielen anderen Mächten, die Fähigkeit, Menschen Mächte zu verleihen«, erklärte Mina beiläufig. »Mächte zu haben, machte natürlich Spaß, und wir flehten ihn an, dass er uns noch eine Macht verlieh. Und noch eine und noch eine. Wir waren unersättlich. Jedes Mal, wenn er uns eine Macht verlieh, schwächte ihn das. Das sahen wir. Aber er erholte sich schnell davon. Irgendwann erklärte er uns, dass wir uns die Mächte auch von den Wesen von Eldrid *leihen* könnten. Zamir machte uns weis, dass wir den Wesen von Eldrid die Mächte nehmen, aber auch wieder zurückgeben könnten. Da wir anfangs skeptisch waren, machte Zamir es uns vor. Bei einer unserer Wanderungen durch die Wälder trafen wir auf einen Zwerg. Zwerge können in Eldrid jedes Werkzeug bedienen, ohne es auch nur anzurühren. Eine faszinierende Fähigkeit. Zamir kannte ihn und hielt ihn an, um ihn uns vorzustellen. Sein Name war Raik. Noch während wir uns mit Raik unterhielten, sprach Zamir einen Zauber, den wir nicht kannten. Die Worte flossen aus seinem Mund wie pures Gold, das sich auf Raiks Schatten setzte. Der Schatten wandte sich von Raik ab und Zamir zu. Ada und ich schrien auf vor Schreck und Verzückung zugleich. Raik war außer sich vor Scham und begann zu jammern. Jammern ist eine Eigenart der Zwerge in Eldrid. Sie jammern und beschweren sich ständig. Als Raik zu jammern begann, nahmen wir das nicht ernst. Wir sahen gespannt dabei zu, wie Zamir in einer uralten Sprache, die nur noch selten in Eldrid gesprochen wird, einen weiteren Zauber aussprach, und Raiks Macht löste sich von seinem Schatten. Da die Spiegelwächter fast alle Mächte, die es in Eldrid gibt, in sich vereinen, übertrug er Raiks Macht Ada. Ada ließ Raiks Sichel schweben. Wir waren begeistert.

Zamir hielt sein Versprechen, indem er Ada die Macht wieder

nahm, sie dem Schatten zurückgab und Raik die Zauberformel vorsagte, die es Raik ermöglichte, seinen Schatten wieder an sich zu binden.«

»Es gibt also einen Umkehrzauber?«, entfuhr es Ludmilla.

Mina runzelte die Stirn. »Ja, den gibt es und er funktioniert.«

Ludmilla biss sich auf die Unterlippe und schwieg. Mina kratzte sich an der Stirn und überlegte kurz.

»So war es. Raik bekam seinen Schatten zurück und das überzeugte uns. Es war so leicht und so harmlos. Eine Fähigkeit ausleihen, nur für ein paar Stunden, und sie dann dem Wesen zurückgeben. Wir waren jung, wir wollten nur ein wenig Spaß haben. Und wir sahen nur wenig Unrechtes darin. Es war zu verlockend, Mächte auszuprobieren.«

Mit zittrigen Fingern ergriff Mina Ludmillas Hand. »Und weißt du, Ludmilla, wenn ein junger Mensch wie du, oder wie ich es war, erst einmal auf den Geschmack gekommen ist, wie es ist, Mächte zu haben, dann wird es schwierig, sich davon zu lösen oder einfach nur Nein zu sagen.« Ludmilla sah sie zweifelnd an.

»Es ist ein unglaubliches Gefühl, wenn man Gedanken lesen kann. Oder sich unsichtbar zu machen. Oder, wie Raik, Dinge zu bewegen. Stell dir vor, du könntest mit einem Fingerzeig dein Zimmer aufräumen.« Mina lächelte verkrampft. »Ich bin nicht stolz darauf, Ludmilla, das kannst du mir glauben«, versuchte sie sich zu erklären.

Ludmilla nickte zögerlich. »Und dann?«, fragte sie leise.

»Verurteile mich nicht, Ludmilla. Ich werfe mir das schon mein ganzes Leben lang vor«, flehte Mina sie an.

Ludmilla erkannte ihre Mina nicht wieder. Wo war die stolze, strenge, selbstbewusste Frau geblieben, die ihre Großmutter war? Sie zögerte, denn sie war sich nicht sicher, ob sie die Geschichte wirklich bis zum Ende hören wollte. Mina offenbarte eine Seite von sich, die Ludmilla überhaupt nicht gefiel. Sie befürchtete, dass sie sie mit anderen Augen sehen würde, wenn sie alles hörte. Aber für solche Überlegungen war es schon zu spät. Also ergriff sie Minas Hand und drückte sie kurz.

»Und dann?«, wiederholte sie sanft. »Was passierte dann?«

Mina schluckte. Ihre Stimme war heiser und sie sprach sehr leise: »Ada und ich fingen an, uns die Schatten von erst einem und dann von immer mehr Wesen auszuleihen und uns ihre Mächte anzueignen. Anfangs half uns Zamir noch dabei. Er war sehr geschickt. Er ermahnte uns, die Mächte nicht zu lange zu behalten, und besänftigte die Wesen, deren Mächte wir ausliehen. Irgendwann konnten wir die Zaubersprüche selbst sprechen und wandten sie auf eigene Faust und ohne Zamir an. Da aber Zamir dann nicht mehr auf die Wesen aufpasste, deren Mächte wir ausliehen, verschwanden diese Wesen. Wir konnten sie nicht finden, als wir ihre Mächte zurückgeben wollten. Da wir aber davon überzeugt waren, nichts Unrechtes zu tun, behielten wir die Mächte und wollten sie zurückgeben, wenn wir das Wesen wiederfanden. Wir wussten nichts von dem Ort, an den sich die schattenlosen Wesen verbannen. Wir wussten noch nicht einmal, dass es schattenlose Wesen in Eldrid überhaupt gab. Wir waren so wahnsinnig naiv.«

»Allerdings!«, entfuhr es Ludmilla.

Mina zuckte zusammen und sah Ludmilla mit schmerzerfülltem Gesicht an. »Ich weiß, Ludmilla, ich weiß. Es kommt aber noch schlimmer. Wir wunderten uns auch nicht darüber, dass nicht nur die Wesen verschwanden, deren Mächte wir ausliehen, sondern auch die Schatten der Wesen. Im Grunde machten wir uns über gar nichts Gedanken, sondern genossen unsere Fähigkeiten. Im Unterbewusstsein war uns klar, dass wir Unrechtes taten. Aber wir wollten es nicht wahrhaben und unterdrückten Anflüge von schlechtem Gewissen. Macht zu haben kann berauschen, benebeln und zur Sucht werden.«

»Aber es war falsch. Das war niederträchtig, was ihr getan habt!«, stellte Ludmilla leise aber bestimmt fest.

»Du hast Recht. Ja, es war niederträchtig und boshaft. Sehr boshaft sogar. Aber, wie gesagt, das wollten wir nicht wahrhaben. Wir sahen nur, dass wir immer mächtiger wurden. Und das machte Spaß. Wir behielten immer mehr von den geliehenen Mächten, da wir die Wesen nicht fanden, denen wir sie genommen hatten. Wir fühlten uns durch die Mächte unbesiegbar. Bald waren wir die beiden mächtigsten Menschen in Eldrid. Eigentlich waren wir überhaupt sehr, sehr mächtige Wesen in Eldrid. Es war überwältigend. Es fühlte sich herrlich an. Hier in unserer Welt waren wir Langweiler. Außenseiter. Aber in Eldrid, da waren wir *wer*. Viele hatten Angst vor uns. Aber wir fanden das nur lustig. Wir empfanden uns nicht als bedrohlich. In unseren Augen taten wir niemandem beziehungsweise keinem Wesen ein Leid an.« Minas alte Augen wirkten wässrig. Sie flüsterte nur noch. »Zamir benutzte uns. Er benutzte uns dazu, den Wesen die Schatten für immer zu stehlen und sie damit zu schattenlosen Wesen zu machen. Die Wesen von Eldrid können ohne Licht nicht existieren. Es ist ihr Lebenselixier«, flüsterte Mina so leise, dass es Ludmilla kaum hören konnte. »Der Ort, an den sie sich als schattenlose Wesen verbannen, ist der dunkelste Ort, den es in Eldrid gibt. Es ist grausam!«

Es entstand eine Pause, in der beide nicht zu sprechen wagten.

Dann fuhr Mina hoch, holte tief Luft und ergriff so plötzlich nach Ludmillas Hand, dass diese zusammenzuckte.

»Zamir ist böse, Ludmilla. Er ist *das Böse* in Person. Der Teufel! Während wir damit beschäftigt waren, Mächte zu sammeln wie andere Zinnsoldaten, schickte Zamir die entmachteten Schatten an den Himmel von Eldrid. So schuf er den dunklen Teil von Eldrid. Den gibt es nämlich noch nicht so lange. Das ist *Zamirs* Werk.« Mina schnaubte verächtlich. »Und Ada und ich tragen eine Mitschuld daran, dass Dunkelheit über Eldrid eingebrochen ist. Wir sind schuld!«

Mina presste ihre Zähne so stark aufeinander, dass sie knirschten. »Das Ende kam plötzlich und mit dem absoluten Höhepunkt meiner Macht«, presste sie hervor. »Ich hatte einem Wesen eine ganz besondere Macht genommen. Eine Macht, die in Eldrid sehr selten ist und auf die Zamir ganz versessen war, weil selbst Spiegelwächter sie nicht besitzen. Vielleicht hatte es auch nichts mit dieser Macht zu tun, ich weiß es nicht. Wie auch immer. Nachdem ich diese Macht besaß, raubte Zamir mir meinen Schatten. Ich konnte gar nicht so schnell reagieren, wie sich mein Schatten von mir löste und zu Zamir trat. Seine Augen glühten mich an und er gehorchte mir nicht mehr. Ich versuchte noch den Umkehrzauber zu sprechen, aber Zamir blockierte mich und ich schaffte es nicht, mir meinen Schatten zurückzuholen. Zamir machte mich selbst zu einem schattenlosen Wesen.« Mina sank in sich zusammen. Sie atmete schwer, wie nach einem langen schnellen Lauf.

Ludmillas Mund klappte nach unten. Das konnte nicht wahr sein. Sie blickte an Mina hinunter und versuchte einen Schatten zu erkennen. Der Stuhl, auf dem sie saß, warf einen langen Schatten auf den Küchenboden. Aber es sah so aus, als ob niemand darauf sitzen würde. Ludmilla unterdrückte einen Aufschrei und sprang auf. Wieso hatte sie das nicht schon viel früher bemerkt? Ihre Großmutter besaß tatsächlich keinen Schatten! In Ludmillas Kopf überschlugen sich die Gedanken. Wie hatte sie sich so in ihrer Großmutter irren können? Sie hatte sie immer für einen guten Menschen gehalten. Einen Menschen, der Werte vertrat und für sie einstand. Ludmilla hatte bisher kaum schlechte Eigenschaften an ihr entdecken können. Sie hatte ihre Eigenarten, war etwas schrullig, aber sosehr sie versucht hatte, sich von ihr abzugrenzen, Mina war immer geduldig und voller Verständnis für sie gewesen. Ludmilla hatte sie immer bewundert und zu ihr aufgeschaut. Und sie war ihr für alles, was sie für sie getan hatte, dankbar gewesen. Sehr dankbar!

Denn ihre Großmutter hatte sich für sie eingesetzt. Sie hatte sie sozusagen gerettet. Gerettet aus einem lieblosen Elternhaus, in dem sie sich nie geborgen und zu Hause gefühlt hatte. Ihre Eltern waren sehr beschäftigt und reisten sehr viel. Sie waren deshalb selten zu Hause. Sowohl Ludmillas Vater als auch ihre Mutter waren sehr erfolgreich in ihrem Beruf und hatten diesen seit der

Geburt von Ludmilla nicht aufgeben wollen. Deshalb hatten sie Kinderfrauen und Au-Pairs engagiert, die sich um Ludmilla hatten kümmern sollen. Aber auch darüber hinaus hatten sie es nicht geschafft, sich richtig um ihre Tochter zu kümmern.

Bei ihrer Großmutter war das anders. Mina war immer da. Sie kümmerte sich um Ludmilla, interessierte sich für sie, hörte ihr zu und war für sie da. All das gab Ludmilla Geborgenheit. Eine Geborgenheit, die sie von ihren Eltern nie erfahren hatte. Irgendwann hatte sich Mina eingemischt. Sie hatte dafür gekämpft, dass Ludmilla bei ihr wohnen konnte. Dafür hatte sie sogar für einige Zeit jeglichen Kontakt zu ihrer Tochter, Ludmillas Mutter, abgebrochen. Ludmillas Eltern hatten große Bedenken gehabt, da Mina schon alt war und allein in diesem großen Haus lebte. Aber Mina hatte sich nicht beirren lassen. Sie wollte sich um Ludmilla kümmern. Sie hatte die ständig wechselnden fremden Menschen, die Ludmilla betreuen sollten, sattgehabt.

Irgendwann hatte sie Ludmillas Eltern überzeugen können, die völlig verzweifelt waren, da Ludmilla alle Au-Pairs und ebenso viele Kinderfrauen durch ihr schlechtes Benehmen verjagt hatte. Sie waren erleichtert gewesen, als Ludmilla zu ihrer Großmutter zog, da sie davon überzeugt waren, dass dies das Beste für Ludmilla war. Ludmilla war Mina dafür sehr dankbar. Mina hatte ihr gezeigt, dass sie ihr nicht egal war. Und Ludmilla lebte, trotz all der Langeweile, sehr gern bei ihrer Großmutter. Das Leben bei ihrer Großmutter war um vieles besser, als in einem Elternhaus ohne Eltern zu wohnen.

Irgendwann brach Mina das Schweigen: »Uri hat mich vor meiner Verbannung bewahrt, indem er mich zurückschickte. Ich darf Eldrid nicht betreten, ansonsten muss ich in die Verbannung gehen. Der Spiegel bringt Unheil über unsere Familie. Deshalb habe ich mit Uri die Abmachung getroffen, dass kein Mitglied der Scathan-Familie mehr den Spiegel zum Leuchten bringt. Der Scathan-Spiegel dient nicht mehr als Portal nach Eldrid. Und du«,

Minas Stimme wurde hart und schrill, »wirst diese Welt auch nicht mehr betreten! Zamir ist gefährlich und sehr, sehr mächtig. Er hat sich die Mächte von meinem Schatten angeeignet und damit ist er eines der mächtigsten Wesen in Eldrid. Wenn nicht sogar *das* mächtigste Wesen. Dagegen kann auch Uri nichts machen. Uri kann dich vor ihm nicht beschützen. Du musst diese Welt vergessen. Sieh mich an! Ich habe keinen Schatten. Ich kann mich im Sonnenlicht eigentlich nicht bewegen. Ständig muss ich mich darum sorgen, dass jemandem das auffällt. Im Grunde lebe ich trotzdem in der Verbannung, und zwar hier in unserer Welt, in diesem Haus.« Minas Stimme zitterte vor Zorn. »Ich verbiete dir, dich noch einmal diesem Spiegel auch nur zu nähern. Ich verbiete es dir, Ludmilla. Ich will nicht, dass dir dasselbe widerfährt wie mir!« Mit diesen Worten schob sie ruckartig den Stuhl nach hinten und stand auf. »Hast du mich verstanden?«, fuhr sie Ludmilla mit einer Härte an, dass Ludmilla zusammenzuckte.

Mina erhob drohend den Zeigefinger. Ihre Hand zitterte. »Wenn du es wagst, dieses Verbot zu brechen, auch nur für eine einzige Reise, dann ziehst du hier aus! Du ziehst zurück in das Haus deiner Eltern mit irgendwelchen Kinderfrauen oder Au-Pairs. Dann ist unsere Beziehung beendet. Verstehst du mich?«

Minas Zeigefinger bohrte sich auf Ludmillas Brust, so dass diese zurückwich. Ludmilla blickte ihrer Großmutter in die Augen und schluckte hart. Ihre größte Angst war es tatsächlich, wieder zurück zu ihren Eltern ziehen zu müssen. Das war so ziemlich das Einzige, was ihr nicht egal war.

»Ich will es von dir hören, Ludmilla!«, presste Mina durch ihre Zähne hindurch. »Sag es!«, befahl sie.

Sie hatte verstanden, wie ernst es ihr damit war. »Ja, ich habe es verstanden. Ich werde mich dem Spiegel nicht mehr nähern und ihn benutzen.«

Mina seufzte erleichtert auf und ließ sich erschöpft auf den Küchenstuhl fallen.

»Und was ist mit Ada passiert?«, fragte Ludmilla leise.

Mina fuhr hoch, als hätte Ludmilla sie aus einem tiefen Schlaf geweckt. Ihre Augen glitzerten. »Sie ist dortgeblieben. Ich habe sie nie wiedergesehen«, antwortete sie bitter und stand auf.

Ludmilla machte den Mund auf, wollte etwas sagen und schloss ihn dann wieder. Ihre Großmutter schien zu entschlossen, nicht weiterreden zu wollen.

Mina hatte die Küchentür schon fast erreicht, als sie sich erneut zu Ludmilla umdrehte. Ihre Augen funkelten.

»Damit wir uns hier nicht missverstehen. Dieses Gespräch bleibt selbstverständlich unter uns. Du bist intelligent genug, um zu verstehen, dass niemand von der Funktion des Spiegels erfahren darf. Du bist verpflichtet, dich an den Pakt der Spiegelfamilien zu halten.«

Mina schnaufte, während Ludmilla heftig nickte. Sie würde sowieso von jedem für verrückt erklärt werden, dem sie davon erzählte.

Aber Mina war noch nicht fertig: »Und damit das ganz klar ist: Ich werde NIE WIEDER mit dir über Eldrid oder den Spiegel sprechen. Das war heute das einzige Mal, das ich davon erzählt habe. Und dabei wird es bleiben.«

Ludmilla hob an, etwas zu sagen, aber Mina erhob den Zeigefinger in die Luft.

»Nein! Dieses Mal, Ludmilla, nur dieses eine Mal: Hier und jetzt ist Schluss. Mehr wirst du nicht erfahren, finde dich lieber damit ab, wenn du hier wohnen bleiben willst.«

Mit diesen Worten drehte sie sich um und verließ das Zimmer. Ludmilla blieb wie versteinert sitzen.

Neuntes Kapitel

Aufbruch

In dieser Nacht schlief Ludmilla schlecht. Sie träumte von Mina, Eldrid, Uri und einer gesichtslosen Gestalt, die Zamir hieß. Drum herum schwirrten Spiegel und Spiegelwächter, die aussahen wie Uri. Immer wieder schreckte sie aus ihren Träumen hoch, bis sie schließlich aufrecht im Bett saß und laut rief: »Taranee! Scathan!« Verwirrt rieb sie sich die Augen. Sie hatte zu viele Gedanken im Kopf, als dass sie hätte schlafen können. Also ging sie in die Küche, um ein Glas Wasser zu trinken. Sie vermied es, das Licht einzuschalten. Gedankenverloren lehnte sie an den hölzernen Küchentisch und ließ sich alles noch einmal durch den Kopf gehen. Sie hatte noch so viele Fragen. Welche Notsituation gab es in Eldrid, dass Uri sich gezwungen sah, Mina aufzusuchen? Und welche Rolle sollte sie dabei spielen? Hatte sie wirklich eine Aufgabe in Eldrid? Gab es etwa eine Chance, etwas von dem wiedergutzumachen, was ihre Großmutter dieser Welt angetan hatte? Und wenn Uri sie beschützte, warum sollte es so gefährlich sein?

Ludmilla konnte noch immer nicht fassen, was sie erfahren hatte. Ihre Großmutter war eine Kriminelle. Zumindest in Eldrid. Und eine Aussätzige. Das war sie im Grunde auch hier, nur hatte sie gelernt, damit umzugehen und zu leben. Wenn es doch nur einen Weg gäbe, um die Taten ihrer Großmutter ungeschehen zu machen. Vielleicht könnte sie ihr sogar ihren Schatten zurückbringen. Mina hatte selbst gesagt, es gebe einen Umkehrzauber. Um das aufzuklären, müsste sie nach Eldrid reisen und mit Uri sprechen. Aber damit riskierte sie alles. Und für sie bedeutete das Leben bei ihrer Großmutter ALLES. Ludmilla war hin- und hergerissen. Unruhig trat sie von einem Fuß auf den anderen.

Sie setzte sich an den Küchentisch und dachte nach. Stunden um Stunden wägte sie ab. Sie wälzte die Gedanken in ihrem Kopf und kam doch zu dem einen Schluss: Sie musste es riskieren. Sie brauchte Antworten. So konnte sie die Geschichte nicht auf sich beruhen lassen und einfach damit abschließen. Das konnte sie beim besten Willen nicht. Uri hatte davon gesprochen, dass er ihre Hilfe brauche. Vielleicht konnte sie wirklich helfen. Auch wenn das für sie die Höchststrafe bedeutete, sollte Mina sie dabei erwischen. Selbst dann, das entschied sie, war es ihr diese eine Reise nach Eldrid wert. Sie würde sich schon irgendwie durchschlagen, wenn Mina sie tatsächlich erwischen und rauswerfen würde. Inzwischen war sie alt genug. Und ein Fünkchen Hoffnung, dass Mina ihre Drohung doch nicht wahr machte, hatte sie auch.

Ludmilla lief entschlossen in ihr Zimmer. Im Vorbeigehen lauschte sie kurz an Minas Schlafzimmertür. Alles ruhig. Sie streifte sich ein T-Shirt und ihre Jeans über, band sich ihren blauen Lieblingskapuzenpullover um die Hüften und nahm ihre Turnschuhe in die Hand. Auf Zehenspitzen erreichte sie den ersten Stock und die Tür. Ihr Herz pochte wie wild, als sie die Klinke hinunterdrückte. Die Tür gab nicht nach. Ludmilla war fassungslos. Das durfte nicht wahr sein! »Bitte!«, flehte sie die Tür an. Aber die Tür blieb verschlossen. Ludmilla starrte sie hilflos an, als sie plötzlich das Leuchten wahrnahm, das unter der Tür hervorkroch. »Uri!«, rief Ludmilla leise. »Uri, hilf mir, ich komme nicht rein!« Sie legte ihr Ohr an die Tür und wartete. Aber es tat sich nichts. Entschlossen versuchte sie erneut die Tür zu öffnen. Sie wollte da rein! Sie lehnte sich mit ihrem gesamten Gewicht gegen die Tür, während sie die Klinke drückte. Und tatsächlich: Sie schwang auf. Ludmilla starrte sie ungläubig an. Noch bevor sie sich weitere Gedanken darüber machen konnte, fiel ihr Blick auf den Spiegel und sie vergaß alles um sich herum. Sie schloss die

Tür und wollte gerade in den Spiegel treten, als sie ihr Spiegelbild sah. Sie zögerte kurz. Aber ihr fiel einfach nicht ein, wie sie ihr Spiegelbild einsperren könnte. Also zuckte sie nur mit den Schultern, dachte: Jetzt oder nie, und berührte den Spiegel.

Sekunden später landete sie in Uris Höhle. Sie rappelte sich auf und lief zur Feuerstelle. Aber Uri war nicht da. Ludmilla schaute sich unschlüssig um. »Uri?«, rief sie laut. Unruhig lief sie zum Ausgang der Höhle. In Eldrid war es helllichter Tag. Der Wasserfall sprühte in allen Regenbogenfarben. Aber Ludmilla schenkte dem keine Beachtung. Unschlüssig lief sie vor der Höhle auf und ab und wartete. Immer wieder sah sie nach rechts, zu dem Pfad, der in den hellen Teil des Waldes führte.

»Oh, was haben wir denn hier?«, dröhnte es plötzlich in ihrem Ohr.

Ludmilla zuckte zusammen und fuhr herum. Aber sie konnte niemanden entdecken.

»Du bist zurück. So schnell?« Es war eine tiefe Stimme, die den Wasserfall übertönte und in ihren Ohren klang. Ludmilla drehte sich im Kreis, starrte an sich hinunter, aber sie sah nichts. Alles, was sie hörte, war ein helles Kichern. Ludmilla wedelte mit den Händen in der Luft herum, als wollte sie eine Fliege verjagen, aber sie konnte nichts entdecken.

»Hör auf damit, du siehst komisch aus. Ich bin doch hier!«, erklang nun plötzlich eine glockenhelle Stimme, die im Höhleneingang wiederhallte. »Soll ich Uri für dich rufen?«

Ludmilla reagierte nicht. Woher sollte sie wissen, dass es wirklich ein Freund von Uri war? Aber dann sah sie plötzlich etwas flattern. Etwas sehr Kleines, das nicht größer als ihr Zeigefinger war. Mit durchsichtigen Flügeln. Ludmilla erkannte sie sofort. Es war eine Fee. Eine Fee, so wie Ludmilla sie sich immer vorgestellt hatte. Klein und zierlich, mit prächtigen, bunt schillernden Flügeln. Der winzige Körper steckte in einem Kleid aus Blumen und Blättern, die schlohweißen Haare schimmerten golden, waren kurz geschnitten und klemmten hinter den winzigen Ohren.

Bei näherem Betrachten fiel Ludmilla auf, dass der Körper der Fee mit winzigen Federn bedeckt war.

»Buh!«, schrie die Fee und Ludmilla zuckte zurück. »Hat dir keiner beigebracht, dass man Wesen nicht so anstarren soll?«, blaffte sie Ludmilla mit ihrer tiefen Stimme an.

»Entschuldigung! Ich habe noch nicht so viel Erfahrung mit *Wesen*«, platzte es aus Ludmilla heraus. Sie trat einige Schritte zurück und stierte die Fee feindselig an. »Wolltest du nicht Uri rufen?«, fragte sie schnippisch.

Die Fee lachte ein glockenhelles Lachen. »Längst geschehen, und nun entspann dich, Ludmilla. Ich tu dir nichts.«

Die Fee kannte also auch ihren Namen. Na toll!, dachte Ludmilla. Gibt es hier eigentlich jemanden, der nicht weiß, wie ich heiße?

Fröhlich flatterte die Fee um Ludmilla herum. »Lass uns Freunde sein, ja? Ich mag dich«, ereiferte sie sich.

Ludmillas Miene blieb versteinert. Woher sollte sie wissen, dass diese Fee wirklich Uri gerufen hatte? Sie hatte es eilig und war nicht zu Albernheiten aufgelegt. Aber das winzige Wesen ließ sich nicht beirren. Sie schlug Purzelbäume in der Luft, flog Loopings und lachte dabei unentwegt. Ludmilla sah ihr zu und konnte sich ein Grinsen nicht verkneifen. Dies hielt jedoch nur kurz an, denn dann kam Ludmilla eine Idee.

»Uri hat mir gesagt, dass ich eine Aufgabe hätte. Wenn du zu Uris Freunden zählst, dann kannst du mir sagen, was für eine Aufgabe das ist«, stellte sie fordernd fest. Sie musste dabei laut schreien, um das Tosen des Wasserfalls zu übertönen.

Die Fee erstarrte in ihrer Bewegung und blickte sie mit ihren großen grünen Augen an. Sie flatterte vor Ludmillas Gesicht hin und her und ihr Gesichtsausdruck wurde ernst.

»Wenn Uri es nicht gesagt hat, dann darf ich es dir auch nicht sagen«, wisperte sie in ihr Ohr.

Und bevor Ludmilla noch etwas sagen konnte, dröhnte sie mit ihrer tiefen lauten Stimme: »Aber lass uns doch noch ein bisschen Spaß haben, bis er kommt!«

Sie schwang sich in die Höhe und drehte Kreise über Ludmillas Kopf. Ludmilla wurde es vom Hinsehen schwindelig. Da lachte die Fee wieder und ließ sich auf ihrer Schulter nieder. »Ich bin übrigens Pixi. Und wie du sicherlich schon richtig vermutet hast, bin ich eine Fee.«

Ludmilla schielte zu dem kleinen Wesen hinüber, das wie selbstverständlich auf ihrer Schulter saß und die Beine baumeln ließ. Pixi war niedlich anzusehen. Nur an die tiefe laute Stimme der Fee konnte sie sich nicht gewöhnen. Und einen gewissen Argwohn konnte sie nicht verdrängen. Sie kannte nun Minas Geschichte und war sich bewusst, wozu Zamir fähig war. Sie wollte nicht in seine Falle laufen. Noch war ihr Schatten bedeutungslos, aber Uri hatte irgendetwas mit ihr vor. Vielleicht wusste Zamir davon und könnte ihr gefährlich werden. Sie bekam ein beklemmendes Gefühl und griff instinktiv an den Kettenanhänger, den sie stets um den Hals trug. Es war ein kleines rotes Herz aus Karneol an einer feinen silbernen Kette, das Mina ihr zum Einzug in ihr Haus geschenkt hatte. Ludmilla trug diese Kette immer, legte sie nie ab. Sie nahm das Herz gern in die Hand, da der Stein weich war und sich nie kalt anfühlte. Ludmilla lächelte gedankenverloren, während sie das Herz durch ihre Finger gleiten ließ.

Plötzlich wurde Pixi von etwas aufgescheucht. Sie flatterte aufgeregt in die Richtung des hellen Teils des Waldes, den Ludmilla schon so oft erkundet hatte. Als Ludmilla ihr nicht folgte, drehte sie sich um und dröhnte: »Kleine Planänderung, Ludmilla! Du musst mit mir kommen! Uri kann nicht kommen, aber er möchte dich unbedingt sprechen.«

Ludmilla sah sie skeptisch an. »Und woher soll ich wissen, dass du die Wahrheit sagst?«, blaffte sie die Fee an.

Pixi riss die Augen auf und stemmte ihre kleinen Hände in die Hüften. »Das ist ja wohl eine Frechheit. Natürlich sage ich die Wahrheit!«

Ihr Gesichtchen lief rot an und ihre Wangen blähten sich auf, als würde sie die Luft anhalten. »Ich bringe dich zu Uri. Er befindet sich im Wald, und zwar im hellen Teil«, stellte sie schnippisch fest. »Wenn ich dich in eine Falle locken wollte, dann würde ich dich in den dunklen Teil führen!«, tobte sie weiter.

Ludmilla hob besänftigend die Hände. Der Kopf der Fee war inzwischen knallrot angelaufen, so dass selbst ihre kurzen Haare rot waren, und hatte eine ballonartige Form angenommen. Es wirkte fast so, als würde der kleine Kopf gleich platzen, wenn sie sich nicht bald wieder beruhigte.

»Okay, okay. Ist ja gut, ich glaube dir. Beruhige dich«, beeilte sich Ludmilla, ihr zu versichern.

Pixi schnaufte und blies rote Luft aus ihren Wangen. Sie setzte sich auf Ludmillas Schulter, schnappte sich eine von Ludmillas Haarsträhnen, hielt sich daran fest und dröhnte mit ihrer tiefen Stimme: »Dann mal los, Scathan-Mädchen! Auf in den hellen Teil des Waldes! Immer geradeaus!« Dabei ahmte sie einen Schlachtruf nach und ihr Gesicht nahm langsam wieder seine ursprüngliche goldene Farbe an.

Zehntes Kapitel

Die Spiegelwächter

Sie verließen den Wasserfall und liefen in den Wald. Ludmilla kannte diesen Teil des Waldes von ihren Erkundungstouren, doch jetzt sah sie die Welt mit anderen Augen. Pixi zeigte ihr Dinge und Wesen, die sie bisher nicht entdeckt hatte. Sie blieb dabei sehr sachlich, als wäre sie eine Lehrerin vor ihrer Klasse. Ludmilla hörte aufmerksam zu und gewann langsam Vertrauen zu der kleinen Fee. Nach einer Weile erreichten sie eine Lichtung, auf der der Waldweg endete. Ludmilla blieb unschlüssig stehen und schielte zu Pixi.

»Oh, nicht stehen bleiben! Immer noch geradeaus!«, brüllte diese übermütig und lachte dabei ihr glockenhelles Lachen.

»Aber geradeaus ist kein Weg«, stellte Ludmilla fest und bewegte sich nicht.

»Das ist richtig, aber da ist eine Tür«, wisperte Pixi plötzlich.

Ludmilla strengte ihren Augen an. »Wo soll denn hier eine Tür sein?«, fragte sie ungläubig.

Pixi schwang sich von ihrer Schulter und flatterte vor ihr Gesicht. »Da-ha ...!«, zischte sie ihr ungeduldig zu und deutete genau vor sich auf die Mitte der Lichtung.

Und tatsächlich, dort stand eine durchsichtige Tür. So wie auf den Gemälden von René Magritte. Eine Tür, mitten auf einer Lichtung, die eigentlich gar nicht da war, weil man hindurchschauen konnte und vor ihr und hinter ihr die Lichtung lag. Sie glitzerte im Sonnenlicht.

Gerade als Ludmilla laut »Aah!« sagen wollte, legte Pixi bedeutungsvoll den winzigen Finger auf ihre rosa schimmernden Lippen.

»Scht! Wir müssen leise sein. Schleich dich vorsichtig an, dann können wir sie vielleicht belauschen, wenn sie uns nicht bemerken«, flüsterte sie.

Ludmilla sah sie verständnislos an.

»Na, da drin sind Uri und die anderen Spiegelwächter«, erklärte ihr Pixi ungeduldig.

Ludmilla hob nur verständnislos die Schultern. »Wo drin?«, fragte sie kaum hörbar.

Pixi deutete auf die durchsichtige Tür.

»Hinter der Tür befindet sich ein temporäres Zelt. Wir können es nicht sehen und sie können uns nicht sehen. Aber sie können uns hören. Das Zelt ist mit einem Schutzzauber versehen, so dass es nicht einfach umgerannt werden kann. Auch kommt keiner rein, der nicht eingeladen oder berechtigt ist. Es ist dein Glück, dass ich berechtigt bin. Ich kann die Tür öffnen, ohne dass sie es hören, und wenn du es schaffst, leise und unhörbar zu sein, dann können wir sie belauschen.« Pixi triumphierte mit einem leisen glucksenden Kichern.

Für Ludmilla hörte sich dies nach einer sensationellen Chance an. Vielleicht redeten die Spiegelwächter gerade über ihre Aufgabe.

Noch einmal zögerte sie kurz. Die Frage lag ihr brennend auf der Zunge: »Warum bist du berechtigt, Pixi?«, flüsterte sie.

Pixi warf ihr einen abfälligen Blick zu. »Ich bin Uris Fee«, erklärte sie nur trocken.

Ludmilla hob die Augenbrauen. »Ach so!«, entfuhr es ihr. »Er hat eine Fee«, murmelte sie bewundernd.

Pixi flog voran. Mit einem zielsicheren Sprung landete sie auf der durchsichtigen Klinke und die Tür sprang einen kleinen Spalt auf. Ludmilla erstarrte in ihrer Bewegung und wartete. Sie hatte die Tür bis auf ein paar Meter erreicht. Durch den Türspalt fiel ein seltsames mattes, goldschimmerndes Licht auf die Lichtung. Pixi steckte den Kopf durch den Spalt, so dass ihr Kopf verschwand und ihr Körper mit der unsichtbaren Tür verschmolz. Ludmilla starrte angestrengt auf die Tür. Nach ein paar Sekunden erschien Pixis Kopf auf der Tür und sie winkte Ludmilla zu sich. Ludmilla trat auf Zehenspitzen näher heran. Aus dem Raum hinter der Tür konnte sie deutlich Uris Stimme hören.

»Bodan!«, hörte sie Uri aufgebracht ausrufen. »Wir haben auf dich gewartet. Es ist wichtig. Sie ist hier und wir sind uns immer noch nicht einig, wie wir genau vorgehen.«

»Oh, das tut mir leid, ich wusste nicht, dass es so dringend ist«, erwiderte eine sehr dunkle warme Stimme, die wohl zu Bodan gehörte.

Dann folgte ein unverständliches Brummen verschiedener Stimmen.

Es war ein merkwürdiges Gefühl, vor einer durchsichtigen Tür zu stehen und in einen Raum hineinzulauschen, der sich unsichtbar mitten auf einer Waldlichtung befand.

Pixi grinste Ludmilla breit an, als wüsste sie, was Ludmilla gerade dachte.

»So geht das nicht! Dafür haben wir jetzt keine Zeit!«, rief Uri aufgebracht dazwischen. »Sie wird bestimmt gleich hier sein. Pixi bringt sie her. Sie wird Fragen haben. Fragen über ihre Aufgabe. Dann müssen wir ihr etwas sagen.«

»Weiß denn Mina Bescheid? Spielt sie mit?«, fragte eine dritte, etwas höhere männliche Stimme.

»Davon gehe ich nicht aus«, erwiderte Uri bestimmt. »Ich habe in den letzten Monaten oft versucht, noch einmal mit Mina zu sprechen. Ohne Erfolg. Sie hat nicht einmal reagiert. Deshalb habe ich angefangen, Ludmilla zu rufen. Wie alle Menschen ist sie ganz verrückt nach Eldrid. Ich habe versucht, Ludmilla dazu zu bewegen, Mina zu überreden, ihr diese Reise zu erlauben. Ich habe ihr gedroht, dass sie sonst nicht mehr nach Eldrid reisen darf.«

Ein Aufschrei der Empörung unterbrach ihn. »Damit hättest

du alles ruinieren können! Wir brauchen Ludmilla!«, riefen zwei hohe Stimmen im Chor.

»Und sie ist gekommen«, fuhr Uri unbeirrt fort. Seine Stimme strahlte eine gewisse Überlegenheit aus, die selbst Ludmilla vor der Tür wahrnehmen konnte. »Selbstverständlich habe ich ihr den Weg durch den Spiegel nicht verwehrt. Ich wollte nur nichts unversucht lassen, dass Mina es zulässt. Sollte Ludmilla ihre Aufgabe annehmen und erfolgreich durchführen, brauchen wir Mina zum Schluss, damit sie bereitsteht. Deshalb wäre es viel einfacher, wenn sie der Sache nicht im Weg stehen würde. Aber so, wie es aussieht, müssen wir dieses kleine Detail am Schluss regeln. Zunächst muss Ludmilla ihre Hilfe zusagen. Sie darf nun auf keinen Fall in ihre Welt zurückkehren, denn Mina hat ihre Wege, Ludmilla den Weg durch den Spiegel zu versperren. Das wollen wir nicht riskieren. Jetzt geht es erst einmal darum, Ludmilla ihre Aufgabe zu erklären.«

»Und was willst du ihr erklären, Uri?«, schrie einer der hohen Stimmen schrill, so dass sie sich fast überschlug. »Wir wissen noch nicht einmal, wo er ist! Wir haben auch noch keinen Magier gefunden, der sich bereit erklärt hat, den Zauber auszusprechen. Wir sind noch nicht so weit. Sie kommt zu früh. Wir brauchen mehr Zeit.«

In diesem Augenblick flog die Tür auf und Pixi flog kichernd hindurch. »Ich grüße die hohe Gesellschaft!«, dröhnte sie äußert vergnügt, und in Ludmillas Ohr flüsterte sie: »Ich liebe es, wenn sie nicht vorbereitet sind!«

Ludmilla folgte ihr zögerlich und betrat das Zelt. Es hatte lichtdurchlässige Wände und Decken, wie aus Pergament. Das Sonnenlicht strömte gedämpft herein. Das Zelt bot einen rechteckigen Raum, der bis unter das Dach des Zeltes reichte. Der Boden war mit einer Art Segeltuch ausgelegt. In der Mitte des Zeltes saßen vier Gestalten auf dem Boden. Ludmilla erkannte Uri sofort. Die anderen drei Wesen glichen Uri sehr. Sie waren ebenfalls zierlich und klein. Alle drei hatten sehr runzlige Haut und sahen, genau wie Uri, uralt aus. Zwei hatten schlohweiße, leicht gelockte Haare. Nur einer von ihnen war etwas rundlicher als die anderen, seine Haare waren kupferfarben und seine Haut sonnengebräunt. Seine Augen waren dunkel und er hatte eine sehr herzliche Ausstrahlung.

Noch bevor Ludmilla einen klaren Gedanken fassen konnte, standen alle vier Gestalten vom Boden auf und wandten sich ihr zu.

Uri trat auf sie zu und begrüßte sie freundlich, wobei seine Stimme etwas Verbindliches an sich hatte: »Ludmilla, wie schön! Danke, dass du den Weg auf dich genommen hast, und entschuldige bitte, dass ich dich nicht in der Höhle empfangen konnte. Ich hoffe, Pixi hat dir den Weg hierher ein wenig versüßen können.«

Ludmilla lächelte skeptisch. Was sollten die Höflichkeitsfloskeln? Sie wussten doch alle, warum sie hier war.

Nun kamen die anderen drei Wesen ebenfalls auf Ludmilla zu. Der etwas Rundlichere stellte sich als Erster vor, indem er ihr die Hand entgegenstreckte: »Hallo Ludmilla, ich bin Bodan. Schön, dich kennen zu lernen!«

Er lächelte sie dabei breit an und entblößte eine Reihe strahlend weißer Zähne. Auch er hatte ein beiges Leinenhemd mit Stehkragen an. Seine Hose war weiter geschnitten als die von Uri und vor seinem Bauch spannte das Hemd.

Ludmilla ergriff zögerlich seine Hand und sah in die funkelnden Augen. Er hatte auch goldfarbene Augen, wie Uri, seine waren aber dunkler, wie Schokolade mit Kupferstich. Ludmilla mochte seine Ausstrahlung. Das war also der Wächter des Solas-Spiegels. Das hatte sie sich gemerkt: fünf Spiegelfamilien für fünf Spiegel und fünf Spiegelwächter. Scathan, Taranee, Solas, Ardis und Dena. Bodan war der Spiegelwächter der Solas-Familie.

Danach stellten sich die anderen beiden Spiegelwächter vor. Kelby und Arden. Sie sahen sich zum Verwechseln ähnlich und Ludmilla konnte sie nur schwer auseinanderhalten. Kelby und Arden waren etwas größer und noch hagerer als Uri, ihre weißen Haare waren länger und kräuselten sich auf ihren Schultern. Dafür war ihre Haut so hell wie Papier und ihre Augen so blau wie Eiswasser. Ihre Stimmen waren sehr ähnlich, wenn sie sprachen. Sie hatten genau wie Uri ein Leinenhemd mit einer schmal geschnittenen Leinenhose an. Meist redeten sie im Wechsel und ergänzten gegenseitig ihre Sätze. Das sind auf jeden Fall Brüder, wenn nicht sogar Zwillinge, dachte Ludmilla, als sie die beiden beobachtete. Und sie waren die Wächter des Ardis-Spiegels und des Dena-Spiegels.

Uri lud Ludmilla ein, Platz zu nehmen. Etwas unschlüssig betrat sie den Kreis und setzte sich auf den Boden. »Das mag dir alles etwas merkwürdig vorkommen, aber wir haben nicht so schnell mit deiner Rückkehr gerechnet. Wir dachten, dass du dich mit deiner Großmutter beraten würdest.«

»Oh, das hat sie«, unterbrach ihn Pixi kichernd.

Uri warf ihr einen strengen Blick zu. Pixi verstummte und alle fixierten Ludmilla erwartungsvoll. Als Ludmilla nicht sofort antwortete, ergriff Bodan das Wort.

»Kelby, Arden und ich sind genauso wie Uri Spiegelwächter, Ludmilla. Wir sind dafür verantwortlich, wer Eldrid betritt und wer nicht. Wir sind für den Schutz dieser Welt zuständig. Jeder von uns bewacht einen Spiegel. Wir wissen, dass Uri dir erlaubt hat, seinen Spiegel zu benutzen, und wir sind damit einverstanden. Aber wir wollten dich natürlich gerne kennen lernen.«

»Ich verstehe schon, wegen meiner Großmutter«, erwiderte Ludmilla und schaute gelassen in die Runde.

Die gleisend hellen Augen von Kelby und Arden verengten sich. Bodan fing an zu lächeln.

»Also ist das hier eine Versammlung der Spiegelwächter«, stellte Ludmilla fest und blickte die Spiegelwächter der Reihe nach an. »Dann fehlt eigentlich nur noch Zamir, oder?«, fügte sie hinzu.

Bodan gluckste. »Jetzt verstehe ich«, murmelte er vor sich hin, während Kelby und Arden Ludmilla skeptisch fixierten.

»Ganz genau«, bestätigte ihr Uri kurz. Er wandte sich kurz

Kelby und Arden zu und machte eine beschwichtigende Geste. »Ich sagte euch doch, ihre Art ist speziell.«

Kelby und Arden schienen wie erstarrt, während Bodan Ludmilla mit funkelnden Augen musterte.

Uri aber wandte sich ihr zu und erklärte sachlich: »Es gibt in Eldrid fünf Spiegel und fünf Spiegelwächter. Vier von ihnen siehst du hier vor dir und Zamir war der Fünfte von uns. Zamir bewacht seinen Spiegel nicht mehr. Er war nicht mehr würdig, unsere Welt zu bewachen. Er bringt uns die Dunkelheit. Über den Besuch der Menschen darf er seitdem nicht mehr entscheiden.«

»Also habt ihr ihm sein Spielzeug weggenommen?«, entfuhr es ihr spöttisch. Innerlich zuckte sie zusammen. Ihr war klar, dass sie damit zu weit gegangen war.

Alle starrten sie entgeistert an. Kelby – oder war es Arden? – entfuhr ein ungläubiges Stöhnen.

»Entschuldigung. Habe ich was Falsches gesagt?«, fragte Ludmilla so unbedarft wie möglich. Blöße wollte sie sich dennoch nicht geben, auch wenn sie wusste, dass sie sich nicht korrekt verhielt. Uri sah sie streng an. Sie ignorierte seinen Blick und schaute sich stattdessen neugierig im Zelt um. So gewann sie Zeit und konnte das unangenehme Schweigen und Anstarren überbrücken.

»Warum treffen wir uns hier? Gibt es dafür einen bestimmten Grund, Uri?«, fragte sie, nachdem keiner es wagte, die angespannte Stille zu durchbrechen. Dabei merkte sie nicht, wie ihr Ton immer schärfer wurde.

Uris Hände flogen beschwichtigend durch die Luft wie die Flügel eines Vogels. Seine Finger leuchteten in dem goldenen Schimmer des Spiegels. »Eins nach dem anderen, Ludmilla!«

Aber Ludmilla funkelte ihn nur an. Sie mochte es nicht, dass er ständig ihren Namen aussprach. Sie fühlte sich auch so angesprochen. Außerdem konnte sie ihn nicht einschätzen. Er war berechnend und manipulativ. Das hatte sie durch das Belauschen herausgefunden. Und er konnte so überheblich sein, dann aber wieder herzlich und gütig. Sie verscheuchte ihre kritischen Gedanken und erwiderte schnippisch: »Ja, natürlich. Hier geht ja alles so gemächlich zu, das vergaß ich.«

Uri räusperte sich und sah sie mit hochgezogenen Augenbrauen an. »Bitte, Ludmilla. Wir werden versuchen, dir alles zu erklären. Es ist kompliziert.«

Ludmilla entfuhr ein verächtliches Schnauben. »Ja, bitte. Dann erklärt es mir. Dafür bin ich nämlich hier. Nur, dass ich keine Zeit habe. Da mir keiner verraten wollte, wie ich mein Spiegelbild einsperren kann, habe ich gar nichts dergleichen getan.« Sie warf Uri einen wütenden Blick zu. »Wahrscheinlich ärgert es jetzt schon Mina. Während ich nämlich darauf gewartet habe, mit dir zu sprechen, lieber Uri«, sie konnte sich den überheblichen spöttischen Unterton nicht verkneifen, »ist wertvolle Zeit verstrichen. Zeit, in der mein Spiegelbild allerhand anstellen kann. Und ja, mir ist das zeitliche Verhältnis von eins zu zehn in dieser und meiner Welt durchaus bewusst. Aber es ist auch hier genug Zeit verstrichen, so dass auch in meiner Welt nicht nur ein paar Minuten vergangen sind. Ich habe viel riskiert dafür, dass ich jetzt hier stehe. Mina hat mir verboten, noch ein einziges Mal den Spiegel zu benutzen. Sie weiß also nicht, dass ich den Spiegel benutzt habe, beziehungsweise jetzt wahrscheinlich dank meines Spiegelbildes schon, und ich habe auch nicht ihre Erlaubnis. Sie meinte, Eldrid sei zu gefährlich.« Ludmilla schaute feindselig in die Runde.

Pixi fing an zu kichern und klatschte vor Begeisterung in die Hände. »So habe ich mir das vorgestellt!«, rief sie. »Und? Was sagt ihr nun? Ihr mächtigen Spiegelwächter!«, brüllte Pixi mit ihrer donnernden Stimme und brach dann in schallendes spöttisches Gelächter aus.

»Pixi!«, herrschte Uri sie an. Nun hatte auch er eine unüberhörbare laute Stimme.

Pixi verstummte sofort und setzte sich auf Ludmillas Schulter.

Kelby und Arden schüttelten missbilligend den Kopf und warfen Uri vorwurfvolle Blicke zu.

»Feen!«, brachte Bodan unter unterdrücktem Lachen hervor und klopfte sich auf die Knie.

Ludmilla aber sah auffordernd von Uri zu den anderen Spiegelwächtern. »Wann gedenkt ihr denn nun, mir zu sagen, was meine Aufgabe ist?« Als keiner sofort antwortete, fuhr sie unbeirrt fort, indem sie sich nur Uri zuwandte: »Ich brauche Antworten! Mir rennt die Zeit davon. Und wenn wir schon dabei sind: Uri, diese Welt ist wirklich wunderschön und faszinierend und voller Überraschungen, aber auch voller Gefahren und Bösem. Das hast du bereits versucht, mir klarzumachen, und meine Großmutter auch. Ich habe das begriffen, das ist nicht so schwer. Aber eines interessiert mich doch brennend: Was ist in euren Augen meine Aufgabe hier? Gibt es etwas, das ich tun kann, um wiedergutzumachen, was meine Großmutter angerichtet hat und ihr nicht wieder korrigieren konntet?«

Bodan brach in schallendes Gelächter aus, während sich Kelby und Arden kopfschüttelnd erhoben. »Wie kannst du ihr vertrauen, Uri? Sie ist eine Göre. Respektlos. Sie wird die Tragödie vielleicht noch wiederholen.«

Da sprang Bodan auf. Seine Hände schrieben glühende Wogen in die Luft, dass es nur so knisterte. »Na, na, meine lieben Brüder. Das geht doch ein wenig zu weit. Sie ist keine Göre. Sie ist *fünfzehn*. Und sie will Antworten. Sie will nicht wie ein Kind behandelt werden. Sie will helfen. Seht ihr das nicht? Sie ist fulminant. Genauso, wie Mina fulminant war.«

Ludmilla sah Bodan erstaunt an.

»Ihr habt *ihr* schließlich auch vertraut«, fuhr Bodan fort. »Mina habt ihr erlaubt, Eldrid zu bereisen, und keine Bedenken gehabt.«

»Und das war ein Fehler«, unterbrach ihn Kelby scharf, oder war es Arden?

Bodan ließ sich nicht beirren.

»Ihr müsst Zugeständnisse machen, wenn ihr wollt, dass sie uns hilft. Wollt ihr euch wirklich davon abschrecken lassen, dass sie ein wenig frech ist? Sie ist nicht auf den Mund gefallen. Und sie sagt euch ihre Meinung. Sehr erfrischend.«

Er fing wieder an zu lachen und dabei lachte er aus tiefstem Herzen, so dass sein Bauch auf und ab wippte.

Uri schmunzelte kurz. Dann wandte er sich ebenfalls Kelby und Arden zu.

»Bodan hat Recht.« Uri sprach mit viel Bedacht. »Habt ein wenig Geduld. Sie ist ein Mensch, vergesst das nicht. Wir haben andere Umgangsformen als in der Menschenwelt. Daran muss sich auch Ludmilla erst gewöhnen. Sie wird sich schon anpassen. Nicht wahr, Ludmilla?« Uri sah sie auffordernd an.

Ludmilla wandte sich Kelby und Arden zu und versicherte ernst und aufrichtig: »Ich möchte hier nichts Böses anrichten. Es geht doch gar nicht um mich, sondern um Minas Schatten.«

Als sie dies aussprach, erstarrten alle.

»Volltreffer!«, dröhnte Pixi und flatterte vergnügt um Ludmilla herum. Sie hatte offenbar eine Menge Spaß. Ludmilla grinste zufrieden.

»Gut kombiniert!«, trällerte Pixi ihr leise ins Ohr.

»Ich wusste ja gar nicht, dass sie schon im Bilde ist, Uri«, sagte Bodan verwundert.

Uri schüttelte langsam den Kopf. »Das ist sie nicht. Aber«, Uri nickte anerkennend, »du kapierst schnell, Ludmilla. Es ist nur nicht so einfach, wie du denkst. Was hat dir deine Großmutter erzählt?«

Ludmilla zuckte kurz mit den Schultern. »Alles«, erwiderte sie frech, so dass Kelby und Arden erneut aufstöhnten.

Bodan sah Ludmilla amüsiert an. »Und was ist alles?«, fragte er ernst und schaute ihr in die Augen.

Ludmilla besann sich auf die Geschichte ihrer Großmutter und wie viel sie angerichtet hatte. An diesem Punkt sollte sie keine Späße machen. Auch wenn sie diese Männchen, wie sie da so standen und äußerst wichtig taten, nicht richtig ernst nehmen konnte.

Aber sie riss sich zusammen und sagte schließlich: »Dass sie und ihre Schwester Ada von Zamir gelernt haben, den Wesen von Eldrid ihre Schatten zu nehmen und sich die Mächte anzueignen. Als sie schon sehr mächtig war und viele Mächte gesammelt hatte, stahl sie eine seltene Macht, die Zamir auch unbedingt haben wollte. Nachdem Mina sich diese Macht angeeignet hatte, stahl er ihr ihren Schatten und machte sie zu einem schattenlosen Wesen, wenn sie hiergeblieben wäre. So ist sie ein Mensch ohne Schatten in unserer Welt.« Ludmillas Stimme wurde bitter.

Es entstand eine Pause. Alle mieden Ludmillas Blicke.

»Welche Macht wollte Zamir unbedingt haben, dass dies ausschlaggebend dafür war, um Mina den Schatten zu stehlen?«, fragte Kelby plötzlich interessiert.

Ludmilla zuckte mit den Schultern. »Das weiß ich nicht. Sie vermutet auch nur, dass diese Macht ausschlaggebend für den Raub ihres Schattens war. Welche Macht das war, hat sie mir nicht gesagt, und ich habe es nicht gewagt nachzufragen.«

Arden schnaubte verächtlich. »In diesem Moment hättest du ruhig ein wenig respektloser sein können, so wie du es hier bist. Diese Information wäre wichtig für uns.«

Ludmilla sah ihn verständnislos an. »Ich dachte, ihr kennt die Geschichte. Ich konnte ja nicht wissen, dass ich sie für euch auch noch aushorchen sollte«, erwiderte sie empört.

Arden und Kelby warfen sich vielsagende Blicke zu.

Uri hob die Hände. »Genug, meine Brüder, genug!« Und zu Ludmilla gewandt flüsterte er: »Es tut mir leid. Dein Empfang sollte herzlicher ausfallen. Kelby und Arden sind etwas aufgebracht. Nimm es nicht persönlich.«

Kelby wollte gerade widersprechen, als ihn Bodan am Arm packte und ihn damit zum Schweigen brachte.

»Kelby und Arden lassen nicht viele Menschen durch ihre Spiegel«, brach es kichernd aus Pixi heraus.

Uri warf ihr einen strafenden Blick zu und sie verstummte.

Ludmilla musste dennoch schmunzeln. Das hatte sie längst bemerkt, dass Kelby und Arden nicht viel Kontakt mit Menschen hatten.

Uri erhob sich. »Kelby und Arden müssen uns nun verlassen«, sagte er entschuldigend.

Die beiden sahen ihn erstaunt an. »Das ist sicherlich besser so. Ich kläre alles Weitere mit Ludmilla und unterrichte euch dann. Ich habe nicht den Eindruck, dass wir hier«, er machte eine Handbewegung in die Runde, »und in dieser Konstellation zu einem Ergebnis kommen werden.«

Kelbys Gesichtsausdruck veränderte sich. Zornesröte schoss ihm vom Hals in die Adern, aber Arden zog ihn Richtung Ausgang. Sein gesamter Kopf fing an zu glühen, so wie Uris Spiegel glühte, bevor er zu leuchten anfing.

»Uri hat Recht!«, zischte Arden ihm zu. »Lass uns gehen. Wir können uns auch untereinander beraten.« Ohne ein weiteres Wort verließen sie das Zelt.

Ludmilla starrte ihnen mit zusammengekniffenen Augen nach.

Elftes Kapitel

Ludmillas Aufgabe

»Was sollte das denn jetzt?«, flüsterte sie Pixi befremdet zu. Die kleine Fee hatte mit ihrer unbeschwerten Art ihr Herz im Sturm erobert.

Pixi kicherte nur und flatterte vor ihrem Gesicht hin und her. »Kelby und Arden sind sehr empfindlich, was Zamir und die Geschichte deiner Großmutter angeht«, wisperte sie. »Sie sind seitdem sehr misstrauisch. Nimm es ihnen nicht übel. Eigentlich sind sie ganz in Ordnung.« Pixi fing an zu glucksen.

Bodan sah sie strafend an, musste dabei aber selbst lachen.

Uri räusperte sich und baute sich in der Mitte des Zeltes vor Ludmilla auf. »Haben wir jetzt genug über Kelby und Arden gesprochen?«, herrschte er Pixi an, während er Bodan ungeduldig fixierte.

Dann wandte er sich Ludmilla zu und setzte ein gezwungenes Lächeln auf. »Du wirst ihnen nicht oft über den Weg laufen, also konzentrieren wir uns lieber auf das Wesentliche.«

Pixis Flügel schimmerten in dem Licht des Zeltes, als sie sich auf den Boden niederließ und Uri auffordernd anfunkelte. Das »Na endlich!« entfuhr ihr nur ganz leise, aber Ludmilla konnte es hören und sie lächelte sie an.

Ludmilla hatte sich ihre Haare zu einem Zopf zusammengebunden und spielte mit einer Haarsträhne, die ihr ständig herausfiel. Ihr Herz pochte vor Aufregung.

»Also, Ludmilla, die Sache ist die …«

Uris Stimme klang hart und ohne jeglichen Singsang. Seine Augen glühten golden, während er sprach, und Ludmilla bemerkte an der Art, wie er sprach und sie ansah, dass er seine Worte mit viel Bedacht wählte.

»Du weißt also, dass Zamir deiner Großmutter ihren Schatten gestohlen hat. Was du aber nicht weißt, weil ich es Mina nicht erklären konnte, weil sie nicht zuhören wollte, ist, dass sich Zamir die Mächte deiner Großmutter mit ihrem Schatten geteilt hat.« Er sah Ludmilla durchdringend an.

Sie runzelte die Stirn. »Geteilt?«, fragte sie zweifelnd.

»Ja, geteilt!«, erwiderte Uri regelrecht triumphierend. »Das heißt, dass Zamir den Schatten nicht entmachtet hat. Er nahm ihm nicht seine Mächte und schickte ihn auch nicht wie alle anderen Schatten an den Himmel, um Eldrid zu verdunkeln. Nein! Er schuf einen personifizierten Schatten. Einen Schatten, der unabhängig von seinem Herrn lebt und agiert und Mächte hat. Zamir machte ihn zu seinem Verbündeten, indem er ihm Mächte überließ. Er nahm sich nur die Mächte, die er noch nicht hatte oder die er unbedingt haben wollte. Die restlichen Mächte überließ er dem Schatten deiner Großmutter. Er machte ihn zu seiner rechten Hand. Der Schatten deiner Großmutter diente Zamir für lange Zeit. Er sammelte weitere Mächte für Zamir oder für sich selbst.« Uris Atem ging nun schneller, während er sprach. So als würde es ihm schwerfallen, darüber zu sprechen. »Der Schatten deiner Großmutter, *Godal*«, Uri spuckte den Namen mit großer Verachtung aus, »erlangte große Macht! Größere Macht als Zamir. Er ist DER Schatten der Schatten.«

Pixi erzitterte und flog nervös im Zelt umher.

»Und er ist böse. Mehr als böse. Er ist *das* Böse!« Uri flüsterte nur noch. »Zamir hat keine Ahnung. Für ihn ist er immer noch seine rechte Hand. Zamir denkt tatsächlich, dass Godal ihm hilft, Mächte zu sammeln und Dunkelheit über Eldrid zu bringen. Zamir denkt, dass er ihn unter Kontrolle hat. Dass er ihn beherrscht. Godal!« Uri schnaubte verächtlich. »Zamir ist blind! Er sieht nicht, dass sich Godal nicht beherrschen lässt. Godal sammelt Mächte zum Spaß. Er nimmt sich, was er will, und keiner kann ihn daran hindern. Erst recht nicht Zamir. Godal hatte nur einen Herrn, und das war deine Großmutter! Es wird Zeit, dass er zu ihr zurückkehrt und aus Eldrid verschwindet.«

Ludmilla konnte ihre Skepsis kaum verbergen. Ein Wesen, noch böser als Zamir? Und das sollte auch noch der Schatten ihrer Großmutter sein?

Uris Augen sprühten goldene Funken, während er ihr eindringlich in die Augen sah: »Hier kommst du ins Spiel: Du bist genau in dem Alter, als Godal Mina verlassen hat, und du siehst Mina sehr ähnlich. Schatten wie Godal sind weder menschlich noch haben sie Wesenszüge, die mit den Wesen von Eldrid vergleichbar sind. Das heißt, dass sie keinen Sinn für Zeit und Raum haben. Wir hoffen, dass, wenn du ihn rufst und ihm befiehlst, zu dir zurückzukehren, dass er dann gehorcht, weil er dich für Mina hält.«

Bodan stierte Löcher in den Waldboden, während Ludmilla entgeistert von Uri zu Bodan und zu Pixi schaute. Das war also der Plan? Sie sollte einen wild gewordenen, urbösen, übermächtigen Schatten einfangen und dabei davon ausgehen, dass er auf eine Verwechslung reinfallen würde?

»Seid ihr denn irre?«, sprudelte es aus ihr heraus und sie sprang auf.

»Langsam …«, versuchte Bodan sie zu besänftigen.

Aber Ludmilla ließ sich nicht stoppen. »Und wenn er die Scharade durchschaut, wird er … was?« Sie atmete schwer. »Was macht er dann mit mir?« Sie funkelte Uri an. »Was meinst du, was dann passiert? Er ist ein total durchgeknallter Schatten, mit – wie hast du es beschrieben? – unermesslichen Mächten, und DAS Böse schlechthin.« Sie schnaubte verächtlich. »Und habt ihr euch auch überlegt, was mit meinem Schatten passiert? Ich habe ja schließlich noch meinen Schatten! Denkt ihr, dass …«, sie stockte kurz, »… dass dieser Godal nicht realisiert, dass ich einen Schatten habe?«

Bodan warf Uri einen vielsagenden Blick zu.

Ludmilla rief triumphierend: »Ha!«, und zeigte mit dem Finger auf Bodan. »Das habt ihr nicht bedacht. Euer Plan ist überhaupt nicht durchdacht. Wisst ihr überhaupt, was ihr da vorhabt?«, schrie sie Uri und Bodan aufgebracht an.

Uris Fingernägel fingen an zu glühen, während auch er versuchte, Ludmilla zu beruhigen: »Ich kann deine Aufregung gut verstehen, Ludmilla. Selbstverständlich ist unser Plan durchdacht, sonst wären wir nicht auf die Idee gekommen, dich zu rufen. Könntest du dich bitte beruhigen, damit wir in Ruhe darüber reden können?«

Ludmilla schnaufte vor Aufregung und sah Uri herausfordernd mit zusammengekniffenen Augen an. »Also gut!«, zischte sie.

»Natürlich haben wir bedacht, dass du keinen Schatten haben darfst, wenn du Godal gegenübertrittst. Du wirst dich kurzzeitig von deinem eigenen Schatten trennen müssen, um Godal an dich zu binden. Es bedarf dafür mächtiger gebündelter Magie, die dich begleiten wird. Du musst diese Aufgabe nicht allein bewältigen. Dich werden die mächtigsten und magisch stärksten Wesen von Eldrid begleiten und dich schützen. Bodan und ich begleiten dich und noch einige andere sehr mächtige Wesen. Unter uns wird auch ein Magier sein, der den Umkehrzauber sprechen wird. Zuvor muss er den Umkehrzauber modifizieren, damit er funktioniert, obwohl du nicht Godals Herr bist. Dafür benötigen wir die Hilfe eines Magiers, der die alte Sprache von Eldrid spricht und den Zauber aussprechen kann. Magier, die die alte Sprache beherrschen, leben im sphärischen Teil von Eldrid, der hinter dem Gebirge liegt«, erklärte er mit seiner Singsangstimme.

Aber Ludmilla ließ sich nicht beirren: »Da du aber von *einem* Magier sprichst, gehe ich davon aus, dass ihr noch keinen Magier gefunden habt, der den Umkehrzauber spricht, richtig?«

Uri kniff den Mund zusammen. Er zögerte. »Wir sind noch auf der Suche nach einem Magier, der mächtig genug ist, den Umkehrzauber zu modifizieren und zu sprechen. Das ist richtig«, erklärte er. »Es gibt nicht viele Magier in Eldrid und von diesen sprechen nur wenige die alte Sprache. Es ist schwierig, den geeigneten Magier für diese Mission zu finden. Aber auch hierfür gibt es eine Lösung. Schon morgen reise ich in den sphärischen Teil von Eldrid, um einen Magier aufzusuchen, der die Anforderungen für die Mission erfüllen könnte.« Uri machte eine kurze Pause. »Außer ihm werden Bodan, Pixi und ich und noch eine Handvoll andere Wesen von Eldrid mit den verschiedensten Fähigkeiten dich begleiten und dich unterstützen«, versuchte er sie weiter zu beruhigen.

Ludmilla sah ihn weiterhin kritisch an. »Und *wohin* begleitet ihr mich?«, fragte sie.

Bodan schnaufte laut auf und auch Uri schien diese Frage nicht zu gefallen. Als er nicht sofort antwortete, rutschte Bodan unruhig auf seinem Platz hin und her, während er vorsichtig erklärte: »Auch das ist leider noch nicht ganz klar. Wir wissen nicht, wo Godal sich aufhält.« Er hatte dabei einen entschuldigenden Unterton.

Ludmilla schrie auf vor Lachen. Ihr Lachen war hysterisch, so dass sie Sekunden später wieder verstummte. »Ist das wirklich euer Ernst?«, fragte sie laut und schaute Uri und Bodan im Wechsel an. »Ihr ruft mich für eine Aufgabe, die überhaupt nicht durchführbar ist? Ihr wisst nicht, wo sich dieser Schattenkönig aufhält, und ihr habt noch keinen …«, sie stockte und fuhr dann abfällig fort: »… Magier, wie ihr es nennt, gefunden, der mächtig genug ist, um Godal in Schach zu halten?«

Sie hielt inne und überlegte kurz. »Wozu brauchen wir eigentlich den Magier? Ich könnte den Umkehrzauber selbst sprechen.«

Bodan schüttelte heftig den Kopf. »Das geht nicht, Ludmilla. Du hast keine Macht in Eldrid. Du bist nicht in der Lage, den Umkehrzauber zu sprechen.«

Ludmilla funkelte Bodan verkniffen an. »Oh, ich verstehe«, spottete sie. »So weit habt ihr euch das also überlegt. Ihr wollt mich völlig macht- und wehrlos auf diesen Oberschatten loslassen und erwartet, dass er aufgrund eines Umkehrzaubers, den ein anwesender Magier sprechen soll, zu mir zurückkehrt, weil er mich für Mina hält.«

Sie schnaufte aufgebracht. »Habt ihr euch dabei auch überlegt, dass sich dieser Godal dann vielmehr auf die Schatten der Wesen freuen wird, die mich bei dieser Mission begleiten? Damit liefere ich ihm Schatten der mächtigsten Wesen von Eldrid, und wenn er so mächtig ist, kann er sich doch auch diese Schatten nehmen, oder? Und dann?«

Pixi flatterte nervös unter dem Dach des Zeltes hin und her. »Da hat sie Recht, da hat sie Recht!«, quietschte sie unentwegt.

Ludmilla versuchte zu lachen, aber das Lachen blieb ihr im Hals stecken. »Das ist kein Plan. Das ist IRRSINN!«, schrie sie hysterisch. »Wisst ihr eigentlich, was ich mit meiner Reise hierher riskiert habe?« Sie knirschte vor Aufregung mit den Zähnen und funkelte die beiden Spiegelwächter böse an. »Mina wirft mich raus! Ich kann wieder zu meinen Eltern ziehen!«

Uri machte plötzlich ein betroffenes Gesicht. Er schüttelte langsam den Kopf. »Das würde sie nicht ...«, hob er an.

Aber Ludmilla unterbrach ihn. Ihre Stimme war schrill und überschlug sich. »Genau das wird sie tun! Sie hat es todernst gemeint, als sie es mir androhte. Und sie macht es wahr. Was soll ich also eurer Meinung nach tun? Abwarten, bis ihr einen besseren Plan habt, wie wir dieses Monster einfangen? Nach Hause kann ich nämlich nicht und dort warten. Wenn ich jetzt zurückgehe, komme ich nie wieder! Und dann ist euer schöner Plan gescheitert. Aber, um es ehrlich zu sagen: Ihr habt doch gar keinen Plan. Das ist eher eine Idee. Mehr ist es nicht. Euch fehlt es an wesentlichen Informationen, denn nicht zu vergessen: Ihr wisst ja noch nicht einmal, wo Godal ist, und einen Magier habt ihr auch noch nicht. Euch fehlen die grundsätzlichen Voraussetzungen für die Umsetzung des Plans. Und ich, ich kann nur jetzt helfen und nicht erst, wenn ihr so weit seid.«

Sie stockte kurz und starrte auf ihre Füße. Leise fuhr sie fort:

»Und ich habe keine Ahnung, ob ich euch *überhaupt* helfen kann oder möchte.« Sie presste die Lippen zusammen und ihre Augen verengten sich zu Schlitzen. So hatte sie sich das nicht vorgestellt. Sie war über alle Maße enttäuscht. Von Uri, von Eldrid und von sich. Sie hatte sich erhofft, dass ... ja was eigentlich?

Pixi brummte näher und setzte sich vorsichtig auf ihre Schulter. »Das tut mir leid«, piepste sie.

Bodan räusperte sich und blickte Ludmilla mit seinen warmen kupferfarbenen Augen an, die kleine Funken sprühten: »Ich glaube, du hast einen falschen Eindruck von der Situation, Ludmilla. Wir garantieren für deine Sicherheit. Wir würden dich nicht fragen, wenn wir nicht in der Lage wären, dich zu beschützen. Wir wollen kein weiteres Leid in der Scathan-Familie.«

»Ja, genau«, eiferte sich Pixi und flatterte vor Ludmillas Gesicht. Sie stemmte die Hände in ihre Hüften. »Uri ist mächtig, Ludmilla! *Sehr* mächtig. Er gehört zu den Urwesen hier in Eldrid, und es gibt kaum ein Wesen, das mehr Macht hat als Uri«, stellte sie bestimmt fest. Ihre Stimme klang düster.

Aber Ludmilla schnaubte nur verächtlich. »Wenn er so mächtig ist, warum löst er das Problem mit Zamir und Godal nicht selbst? Wozu braucht er mich dann? Seine Macht scheint bei Godal zu enden!«, zischte sie.

Bodan schüttelte nur den Kopf. »So kommen wir nicht weiter. Ludmilla, sei versichert, Uri wird und *kann* dich beschützen. Und ich auch. Aber es geht hier um viel mehr als nur um Godal und dich«, sagte er sanft.

»Auch für uns geht es hier um alles oder nichts«, ergriff Uri das Wort. »Es geht um den Fortbestand unserer Welt. Zamir und Godal sind dabei, Eldrid in Dunkelheit zu tauchen. Auch wenn sie sich nicht darüber einig sind, wer wen beherrscht. Godal dient Zamir nicht mehr, auch wenn Zamir das denkt. Aber Godal steht noch an seiner Seite und sie verfolgen dasselbe Ziel.«

Uri lächelte Ludmilla müde an. Seine Augen sprühten keine Funken mehr. Ihr Leuchten war in diesem Moment sehr schwach.

»Sie nehmen Eldrid sein Licht. Wir fürchten um unsere Welt. Wir fürchten um unser Licht, Ludmilla. Unsere Welt geht unter und mit ihr all die wunderbaren Wesen von Eldrid. Wenn wir es schaffen, Godal aus unserer Welt zu verbannen, dann wäre Zamir geschwächt und wir hätten eine Chance, Eldrid zu retten. Zamir können wir besiegen. Godal nicht. Dazu brauchen wir dich! Ich kann verstehen, dass du das Risiko erkennst, und die Mission ist gefährlich. Aber nicht nur du gehst ein Risiko ein, die Wesen, die mit dir gehen und dich beschützen, laufen Gefahr, ihren Schatten zu verlieren. Das hast du vollkommen richtig erkannt. Auch sie bringen ein Opfer für diese Aufgabe, für deine Aufgabe, und sie tun es gern, zum Wohl unserer Welt. Wir wissen, dass es nicht deine Welt ist und dass du jederzeit Nein sagen kannst. Wir würden es sogar verstehen. Für dich wird es in erster Linie ein großes Abenteuer, denn ich werde nicht zulassen, dass Godal dir deinen Schatten nimmt. Bevor er das tut, schicke ich dich in deine Welt zurück.« Uri atmete schwer.

Ludmilla konnte sehen, dass er die Wahrheit sprach.

»Was soll das heißen?«, fragte sie leise.

Pixi flatterte hervor: »Uri ist in der Lage, jeden Menschen, der durch seinen Spiegel reist, auch wieder zurückzuschicken. Das geht in ganz Eldrid. Der Mensch muss nicht vor dem Spiegel stehen. Dazu müsste Uri aber seine ganze Kraft und Macht aufbringen. Sollte er dich und deinen Schatten also vor Godal schützen müssen und dich durch den Spiegel schicken, kannst du davon ausgehen, dass er im nächsten Moment seinen Schatten verlieren wird, und zwar an Godal.«

Ludmilla funkelte Uri entsetzt an. »Aber das Risiko ist doch viel zu groß! Das ist es dir wirklich wert?«

Uri nickte stumm. Ludmilla sah von Uri zu Bodan und dann zu Pixi. Ihr Herz raste. »Aber das grenzt an Selbstmord! Für alle, die mit mir gehen!«, rief sie aus. Wollte sie so viel Verantwortung übernehmen?

»Aber du bringst auch ein Opfer«, sprach Uri sehr leise. »Mir war nicht klar, welche Konsequenzen auf dich warten, wenn du ohne Minas Einwilligung nach Eldrid reist. Das hätten wir nicht von dir verlangen dürfen. Es tut mir leid.«

»Das können wir jetzt nicht mehr ungeschehen machen«, mischte sich Bodan ein. »Du kannst uns glauben, Ludmilla, dass jedes einzelne Wesen von Eldrid dir dankbar sein wird, wenn deine Mission glückt. Wir können dich nur inständig bitten, hierzubleiben und mit uns diesen Weg zu gehen, sobald die Vorbereitungen dafür abgeschlossen sind.«

Alle drei Wesen blickten Ludmilla erwartungsvoll an.

Zwölftes Kapitel

Fluar

Ludmilla versuchte ihre Gedanken zu sortieren. Hatte sie eine Wahl? Wenn sie jetzt nach Hause zurückkehren würde, würde sie nie wieder die Chance bekommen, Eldrid zu sehen und diese wunderbare Welt zu retten oder bei ihrer Rettung zu helfen. Der Plan hörte sich irrsinnig an. Er spiegelte die Verzweiflung der Wesen wider und die Aussichtslosigkeit des Kampfes gegen die Dunkelheit. Konnten sie denn überhaupt etwas gegen die Dunkelheit tun, außer Zamir und Godal zu bekämpfen? Gab es nicht noch einen anderen Weg, als Godal wieder an Mina zu binden? Und wieso konnte Mina das nicht selbst machen? Ach ja, weil sie inzwischen gealtert war und Godal sie nicht als seinen Herrn erkennen würde. Oder? So oder so, das, was die Spiegelwächter mit ihr vorhatten, *das* war WAHNSINN. Selbst ohne Zamir oder Godal zu kennen, hörte es sich nach blankem Irrsinn an. Aber was erwartete sie in ihrer Welt? In keinem Fall bessere Umstände. Denn zurück in das Haus ihrer Eltern wollte sie auf keinen Fall.

Noch während sie das Für und Wider abwägte, erhob sich Uri und sah sie aufmunternd an. »Ich habe einen Vorschlag. Du musst dich nicht sofort entscheiden. Das erwartet keiner von dir, und wir müssen noch einige Details klären, wie du selbst betont hast. Ich werde morgen in den sphärischen Teil von Eldrid reisen, um einen Magier aufzusuchen. Wieso begleitest du mich nicht? Wir kommen auf dem Weg an der Stadt vorbei und du könntest dir die Stadt anschauen. Morgen früh brechen wir dann in den sphärischen Teil auf, der hinter dem Gebirge liegt. Das ist für die Wesen von Eldrid der schönste Teil unserer Welt. Er wird dir bestimmt gefallen, und vielleicht können wir gemeinsam den Magier überzeugen, uns zu helfen. Was meinst du? Mach dir ein umfassenderes Bild von Eldrid. Ob du nun noch ein paar Stunden länger hierbleibst oder nicht, ändert an der Situation bei dir zu Hause nichts, oder?«

Ludmilla überlegte. Das hörte sich vernünftig an. Nein, jetzt zurückzugehen, bevor sie sich überhaupt entschieden hatte, machte tatsächlich keinen Sinn. Mina musste längst bemerkt haben, dass sie weg war. Da kam es auf ein paar Stunden mehr oder weniger nicht an.

»Also gut.« Sie stand ebenfalls auf. »Zeig mir die Stadt, und ob ich mit in den sphärischen Teil komme, kann ich mir immer noch überlegen«, sagte sie bestimmt.

Uri schlug freudig in die Hände, so dass Pixi einen Freudenschrei ausstieß und durch das Zelt brummte. Uri klatschte ein weiteres Mal in die Hände und das Zelt verschwand. Sie standen wieder auf der Waldlichtung und Uri setzte sich augenblicklich in Bewegung. »Auf nach Fluar! Wir sehen uns dort, Bodan!«, rief er mit einer winkenden Handbewegung und war im Nu am Rand der Lichtung angekommen.

»Kommst du denn nicht mit?«, fragte Ludmilla Bodan.

Der schüttelte den Kopf. »Wir treffen uns in der Stadt. Ich habe hier im Wald noch etwas zu erledigen«, brummte er seufzend und verschwand in der entgegengesetzten Richtung im Wald.

Pixi saß vergnügt auf Ludmillas Schulter und hatte sich mit einer Haarsträhne gesichert. Uri lief ständig voraus und trieb sie zur Eile an. »Es ist nicht weit. Aber wir müssen uns etwas beeilen. Die Sonne geht bald unter und dann beginnt ein einmaliges Treiben in der Stadt, das solltest du dir nicht entgehen lassen!«

Uri hatte Recht. Sie kamen schnell aus dem Wald heraus, liefen an Wiesen und Feldern vorbei und Ludmilla konnte am Ende des

Tals ein gewaltiges golden glänzendes Gebirge erkennen. Zielstrebig liefen sie auf das Gebirge zu.

Schon von weitem erkannte sie die Stadt: Fluar! Es war eine riesige Stadt, deren Häuser sich an den Fuß des Gebirges und bis in das Gebirge hinauf verteilten. Im Tal verteilten sie sich stark und standen weit auseinander, während sie sich weiter oben an das Gebirge drängten. Ludmilla war sich nicht sicher, ob es die Sonnenstrahlen waren, die die Stadt goldfarben anstrahlten, oder ob es die Farbe der Häuser war, die so leuchtete.

Kurz vor Anbruch der Dunkelheit erreichten sie dann die ersten Häuser der Stadt. Dabei kam es Ludmilla nicht wie Dunkelheit vor. Der Himmel war klar, nur die Sonne hatte sich verzogen, aber am Himmel zogen goldene Fäden auf, wie Nordlichter in den verschiedensten Goldtönen. Es war ein unglaubliches Schauspiel, das die Welt in ein ganz besonderes Licht tauchte. Die Häuser der Stadt waren zusätzlich hell erleuchtet und warmes Licht floss über die kopfsteinernen Straßen. Ludmilla fühlte sich zurückversetzt in eine andere Zeit. Die Häuser waren teilweise aus Lehm, teilweise aus Holz gebaut. Auch waren sie unterschiedlich groß und hoch. Es war eine Aneinanderreihung verschiedenster Bauten. Manche Häuser standen frei, andere wiederum lehnten sich aneinander. Bei manchen Häusern konnte Ludmilla einen Blick in die Gärten werfen. Sie waren durchweg sehr gepflegt, strahlten in den schönsten Grüntönen und beherbergten so manches Haustier, auch Hühner und Gänse. Zumindest sahen sie wie Hühner und Gänse aus. Als Ludmilla Pixi fragend ansah, lachte diese nur ihr glockenhelles Lachen.

»Ja, das sind ganz normale Hühner und Gänse, so wie in deiner Menschenwelt. Es gibt hier auch Hunde und Katzen und noch andere Tiere, die es sowohl hier als auch bei euch gibt. Nicht jedes Lebewesen hier ist magisch, aber viele«, erklärte sie fröhlich, als hätte sie Ludmillas Gedanken gelesen.

»Woher weißt du, dass ich dich das fragen wollte?«, fragte Ludmilla erstaunt.

Und wieder lachte Pixi vergnügt und antwortete: »Weil das alle Menschen fragen. In dieser Hinsicht seid ihr alle gleich.«
Ludmilla musste lächeln. Das war wohl so.
Jedes Haus hatte eine hölzerne Tür, die mit Verzierungen versehen war. Ähnlich wie der Rahmen des Spiegels. Ludmilla wäre zu gern stehen geblieben und hätte die Türen näher betrachtet, aber Uri zog sie weiter.
Die Straßen waren gefüllt mit den unterschiedlichsten Wesen, die alle in dieselbe Richtung strömten. Es gab Wesen, die waren riesig groß, Riesen, wie Ludmilla vermutete, aber auch große langgestreckte, fast durchsichtige Wesen, außerdem gab es kleine, dünne, dicke, blau schimmernde, lila schimmernde und natürlich auch golden schimmernde Wesen. Einige sahen menschlich aus, auch wenn sie es wahrscheinlich nicht waren. Ludmilla wusste gar nicht, wo sie zuerst hinschauen sollte, und Pixi hatte es längst aufgeben, ihr zu erklären, welches Wesen mit welchen Fähigkeiten sich gerade vor ihnen bewegte. Es waren einfach zu viele.
Uri führte Ludmilla und Pixi in die Richtung, in die alle Wesen strömten: in das Herz der Stadt, zum Marktplatz. Dort versammelten sich die Wesen um ein riesiges Feuer. Ludmilla kam aus dem Staunen nicht mehr heraus. Dort standen mehrere Riesen und ebenso viele Gaukler in altertümlichen Kostümen, die mit Kegeln jonglierten. Die Gaukler hatten spitze Ohren und spitze Nasen, ansonsten sahen sie menschlich aus. Außerdem gab es zwei Feuerspucker und einige Zwerge, die auf Stelzen im Kreis um das Feuer herumliefen. Auch sie waren gekleidet wie zur Jahrhundertwende, so wie es Ludmilla nur aus alten Bilderbüchern ihrer Großmutter kannte. Die Gaukler hatten sogar Harlekinmützen mit Glöckchen auf. Es fehlte nur noch einer dieser Leierkästen, der die entsprechende Musik zu diesem Bild geliefert hätte. Stattdessen aber sangen oder summten die Umherstehenden eine bestimmte Melodie. Einer der Gaukler spielte die Melodie auf einer Querflöte und hüpfte um das Feuer herum. Die Wesen schwangen dazu im Takt und bestaunten das lustige Treiben der Schausteller.

Ludmilla stellte sich an den Rand der Schaulustigen, die einen Kreis gebildet hatten. Fasziniert starrte sie die verschiedenen Wesen an und bemerkte dabei nicht, dass sich Pixi von ihr löste und in Richtung des Feuers flog. Uri schrie auf und rannte hinter ihr her. Ludmilla fuhr zusammen und blickte Uri verständnislos nach. Erst Sekunden später begriff sie, dass sie hinter ihm herrennen musste, um ihn nicht zu verlieren. Aber zu spät. Uri war in der Masse untergetaucht. Ludmilla blieb stehen, stellte sich auf die Zehenspitzen und versuchte über die Menge hinwegzuschauen, was ihr jedoch nicht gelang. Weder Uri noch Pixi waren zu entdecken.

Dann kam plötzlich Bewegung in die Menge. Ein Riese tauchte in der Nähe des Feuers auf. Er bewegte sich mit sehr schnellen wendigen Bewegungen auf das Feuer zu und nahm etwas sehr Kleines, das gerade im Begriff war, in das Feuer zu fliegen, behutsam in die Hand. Er fing die kleine Fee wie eine Fliege und umschloss sie mit beiden Händen, ohne sie zu zerdrücken. Vom Inneren der gewölbten Hände dröhnte eine tiefe und unglaublich laute Stimme nach außen.

Ludmilla konnte nicht verstehen, was Pixi von sich gab, aber offensichtlich fluchte sie.

Es ertönte Applaus von den umherstehenden Wesen, der Riese lächelte freundlich und verneigte sich. Er war sehr massig, hatte dunkle mittellange Haare und eine knubbelige Nase im Gesicht. Seine Augen waren klein und hell. Er trug ein kariertes Hemd und eine helle Hose. Er warf einen langen suchenden Blick in die Menge, bis er Ludmilla entdeckte. Er fixierte sie und steuerte langsam, aber gezielt auf sie zu. Ludmilla war wie erstarrt. Hilfesuchend schaute sie sich nach Uri um. Der Riese bahnte sich einen Weg durch die Menge, so dass eine Gasse entstand, und plötzlich hatte sich ein Kreis um Ludmilla gebildet. Von allen Seiten wurde sie angestiert und es wurde schlagartig still. Nur das knackende und zischende Geräusch des Feuers war zu hören. Dann ertönte ein Flüstern: »Das ist doch die Schattendiebin!«, und von einer anderen Seite hörte sie: »Ja, das ist sie. Sie sieht genauso aus. Sie muss es sein!«

Ludmilla wurde es eiskalt. Als würde sie plötzlich ein sehr kalter Wind umhüllen. Wo war Uri?

Wie aus dem Nichts stand er plötzlich neben ihr. Das Feuer spiegelte sich in seinen Brillengläsern und er lächelte. Hatte er das Geflüster nicht gehört?

»Es ist alles in Ordnung, Ludmilla. Ich hätte dir sagen sollen, dass Feen wie Pixi vom Feuer magisch angezogen werden. Wie Motten vom Licht. Man muss sie dann daran erinnern, dass sie sich ihre schönen Flügel verbrennen können, wenn sie dem Feuer zu nah kommen.«

Seine Worte hatten die Stille nicht durchschnitten, obwohl Ludmilla das sehr recht gewesen wäre. Das Geflüster war verstummt. Jetzt wurde Ludmilla nur noch von allen Seiten angestarrt und der Kreis zog sich enger um sie und Uri zusammen. Ludmilla empfand die Stille als gespenstisch und fühlte die Blicke der Umstehenden wie Pfeilspitzen auf ihrem Körper.

Kurz darauf hatte der Riese sie erreicht, ließ sich auf ein Knie hinab und setzte Pixi ganz vorsichtig auf Ludmillas Schulter ab. Er hatte Ludmilla bisher freundlich angeschaut, doch nun versteinerte sich sein Gesicht.

»Dich kenne ich doch!«, dröhnte er plötzlich und richtete sich zu seiner vollen Größe auf. Er beugte sich drohend über sie, als wollte er sie mit seinem eigenen Körper erdrücken. Der Riese schnaufte und bebte vor Wut.

»Ja, das ist sie!«, riefen jetzt mehrere Wesen. »Das ist eine der Schattendiebinnen! Ergreift sie!«

Uri schob sich an Ludmilla vorbei und stellte sich schützend vor sie. »Nein, nein, das ist sie nicht!«, rief er und seine Stimme wurde besonders laut. »Rühre sie nicht an! Das ist sie nicht! Sie gehört zu mir!«, herrschte er den Riesen an. Der Riese richtete sich wieder auf und machte einen Schritt zurück.

Uri fühlte noch, wie Ludmilla von ihm weggerissen wurde.

Mehrere Wesen hatten sie gepackt und in die Luft gehoben. Viele Hände stützten ihren Körper und trugen sie weg.

»Schattendiebin! Schattendiebin!«, raunten die Wesen unentwegt und trugen sie zum Feuer. Ludmilla fühlte die vielen Hände an ihrem Körper, die sie trugen. Sie hatten sie fest gepackt, so dass sie sich nicht wehren konnte.

»Uri!«, schrie Ludmilla panisch. »Uri, hilf mir!«

Uris Stimme hallte über den gesamten Platz. »Stopp!«, donnerte er. Der Boden erzitterte. Er saß auf der Schulter des Riesens, der Pixi gerettet hatte. Der Riese bahnte sich grob einen Weg durch die Menge, indem er die Wesen mit seinen riesigen Händen einfach wegschob. Ludmilla war dem Feuer schon gefährlich nahe, als die Hände zum Stillstand kamen.

Ein Raunen erhob sich. »Das ist Uri!«, und: »Er ist tatsächlich hier!«, und: »Warum beschützt er die Schattendiebin?«

»Lasst sie runter!«, befahl Uri.

Der Riese hatte Ludmilla erreicht und streckte seine Hände nach ihr aus. Vorsichtig löste er ihren Körper aus der Umklammerung. Ludmilla spürte, wie eine Hand nach der anderen von ihr abließ. Gerade als sie ihren Arm befreit hatte und sich um die Hand des Riesen schlang, traf sie ein Schwall aus Feuer. Ludmilla sah das Feuer auf sich zuschießen und nahm schützend ihren Arm vor ihr Gesicht. Das Feuer traf ihren Unterarm und fraß sich in die Haut. Ludmilla schrie auf und versuchte die Flamme von ihrem Arm zu schlagen. Einer der Feuerspucker lachte triumphierend auf.

Pixi kam ihr zur Hilfe. Sie holte einmal tief Luft, ihre Wangen füllten sich mit so viel Luft, so dass sie ballonartig anschwollen, und blies das Feuer mit einem Atemzug aus. Ludmillas Gesicht war schmerzverzerrt und sie hielt sich ihren zischenden Unterarm, während der Riese sie zusammen mit Uri aus der Menge trug.

Am Rand des Marktplatzes setzte er die beiden behutsam auf den Boden. Uri nickte ihm zu, während der Riese unwillig brummte und mit versteinerter Miene vor ihnen stehen blieb. Er hatte einen dumpfen Ausdruck in den Augen und wandte seinen Blick nicht von Uri ab.

Sekunden später hatte sich ein enger Kreis um sie gebildet. Nervös schaute Ludmilla um sich. Sie kamen von allen Seiten und starrten Ludmilla mit hasserfüllten Augen an. Pixi piepste auf und versteckte sich in Ludmillas Haaren. Ludmillas Herz raste, sie hatte Angst und der Schmerz breitete sich in ihr aus. Sie bekam ein dumpfes Gefühl.

»Wieso beschützt du sie?«, fragte einer der Gaukler herausfordernd.

Uri hob den Kopf, sein ganzer Körper streckte und spannte sich.

»Wer bist du, dass du es wagst?«, polterte er los, seine Augen sprühten Funken hinter den Brillengläsern.

Der Gaukler wich zurück. Der Kreis wurde etwas gelockert und alle umstehenden Wesen neigten den Kopf.

»Wie ich bereits sagte: Das ist sie nicht. Sie ist weder die eine noch die andere. Es ist ihre Enkeltochter und ICH habe ihr Einlass gewährt. Stellt ihr meine Entscheidungen etwa in Frage?«

Keiner wagte zu widersprechen.

Uri nickte zufrieden. »Weitermachen!« Seine Stimme war streng und befehlend.

Die Gaukler warfen sich missmutige Blicke zu. Dennoch fingen sie an, sich wieder unter die Menge zu mischen. Die Melodie ertönte und langsam fingen die Umherstehenden an zu summen oder zu singen. Der Kreis löste sich zwar auf, jedoch konnten viele ihre Augen nicht von Ludmilla abwenden und tuschelten. Das Treiben der Gaukler war uninteressant geworden. Ludmilla wurde argwöhnisch beäugt und jede ihrer Bewegungen beobachtet. »Ist sie es wirklich nicht?«, »Sie sieht ihr so ähnlich!«, »Könnt ihr ihren Schatten sehen?«, »Hat sie Mächte so wie die anderen beiden?« Solche Sätze und noch viele andere konnte Ludmilla aufschnappen. Ihr lief es eiskalt den Rücken hinunter. Sie stand immer noch hinter Uri und konzentrierte sich auf den Schmerz in ihrem Unterarm.

Uri drehte sich zu ihr um. »Es tut mir leid. Damit hatte ich nicht gerechnet. Und erst recht nicht in dieser Form. Lass uns hier verschwinden«, murmelte er ihr zu. Er sah ihr dabei eindringlich in die Augen.

»Zeige keine Angst!«, hörte sie seine Stimme in ihrem Kopf. »Sei so stolz und stark, wie du sonst auch bist. Neige nicht den Kopf!«, hallte es.

Sie erstarrte. Wie kam seine Stimme in ihren Kopf? Ihr Arm brannte und pochte wie wild. Tränen standen ihr in den Augen. Sie musste jetzt auf ihn hören. Also nickte sie nur und hob den Kopf. Sie blickte den umherstehenden Wesen herausfordernd in die Augen.

Sanft, aber bestimmt schob Uri sie aus der Menge heraus. Er gab dem Riesen einen Wink mit dem Finger, ein goldener Strahl fuhr heraus und blieb im Gesicht des Riesen hängen. »Sorge dafür, dass uns keiner folgt, dann gebe ich dich frei!«

Der Riese brummte erneut und trottete hinter ihnen her. Sehr widerwillig bildete sich eine Gasse, so dass sie den Marktplatz verlassen konnten. Pixi thronte auf Ludmillas Schulter und schnitt Grimassen.

Gerade als sie in eine Straße einbiegen wollten, ertönte hinter ihnen eine Stimme. Ein Gaukler war ihnen gefolgt, aber er kam nicht an dem Riesen vorbei. Also schrie er ihnen hinterher: »Wolltest du nicht unser Schauspiel betrachten? Geziemt es sich nicht für den mächtigen Spiegelwächter Uri, einen Moment zu verweilen und den Schaustellern seinen Respekt zu erweisen?«

Der Spott, der in der Stimme mitschwang, war nicht zu überhören. Er schob seinen Kopf an dem Bein des Riesen vorbei und starrte Uri provozierend an. Hinter ihm standen mehrere Gaukler und auch der Feuerspucker, der Ludmilla verletzt hatte.

Ludmilla hielt sich den Unterarm und biss die Zähne zusammen. Sie hatte Mühe, nicht den Kopf zu neigen, so viel Hass strömte ihr entgegen. Sie schob herausfordernd das Kinn nach vorn und schielte zu Uri.

Uri bebte vor Zorn. Goldene Funken sprühten von seinem ganzen Körper, wie von einer Wunderkerze. Langsam drehte er sich um. Seine Funken fielen zischend zu Boden. Er zog seine Brille von der Nase und fixierte den Gaukler. »Willst du dich mit mir messen?«

Der Gaukler wich zurück. Uris Stimme hatte ihn taumeln lassen, wie eine starke Windböe. Er schüttelte den Kopf und verneigte sich. »Verzeih, ich weiß nicht, warum ich das sagte oder tat. Es ist nur …«, stammelte er.

Uris Hand wedelte durch die Luft wie ein Fächer, erneut fiel ein Funkenregen zu Boden. Die Wesen wichen zurück. »Genug!«, bebte Uri. Wie ein Echo wiederholte die Stadt seine Worte: »Die Schattendiebinnen gibt es nicht mehr. Das ist lange her! Wir haben jetzt andere Feinde, die wir bekämpfen müssen. Bekämpft nicht die, die uns helfen wollen. Wir«, er machte eine eindrucksvolle Pause, »müssen gemeinsam gegen die verdunkelnde Macht kämpfen. Unser Licht soll weiterhin in Eldrid strahlen.«

Mit diesen Worten fing er an, die Melodie zu summen, die Ludmilla schon so oft in Eldrid gehört hatte. Wenig später erfüllte die ganze Stadt, sämtliche Straßen und Häuser diese Musik. Jedes Wesen, jedes Tier schien diese Melodie zu summen. Uri aber nahm Ludmillas Hand und zog sie in eine Gasse hinein.

Dreizehntes Kapitel

Minas Problem

Mina saß vor der Tür des Spiegelzimmers und hörte Ludmillas Spiegelbild toben. Sie hatte ihren Kopf an die Tür gelehnt und Tränen liefen ihr über die Wangen. Sie machte sich große Vorwürfe. Warum hatte sie das Zimmer nicht sofort nach dem Gespräch mit Ludmilla abgeschlossen? Sie hätte wissen müssen, dass sich Ludmilla von dem Verbot nicht abhalten lassen würde. Sie kannte ihre viel zu neugierige und überhebliche Enkelin. Ludmilla war sich noch nie einer Gefahr bewusst gewesen. Schon als kleines Kind war sie auf den höchsten Baum geklettert und hatte sich erst oben überlegt, wie sie da wieder runterkommen würde. So war es heute noch immer. Ludmilla dachte nie über die Konsequenzen ihres Handelns nach.

Während Mina darüber nachdachte, kroch der Zorn wieder in ihr hoch. Sie war zornig auf sich selbst, aber auch voller Zorn auf Ludmilla. Selbst die Androhung des Rausschmisses hatte sie nicht davon abgehalten zu gehen. Mina hasste Drohungen. Noch mehr hasste sie es, die Drohungen wahr zu machen. Und jetzt? Jetzt saß sie hier, musste sich mit diesem miesen Abbild ihrer Enkeltochter abgeben und wusste nicht, wie es weitergehen sollte.

Zum Glück war es ihr gelungen, das Spiegelbild in das Zimmer einzuschließen. Sie hatte relativ schnell gemerkt, dass es nicht Ludmilla war, die sie durch viel Gepolter mitten in der Nacht geweckt hatte. Auch war Mina einiges an Frechheiten von ihrer Enkelin gewohnt, aber das Spiegelbild hatte es übertrieben.

Maßlos übertrieben. Das taten Spiegelbilder immer. Mina hatte das Spiegelbild in das Zimmer gelockt mit der Behauptung, dass Ludmilla gleich zurück sei und sie dann ihr Spiegelbild brauche. Außerdem hatte sie ihm versprochen, den Spiegel zum Leuchten zu bringen. Das war das Einzige, was alle Spiegelbilder wollten. Das Leuchten des Spiegels sehen und natürlich nach Eldrid reisen.

Mina hatte den Spiegel nicht zum Leuchten gebracht. Auch hatte sie ihm nicht erzählt, dass die Spiegelbilder nicht nach Eldrid reisen können und dürfen. Stattdessen hatte sie das Spiegelbild in das Zimmer geschickt und kurzerhand die Tür abgeschlossen. Und nun saß sie vor dem Zimmer und hörte dem Toben und Schreien von Ludmillas Spiegelbild zu.

Selbstverständlich hatte sie sich die genaue Uhrzeit aufgeschrieben. Zumindest die Uhrzeit, als sie gemerkt hatte, dass Ludmilla nach Eldrid gereist war. So konnte sie nachrechnen, wie viele Stunden oder sogar Tage Ludmilla in Eldrid war. Eins zu zehn. Das hatte sie nicht vergessen. Sie hoffte inständig, dass Ludmilla bald wieder nach Hause kommen würde. Und wenn nicht? Was, wenn zu viel Zeit verstrich und Ludmilla vermisst wurde? Von der Schule? Von ihren Eltern?

Und sie hatte noch ein weiteres Problem: Ludmillas Spiegelbild war nun aus Fleisch und Blut. Es müsste essen, schlafen, sich waschen, wie ein richtiger Mensch. Dazu müsste sie es aus dem Zimmer rauslassen. Und dann? Würde es kooperieren?

Was für ein Albtraum!

Vierzehntes Kapitel

Bodans Hütte

Uri eilte durch die schmalen Gassen der Stadt. Ludmilla hatte Probleme, hinter ihm zu bleiben, so schnell lief er. Es schien, als ob er Haken schlug und versuchte, vermeintliche Verfolger abzuhängen. Er lief rechts in eine Gasse, dann links über einen Innenhof, zwängte sich zwischen zwei Häuser hindurch und bog in die nächste Gasse ab. Ständig ging es bergauf. Ludmillas Atem ging schnell und unregelmäßig. Ihr Arm pulsierte und brannte zugleich, sie wagte es nicht, ihre Hand wegzunehmen. Ludmilla hatte mehrfach versucht, Uri zu fragen, wo sie hinliefen, hatte aber keine Antwort bekommen.

Der Marsch dauerte eine ganze Weile, bevor sie schließlich zu einem kleinen Holzhaus kamen. Auch dieses Haus hatte eine schmale hölzerne Tür mit Verzierungen daran. Manche Verzierungen glitzerten golden. Uri klopfte dreimal kräftig an die Tür. Dabei drehte er sich hastig um. Ludmilla konnte niemanden erkennen, der ihnen gefolgt sein könnte. Dennoch schien Uri beunruhigt.

Bodan öffnete ihnen sofort. Uri drängte sich an ihm vorbei, zog Ludmilla hinter sich her und schlug die Tür zu.

»Die Städter sind außer Rand und Band. Sie halten Ludmilla für Mina oder Ada. Sie haben sie verletzt. Das ist nicht gut. Sie sollten nicht so aufgebracht sein«, sprudelte es aus Uri heraus. Seine Brille war beschlagen von der Wärme im Raum und seine Haut funkelte in dunklen goldenen Tönen.

»Meinst du …«, begann Bodan.

Aber Uri schüttelte den Kopf. »Sie sind unberechenbar. Und das können wir jetzt nicht gebrauchen. Es war ein Fehler, sie nach Fluar zu bringen.« Uri warf ihr einen flüchtigen Blick zu.

Ludmilla starrte ihn und Bodan an. »Ein Fehler?«, fragte sie ungläubig.

Uri betrachtete prüfend ihren Arm. »Ich muss Amira rufen.«

Und bevor Ludmilla irgendetwas sagen konnte, hatte sich Uri an den Tisch gesetzt, hatte die Augen geschlossen und war in eine meditative Haltung verfallen.

Ludmilla schaute sich um. Das Haus war ein Holzhaus mit nicht sehr hohen Decken. Die Wände waren aus dunklem Holz, so wie auch die Decke. Die Eingangstür führte direkt in die Küche des Hauses, in deren Mitte ein großer Tisch mit mehreren Stühlen stand. Auch der Tisch und die Stühle waren aus dunklem Holz. Außerdem gab es einen gusseisernen Ofen, der Wärme abstrahlte. Auf einer der Feuerstellen auf dem Herd stand ein großer gusseiserner Topf mit geschlossenem Deckel. Ludmilla blickte sich weiter um. Sie entdeckte eine Tür, die geschlossen war, und einen Flur, der von der Küche um die Ecke wegführte. Außerdem stand in der Küche ein großer Schrank an der Wand. Der Raum war warm und einladend, auf dem Tisch flackerten ein paar Kerzen und der Inhalt des Topfes verströmte einen angenehmen Geruch.

»Hattest du etwa in der kurzen Zeit noch Zeit zu kochen?«, piepste Pixi ungläubig.

Aber Bodan legte nur den Finger auf die Lippen und deutete auf Uri. Bodan drückte Ludmilla sanft auf einen der Stühle, die rund um den Tisch standen. Sie ließ sich dankbar sinken. Jetzt erst bemerkte sie, wie erschöpft sie war. Dann fiel ihr Blick auf Uri und sie sah Pixi fragend an.

»Er ruft Amira«, flüsterte Pixi.

Als Ludmilla sie auffordernd anschaute, fuhr sie unwillig fort: »Amira ist eine Hexe. Sie wird deinen Arm heilen.«

Ludmilla starrte Pixi weiter an. »Rufen?«, fragte sie ungeduldig. »Wie denn rufen?«

Pixi rollte genervt die Augen. »Uri ruft sie mental. Von seinem Kopf in ihren Kopf. Wie denn sonst?!«, erklärte sie, als wäre es selbstverständlich.

Ludmilla entfuhr ein ungläubiges »Ah!«. Sie war zu aufgeregt und hatte zu starke Schmerzen, um sich darüber weitere Gedanken zu machen.

Wenige Minuten später hob Uri den Kopf. »Sie kommt!«, sagte er knapp. Er lächelte Ludmilla besorgt an. »Ich habe eine Hexe zu uns gerufen, die dir mit deinem Arm helfen wird. Es dauert nicht lange. Bald werden deine Schmerzen gelindert werden. Es tut mir so leid, Ludmilla!«

Seine Entschuldigung klang aufrichtig. Ludmilla blickte ihm in die Augen. Kleine Funken bewegten sich unentwegt darin und er sah traurig aus.

»Ich habe die aufgeheizte Stimmung unterschätzt. Wie konnte ich dich nur so in Gefahr bringen?«, sprach er. Es lag fast ein wenig Verzweiflung in seiner Stimme. Jegliche Unbeschwertheit war verschwunden.

Bodan sah Uri fragend an. Uri ignorierte seinen Blick, so dass Pixi zu ihm flatterte und die Erlebnisse in sein Ohr wisperte.

»Lass mich deinen Arm genauer anschauen«, forderte Uri besorgt.

Ludmilla löste vorsichtig ihre Hand vom Unterarm und verzog schmerzverzerrt das Gesicht. Die Haut war aufgeplatzt und darunter war das blanke rohe Fleisch zu erkennen. Die verbrannte Stelle hatte die Größe einer großen Münze und eine ganz eigenartige Form. Wie die eines Hexagramms. Uri zog die Brille ab und betrachtete die Wunde von Nahem. Er beugte sich so weit darüber, dass seine Nasenspitze sie fast berührte. Dabei fielen kleine goldene Funken aus seinen Augen auf die Wunde. Ludmilla zuckte zurück, bemerkte dann aber, dass es nicht weh tat, sondern eher eine kühlende Wirkung hatte. Ungläubig schaute sie Uri an. Er lächelte.

»Ein wenig heilen kann ich auch. Aber die Hexen können es viel besser. Amira trifft sicherlich gleich ein.«

Im selben Moment klopfte es schon an der Tür. Sehr zaghaft und leise. Bodan eilte zur Tür und öffnete sie. Eine menschenähnliche Frau trat ein. Sie war sehr groß und schlank und hatte langes pechschwarzes gewelltes Haar. Ihr Körper war in mehrere Lagen dunkler Gewänder gehüllt und sie hatte viele Ketten um den Hals. Ihre Haut war kalkweiß und hatte keinen goldenen Schimmer. Ihre Augen waren hell wie die von vielen Wesen in Eldrid. Allerdings konnte Ludmilla die Farbe der Augen nicht richtig erkennen, während die Hexe auf sie zueilte.

Wortlos setzte sich die Hexe zu Ludmilla an den Tisch, legte vorsichtig Ludmillas Arm vor sich und betrachtete ihn genau. Währenddessen fing sie an, in einem kleinen dunklen Beutel zu suchen, der an einer ihrer Ketten hing.

»Ich brauche eine Schale, Bodan, schnell!«, forderte sie.

Uri runzelte die Stirn. »Was ist los, Amira? Meine Funken haben schon geholfen. Warum bist du beunruhigt?«

Amira sah kurz auf. »Wie lange ist das her?«, fragte sie knapp.

Uri hob die Schultern. »Vielleicht eine halbe Stunde? Etwas mehr?«

Die Hexe schüttelte missbilligend den Kopf. »Das war das Feuer eines Feuerspuckers. Das ist kein gewöhnliches Feuer. Es brennt sich für immer ein. Wie ein Brandzeichen. Da zählt jede Sekunde.«

Sie neigte sich sofort wieder über Ludmillas Arm. Ihre eine Hand hielt den Arm in einer festen Umklammerung, während sie mit der anderen Hand den Inhalt aus ihrem Beutel zerbröselte und in die Schale rieseln ließ. Keiner wagte zu sprechen.

Ludmilla starrte die Hexe entsetzt an. »Ein Brandzeichen? Wie, ein Brandzeichen?« Ludmillas Atem ging schnell und ihr wurde ganz heiß. Wie sollte sie das zu Hause erklären?

»Schau mich an!«, forderte Amira sehr leise. Es war fast wie ein Flüstern, das sich jedoch im gesamten Raum wie ein Echo ausbreitete. »Mein Name ist Amira. Ich bin eine Hexe und ich werde dir helfen. Aber du musst dich beruhigen und mich anschauen«, flüsterte sie.

Ludmilla sah ihr ins Gesicht und dann in die Augen. Die Augen funkelten hell und dunkel im Wechsel, während der Rand gleißend hell war. Sie war davon so fasziniert, dass sie sich sofort beruhigte.

Amira fixierte wieder Ludmillas Arm, streichelte ihr beruhigend über die Hand und rührte mit wenigen Handgriffen eine Paste in der Schale an. Dann ergriff sie Ludmillas Arm, drückte ihn fest auf die Tischplatte, und bevor Ludmilla protestieren konnte, schmierte sie die Paste auf die Wunde. Die Paste hatte eine wohltuende Wirkung, zumindest in den ersten Sekunden. Doch dann fing sie an zu brennen. Erst brannte sie auf der Haut und dann stiegen kleine Flammen aus ihr hervor. Ludmilla schrie vor Schmerz und wollte aufspringen. Aber Amira hatte ihren Arm fest umfasst und presste ihn weiter auf die Tischplatte.

»Schau mich an!«, raunte sie ihr zu. »Schau mich an. Das ist das Einzige, was hilft, wenn du nicht den Rest deines Lebens ein Brandzeichen tragen möchtest.«

Ludmilla schrie gellend, während kleine Flammen auf ihrem Arm tanzten. Sie versuchte sich loszureißen, schaute sich hilfesuchend nach Uri um, aber er schritt nicht ein. Wenige schmerzerfüllte Sekunden später erloschen die Flammen und Amira ließ Ludmillas Arm los.

Ludmilla sprang auf und wich vor der Hexe zurück. »Was hast du getan?«, zischte sie sie an. »Du solltest mich heilen und mich nicht noch weiter verbrennen!«

Amira sah ihr in die Augen und lächelte. »Sieh hin!«, befahl sie leise.

Ludmilla sah sie verständnislos an und dann auf ihren Arm. Die Paste rauchte noch, aber darunter konnte Ludmilla Haut erkennen. Gesunde Haut! Vorsichtig wischte sie die restliche Paste weg und realisierte, dass ihr Arm vollständig geheilt war. Nur ein kleiner dunkler Fleck in der Größe eines Leberflecks war geblieben. Und plötzlich merkte sie, dass ihre Schmerzen verflogen waren. Ungläubig betastete sie die Stelle, die noch vor Minuten verbrannt gewesen war.

Amira reckte den Hals, als sie Ludmillas Gesichtsausdruck wahrnahm. »Lass mich sehen!«, befahl sie.

Ludmilla streckte ihr den Arm hin. Aber mit einem gewissen Abstand. Noch mal wollte sie das nicht erleben! Amiras Blick verdüsterte sich, als sie den Fleck bemerkte.

»Böses Feuer!«, raunte sie.

Bodan und Uri traten ebenfalls näher.

»Kannst du den auch noch entfernen?«, fragte Uri fordernd.

Amira schüttelte den Kopf. »Die Paste kann ich nur einmal auf der Menschenhaut verwenden. Ansonsten verbrennt sie die Haut, statt sie zu heilen. Das wird bleiben.«

Ludmilla betrachtete den kleinen schwarzen Fleck und stellte fest, dass auch er die Form eines Hexagramms hatte. Unmerklich, aber nicht zu verkennen.

»Das heißt, ich werde den immer behalten?«, fragte sie skeptisch.

Amira nickte. »Und kein Menschenarzt wird ihn entfernen können. Er wird immer wieder zurückkommen. Oder sogar größer werden. Für jeden Entfernungsversuch kann er wachsen. Das ist unberechenbar. Merke dir das für dein restliches Leben!«

»Du hast meine Wunde geheilt und dennoch bin ich jetzt wie tätowiert«, stellte Ludmilla fest und fing an zu grinsen.

Alle starrten sie verständnislos an.

»Eine Tätowierung ist wie ein Brandzeichen, nur dass das in meiner Welt zurzeit sehr angesagt ist.«

Die Wesen schauten sie weiter perplex an, also gab sie ihre Erklärungsversuche auf. Stattdessen sah sie Amira fest an und sagte: »Danke fürs Heilen. Und mit dem Fleck komme ich klar.«

Amira lächelte Ludmilla an. Dann wandte sie sich Uri und Bodan zu. »Wie konnte das passieren?« Sie sprach sehr leise, aber bestimmt.

Sie hatte eine sehr ruhige Ausstrahlung. Nichts an ihr war hektisch, keine Bewegung unbedacht, kein Wort spontan. Bodan und Uri schienen sehr viel Respekt vor ihr zu haben. Auch war ihr Verhalten gegenüber Amira anders, als es Ludmilla kannte. Es schien eine gewisse Distanz zu herrschen. Uri erklärte ihr mit knappen Worten, was geschehen war. Ludmilla bemerkte, dass er mit keinem Wort erwähnte, wer Ludmilla war. Amira schien dies zu wissen. Während Uri erzählte, wog sie ihren Kopf und sah ihm dabei unentwegt in die Augen. Schließlich stand sie auf.

Bodan schöpfte gerade eine Flüssigkeit aus dem riesigen Kessel in Schalen und stellte sie auf den Tisch. Pixi hatte sich auf dem Tisch niedergelassen. Es waren fünf Schalen.

»Bleib doch noch«, forderte Bodan sie freundlich auf.

Amira warf einen prüfenden Blick auf die Schalen, der an der fünften Schale hängenblieb.

»Kommt er etwa? Hast du ihn auftreiben können?«, fragte sie. Jetzt hing tatsächlich ein Hauch von Abneigung in ihrer Stimme.

»Ja, er kommt. Uri muss ihn dringend sprechen. Aber das wird doch kein Hinderungsgrund sein«, versuchte Bodan sie zu überreden.

Amira wandte sich zur Tür.

»Ich habe meine Aufgabe erfüllt. Es freut mich, dass ich helfen konnte. Aber mit *ihm* setze ich mich nicht an einen Tisch!«

Sie hob die Hand zum Gruß und verschwand lautlos aus dem Haus. Selbst die Haustür fiel geräuschlos ins Schloss. Wie ein Windhauch, der vorbeigezogen war.

Fünfzehntes Kapitel

Lando

Ludmilla blickte fragend in die Runde. »Wer kommt denn?«, fragte sie neugierig.

»Bitte iss«, forderte Bodan sie auf, statt ihr zu antworten. »Du musst dich erholen und stärken. Ich habe die Suppe selbst zubereitet«, fügte er stolz hinzu.

Und noch bevor Ludmilla eine weitere Frage stellen konnte, klopfte es drei Mal sehr kräftig an der Tür.

»Na endlich!«, stieß Uri genervt hervor und riss die Tür auf.

Ein hochgewachsenes schlankes Wesen, mit sehr blasser Haut, die blaulila schimmerte, trat ein. Es musste sich etwas bücken, sonst hätte es nicht durch die Tür gepasst. Aber Bodans Haustür war auch eher für die Größe von Spiegelwächtern gemacht. Das Wesen war groß, aber nicht so groß wie ein Riese. Seine Bewegungen waren fließend, so als würde es über den Boden gleiten. Sein hagerer Körper steckte in einem engen Shirt mit Stehkragen aus Leinen, ähnlich wie das der Spiegelwächter, und einer schmalen Leinenhose, die oberhalb der Knöchel endete. Sein Kopf war schmal und lang mit sehr kurzen braunen Haaren. Die Augen leuchteten hell und waren fast durchsichtig. Er schien jung zu sein. Vielleicht nur ein, zwei bis drei Jahre älter als Ludmilla.

Bodan sprang auf und umarmte das Wesen freudig. Dabei musste er sich ziemlich strecken und stellte sich auf die Zehenspitzen, während er ihm auf die Schulter klopfte. »Das ist Lando«, erklärte er und strahlte Ludmilla an.

»Lando, das ist Ludmilla.«

Ludmilla betrachtete Lando skeptisch. Was für ein Wesen stand hier vor ihr?

In diesem Moment wandte sich Lando ihr zu und seine Augen blitzen auf. Hatte er zwei unterschiedliche Augenfarben? Bevor sie sich darüber noch weitere Gedanken machen konnte, glitt er auf sie zu und musterte sie von oben bis unten. Sein Blick verriet Neugier, dennoch lehnte sich Ludmilla instinktiv zurück und verschränkte ihre Arme. Nach dem Vorfall auf dem Marktplatz war sie sich nicht sicher, ob wirklich so viele Wesen von Eldrid ihr wohlgesinnt waren. Dennoch wollte sie sich keine Blöße geben. Sie nahm ihren gesamten Mut zusammen und schob herausfordernd das Kinn nach vorn. »Ich bin ein Mensch, falls du es noch nicht bemerkt haben solltest«, blaffte sie ihn an. »Und Menschen mögen es in der Regel nicht, so begutachtet zu werden, wie du es gerade tust.«

Lando hob spöttisch eine Augenbraue und fing an zu grinsen. Dabei kam eine Reihe strahlend weißer Zähne zum Vorschein. Er fixierte Ludmilla mit seinen unterschiedlich farbigen Augen, tatsächlich war ein Auge blau und das andere grün, und kam immer näher an sie heran.

»Ich weiß«, hauchte er schließlich, während er sich auf den Stuhl neben Ludmilla schob. Er ließ sie dabei nicht aus den Augen. Vielmehr rückte er ganz nah an sie heran. Ludmilla starrte fasziniert in diese Augen.

Bodan räusperte sich und schlug mit der flachen Hand auf den Tisch. »Lando«, ermahnte er ihn, »Ludmilla hat Recht. Hör auf damit!«

Ludmilla warf er einen entschuldigenden Blick zu. »Er ist ein Formwandler. Und sehr neugierig.«

»Ja, das bin ich, danke, Bodan«, murmelte Lando, während er seine Augen nicht von Ludmilla abwandte. Er hatte eine sehr tiefe, angenehme Stimme, die in der Luft zu schwingen schien. »Beides«, fügte er mit einem leisen Lachen hinzu.

Ludmilla versuchte von ihm abzurücken und hob an, etwas zu sagen, da ließ sich Lando nach hinten fallen.

»Und dieses Exemplar hier ist unverkennbar eine Scathan. Sie sieht aus wie die Schwestern«, stellte er sachlich fest.

»Das ist nicht das erste Mal, dass ich das höre«, erwiderte sie frech, aber ihre Stimme klang krächzend. Ganz davon abgesehen, dass Ludmilla keine Ähnlichkeit zwischen Mina und sich feststellen konnte.

Sie lehnte sich weiter zurück und versuchte Lando ebenfalls genau zu betrachten. »Ein Formwandler also?«, wiederholte sie langsam mit skeptischem Unterton.

Zu gern hätte sie diese schimmernde Haut berührt, die so aussah, als wäre sie aus flüssigem Glas.

Lando schaute sie erstaunt an, hob erneut seine blassen Augenbrauen und schmunzelte. »Und frech ist sie auch noch, wie wunderbar!«, dröhnte er amüsiert.

Ludmilla konnte sich ein triumphierendes Lächeln nicht verkneifen.

»Er kann sich in jedes Tier und jedes Wesen verwandeln«, piepste Pixi und flog singend um Lando herum.

Lando grinste verschmitzt. »So ist es, in jedes!« Er zwinkerte ihr selbstgefällig zu. Ludmilla versuchte, ihm einen abschätzigen Blick zu schenken, was ihr offenbar nicht gelang, denn Landos Lächeln wurde immer breiter. Formwandler waren anscheinend sehr von sich überzeugt. Oder vielleicht auch nur dieser? Ein Formwandler. Sie musste ihre Gedanken sortieren. Lando verwirrte sie. Dieses gut aussehende Wesen neben ihr machte sie nervös.

»Also, was braucht ihr?«, fragte er leicht überheblich, während er sich Bodan und Uri zuwandte und mit den Handflächen auf den Tisch trommelte. Er hatte sehr schlanke lange Finger, ähnlich wie die Spiegelwächter, aber seine Fingernägel leuchteten nicht golden.

Uri holte tief Luft. »Du musst ihn für uns ausspionieren«, antwortete er ohne Umschweife. Dann beugte er sich zu Lando nach vorn, wobei er sich mit den Händen auf den Tisch stützte. »Und ich will, dass du vorsichtig bist. Keine Leichtsinnigkeit, hast du mich verstanden?«, zischte er ihn herrisch an.

»Du schickst ihn in den dunklen Teil?«, piepste Pixi ungläubig dazwischen. »Gerade jetzt? Es wird immer gefährlicher.« Vorwurfsvoll stemmte sie ihre Hände in die Hüften und flatterte vor Uri und Bodan auf und ab.

Aber Lando winkte ab. »Sorge dich nicht um mich, Pixi. Das ist überhaupt kein Problem.« Er ließ sich lässig mit etwas zu viel Schwung nach hinten fallen und wäre fast mit dem Stuhl umgekippt, der offenbar für so große Wesen nicht gemacht war. Ludmilla konnte sich ein Kichern nicht verkneifen, als er umständlich und nicht sehr lässig Halt am Tisch suchte. Er warf Ludmilla einen verärgerten Blick zu und sie verstummte.

»Darf ich den Grund erfahren?«, fragte er sachlich und fixierte Uri. Bodan wiegte nervös den Kopf hin und her.

Uri fixierte Lando mit seinen glühenden Augen und sagte bestimmt: »Zamir darf nicht wissen, dass Ludmilla hier ist. Vor allem darf es Godal nicht erfahren. Wir brauchen das Überraschungsmoment. Godal interessiert sich nicht für Menschen, das wissen wir. Aber Zamir wird sich für Ludmilla interessieren. Wir sollten versuchen, es so lange wie möglich geheim zu halten. Deshalb müssen wir wissen, was er treibt.«

»Und wir müssen auch wissen, was er *weiß*«, fügte Bodan bedacht hinzu.

Pixi lachte spöttisch auf. »Entschuldige bitte, Uri, aber meinst du wirklich, dass er es nach dem Vorfall auf dem Marktplatz nicht schon längst weiß? Ludmilla hat so viel Aufsehen erregt, und du hast es doch hinausposaunt, wer sie ist.« Pixi schnaubte abfällig. »Da war bestimmt auch der ein oder andere seiner Spione dabei, die ihm in dieser Sekunde alles berichten.«

Lando runzelte die Stirn. »Marktplatz? Vorfall? Was ist passiert?«

Uri funkelte Pixi böse an. »Das mag sein«, blaffte er sie an. »Aber so viele Spione hat er in diesem Teil von Eldrid nicht. Sie wagen sich nicht nach Fluar vor. Das wissen wir. Vielleicht haben wir Glück. Auf jeden Fall sollten wir wissen, ob er es weiß und, wenn ja, was er weiß. Oder siehst du das anders, Pixi?«

Pixi streckte beleidigt die Nase in die Luft, wobei ihr ein schrilles »Pah!« entfuhr, und verzog sich auf den oberen Rand des Küchenschranks.

Bodan aber nickte zustimmend. »Wir müssen in jedem Fall wissen, was er gerade im Schilde führt und wenn möglich auch, wie viel er weiß.«

»Was ist auf dem Marktplatz passiert?«, fragte Lando hartnäckig. Als niemand ihm antworten wollte, wandte er sich Ludmilla zu. Er rückte wieder etwas näher und sah ihr tief in die Augen. Ludmilla war so perplex, dass sie seinen Blick erwiderte. Lando sah sie verschwörerisch an und flüsterte: »Die Spiegelwächter tun mal wieder geheimniskrämerisch. Aber du erzählst mir doch, was passiert ist, oder?«

Ludmilla hörte zwar seine Worte, konnte aber ihren Blick nicht von seinen Augen lösen. Seine tiefe schwingende Stimme tat ihr Übriges. Erst als er auffordernd die Augenbrauen hob, erwachte sie aus ihrer Erstarrung. Sie schüttelte sich innerlich und rückte von Lando ab. Was machte dieser Formwandler mit ihr? Er musste irgendwelche hypnotischen Fähigkeiten haben. Aber dann hatte sie sich wieder im Griff.

»Selbstverständlich«, flüsterte sie genauso verschwörerisch zurück. Dann räusperte sie sich und sagte mit fester Stimme: »Aber so, wie ich das mitbekommen habe, gibt es auch in dieser Welt das Wort ›bitte‹.«

Lando legte den Kopf in den Nacken und lachte schallend auf. Sein Lachen klang wie eine tiefe alte Glocke, hatte etwas Brummendes an sich und wirkte genauso ansteckend wie das von Pixi. Uri und Bodan tauschten verständnislose Blicke aus.

»Bitte!«, flehte Lando und deutete eine Verbeugung vor Ludmilla an.

Ludmilla konnte sich ein breites Grinsen nicht verkneifen. Doch dann fiel ihr Blick auf ihren Arm und das Lachen blieb ihr im Halse stecken. Sie schluckte kurz und dann erzählte sie leise, was geschehen war: »Auf dem Marktplatz haben mich alle für meine Großmutter gehalten. Sie haben uns eingekreist. Irgendwie schafften sie es, uns zu trennen, und trugen mich zum Feuer. Was wollten sie da eigentlich mit mir? Wollten sie mich etwa verbrennen?« Ihre Stimme war bei der Frage laut geworden und sie sah Uri fragend mit aufgerissenen Augen an.

Uri hob die Augenbrauen und Schultern gleichzeitig.

Ehe er antworten konnte, fuhr Pixi dazwischen: »Mach dir darüber keine Gedanken, Ludmilla. Wichtig ist, dass Uri die Situation retten konnte. Aber es war beängstigend, Lando. Uri musste seine Macht demonstrieren und hat den Wesen erklärt, dass Ludmilla nicht eine der Schwestern ist. Die Städter waren dennoch sehr aufgebracht, und dann traf ein Feuerspucker Ludmilla am Arm und brandmarkte sie. Wir mussten Amira rufen, um den Arm zu heilen.«

Lando sprang aufgebracht auf. »Eine Markierung von einem Feuerspucker?« Rote Funken sprangen von seinen Wangen. Zornig ergriff er Ludmillas Arm. »Welcher Arm ist es?«, herrschte er sie an.

Ludmilla nickte nur erstaunt, er hatte den richtigen Arm bereits in der Hand.

Seine Augen zogen sich zusammen. »Lass mal sehen!«, forderte er.

Ludmilla zeigte ihm die geheilte Stelle und das verbliebene Zeichen. Minutenlang inspizierte er die Stelle, drehte den Arm hin und her und ging mit dem Auge so nah heran, als hätte er eine Lupe in der Hand.

Im Raum war es mucksmäuschenstill, während Ludmilla nervös den Anhänger ihrer Kette durch die Finger gleiten ließ. Keiner wagte zu sprechen.

»Schlampige Arbeit von Amira. Sie müsste es besser wissen«, kommentierte er schließlich leise.

Als Ludmilla ihn fragend ansah, rang er sich ein Lächeln ab.

»Amira hat ihr Werk leider nicht perfekt vollendet, um es wohlwollend auszudrücken«, erklärte er geschwollen. Als sie die Stirn runzelte, seufzte er tief und studierte noch einmal das Mal. »Dieses Mal muss auch noch entfernt werden. Du darfst kein Mal tragen, schon gar nicht, wenn du in deine Welt zurückkehrst. Ihr müsst das einem Magier zeigen. Hexen haben mit den Markierungen von Feuerspuckern nicht so viel Erfahrung.« Er warf einen letzten Blick auf Ludmillas Arm, und ihm entfuhr ein verächtliches »Offensichtlich«, bevor er sie losließ.

»Kommen wir jetzt zum Wesentlichen zurück, Lando«, forderte Uri ungeduldig. »Kundschaftest du ihn für uns aus?«

Lando zuckte mit den Schultern. »Das ist kein Problem«, erklärte er überheblich. »Ich werde ihn ausspionieren. Wollen wir doch mal sehen, was Zamir so treibt. Wir haben schon zu lange nicht mehr nach ihm gesehen. Es wird Zeit, dass jemand nach dem Rechten schaut. Mir macht die dunkle Seite keine Angst. Ich kann mich in einen seiner Späher verwandeln. Bis Zamir realisiert, dass ich da war, bin ich auch schon wieder weg. Unser Vorteil ist, dass er seine Höhle nicht verlassen kann. So weit reicht doch noch der Verbannungszauber, oder, Uri?«

Lando sah Uri erwartungsvoll an und auch Bodan blickte Uri fragend an.

»Was heißt denn hier ›noch‹?«, rief dieser empört. »Natürlich wirkt der Verbannungszauber! Zamir kann die Höhle nur verlassen, wenn er den Zauber bricht, was er nicht kann, solange ich lebe und mächtig bin.«

Bodan brummte bestätigend.

Lando klopfte sich mit beiden Händen auf die Oberschenkel. »Also gut, dann ist das beschlossen. Ich gehe. Aber vorher bekomme ich noch etwas von deiner köstlichen Suppe, Bodan.« Er lächelte Bodan breit an und hielt ihm die letzte Schale hin, die auf dem Tisch stand.

Dann wandte er sich noch einmal Ludmilla zu. »Du scheinst Abenteuer zu mögen, sonst wärst du nicht hier, oder?«

Als Ludmilla stumm nickte, sie bekam plötzlich keinen Ton heraus, fügte er hinzu: »Das gefällt mir.«

Ludmilla bekam einen heißen Kopf und wandte sich schnell Uri zu: »Was soll das heißen, Zamir kann seine Höhle nicht verlassen?«, krächzte sie mit belegter Stimme. »Was ist das für ein Verbannungszauber?«

»Neugierig bist du also auch noch. Wunderbar!« Lando lachte laut auf. Dabei funkelten seine Augen in den unterschiedlichsten hellen Blau- und Grüntönen.

Uri seufzte tief. Seine Brille beschlug von dem Atem, den er ausstieß. »Als wir herausfanden, was Zamir vorhat und dass er sich vom Licht in unserer Welt abgewandt hatte, haben wir beschlossen, ihn zu verbannen. Das war das erste Mal in Eldrids Geschichte, dass eine solche Maßnahme gegen einen Spiegelwächter ergriffen wurde. Aber Zamir bedrohte unsere Welt.«

»Unser Licht«, piepste Pixi aufgeregt und flatterte über den Tisch.

Lando fing sie vorsichtig mit einer Hand ein und setzte sie sich auf den Arm.

»Wir nahmen ihm seine Verbindung zu seinem Spiegel und verbannten ihn in seine Höhle. Das heißt, dass Zamir seine Höhle nicht verlassen kann«, schloss Uri knapp.

»Heißt das, dass Zamir seit seiner Verbannung nichts mehr unternehmen kann, um seinen Plan weiter zu verfolgen?«, fragte sie skeptisch.

Bodan lächelte müde. »Nein, so einfach ist es leider nicht«, antwortete er, als Uri keine Anstalten machte, die Frage zu beantworten. »Zamir hat trotz seiner Verbannung viele Mittel und Wege gefunden, um sich Mächte und Schatten anzueignen. Die Wolke wächst stetig.«

Als Ludmilla ihn verständnislos ansah, fuhr er geduldig fort: »Zamir hat die Fähigkeit, Wesen zu rufen. Dafür benötigt er ein Bild von dem Wesen. Er muss wissen, wie es aussieht, um welche Art von Wesen es sich handelt und wie es heißt. Je mehr er weiß, desto besser. Eigentlich muss er das Wesen vor seinem geistigen Auge visualisieren können. Aber das kann er nicht, da er das Wesen nicht zu Gesicht bekommt. Dennoch schafft es Zamir, genug Informationen über das Wesen zu sammeln, so dass er es rufen kann. Wie er diese Informationen bekommt, wissen wir nicht genau. Wir vermuten, dass seine Späher, Komplizen oder Godal selbst ihm diese Informationen liefern. Sobald Zamir von der Existenz des Wesens weiß, versucht er in den Kopf des Wesens einzudringen. Mental. Wir Spiegelwächter können mit allen Wesen in Eldrid auf diese Weise kommunizieren. Das ist eine unserer Fähigkeiten.«

»Bei seinem Ruf geht er unterschiedlich vor. Manchmal bittet er nur um einen Besuch und schmeichelt dem Wesen, manchmal befielt er dem Wesen auch, zu ihm zu kommen. Dann ist es ein Mächtemessen, ob das Wesen dem Ruf Zamirs widerstehen kann oder sich gezwungen fühlt, dem Ruf zu folgen. Sobald das Wesen seine Höhle betritt, ist es um seine Macht und seinen Schatten geschehen. Wir konnten Zamir zwar verbannen und ihn damit schwächen, aber wir konnten ihm nicht seine Fähigkeiten nehmen.«

»Und was für eine Rolle spielt dabei Godal?«, fragte Ludmilla leise.

Pixi riss die Augen auf und flatterte nervös an die Decke.

Lando grinste. »Du scheinst noch nicht bemerkt zu haben, dass hier alle Angst vor Godal haben und schon bei der Erwähnung seines Namens zusammenzucken.« Er sah ihr kurz in die Augen. »Godal braucht kein Wesen zu rufen, um sich um dessen Macht zu bereichern.« Seine Stimme wurde rau und sein Ausdruck verdüsterte sich. »Er kann sich frei bewegen und nimmt sich die Mächte, die ihm gefallen. Er macht sich nicht die Mühe, die Wesen zu Zamir zu bringen. Es sei denn, Zamir fordert es ausdrücklich. Die Schatten schickt Godal an den Himmel. Auch dafür braucht er Zamir nicht. Er ist vollkommen unabhängig von Zamir und agiert selbstständig. Keiner weiß, wo er sich aufhält. Er kommt und geht, wie es ihm gefällt und wohin er will. Überall, wo er auftaucht, verbreitet er Angst und Schrecken. Das liegt nicht zuletzt auch daran, dass er der erste und einzige personifizierte Schatten ist, den wir hier in Eldrid haben.«

Als Ludmilla anhob, eine weitere Frage zu stellen, herrschte Uri sie an: »Es reicht jetzt! Das ist genug für heute! Nun lasst uns essen.«

Ludmilla blickte ihn misstrauisch an. Was hatte er nur?

Lando gluckste vergnügt und fing an, seine Suppe zu löffeln. Bodan und Uri beugten sich ebenfalls über ihre Schüsseln. Ludmilla schaute ihnen dabei zu, bis sie begriff, dass sie heute nichts mehr erfahren würde. Verstohlen beobachtete sie Lando aus den Augenwinkeln. Er machte einen sehr unbedarften Eindruck. Für ein schimmerndes blaulila Wesen sah er irgendwie gut aus. Seine überhebliche Art gefiel ihr zwar nicht, wohl aber sein Humor und seine Leichtigkeit, Dinge zu nehmen und zu begreifen, wie sie waren. Gedankenverloren spielte sie mit einer Haarsträhne, während sie sich dabei ertappte, dass sie ihn immer wieder beobachtete.

Zu Ludmillas Enttäuschung verabschiedete sich Lando nach dem Essen. Uri drängte ihn, so schnell wie möglich aufzubrechen, damit sie nicht noch mehr Zeit verlieren würden. Lando ließ sich nicht zweimal bitten. Ein Abenteuer rief ihn. Fast bewegungslos glitt er zur Tür. Ludmilla folgte ihm mit ihrem Blick und zuckte zusammen, als er sich zu ihr umdrehte. Er schenkte ihr ein breites Lächeln. »Wir sehen uns bestimmt bald wieder, Scathan-Mädchen Ludmilla«, scherzte er, und Ludmilla musste lachen. Sie konnte ihm gerade noch zunicken, bevor sich die Tür schloss.

Bodan begleitete Ludmilla in den ersten Stock des kleinen Hauses. »Du musst dich ausruhen und schlafen. Amiras Heilung hat deinen Körper mehr beansprucht, als du vielleicht gemerkt hast. Du brauchst jetzt Ruhe und Schlaf«, sprach er, während sie die knarrenden Stufen hinaufstiegen.

Fast wie zu Hause, dachte Ludmilla ein wenig wehmütig.

Bodan zeigte ihr ein Zimmer direkt unter dem Dach. Es war klein, aber ein Bett, ein Nachttisch und ein Stuhl fanden darin Platz. Bodan hatte Ludmilla das Bett gerichtet und ihr Schlafsachen hingelegt. Außerdem standen auf dem Nachttisch eine Schüssel mit Wasser und ein Handtuch. Eine Kerze brannte und verbreitete einen angenehmen Geruch. Ludmilla lächelte dankbar und ließ sich auf das Bett fallen. Bodan stand etwas verlegen an der Tür und räusperte sich. Ludmilla blickte ihn fragend an.

»Es ist so«, begann er etwas umständlich. »Uri muss sich erst an dich gewöhnen. Er hat Mühe, Vertrauen zu fassen. Auch wenn du anders bist«, er stockte kurz, »als Mina und ihre Schwester. Mina war ihm gegenüber am Ende sehr feindselig, und auch nachdem er sie vor ihrer Verdammnis gerettet hatte, haben die beiden keine Gelegenheit gehabt, sich auszusöhnen. Er hat es ihr nie richtig verziehen, dass sie sich derartig gegen ihn hat aufhetzen lassen. Dass sie nicht an ihn glaubte. Weißt du, als Mina und ihre Schwester anfangs nach Eldrid kamen, hat er ihnen bereitwillig Einlass gewährt. Er vertraute ihnen. Er mochte die beiden wirklich gern. Es hat ihn verletzt, als sie sich von ihm abwandten und sich mit Zamir gegen ihn verbündeten.«

»Aber das war Mina, meine Großmutter, nicht ich«, stellte sie störrisch fest. Bodan nickte. Aber Ludmilla ließ ihn nicht zu Wort kommen. »Er ist doch so weise und so allmächtig und so gütig«, sprudelte es höhnisch aus ihr heraus. »Und dann kann er nicht differenzieren, dass ich nicht *sie* bin? Das glaube ich dir nicht. Und *ihm* auch nicht.«

Bodan lächelte. »Sei nicht so überheblich, Ludmilla. Uri ist nicht vollkommen. Auch er hat Fehler. Er hat sich in deiner Großmutter und deiner Großtante geirrt. Er hat zu schnell Vertrauen gefasst und sie gewähren lassen. Für diesen Fehler hat er und ganz Eldrid einen hohen Preis gezahlt. So leicht ist es für ihn nicht. Seit Mina ihren Schatten verlor und den Scathan-Spiegel als Portal schloss, hat er kaum noch Kontakt zu Menschen gehabt.«

Ludmilla funkelte ihn an. So schlimm? Sie konnte es kaum glauben.

Bodan beobachtete sie still. »So oder so, Ludmilla. Es ist nicht so leicht für ihn. Er gibt sich Mühe. Wirklich. Aber dann stellst du ihn auch noch ständig in Frage. Das ist natürlich nicht sehr förderlich.«

Als Ludmilla anhob zu protestieren, hob Bodan die Hand. »Versuche doch mal, ihn ein wenig mehr zu respektieren. Du bist ihm gegenüber sehr kritisch. Das ist er nicht gewöhnt. Er wird dir alles erklären, wenn er denkt, dass die Zeit dafür gekommen ist.« Bodan lachte leise. »Er ist hier in Eldrid so was wie unser Oberhaupt. Vielleicht hilft dir das.« Ludmilla funkelte ihn an. »Nur so ein Gedanke, Ludmilla, nur so ein Gedanke.« Und mit einem »Schlaf gut«, schloss er vorsichtig und langsam die Tür.

Ludmilla ging noch so vieles durch den Kopf, doch als sie sich in die wohlduftenden Kissen kuschelte, war sie im Nu eingeschlafen.

Sechzehntes Kapitel

Die Berggeister

Am nächsten Tag wachte Ludmilla früh auf. Sie hatte sehr unruhig geschlafen. Trotz der Heilung hatte ihr Unterarm immer wieder pulsiert und gebrannt. Dennoch fühlte sie sich ausgeruht und voller Tatendrang. Ludmilla setzte sich auf und spähte aus dem Fenster. Draußen war es hell, die Sonne schien gerade aufgegangen zu sein und über Fluar lag eine schläfrige Ruhe.

In Bodans Haus war es ebenfalls still. Pixi schlief auf einem kleinen Kissen direkt auf dem Nachttisch, als hätte es Bodan für sie dort hingelegt. Ludmilla bestaunte lächelnd die kleine schlafende Fee.

Langsam stand sie auf und zog sich an. Pixi schien sie nicht zu hören, also ließ sie sie schlafen und ging runter in die Küche. Es roch nach Frühstück und im Ofen brannte ein Feuer. Von draußen hörte sie Uris und Bodans Stimmen, denen sie nachging. Sie ging den Flur entlang und kam zur Hintertür des Hauses. Die Tür stand offen und zeigte ihr eine wunderschöne Terrasse. Dort saßen Bodan und Uri an einem hölzernen Tisch mit Bänken und betrachteten den Sonnenaufgang. Vor ihnen lag die herrliche Landschaft von Eldrid wie auf einem Plateau.

Ludmilla erblickte Felder und Wiesen und ganz weit entfernt am Horizont lag der Wald, in dem ihre Reise begonnen hatte. Ihre Augen wanderten weiter nach links und sie meinte, den dunklen Teil des Waldes mit der Schattenwolke zu erkennen. Doch die Sonne blendete sie, so dass sie nicht viel von diesem Teil der Welt sehen konnte. Ludmilla drehte sich um und stellte fest, dass sich Bodans Haus direkt an der Felswand befand. Zwischen dem Haus und dem Gebirge lag nur die kleine Gasse, die sie am vorigen Abend entlanggehastet waren. Sie betrachtete das Häuschen, wie es friedlich dalag, während es fast so schien, als würde sich der Berg über ihm zusammenkrümmen. Sie waren weit oben im Gebirge und Ludmilla fragte sich, wie viel Zauberkräfte wohl bei dem Bau der Stadt eingesetzt worden war. Sie schaute sich noch eine ganze Weile um, bevor sie sich zu Uri und Bodan auf die Bank setzte.

Uri lächelte ihr herzlich zu. »Hast du gut geschlafen?«, flüsterte er. Ludmilla nickte. Mehr sagte er nicht. Er saß nur da und betrachtete die Welt, die er schon so lange kannte.

Nach einer Weile ging Bodan ins Haus und kümmerte sich um das Frühstück.

Ludmilla weckte Pixi. Pixi war sofort bestens gelaunt und alberte mit Ludmilla herum, während sie sich auf die Terrasse setzten. Für ein paar Minuten hatte Ludmilla das beklemmende Gefühl vergessen, mit dem sie ins Bett gegangen war.

Doch plötzlich sprang Uri auf. »Da!«, schrie er und deutete mit ausgestreckter Hand auf etwas am Horizont. Ludmilla konnte nichts erkennen, außer einem Schatten am Himmel. Das konnte doch nicht die Schattenwolke sein, oder etwa doch?

Bodan kam aus dem Haus gelaufen und starrte entsetzt den Fleck am Himmel an. Was auch immer es war, es schien sich mit einer wahnsinnigen Geschwindigkeit auf Fluar zuzubewegen.

»Was ist das?«, fragte sie beunruhigt.

»Das sind die Späher!«, stellte Uri verbissen fest. »Schwarze Vögel, die für Zamir den hellen Teil von Eldrid auskundschaften. Manchmal suchen sie auch etwas. Nur so weit oben im Norden, in Fluar, sieht man sie fast nie. Fluars Bewohner haben sie so oft vertrieben, dass sie es eigentlich nicht mehr wagen, Fluar zu überfliegen.«

»Aber so früh am Tag scheinen sie es heute dennoch zu wagen«, keuchte Bodan aufgebracht. »Schnell, Uri, schnell!«

Die Wolke kam immer näher und hatte schon fast den Stadtrand erreicht.

»Wie können sie es wagen?!«, knurrte Uri wütend.

Bodan schob Uri und Ludmilla ins Haus. Er schloss Türen und Fenster, während Uri mit geschlossenen Augen in der Mitte des Raumes stand und irgendetwas murmelte.

Wenige Sekunden später hörten sie, wie die Vögel kreischend über das Haus hinwegflogen. Sie prallten regelrecht an der Felswand ab. Der Lärm war ohrenbetäubend. Das Kreischen der Vögel war schrill. Aber sie hielten nicht an, sie kreisten nicht über dem Haus, sondern flogen weiter. Es ging alles sehr schnell. Und dann schienen sie sich wieder zu entfernen und nur noch über einem anderen Teil der Stadt zu kreisen. Nach wenigen Minuten war das Kreischen verhallt.

Bodan trat auf die Terrasse und nickte zufrieden. »Sie ziehen wieder ab.«

Uri öffnete die Augen und atmete auf. Goldglitzernde Schweißperlen standen auf seiner Stirn. »So leicht wollen wir es ihm nicht machen, oder, Bodan?«

Bodan schmunzelte und schüttelte den Kopf. In diesem Moment sahen die beiden wie kleine Schuljungen aus, die einen Streich gespielt haben.

»Was habt ihr gemacht?«, fragte Ludmilla verwundert, als sie den abziehenden Spähern nachschaute.

Uri lächelte nun auch. »Ich habe einen Zauber über das Haus gelegt, so dass sie das Haus nicht sehen konnten. Außerdem konnten sie uns auch nicht wittern.« Seine Brust blähte sich ein wenig auf, während er sprach.

»Wittern?«, fragte Ludmilla ungläubig.

»Das sind keine gewöhnlichen Vögel«, antwortete Bodan schnell. »Sie sind Späher, das heißt, dass sie das Gesuchte nicht nur erspähen, sondern auch wittern können. Sie müssen es nicht zwingend sehen, um zu wissen, dass es da ist.«

»Und das hast du verhindert?«, fragte Ludmilla zweifelnd. Bodan warf ihr einen warnenden Blick zu. Sie zuckte zusammen und beeilte sich zu sagen: »Äh, ich meine, natürlich hast du das verhindert, Uri. Ich bin beeindruckt. Du hast ein ganzes Haus ihrer Witterung entzogen. Toll!«

Bodan hob die Augenbrauen und schüttelte leicht den Kopf.

»Zu viel?«, bewegte Ludmilla ihre Lippen.

Er deutete ein Nicken an.

Uri sah Ludmilla stirnrunzelnd an. »Ich habe das Haus nicht ihrer Witterung entzogen, sondern es verschwinden lassen. Sie haben es gar nicht sehen können«, stellte er skeptisch fest, während er Ludmilla genau beobachtete. »Seit wann bist du leicht zu beeindrucken?«, fragte er prüfend.

Aber bevor Ludmilla etwas erwidern konnte, flog ihr Pixi vor die Nase. »Ich habe dir ja gesagt, das ist Uri. Er ist sehr, sehr mächtig.« Dabei kicherte sie und flatterte zwischen den dreien hin und her. Ihre Flügel glitzerten im Sonnenlicht. »Wie immer ein Vergnügen mit dir!«, dröhnte sie mit ihrer tiefen lauten Stimme voller Übermut.

Uri lachte nicht. »Das ist erst der Anfang. Wir müssen uns beeilen. Ich dachte, wir hätten mehr Zeit. Aber die Zeit drängt. Offenbar weiß Zamir etwas. Solange Lando nicht herausgefunden hat, was er weiß, müssen wir uns mehr Zeit verschaffen.«

Pixi riss die Augen auf und verkroch sich in Ludmillas Haaren.

»Bodan, wir müssen uns aufteilen. Geh du zu meiner Höhle, wir treffen uns dort. Wir müssen Fluar sofort verlassen. Hier ist es nicht sicher. Komm, Ludmilla, wir müssen sofort los.« Uris Stimme war hart und befehlend.

»Was, so schnell? Und wo gehen wir hin und wieso kommt er nicht mit?«, fragte Ludmilla störrisch. »Ich dachte, wir wollen in den sphärischen Teil reisen, und überhaupt: Ich habe mir noch gar keine Gedanken gemacht ...«

Bei Uris Anblick verstummte sie. Seine Wangen glühten und seine Augen sprühten kleine Funken. Bodan sah sie ermahnend an.

Ludmilla hob nur die Schultern. »Was?«, fragte sie.

Uri kratzte sich kurz hinter dem Ohr. Schließlich seufzte er schwer auf und schob Ludmilla bestimmt zur Haustür.

»Wir müssen hier sofort aufbrechen und unsere Spur verwischen. Bei Bodan werden sie zuerst suchen, wenn Zamir sie anweist, erneut über die Stadt zu fliegen«, blaffte er sie ungeduldig an. »Es ist doch mehr als eindeutig, dass er nach dir suchen lässt.«

Bodan hob kurz den Finger.

Uri trat von einem Fuß auf den anderen. »Aber kurz«, erklärte er widerwillig.

Bodan wandte sich an Ludmilla: »Wenn Zamir erst einmal weiß, wo du dich aufhältst, dann wird er dich irgendwann rufen wollen. Du hast zwar keine Mächte und dein Schatten ist ohne Interesse für ihn, aber du bist eine Scathan und schon von daher von Interesse für ihn. Vielleicht hat er auch etwas anderes mit dir vor. Das wissen wir nicht. Deshalb soll Lando ihn belauschen und deshalb musst du jetzt auf Uri hören und mit ihm gehen. Hab ein bisschen Vertrauen, Ludmilla!«

Bodan sah Ludmilla eindringlich und bittend an. Seine Augen funkelten und glitzerten in den schönsten Kupfertönen. Ludmilla erwiderte seinen Blick und erzwang sich ein Lächeln. »Also gut. Ich versuche es, okay?«

Uri seufzte erneut auf. »Wenn das jetzt geklärt ist, können wir dann endlich los?«, fragte er sichtlich genervt und angespannt.

»Wir sehen uns bald wieder. Ich werde dich mit Uri nicht zu lange allein lassen«, versicherte Bodan ihr.

Im nächsten Moment hatte Uri sie aus der Tür geschoben.

Sie liefen die Gasse, die an Bodans Haus entlanglief, hinauf. Immer an der Felswand entlang. Zumindest erschien es Ludmilla so. Fluar war noch nicht erwacht. Offenbar hatten die Bewohner die Späher nicht bemerkt. Bodans Haus befand sich am äußersten Rand von Fluar, so dass sie bald an keinen Häusern mehr vorbeiliefen. Schnell kamen sie zu einem Gang, der in den Berg hineinführte. Als Uri in den Höhlengang hineinlief, blieb Ludmilla stehen.

»Ich weiß, dass die Zeit drängt, aber bitte erkläre mir, wo wir hingehen«, forderte sie ihn auf. Dabei versuchte sie, nicht fordernd zu klingen, was ihr jedoch nicht ganz gelang.

Uri zog sie ein Stück in den Gang hinein und flüsterte: »Wir müssen uns unsichtbar machen. Unsichtbarer, als sich einfach nur in einem Haus zu verkriechen. Das ist nicht sicher. Da die Späher nicht in das Gebirge hineinkommen, ist das der einfachste Weg. Odil, so heißt dieses Gebirge, lässt die Späher nicht hinein. Das verschafft uns Zeit und wir durchqueren das Gebirge, um nach Ilios zu gelangen, dem sphärischen Teil von Eldrid.«

»Also verstecken wir uns?«, fragte Ludmilla ungläubig.

»Ja und nein«, antwortete Uri ungeduldig. »Die Späher kommen bestimmt zurück. Es wäre besser, dass sie uns hier gar nicht erst sehen oder wittern. Auch der Hinweis, dass wir ins Gebirge gelaufen sind, wäre für Zamir schon von großem Nutzen. Wir halten uns an den ursprünglichen Plan und reisen nach Ilios.« Wieder machte Uri eine antreibende Handbewegung.

Ludmilla seufzte und setzte sich in Bewegung. »Und dazu müssen wir durch das Gebirge hindurch?«, fragte sie, während sie versuchte, mit Uri Schritt zu halten.

Aber Uri hörte sie nicht oder wollte sie nicht hören. Pixi hauchte ein kaum hörbares »Ja« in ihr Ohr, während sie sich an einer von Ludmillas Haarsträhnen festklammerte.

Uri führte sie zielstrebig in das Gebirge hinein. Als das Licht immer schwächer wurde, blieb Uri kurz stehen und wartete auf Ludmilla und Pixi. »Los, Pixi, jetzt liegt es an dir. Leuchte uns den Weg!«

Pixi löste sich von Ludmillas Schulter, flog an Uri vorbei und fing dabei an zu brummen, wie eine große dicke Hummel. Sofort wurde der Gang in ein warmes Licht getaucht.

Während sie weiterliefen, entdeckte Ludmilla wunderschöne

Malereien an den Wänden. Die Malereien erzählten Geschichten von den Wesen von Eldrid. Sie waren bunt und schillerten in besonderen Farben. Sie schienen zu leuchten und Ludmilla hatte manchmal das Gefühl, als würden sich die Gestalten von den Wänden lösen. Uri zog sie jedes Mal weiter, wenn sie stehen blieb. Immer tiefer führte er sie in das Gebirge hinein und es wurde ganz still um sie herum. Nur Pixis leises Brummen war zu hören. Schließlich wurde der Weg sehr abschüssig und es gab immer wieder Stufen, die sie hinunterlaufen mussten.

Plötzlich blieb Uri abrupt stehen. Er legte den Finger auf die Lippen. Von weitem, sehr leise, aber deutlich, hörten sie die Schreie der Späher. Sie waren schrill und klirrten trotz der Entfernung in den Ohren. Uri machte eine Handbewegung und Pixi löschte ihr Licht. Sofort war es stockfinster und Ludmilla wagte es nicht, sich zu rühren. Die Späher schienen sich an einem Ausgang des Gebirges zu befinden. Minutenlang stießen sie wütende Schreie aus. Als würde ihnen jemand den Einlass in den Berg verweigern. Doch dann wurde es schlagartig still. Ludmilla hörte ihr eigenes Herz klopfen und ihr Atem ging schnell.

Uri packte sie an der Hand. Ludmilla zuckte zusammen vor Schreck. Von ganz weit her hallte ein tiefes Grollen zu ihnen heran. Das war ein anderes Geräusch als das der Späher.

»Rühre dich nicht! Kein Laut! Ich bin gleich wieder da«, flüsterte Uri lautlos in ihr Ohr.

Sie wollte protestieren, aber er legte ihr sanft die Hand auf den Mund. »Jetzt ist die Zeit, mir zu vertrauen, Ludmilla. Wirklich zu vertrauen. Kein Ton, keine Bewegung. Ich komme gleich wieder«, herrschte er sie in ihrem Kopf an.

Sie nickte langsam und merkte in dieser Sekunde, dass er schon verschwunden war.

Ludmilla ließ sich auf den Boden gleiten, an der Stelle, an der sie stand, und versuchte in der Dunkelheit etwas zu erkennen. Ihr Atem ging schnell, sie war sehr aufgeregt und aufgewühlt. Was, wenn er nicht wiederkäme? Was, wenn er doch nicht so mächtig war, wie alle immer sagten. Was, wenn sie allein hier rausfinden müsste?

Gerade als sie versuchte, diese absurden Gedanken abzuschütteln, spürte sie Pixi, die offenbar etwas gelangweilt mit ihren Haaren spielte. Sie war also nicht allein. Instinktiv ergriff sie den Anhänger ihrer Kette und spürte den vertrauten Stein zwischen ihren Fingern. Langsam beruhigte sich ihr Atem und sie konzentrierte sich auf ihre Umgebung. Es war so dunkel, dass sie kaum etwas erkennen konnte.

Trotz Pixis Unbekümmertheit beschlich sie immer mehr ein beklemmendes Gefühl, und plötzlich merkte sie, dass ihr unfassbar kalt war. Sie zitterte am ganzen Leib, zog die Beine heran und umschlang sie mit den Armen.

Pixi summte kaum hörbar ein Lied in ihr Ohr. Ludmilla konzentrierte sich auf die Melodie. Sie war wunderschön. Als hätte Pixi damit einen Schalter umgelegt, beruhigte sich Ludmilla. Und dann hörte sie Uris Stimme aus der Ferne. Sie konnte nicht verstehen, was er sagte. Es war seine tiefe Stimme. Sie klang bedrohlich und sehr laut. Ludmilla richtete sich auf, um besser hören zu können. Ihr Herz schlug ihr bis zum Hals. Dieses Abenteuer schien sich als ein ziemlich gefährliches zu entpuppen. Ihre Mina hatte doch Recht gehabt. Unwillkürlich musste sie schmunzeln. Aber nur für einen kurzen Moment, denn dann hörte sie Uris Worte durch das Gebirge donnern. Und dann hörte sie Uris Schritte, die schnell näher kamen. Er rannte und seine Schritte hallten im Gang wider.

»Pixi, Licht!«, befahl er schon von weitem.

Ludmilla richtete sich auf. Als Pixis Licht Uris Gesicht einfing, konnte Ludmilla erkennen, wie angestrengt er war.

»Wir müssen hier weg! Schnell!«, flüsterte er und zog Ludmilla mit sich den Gang hinunter.

Dieses Mal protestierte sie nicht. Sie stellte auch keine Fragen. Sie rannte einfach. Sie liefen nicht zurück zum Ausgang, sondern immer tiefer in den Berg hinein. Pixi brummte, so laut sie nur konnte, und produzierte so viel Licht, dass Uri und Ludmilla jeden auch noch so kleinen Stein auf dem Boden sahen. Uri lief so schnell, dass Ludmilla bald völlig außer Atem war. »Weiter, weiter!«, drängte er jedes Mal, wenn sie japsend und nach Luft schnappend stehen blieb. Ludmilla sah ihn flehend an, aber er schüttelte den Kopf. »Es muss sein!«, sagte er und zog sie weiter. Ludmilla hatte keine Zeit, ihre Gedanken zu ordnen. Sie war zu sehr damit beschäftigt, Uri zu folgen, und nahm fortwährend seine panischen Blicke wahr, die er in die Dunkelheit warf.

Uri führte Ludmilla zielsicher durch das Gebirge. Die Gänge neigten sich mal mehr nach rechts, dann wieder mehr nach links. Irgendwann hatte Ludmilla den Eindruck, dass sie aus den Tiefen des Berges wieder herauskamen. Sie hatte jegliches Zeitgefühl verloren, aber es kam ihr wie Stunden vor, die sie von Uri durch die Gänge gehetzt wurde.

Plötzlich blieb er stehen, so dass sie fast in ihn hineingerannt wäre. Der Gang hörte abrupt auf. Vor ihnen lag ein kurzer breiter Vorsprung, wie eine Art Brücke, der zu beiden Seiten abschüssig war und einen Abgrund in die Tiefe des Gebirges preisgab. Am Ende dieses Vorsprungs befand sich die steile nackte Gebirgswand. Uri trat darauf zu, Ludmilla folgte ihm zögerlich. Nach wenigen Schritten standen sie vor einer schmalen steilen Treppe, die in die Bergwand gehauen war. Es war mehr eine Leiter als eine Treppe. An den Seiten waren Seile befestigt, die das Hochklettern erleichterten. Dennoch erschauderte Ludmilla bei dem Gedanken, dass sie dort hochsteigen sollte. Es war steil. Sehr steil und sehr hoch. Ludmilla war völlig außer Atem und brauchte dringend eine Pause. Auch Uri schnaufte und seine Augen wirkten eingefallen vor Anstrengung. Er atmete ein paarmal tief durch, während er sie eindringlich ansah.

»Beruhige deinen Atem, Ludmilla, denn wir müssen jetzt da hoch. So schnell wie möglich!« Wieder drehte er sich gehetzt um.

Ludmilla schüttelte den Kopf. Einfach so da hoch, und dann? Sie brauchte Antworten. »Wer ist denn hinter uns her? Ist überhaupt jemand hinter uns her?«, fragte Ludmilla japsend.

Uri aber legte nur die Finger auf die Lippen und schüttelte den Kopf. »Es ist keine Zeit für Fragen und Antworten. Es ist *etwas* hinter uns her. Und sie sind sehr viel mächtiger, als ich es bin. Ich komme gegen sie nicht an«, sprach er in ihr Ohr.

Als Ludmilla anhob, noch etwas zu fragen, schüttelte er erneut den Kopf. »Keine Zeit! Später! Los jetzt! Pixi, du voraus! Ich gehe als Letztes.«

Ludmilla atmete tief durch. Ob sie wollte oder nicht, sie hatte keine Wahl. Und Uris Verhalten machte ihr Angst. Wer oder was war mächtiger als er? Angeblich war er doch das mächtigste Wesen in Eldrid. Noch während sie sich das fragte, stieg sie langsam und vorsichtig Stufe für Stufe die steile Leiter hinauf. Pixis Licht reichte nicht aus, um ihr die Tiefe zu zeigen, die sich unter ihr auftat. Aber Ludmilla spürte sie. Sie spürte die Gefahr. Und sie spürte Uris Nervosität. Irgendetwas ging hier vor, mit dem er nicht gerechnet hatte. Das war es! Es war etwas Unberechenbares. Etwas, mit dem er sich noch nicht hatte messen müssen. Vielleicht Godal? Ludmilla durchschauderte es. Aber es war ein ambivalentes Gefühl. Sie hatte Angst, aber irgendwie kitzelte sie auch das Abenteuer. Sie war sich dennoch nicht sicher, ob sie das wirklich alles zu Ende erleben wollte. Ob sie wirklich Godal treffen wollte, um ihn mit nach Hause zu nehmen. Diese Entscheidung hatte sie immer noch nicht getroffen. Aber es war viel zu viel passiert. Zu viel, um darüber nachzudenken und eine Entscheidung treffen zu können.

Hinter ihr raunte Uri immer wieder: »Nicht umsehen. Weiter hoch! Weiter hoch!« Kurz bevor sie oben angekommen waren, hörten sie aus der Tiefe des Gebirges ein lautes bebendes Grollen. Das gesamte Gebirge erzitterte. Ludmilla zuckte zusammen und blickte sich um. Uri stand nur eine Stufe unter ihr und verdeckte ihr die Sicht. Er zischte ihr ins Ohr. »Schnell! So schnell du kannst, Ludmilla!«

Ludmilla kletterte atemlos die letzten Stufen hinauf. Gerade als sie das Ende der Leiter erreicht hatte, meinte sie etwas in der Tiefe wahrzunehmen. Es sah aus wie ein grauer Nebel oder eine Art Wolke. Es bewegte sich mit einer irrsinnigen Geschwindigkeit auf sie zu. »Uri!«, flüsterte sie aufgeregt. »Uri! Da ist was, genau unter dir!«

Sie sah Uris entsetzten Gesichtsausdruck, seine Brillengläser spiegelten Pixis Licht, und dann hatte das Etwas ihn erreicht. Es sah so aus, als ob sich aus dem Nebel ein Fetzen löste und dieser Fetzen versuchte, Uri zu ergreifen. Ludmilla schrie auf und schob sich auf den Vorsprung in der Felswand, der am Ende der Leiter lag. Nun konnte sie es ganz deutlich erkennen: Der Nebelfetzen, der nach Uri griff, hatte die Form einer hageren, skelettartigen, riesigen Hand. Ludmilla schrie wie am Spieß.

Uri aber hielt inne und dann erhob sich etwas Goldenes hinter seinem Rücken. Es sah aus wie eine riesengroße goldene Seifenblase, die Uri, Pixi und Ludmilla auf dem Felsvorsprung einhüllte. Die Nebelhand zuckte zurück, als hätte sie sich verbrannt, und verschwand zischend in dem Nebel, der in die Tiefe sank. Und dann war wieder das Grollen aus der Tiefe des Gebirges zu hören. Der Berg erzitterte erneut und kleine Gesteinsbrocken fielen neben Ludmilla lautlos in die Tiefe. Uri schob sich mitsamt der Seifenblase auf den Vorsprung und ließ sich schnaufend neben Ludmilla nieder. Sie sah ihn mit weit aufgerissenen Augen an. Am liebsten hätte sie wieder losgeschrien.

Pixi setzte sich auf ihre Schulter und fing an, eine Melodie zu summen, die Ludmilla sofort beruhigte. Sie atmete immer noch schwer, aber sie war nicht mehr hysterisch.

Uri hatte sich währenddessen wieder aufgerappelt und rutschte an ihr vorbei an die Felswand. Er stemmte sich gegen die Felswand. Verständnislos starrte sie ihn an. War er jetzt total übergeschnappt? Aber zu ihrer großen Verwunderung bewegte sich nach kurzer Zeit die Felswand. Uri bewegte den Felsen, so dass dieser bald eine Öffnung preisgab. Die Öffnung wurde zu einem Spalt, der breit genug war, damit Ludmilla und Uri hindurchschlüpfen konnten.

Helles Licht schien durch die Öffnung. Ohne eine Aufforderung von Uri abzuwarten, zwängte sich Ludmilla hindurch. Sie hielt dabei den Atem an. Es war unsagbar eng. Aber sie passte durch. Pixi wartete hinter der Öffnung auf sie. Ludmilla fand sich in einer Höhle wieder, die der von Uri sehr glich. Nur dass sie offen war und es keinen Gang zum Ausgang gab. Vielmehr war es eine Aushöhlung an der Gebirgswand, eine Art Einkerbung mit Überdachung, die Unterschlupf gewährte. Grelles Tageslicht schien herein und ein eisiger Wind peitschte über den Boden.

Kaum war Uri durch die Öffnung gekrochen, machte er sich auch schon daran, diese wieder zu verschließen. Er strich über die Felswand, seine Hände glühten, während der Spalt immer kleiner wurde. Damit wurde auch das hässliche Grollen, das aus der Tiefe des Gebirges kam, erstickt. Nur das Beben nahm Ludmilla noch wahr. Sie hielt sich am Boden fest, so sehr zitterte der ganze Berg.

Schließlich ließ sich Uri erschöpft auf den Boden gleiten. Er sah plötzlich noch viel älter aus, als er ohnehin aussah. Sein ganzes Gesicht bestand aus tiefen Furchen, seine Augen wirkten kleiner als sonst und sie hatten ihren Glanz verloren.

Uri atmete schwer. »Wenn ich das gewusst hätte!«, murmelte er immer wieder vor sich hin und schüttelte dabei den Kopf.

Pixi flog aufgeregt vor ihm herum. »Was war denn da los?«, piepste sie. »Wer war das? Dieses Grollen und Beben war ja besonders hässlich!«, empörte sie sich, so dass Ludmilla fast hätte lachen müssen. »Und was heißt denn überhaupt, gegen die kommst du nicht an?«, echauffierte sich Pixi weiter. »Es gibt nur wenige Wesen in Eldrid, die mächtiger sind als du, und das sind die ...« Pixi verstummte augenblicklich und schlug sich die winzige Hand vor den Mund. Uri nickte langsam und bestätigend.

»Die Geister!«, flüsterte Pixi außer sich. »Aber sie haben Abkommen. Das dürfen sie nicht. Bis auf die ...« Wieder schlug sie sich die Hand auf den Mund. Die andere Hand landete auf der Stirn.

»Das kann nicht sein!«, piepste sie. »Aber die schlafen doch.« Uri schüttelte müde den Kopf.

»Nein! Nein, das kann nicht sein. Niemand ist so mächtig und so verrückt zugleich, die …« Pixi hielt inne. Offenbar hatte sie schon Schwierigkeiten, den Namen auszusprechen. »… die Berggeister«, flüsterte sie mit ihrer höchsten Stimme, »zu wecken!«

Aufgeregt flatterte sie durch die Höhle. Uri antwortete ihr nicht sofort. Er starrte vor sich auf den Boden und murmelte nur ganz leise vor sich hin: »Du kennst die Antwort, Pixi.« Mehr sagte er nicht.

Ludmilla wagte nicht, zu sprechen. Ihre Gedanken überschlugen sich. Am liebsten hätte sie Uri mit Fragen bombardiert: Wer oder was waren die Berggeister? Gab es in Eldrid auch Geister? Und wieso waren sie gefährlich? Sie hatte verstanden, dass es in Eldrid nichts Bösartiges außer Zamir und seinem Gefolge gab. Obwohl sie das nach dem Vorfall auf dem Marktplatz nicht mehr so richtig glauben konnte. Denn eines stand für sie fest: Auch unter den Wesen von Eldrid, den Wesen des Lichts, gab es Böses. Die Utopie, in der Uri leben wollte, gab es auch in Eldrid nicht. Auch die Wesen in Eldrid trugen Gutes und Böses in sich. Und dann gab es natürlich noch die »ganz Bösen«, so wie Zamir und Godal. Aber nun auch noch Berggeister? Gehörte vielleicht einer dieser gespenstischen Nebelhände zu einem Berggeist? Umso beunruhigender empfand sie die Tatsache, dass Pixi von mehreren Geistern gesprochen hatte und dass alle Geister in Eldrid mächtiger waren als Uri. Das war alles andere als vertrauenerweckend.

Zitternd betrachtete sie Uri, wie er an die Felswand gelehnt nach Atem rang. Der eisige Wind, der vom Ausgang der Höhle hereinblies, ließ sie erfrieren.

Uri bemerkte dies und gab Pixi ein Zeichen. Die kleine Fee flog blitzschnell durch die Höhle, sammelte ein paar Zweige, die auf dem Boden verteilt umherlagen, und schichtete sie auf. Mit einer einzigen Handbewegung, aus der ein paar goldene Funken entsprangen, entfachte er das Feuer. Ludmilla schob sich dankbar ganz nah an das Feuer heran.

Nach einer Weile stand Uri auf. Die Erschöpfung schien verflogen. »Ich muss den Rat einberufen. Zamirs Macht nimmt immer mehr zu. Denk doch nur, Pixi, wenn die Berggeister erwacht sind und sich Zamir anschließen, wird sich das ganze Gebirge verdunkeln. Was passiert dann mit Fluar?«

Uri sprach mehr mit sich selbst als mit Pixi. »Wie hat er das gemacht? Hat er schon so viele Schatten gesammelt?«

Wieder schüttelte er den Kopf. »Der Schatten deiner Großmutter ist wohl nicht mehr das einzige Problem, das wir haben. Aber vielleicht verringert es unser Problem, wenn wir ihn loswerden und du ihn mitnimmst.«

Er stockte und sah Ludmilla prüfend an. »Du hast dich noch nicht entschieden, richtig?«, fragte er sie eindringlich.

Ludmilla nickte langsam. Das stimmte. Sie hatte sich noch nicht entschieden und sie war sich auch nicht sicher, ob sie überhaupt in der Lage war, jetzt eine Entscheidung zu treffen.

Glücklicherweise dröhnte Pixi dazwischen: »Natürlich musst du den Rat einberufen! Die Bewohner von Fluar müssen gewarnt werden. Es müssen Vorkehrungen getroffen werden. Das Gebirge muss verschlossen werden, damit die Berggeister es nicht verlassen können.«

»Du hast Recht, Pixi!«, erwiderte er nachdenklich. »Aber wir müssen unsere Entscheidungen schnell treffen, und du weißt selbst, wie lange es dauern kann, wenn der Rat tagt.«

»Dann muss es dieses Mal eben schneller gehen!«, rief Pixi aufgebracht. »Fluar muss sich rüsten. Wir haben keine Zeit für tagelange Tagungen und Diskussionen. Die Dunkelheit, Uri, die Dunkelheit. Überleg doch nur. Das müssen auch die Ratsmitglieder einsehen. Es muss eine schnelle Entscheidung getroffen werden.«

Uri wog den Kopf. »Eine schnelle Entscheidung? Ja! Eine

schnelle Entscheidung muss erzielt werden!« Er wanderte in der Höhle umher und brummte Unverständliches vor sich hin.

Ludmilla blickte ins Feuer. Sie fror nicht mehr. Aber von innen machte sich bei ihr eine Kälte breit. Die gespenstische Nebelhand, das Grollen aus der Tiefe, der Hass der Wesen von Eldrid auf dem Marktplatz von Fluar. War ihr das schon genug Abenteuer? Eigentlich wollte sie nur noch nach Hause. Es war ihr alles zu viel. Sie hatte nun mehr als einmal Gefahr hautnah miterlebt, und das hatte ihr Angst eingejagt. Aber jetzt so einfach aufgeben und zu ihrem langweiligen Leben zurückkehren? Und was erwartete sie zu Hause? Ludmilla biss sich auf die Unterlippe. Vielleicht musste sie sich jetzt auch noch nicht entscheiden.

Sie beobachtete, wie Uri seine Hände ineinander verschränkte. »Ich werde mit Bodan sprechen. Er ist sicherlich schon auf dem Weg zu meiner Höhle. Er muss den Rat einberufen und dann muss er in die Stadt zurück. Bodan muss die Bewohner von Fluar warnen. Währenddessen kann sich der Rat in meiner Höhle einfinden. Und wir«, er sah Ludmilla bedeutungsvoll an, »wir haben einen langen Weg bis zur Höhle vor uns. Aber das schaffen wir schon.«

»Aber ich dachte, wir suchen den Magier in der sphärischen Welt!«, fragte sie verwundert.

Uri hob kurz den Kopf, als hätte sie ihn an etwas erinnert. Dann lächelte er müde. »Bis zum Ausgang, der uns in den sphärischen Teil geführt hätte, haben wir es leider nicht geschafft. Wir mussten so schnell wie möglich aus dem Gebirge raus und das war der nächstliegende Ausgang. Statt im sphärischen Teil sind wir im Schneegebirge gelandet. Der Magier muss warten. Zuerst müssen wir zurück zu meiner Höhle und dazu müssen wir das Schneegebirge durchqueren.« Seine Augen funkelten und in seinem Ausdruck lag etwas Trauriges. »Leider«, fügte er noch hinzu, bevor er in seine meditative Haltung verfiel.

Siebzehntes Kapitel

Zamir

Zamir lief unruhig in seiner Höhle auf und ab. Wann würden die Späher endlich Bericht erstatten? Ungeduldig lief er zum Ausgang und hielt nach ihnen Ausschau. Die Berggeister waren erwacht. Das wusste er bereits. Es war ein besonderer Tag für ihn. Der triumphale Höhepunkt seiner Machtdemonstration. Und dennoch war er nervös. Was wollte Uri mit diesem Mädchen? Seit Jahrzehnten hatte Uri keinen Menschen mehr durch seinen Spiegel reisen lassen. Das Mädchen musste eine besondere Scathan sein. Aber war sie überhaupt eine Scathan? Die Ungewissheit fraß an Zamir. Sein Gespür, was passierte oder bald passieren würde, hatte durch die Verbannung nachgelassen.

Alle fünf Spiegelwächter besaßen die Fähigkeit, die Emotionen der Wesen in Eldrid zu erspüren. Dadurch wussten sie stets, was für eine Stimmung in dieser Welt herrschte. Dieses Gespür hatte Uri versucht, Zamir vollständig zu nehmen. Er hatte ihn abschotten wollen. Abschotten von der Welt, die auch ihm gehörte. Aber es war ihm nicht gelungen. Er hatte Spione überall im Land. Späher und Berichterstatter. Er war alles andere als abgeschottet. Zamir huschte ein Lächeln über sein blasses Gesicht. Was hatte Uri alles probiert, um ihn zu schwächen! Und jetzt? Jetzt war er so mächtig. So mächtig, dass es ihm gelungen war, die Berggeister zu erwecken. Aus seiner Höhle heraus. Von dem Ort der Verbannung. Zamir schrie ein lautes verächtliches »Ha!« in die Stille der Höhle. Er! Zamir! Der Verbannte. Ihm war es gelungen, das Pentagramm der Schatten zu schließen. Ihm allein hatte sich die Legende erschlossen und er hatte sie wahr werden lassen. Mit der Mobilisierung dieser Kraft hatte er nun die Berggeister geweckt. Und Uri hatte keine Ahnung. Oh, wie ahnungslos Uri war! Zamir entfuhr ein spöttischer Freudenjauchzer, während er darüber nachdachte, wie diese Nachricht Angst und Schrecken über Eldrid verbreiten würde. Sie würde sich schneller ausbreiten als seine Wolke aus Schatten und Dunkelheit. Die Berggeister! Sie hatten Jahrhunderte geschlafen. Mit ihnen gab es keinen Pakt. Kein Bündnis. Und das war seine Chance. Er! Zamir! Er würde ein Bündnis mit den Berggeistern eingehen. Sie würden ihm helfen, die Dunkelheit über das Gebirge zu bringen. Sie würden ihm den sphärischen Teil näherbringen. Bei der Vorstellung lächelte er zufrieden und sein Gesicht verzog sich zu einer Fratze.

Ja! So leicht konnte man ihn, den mächtigen Zamir, nicht verbannen. Das, was jetzt geschah, was vor ihnen lag, hatte er akribisch genau vorbereitet und geplant. Und sie hatten nichts davon bemerkt. Uri, Bodan, Arden und Kelby nicht und der Rest des lächerlichen Rates auch nicht. Und nun war es endlich so weit. Endlich trat er in das abscheuliche Licht von Eldrid mit seinem Plan. Gedankenverloren strich er sich eine hellblonde Strähne aus dem Gesicht.

Er mochte seine menschliche Gestalt. Er liebte sie. Sie war so schön. Zufrieden betrachtete er seine langen schmalen Finger, die helle Haut, seine elegante Figur. Schon vor vielen Jahren hatte er seine Fähigkeit, seine Form zu wechseln, dazu genutzt, seine Spiegelwächtergestalt abzulegen, und die Gestalt eines jungen menschlichen Mannes gewählt. Ohne Falten, schlank und groß. Athletisch, drahtig, nicht zu muskulös. Die erniedrigende Spiegelwächtergestalt hatte er immer gehasst. Klein, dürr und verrunzelt. Das passte nicht zu ihm. Zu ihm: Zamir, dem künftigen Herrscher über Eldrid. Nur seine Haarfarbe hatte er beibehalten. Sehr helles goldenes Haar. Seine goldfarbenen Augen hatte er in ein strahlend eisiges Blau verwandelt.

Wie gern hätte er auch den Rest seines schönen Körpers in einem Spiegel betrachtet. Aber hier gab es nur die einen und darin stand kein Spiegelbild. Sosehr er auch die Bewachung seines Spiegels verachtet hatte, zu trivial war ihm diese Aufgabe gewesen, er vermisste seinen Spiegel. Er konnte nicht aus seiner Haut. Er war ein Spiegelwächter, und Spiegelwächter lebten bei ihren Spiegeln. Sie hatten eine besondere Bindung zu ihren Spiegeln. Eine Bindung, die sie zu vielem befähigte. Sein Spiegel hatte in seiner Höhle gestanden. Es war ein prächtiges Exemplar. Der Taranee-Spiegel! Größer und schöner als die anderen vier. Seine Verzierungen waren einzigartig. Er hatte so viele Geschichten geschrieben. Und nun war er nicht mehr bei ihm. Sie hatten Zamir in eine andere Höhle verbannt und seine Höhle versiegelt. Der Spiegel hatte keine Funktion ohne Spiegelwächter. Sein Spiegel. Sein wunderschöner Spiegel. Zamir legte seine Stirn derartig in Falten, dass die Zornesfalte nach vorn heraustrat. Erschrocken tastete er seine Stirn ab. Er wollte nicht wieder so viele Falten bekommen wie in der Gestalt des Spiegelwächters. Mit der Hand auf der Stirn lief er im Kreis umher.

Dass sein Spiegel inaktiv war und dies ohne seinen Willen, machte ihn wütend. Sehr wütend. Wenn er nur erst wieder durch Eldrid wandern könnte, dann würde er auch das Siegel seiner Höhle brechen und wieder bei seinem Spiegel leben können. Dann brauchte er keine Späher mehr, die für ihn sahen. Keine Spione, die ihm berichteten. Wie er es hasste, abhängig zu sein! Seine Späher konnten es ihm nicht recht machen. Seine Spione schon gar nicht. Aber das hat bald ein Ende, dachte er und sein makelloses Gesicht verzog sich wieder zu einer Fratze. »Und wenn erst einmal diese Welt ganz mein ist, dann werde ich über alle Spiegel wachen und so die andere Welt auch zu der meinen machen«, flüsterte er vor sich hin. »Überall wird die Dunkelheit hereinbrechen. Die Sonnenstrahlen werden nirgends mehr durchbrechen können.« Zamir breitete seine Arme aus und drehte sich in seiner Höhle im Kreis. Sein blauer Gehrock flog um seinen Körper herum wie der Faltenrock eines kleinen Mädchens. Seine schmale Leinenhose, die er darunter trug, kam zum Vorschein. Er schloss die Augen und stellte sich vor, wie ganz Eldrid in Dunkelheit gehüllt wurde, und lachte dabei auf vor Vergnügen. Es würde nicht mehr lange dauern und er würde sich aus seiner Verbannung befreien können.

Das Einzige, was ihm jetzt noch fehlte, war, dass die anderen vier Schatten ihm gehorchten. Sie mussten ihm dienen, so wie Godal es tat. Er würde sich noch einen Schatten schaffen. Einen mächtigen Schatten. Mächtiger als Godal. Dieser Schatten würde nur ihm dienen und er würde den anderen fünf Schatten das Fürchten und den Respekt lehren. Respekt vor dem Meister. Seine strahlend blauen Augen verdunkelten sich.

»Nur noch einen Schatten!«, schrie er ungeduldig. »Ein mächtiger Schatten!!« Er rannte zum Eingang der Höhle zurück, wo er abrupt abbremste, um nicht in die unsichtbare Barriere zu laufen. »Bringt mir einen Schatten!«, schrie er in den Wald. »Hörst du mich, Godal! Ich will einen Schatten! Einen mächtigen Schatten! Bring mir den Schatten oder berichte mir von einem mächtigen Wesen, dann rufe ich es mir und nehme mir den Schatten selbst!«

Seine Worte hallten im Wald wieder. Sämtliche Tiergeräusche waren verstummt. Alle lauschten seiner Forderung. Selbst die kleinsten Wesen verzogen sich in die dunkelste Ecke, die sie finden konnten.

»Ha!«, schrie Zamir übermütig. »Ihr habt alle Angst vor mir! Ich kann eure Angst spüren. Ich kann sie riechen. Ihr zittert alle vor mir!« Er ließ ein höhnisches Lachen ertönen. »Zu Recht! Zu Recht. Fürchtet euch vor mir! Und tut, was ich sage. Berichtet mir von einem mächtigen Wesen, damit ich mir seinen Schatten nehmen kann.« Er hielt kurz inne und atmete die feuchte Waldluft ein. »Godal!«, schrie er schrill. »Godal, komm zu mir!«

Wieder erzitterte der Wald. Zamir gluckste vor Vergnügen. Wie er es liebte, dass alle ihn fürchteten. Das gab ihm Kraft. So als könne er sich davon nähren. Er lehnte sich gegen die Höhlenwand und starrte in den Wald. Jedes Blatt kannte er aus dieser Perspektive. Jeden Winkel. Wie ihn das anödete! Langweilte!

»Nicht mehr lang und ich bin stärker als Uri!«, murmelte er vor sich hin. »Und dann hole ich mir dieses Menschenmädchen. Was auch immer so besonders an ihr ist, ich werde sie zu mir rufen. Und nur zum Spaß nehme ich ihr ihren Schatten weg. Nur so. Weil es mir gefällt!« Ihm entfuhr ein bösartiges helles Kichern.

In diesem Augenblick kam ein Wolf auf die Höhle zu. Zamir fixierte ihn und baute sich breitbeinig in der Mitte des Höhleneingangs auf.

»Na endlich! Wird aber auch Zeit. Was hast du mir zu berichten?« Er verschränkte die Arme vor der Brust.

Der Wolf neigte untertänig den Kopf und verwandelte sich in ein kleinwüchsiges Wesen mit runzeliger Haut und einer knubbeligen Nase. Das Wesen verharrte vor Zamir in der knienden Position.

»Ich habe sie gesehen, Herr«, sprach es mit geneigtem Kopf. »Sie waren auf dem Marktplatz in der Stadt.«

»Wer ist SIE?«, herrschte Zamir das Wesen an.

»Uri und das Mädchen. Das Mädchen, das aussieht wie die Scathan-Schwestern.«

»Also ist sie eine Scathan!«, schrie Zamir aufgeregt auf. »Wie wunderbar!« Er hüpfte dabei auf und ab wie ein Tennisball. Dann wandte er sich abrupt wieder dem Wesen zu und zischte: »Und weiter? Erzähl weiter!«

»Sie war mit Uri auf dem Marktplatz. Gestern Abend. Sie waren unvorsichtig, weil sie diese vorlaute Fee dabeihatten. Sie flog direkt ins Feuer und hat so die Aufmerksamkeit auf sich gezogen. Das Mädchen wurde von vielen gesehen. Die Einwohner von Fluar sind aufgebracht und verängstigt. Sie vertrauen Uri nicht mehr blind. Das ist nicht gut, Herr. Angst ist nie gut!«

Das Wesen schwieg und sah vorsichtig zu Zamir hinauf. Dabei hob es nur ein wenig den Kopf. Aber Zamir schüttelte den Kopf.

»Das ist nicht nur gut! Das ist hervorragend! Sie sollen Uri nicht mehr vertrauen. Sollen sie sich ruhig an die Scathan-Schwestern erinnern. Das wird sie warnen.« Er lächelte wieder sein böses Lächeln. »Es wird ihnen nicht helfen. Gar nichts wird ihnen helfen. Sie sind sowieso verloren. Ich habe die Berggeister geweckt und die sind verärgert, sehr verärgert. Vor ihnen sollten sie noch mehr Angst haben. Nicht vor dem Mädchen oder den Scathan-Schwestern, die es längst nicht mehr gibt.«

Zamir durchbohrte das Wesen mit seinen eisblauen Augen. »Wie genau sah das Menschenmädchen aus? Wie ist sein Name? Hat es eine Macht?«, fragte er herrisch.

Das Wesen hob unmerklich die Schultern. »Den Namen kenne ich nicht. Sie sieht aus wie die Scathan-Schwestern, dunkelrotes langes Haar, große blaue Augen, groß, schmal. Ob sie eine Macht hat, kann ich nicht sagen.« Seine Stimme wurde immer leiser.

Zamir machte eine unwirsche Handbewegung. »Das reicht mir nicht. Beschreib sie mir genauer.«

Das Wesen duckte sich. »Ich konnte sie nicht richtig sehen«, murmelte es unterwürfig.

Zamir gab ein missbilligendes Zischen von sich. »Ja, aber dass sie rote lange Haare hat und blaue Augen, das konntest du sehen. Also, dann sag mir, wie alt sie ungefähr ist und wie groß.«

»Ich kenne mich mit den Menschenjahren nicht so aus«, entschuldigte sich das Wesen mit krächzender Stimme. »Sie ist ungefähr in dem Alter, in dem die Scathan-Schwestern viel hier waren und Schatten geraubt haben. Also jung, noch nicht erwachsen. Aber kurz davor. Sie ist größer als ein Kobold, ungefähr so groß wie eine der jüngeren Hexen, würde ich sagen.«

»Und weiter«, forderte er gebieterisch.

»Ihr Haar trug sie zu einem Zopf zusammengebunden, sie gehen ihr bis zur Hälfte des Rückens, sie sind glatt mit ein paar Wellen, und sie sind rot. Ein sehr schönes dunkles Rot.« Ihm entfuhr ein Lächeln, das sofort wieder einfror. »Sie hat hellblaue Augen, die im Licht des Feuers geleuchtet haben. Ihr Gesicht ist blass und schmal. Ihre Haut ist insgesamt sehr hell«, fügte es schnell hinzu.

»Was hatte sie an?«, zischte Zamir mit geschlossenen Augen. Er versuchte, sich Ludmilla vorzustellen.

»Oh, das war ein kurzärmeliges Oberteil und eine Hose. Und sie hatte irgendetwas um die Hüfte gebunden. Mehr habe ich wirklich nicht sehen können, Herr«, flüsterte das Wesen und wich vorsichtig zurück.

»Ist das alles? Das ist ja kümmerlich!«, schrie Zamir. »Das reicht mir nicht! Ich brauche einen Namen und ein vollständiges Bild! Mit den wenigen Informationen kann ich sie nicht rufen!« Er drehte sich um und lief in die Höhle.

»Aah!«, schrie er voller Zorn.

Das Wesen zuckte zusammen und rührte sich nicht vom Fleck. Zamir drehte sich um. »Sonst noch was?«, fauchte er es an.

Das Wesen schüttelte langsam den Kopf. »Mehr habe ich nicht zu berichten, Herr«, sagte es und neigte erneut seinen Kopf.

»Das ist alles? Hast du sie nicht verfolgt?«, herrschte er es aus der Entfernung an.

»So schnell konnte ich mich nicht unbemerkt verwandeln«, versuchte sich das Wesen zu erklären. »Und sie haben den Marktplatz sehr schnell verlassen, nachdem es diesen Tumult gab. Ich vermute, dass sie bei Bodan übernachtet haben.«

Zamir zog die Augen zusammen: »Hast du Bodans Haus beobachtet?«

Das Wesen schüttelte den Kopf. »Das ging nicht. Bodan hat sein Haus mit einem Zauber belegt. Niemand kann in das Haus hineinsehen, wenn er dazu nicht eingeladen wird.«

Es machte eine Pause und zog den Kopf zwischen seine Schultern. Zamir starrte ihn nachdenklich an.

»Dann waren sie sicherlich bei Bodan. Und als sie am Morgen meine Späher entdeckten, sind sie ins Gebirge geflohen, wo die Berggeister auf sie warteten.« Zamir lachte auf. »Großartig! Dann sitzen sie in der Falle.«

»Es sei denn ...«, hob das Wesen an und verstummte gleich wieder.

»Es sei denn WAS?«, dröhnte Zamir.

»Es sei denn, sie haben den Ausgang zum Schneegebirge genommen, Herr«, sagte es sehr leise. Sein Kopf klemmte inzwischen so zwischen den Schultern, dass sein Hals nicht mehr zu sehen war.

Zamir schrie auf vor Zorn. »Sicher, den Ausgang zum Schneegebirge! Denkst du, darauf komme ich nicht selbst? Nur da muss man erst einmal hinkommen.« Zamir atmete schwer. Er funkelte das Wesen an. »Geh mir aus den Augen! Du nutzt mir nichts! Kehre nach Fluar zurück und beobachte Bodans Haus oder mach sonst was, was nützlich ist.« Zamir wandte sich ruckartig ab.

Das Wesen nickte unmerklich, verwandelte sich wieder in einen Wolf und rannte winselnd in den Wald.

»Das Schneegebirge«, murmelte Zamir. »Das Schneegebirge.« Er lächelte vor sich hin. »Wenn du das gewagt hast, Uri. Mit dem Menschenmädchen! Das wirst du mit ihr nicht schaffen. Die Durchquerung des Schneegebirges mit einem Menschenmädchen, ha! Das ist dein Untergang!« Sein Gesicht verzog sich zu einem zufriedenen Lächeln. Für Sekunden erschien in Zamirs Gesicht die Fratze, die er trug, wenn er an seinen Plan dachte. Er schloss die Augen und rief seine Späher herbei. Sollten sie sich für ihn vergewissern, ob Uri wirklich im Schneegebirge herumstapfte. Mit diesem Scathan-Mädchen.

Achtzehntes Kapitel

Die Verabredung

Mina saß immer noch vor der Tür des Spiegelzimmers, in dem sie Ludmillas Spiegelbild eingeschlossen hatte. Nachdem sie ihre Enttäuschung über Ludmillas Verschwinden überwunden hatte, hatte sie sich dem Spiegelbild gewidmet. Sie wagte nicht zu hoffen, dass Ludmilla bald zurückkehrte. Insgeheim hoffte sie, dass sie das Spiegelbild irgendwie zur Vernunft bringen konnte, dass es sich doch beruhigen würde und dann Ludmillas Platz einnehmen könnte, solange Ludmilla in Eldrid war. Aber das wäre zu einfach und zu schön gewesen. Doch es deutete nichts darauf hin, dass sich dieses Spiegelbild beruhigen würde.

Mina durchfuhr ein schriller, lang anhaltender Ton. Das Telefon. Es klingelte schon zum dritten Mal an diesem Tag. Aber sie ging einfach nicht dran. Nun war es aber ihr Handy, das klingelte. Mina holte es aus ihrer Tasche und schaute auf das Display. Alexa, ihre Tochter, rief an. Und noch etwas stand da: fünf verpasste Anrufe. Alle von ihrer Tochter. Mina seufzte. Was sollte sie ihr nur sagen?

Im Zimmer tobte Ludmillas Spiegelbild. »Siehst du?«, schrie es hämisch. »Du kannst mich hier nicht ewig einsperren, das fällt auf!«

»Ach, halt endlich den Mund!«, herrschte Mina es durch die Tür an.

Dann erhob sie sich langsam vom Boden und drückte die grüne Taste.

»Hallo?«, sagte sie mit fester Stimme.

Sofort fing das Spiegelbild an, an die Tür zu hämmern und zu schreien: »Hilfe! Hilfe! Ich bin hier gefangen, so helft mir doch!«

Mina entfernte sich mit raschen Schritten von der Tür, presste das Handy ans Ohr und hielt die Hand vor die Öffnung, in die sie sprach. »Alexa, Schätzchen, bist du es? Die Verbindung ist ganz schlecht.« Dabei pustete sie sacht ins Telefon.

Am anderen Ende atmete jemand tief ein und aus. »Mama, ist bei euch alles in Ordnung? Und hör auf mit dem Blödsinn, die Verbindung ist hervorragend.«

Mina hob die Augenbrauen und erreichte mit großen Schritten die Treppe. »Jetzt höre ich dich schon viel besser«, antwortete sie unbeirrt. »Wir sind gerade im oberen Stockwerk, da ist die Verbindung manchmal schlecht.«

Aber ihre Tochter ließ sich davon nicht beeindrucken. »Wieso schreit Ludmilla um Hilfe? Was ist bei euch los? Sie ist also zu Hause?«

»Selbstverständlich ist Ludmilla zu Hause«, sagte sie so erstaunt wie möglich.

»So selbstverständlich ist das nicht«, antwortete ihre Tochter. »Ihr Handy ist ausgeschaltet und du meldest dich auch nicht. Ich habe mit der Schule telefoniert und die sagten mir, sie sei krank. Wieso meldet ihr euch nicht? Und wieso schreit sie um Hilfe?«

Alexas Stimme überschlug sich. Sie hasste es, wenn sie nicht informiert war. Dabei gehörte es zu Ludmillas Alltag, ihre Mutter nicht zu informieren.

Mina versuchte sie zu beruhigen. »Ludmilla geht es gut. Sie hatte sich nur den Magen verdorben. In ein paar Tagen kann sie wieder in die Schule gehen. Gerade steht sie auf einer Leiter und hilft mir einen alten Schrank auszusortieren, deshalb rief sie um Hilfe.«

»Und da gehst du ans Telefon, während Ludmilla auf der Leiter steht?«, erzürnte sich Alexa weiter.

Mina lächelte in das Handy hinein. »Schätzchen, du hast nun schon so oft angerufen und ich hatte es nicht gesehen, da dachte ich, es sei wichtig. Ludmilla kann ruhig einen Moment auf der Leiter stehen bleiben. Es gibt also keinen Grund zur Sorge.«

»Sorge?«, keifte Alexa. »Ich mache mir überhaupt keine Sorgen. Ich will nur wissen, wenn meine Tochter krank ist. Pit und ich sind in der Stadt, und falls du es vergessen hast: Wir haben heute Nachmittag eine Verabredung mit euch. Hast du das vergessen? Ich will Ludmilla sehen, insbesondere wenn sie krank ist!«

»Aber ...«, stammelte Mina.

Noch bevor sie ihren Satz beenden konnte, unterbrach ihre Tochter sie: »Wir hatten uns auf 17 Uhr geeinigt, wir bleiben auch nicht zum Abendessen, aber wir kommen. Keine Widerrede! Bis später, Mama!«

Und schon hatte Alexa aufgelegt.

Minas Herz blieb fast stehen. Nun hatte sie ein Problem. Sie warf einen unsicheren Blick zum Spiegelzimmer, in dem sich Ludmillas Spiegelbild heiser schrie.

Neunzehntes Kapitel

Ada

Bodan durchquerte gerade den Wald, als Uris Worte ihn erreichten. Er wäre fast gestolpert, als er von dem Erwachen der Berggeister hörte. Wie angewurzelt blieb er stehen: »Die Berggeister, Uri, bist du dir da ganz sicher?«, fragte er skeptisch.

»Ganz sicher, einer hat nach mir gegriffen, im Gebirge. Es gibt keinen Zweifel«, ertönte Uris Stimme in seinem Kopf.

Bodan schüttelte sich. »Das kann nicht sein ...«, stöhnte er.

»Geh und berufe den Rat ein!«, bat Uri ihn eindringlich. »Es muss schnell gehen. Ich komme mit Ludmilla dazu, so schnell ich kann.«

Bodan überlegte kurz: »Was heißt das, Uri? Du willst mit ihr doch nicht etwa das Schneegebirge durchqueren?«

Aber Uri antwortete nicht mehr. Bodan setzte sich langsam wieder in Bewegung. In seinem Kopf überschlugen sich die Gedanken. Uri und Ludmilla im Schneegebirge. Die Berggeister erwacht. Ja, er musste das Feuer in Uris Höhle entfachen und den Rat einberufen. Den Rat! Der Rat von Eldrid bestand aus den Oberhäuptern und Repräsentanten der einzelnen Wesen von Eldrid. Jedes Volk in Eldrid hatte seine eigene Ordnung und Hierarchie. Aber sie akzeptierten den übergeordneten Rat von Eldrid, der Entscheidungen traf, die ganz Eldrid betrafen. Jedoch gab es in Eldrid weit über 150 verschiedene Wesensarten und Völker. Zwar sandten nicht alle Völker Abgesandte oder Repräsentanten zum Rat, aber bei so vielen verschiedenen Wesen gab es nicht nur unterschiedliche Vorstellungen von Belangen und Prioritäten, sondern auch andersgeartete Wesenszüge und Mentalitäten. Außerdem verfolgte jedes Volk die eigenen Belange und befürchtete stets, dass es gegenüber anderen Völkern zurückstehen müsste. Und zuletzt beherrschte die Wesen die Angst, dass sie aus Eldrid vertrieben werden könnten, so wie sie aus der anderen Welt vertrieben worden waren. Das machte die Ratsversammlungen sehr schwierig.

Meist dauerte es allein Tage, bis genug Repräsentanten anwesend waren, damit eine Versammlung beschlussfähig war. Dies bedachte Bodan, als er immer schneller wurde und zur Höhle eilte. Er würde Kelby und Arden bei der Einberufung um Hilfe bitten. Und dann würde er in die Stadt zurückkehren. Er schnaufte vor Anstrengung und sein Bauch wippte im Takt seiner Schritte.

Als Bodan in Uris Höhle trat, saß eine alte Frau an der Feuerstelle und wartete.

Sie sprang auf und rief: »Bodan!« Sofort stutzte sie. »Aber wieso bist du hier? Wo ist Uri?«

Sie zog besorgt die Stirn in Falten. Ihr langes Leinengewand hing an ihr hinunter, so dass sie es mit einer Kordel als Gürtel um die Hüfte zusammengebunden hatte. Die Frau war groß, hatte weißes langes glattes Haar, das sie sich zu einem Zopf geflochten hatte. Ihre Haut war von der Sonne gebräunt, ihr Gang war leichtfüßig und beweglich, trotz ihres fortgeschrittenen Alters. Sie hatte ein schmales Gesicht und graue Augen.

Bodan lächelte erfreut und breitete die Arme aus. »Ada, meine Liebe, wie schön, dich zu sehen!«

Ada erwiderte die Umarmung. »Finde ich auch, Bodan, finde ich auch!«, erwiderte sie stürmisch, während sie ihm kräftig auf den Rücken klopfte. Doch dann schob sie ihn von sich und schaute ihm in die Augen. »Bodan, wo ist sie? Ich habe gehört, sie ist hier?«

Bodan zuckte zusammen. »Woher weißt du das? Von wem hast du das gehört?«, fragte er besorgt. Seine Stirn zeigte unendlich viele Falten.

Ada zuckte unbedarft mit den Schultern. »Die Waldvölker erzählen von einem Menschenmädchen, das durch den Wald läuft und sich Eldrid anschaut. Und dann hörte ich, dass die Bewohner von Fluar ganz aufgebracht sind, weil Uri ein Menschenmädchen in die Stadt gebracht hat, das aussieht wie meine Schwester, wie eine Scathan. Also stimmt es? Ist sie hier? Wo ist sie?«

Bodan lächelte sie voller Warmherzigkeit an und klopfte ihr beruhigend auf die Schulter. »Du scheinst ja schon alles zu wissen. Ja, Ludmilla ist hier. Hier in Eldrid. Sie ist mit Uri unterwegs und es geht ihr gut. Ich habe gerade mit Uri gesprochen.« Dann verdüsterte sich sein Blick. »Ada, kannst du mir sagen, woher du von dem Vorfall in Fluar weißt? Wer hat dir das erzählt?«

Ada sah ihn unverwandt an. »Wieso ist das so wichtig, Bodan?«, fragte sie kritisch. Sie kniff die Augen zusammen. »Was ist los?«

»Bitte beantworte erst einmal meine Frage, Ada, das ist wichtig.«

Aber Ada schüttelte störrisch den Kopf. »Ich habe meine Quellen, das weißt du. Erst erzählst du mir, was du weißt, dann sage ich es dir.« Sie presste die schmalen rosa Lippen zusammen und fügte ein »Vielleicht« hinzu.

Bodan seufzte. »Also gut, Ada, ganz wie du willst. Aber zuerst muss ich den Rat einberufen und Kelby und Arden bitten, mir dabei zu helfen. Dann muss ich so schnell wie möglich zurück nach Fluar. Wenn du mich ein Stück begleiten möchtest, dann erzähle ich dir alles. Die Zeit drängt.« Er sah sie besorgt an. »Sie drängt wirklich«, bekräftigte er. Bodans Stimme klang ungewöhnlich hart und ungeduldig.

Sie entfachten das Feuer. Bodan murmelte unentwegt die Worte des Rufes. Das Feuer zischte und loderte in strahlenden Goldtönen, bis sich schließlich Funken lösten und zum Ausgang der Höhle jagten.

Ada beobachtete Bodan mit einigen Schritten Abstand. Stumm stand sie da und wartete, während er in eine meditative Haltung verfiel und mit seinen Brüdern sprach.

Schließlich stand er auf. »Es ist alles getan, Kelby und Arden sammeln die wichtigsten Ratsvertreter ein. Nun muss ich nach Fluar.«

Ada sah ihn skeptisch an. »Wieso bleibst du nicht hier und wartest auf die Ratsversammlung? Wieso drängt die Zeit, Bodan? Wofür brauchen wir eine Ratsversammlung? Und wo sind Uri und Ludmilla?«

Forschend blickte sie in sein verrunzeltes Gesicht. Bodans Augen wirkten traurig und erschöpft. Eine kupferne Träne löste sich, während er sprach: »Ada, bitte. Ich muss nach Fluar und hoffe, bis zum Beginn der Ratsversammlung wieder hier zu sein. Es geschehen gerade schreckliche Dinge. Lass mir dir alles erklären, wenn wir auf dem Weg sind. Du begleitest mich?«

Ada nickte stumm. Sie kniff die Augen zusammen, aber widersprach nicht mehr.

Zwanzigstes Kapitel

Die Schneegeister

Ludmilla begriff schnell, warum Uri es bedauerte, im Schneegebirge gelandet zu sein. Das Schneegebirge war, wie der Name schon sagte, eine Landschaft, die nur aus Schnee und Eis bestand. Es war bitterkalt und ein eisiger Wind peitschte um sie herum. Sie kamen nur sehr langsam voran. Bei jedem Schritt sank Ludmilla ein, während Uri über den Schnee zu schweben schien. Der Wind trieb ihr Tränen in die Augen und sie fror schrecklich. Die Kapuzenjacke, die sie sich gedankenverloren zu Hause um die Hüfte gebunden hatte, wärmte sie nicht annähernd. Die Sicht war so schlecht, dass sie kaum über den nächsten Schneehügel blicken konnten. Uri lief leichtfüßig in seinen dünnen Schuhen voran. Ihm schien weder die Kälte noch der Wind oder der Schnee etwas anhaben zu können. Immer wieder hielt er an und wartete auf Ludmilla. Die Ungeduld stand ihm ins Gesicht geschrieben.

Als ihn Ludmilla mal wieder eingeholt hatte und er sich gerade zum Weitergehen umdrehen wollte, hielt sie ihn am Ärmel fest. Gegen den Wind schrie sie ihn an: »Ich kann nicht schneller! Ich habe nicht diese Zauberkräfte, so wie du! Du brauchst mich nicht immer so vorwurfsvoll anzuschauen. Davon werde ich nicht schneller. Ich brauche eine Pause.« Ludmillas Gesicht war vor Zorn rot angelaufen.

»Entschuldige!«, dröhnte er mit seiner lauten Stimme, die den Wind übertönte. Der Schnee fing an zu beben, so dass sich Uri nervös umdrehte. Er kam ganz nah an sie heran und sprach beruhigend in ihr Ohr: »Ich weiß, dass du dein Bestes tust, voranzukommen. Aber es ist zu langsam.«

»Dafür kann ich nichts!«, schrie Ludmilla. »Es war nicht meine Entscheidung, das Gebirge zu durchqueren und in dieser Schneelandschaft rauszukommen!«, zischte sie nun leise, mehr zu sich selbst, und sah ihn dabei vorwurfsvoll an. »Wenn du so mächtig bist, wieso zauberst du dann nicht einen Schlitten herbei und dazu noch ein paar Rentiere, die ihn ziehen, dann wären wir sicherlich schneller!«, zeterte sie weiter.

Uri sagte nichts, sondern hob seine Arme, und Ludmilla sah die goldene Seifenblase aufsteigen, die Uri schon im Gebirge produziert hatte. Sie hielt Wind, Schnee und Kälte ab und hüllte Ludmilla in Wärme, als würde sie direkt neben einem Feuer stehen. Außerdem herrschte eine angenehme Stille, die Ludmilla sehr genoss.

Sie verharrten einige Minuten in dieser magischen Seifenblase. Ludmilla hörte auf zu frieren und merkte, wie ihre Kräfte zurückkamen.

»Können wir weitergehen?«, fragte Uri.

Ludmilla zögerte. »Wie lange werden wir für die Durchquerung des Schneegebirges brauchen?« Sie stockte kurz. »Ich weiß, du hast mir vor unserem Aufbruch erklärt, dass es ein langer schwieriger Weg sein würde. Aber damit habe ich nicht gerechnet. Ich bin dafür nicht ausgerüstet. Schau dir meine Turnschuhe und meine dünne Jacke an. Bald habe ich erfrorene Zehen und was sonst noch.« Sie hielt kurz inne und sah ihn verzweifelt an: »Gibt es keine andere Möglichkeit, Uri? So schaffe ich das auf gar keinen Fall!«

»Wir haben noch nicht einmal annähernd die Hälfte des Weges durch den Schnee zurückgelegt. Mir ist bewusst, dass es so nicht lange weitergeht. Aber du musst noch ein wenig durchhalten. Wir werden so viele Pausen machen wie nötig, in denen du dich aufwärmen und ausruhen kannst.«

»So stellst du dir das vor?«, brach es ungläubig aus Ludmilla heraus.

Sie fühlte sich kraftlos und jeder Mut verließ sie, bei dem Gedanken, den restlichen Tag durch den Schnee zu wandern. Sie schüttelte heftig den Kopf. »Nein, Uri, nein! Das kann ich nicht, das geht nicht!« Gleichzeitig zuckte sie innerlich zusammen. Warum wollte sie so schnell aufgeben? Das war nicht ihre Art. Aber sie fühlte sich so verlassen und hilflos. Sie verstand ihre Gefühle nicht. Sie war bei Uri, der sie beschützen würde. Das hatte sie inzwischen begriffen. Sie vertraute ihm. Dennoch hatte sie diese negativen Gefühle, die sie sich nicht erklären konnte.

Uri legte ihr nickend die Hand auf die Schulter. »Dieses Gefühl der Kraftlosigkeit und Mutlosigkeit erzeugen die Schneegeister in dir. Das ist ihre Art, uns zu vertreiben. Sie akzeptieren nur in Ausnahmefällen die Durchquerung ihres Territoriums. Für alle Eindringlinge haben sie jede Menge Abwehrmechanismen parat. Das ist nur der Anfang. Deshalb müssen wir versuchen, so schnell wie möglich hier rauszukommen. Bitte, Ludmilla, Zähne zusammenbeißen!«

Er sah sie eindringlich an. Ludmilla aber starrte ihn entmutigt an. Berggeister, und jetzt auch noch Schneegeister. Was war das für eine Welt? Offenbar wollte Uri den Schneegeistern ebenso wenig begegnen wie den Berggeistern. Sie fragte sich nur, wie sie das meistern sollte. Zähne zusammenbeißen? Das war eigentlich eine ihrer leichtesten Übungen. Aber wohl nicht bei der Durchquerung des Schneegebirges.

Langsam und murrend setzte sie sich in Bewegung. Sie versuchte, ihre Gefühle zu verdrängen. Pixi summte ihr ein wundervolles Lied ins Ohr und Ludmilla lächelte. Es würde schon gehen. Irgendwie.

Der Nebel nahm zu und Uri musste oft stehen bleiben, damit er in Ludmillas Sichtweite blieb. Ludmilla sah die meiste Zeit auf den Boden, um beim Einsinken in den Schnee nicht die Balance zu verlieren.

Plötzlich, Uri hatte sich ihr zugewandt und wartete auf sie, tauchte hinter ihm eine Gestalt auf. Sie entstieg dem Schnee wie ein Wirbelsturm und baute sich hinter Uri auf. Sie war riesig und überragte Uri um zwei bis drei Längen. Ludmilla schrie auf vor Schreck und stolperte ein paar Schritte zurück. Uri fuhr herum und nahm die Gestalt vor sich wahr, die sich schon fast über ihn gebeugt hatte. Es war eine Gestalt, die vollkommen aus Schnee bestand. Die Beine waren kaum sichtbar im Schnee versunken, aber die Arme waren sehr lang und stemmten sich im Schnee ab. Der Kopf war langgezogen und hatte nur zwei dunkle Löcher, wohinter Ludmilla die Augen vermutete.

Ein weiteres Loch am Kopf tat sich auf, und daraus dröhnte es: »Was macht ihr hier, ihr Eindringlinge? Wieso wagt ihr es, unsere Ruhe zu stören?«

Die Stimme war so laut, dass der Schnee unter Ludmillas Füßen erzitterte. Der Wind peitschte um den Schneeriesen herum und wirbelte Schnee mit auf. Uri trat einen Schritt zurück und legte seinen Kopf in den Nacken.

»Wir bitten darum, das Schneegebirge passieren zu dürfen!«, rief er mit seiner tiefen lauten Stimme.

Die Gestalt warf den Kopf in den Nacken und lachte auf. »Wer erlaubt sich eine solche Bitte? Wer seid ihr, dass ihr denkt, dass wir euch einfach so passieren lassen?«

»Ich bin Uri, der Spiegelwächter«, erwiderte Uri unbeirrt und legte seine Hand auf die Brust. Seine Hand leuchtete golden und erleuchtete seinen gesamten Oberkörper. Dann wandte er sich um und zeigte auf Ludmilla. »Das ist ein Menschenmädchen namens Ludmilla, aus der anderen Welt, und in ihren Haaren versteckt sich meine Fee Pixi.«

Unsicher hob Ludmilla die Hand zum Gruß und Pixi steckte den Kopf aus der Kapuze hervor.

»Das ist ein Schneegeist«, wisperte Pixi in Ludmillas Ohr. »Jetzt gibt es Ärger. Ich bin mal gespannt, wie Uri da wieder rauskommt.«

Ludmilla wagte es nicht, ihr zu antworten. Wie gebannt fixierte sie den Schneegeist an.

»Und weiter?«, schmetterte die Gestalt. »Das reicht mir nicht. Mich interessieren eure Namen nicht und auch nicht eure Herkunft. Ich will nur wissen, warum ihr uns stört. Warum verstoßt ihr gegen das Abkommen?«

»Wir bitten um Entschuldigung für die Störung. Wir waren leider gezwungen, die Durchquerung vorzunehmen, da wir nicht durch das Gebirge reisen konnten. Wir wurden im Gebirge von den Berggeistern verfolgt«, erwiderte Uri ruhig und souverän.

Plötzlich legte sich der Sturm. Der Schneegeist richtete sich zu seiner vollen Größe auf. Seine Stimme klang streng und fordernd. Er verzichtete jetzt allerdings darauf, Uri fast unter sich zu begraben. »Die Berggeister schlafen schon seit vielen hunderten von Jahren. Wie können sie euch da verfolgen?«, grollte er.

»Sie wurden geweckt«, antwortete Uri knapp.

Der Schneegeist sank in sich zusammen und verschwand bis über die Hälfte seines Oberkörpers im Schnee, so dass er mit Uri auf einer Augenhöhe war. »Was sagst du da? Sie wurden geweckt? Von wem?«

Uri schien erstaunt über so viel Interesse. »Ja, sie wurden geweckt. Sie haben uns durch die Gewölbe des Gebirges verfolgt. Ich konnte sogar eine Hand von einem Berggeist sehen, die nach mir griff. Wir hatten keine andere Wahl, als den Ausgang zum Schneegebirge zu nehmen.« Uri machte eine eindrucksvolle Pause. »Noch wissen wir nicht mit Sicherheit, wer sie geweckt hat, aber wir vermuten, dass es Zamir war.«

Der Schneegeist starrte Uri an. »Wer ist Zamir? Erzähl mir mehr«, befahl er.

Uri nickte respektvoll. »Zamir ist ebenfalls ein Spiegelwächter, so wie ich. Er bringt die Dunkelheit über unsere Welt. Die Dunkelheit regiert schon den einen Teil des Waldes und das Tal dahinter, das ihr von eurem Schneegebirge aus sehen könnt. Vielleicht ist es euch aufgefallen.«

Der Schneegeist reagierte nicht. Also fuhr Uri fort: »Als uns klar wurde, dass Zamir die Dunkelheit über unsere Welt bringt, hat der Rat beschlossen, Zamir zu verbannen. Er wurde auf die dunkle Seite unserer Welt verbannt. Sein Spiegel wurde ihm genommen. Aber das hat ihn offenbar nur kurzzeitig geschwächt. Er sucht immer noch nach Mitteln, die Dunkelheit über unsere Welt auszubreiten. Er sucht nach weiterer Macht, sucht nach weiteren Schatten, die ihm Macht verleihen. Und ich bin mir sicher, dass er die Berggeister geweckt hat. Eine andere Erklärung für ihr Erwachen gibt es nicht.« Uri schwieg.

Der Schneegeist blickte Uri nachdenklich an. »Hmm«, brummte er schließlich. »Das sind alles sehr interessante Informationen. Ob diese Umstände euch erlauben, das Abkommen zu verletzen und das Schneegebirge zu passieren, kann ich jedoch nicht sagen. Wir müssen uns beraten. So lange könnt ihr nicht weiter passieren. Ich muss euch hier festsetzen.«

Ludmilla zuckte zusammen. Uri hob beschwichtigend seine funkensprühenden Hände, mit denen er goldene Muster in die Luft schrieb. »Dafür bleibt uns keine Zeit! In diesem Augenblick wird eine Ratssitzung einberufen, deren Vorsitz ich innehabe. Es geht um das Fortbestehen von Eldrid. Dies ist eine besondere Situation, die die Sondererlaubnis zum Passieren rechtfertigt. So sieht es das Abkommen vor.« Uri starrte den Schneegeist erwartungsvoll an.

»Eine Ratssitzung, hmm«, brummte dieser argwöhnisch. »Und warum muss dieses Menschenmädchen mit? Sie ist nicht Teil des Rates.«

»Das ist richtig. Aber sie kann Zamir schwächen. Sie ist Teil eines Plans, den wir verwirklichen wollen«, antwortete Uri schnell.

Ludmilla hielt die Luft an.

»Aber für die Ratssitzung brauchst du das Menschenmädchen nicht«, erwiderte er langsam. »Dann kann sie hierbleiben, bis wir uns entschieden haben, ob ihr gegen das Abkommen verstoßen habt.« Der Schneegeist erhob sich aus dem Schnee. »Dich lasse ich passieren, aber das Menschenmädchen bleibt hier«, entschied er.

»Das geht nicht«, dröhnte Uri gebieterisch. »Sie muss mich begleiten. Sie ist ein wichtiger Bestandteil der Ratssitzung.«

»Aber sie ist kein Mitglied des Rates«, grollte der Schneegeist zurück.

»Lasst uns passieren! Das Menschenmädchen ist hier, damit es uns hilft, Eldrid zu retten. Sie kann nicht bei euch bleiben, bis ihr euch eine Strafe für uns ausgedacht habt. Dafür ist keine Zeit. Wir müssen jetzt handeln und dafür benötigen wir die Hilfe des Mädchens. Eldrid droht in Dunkelheit zu versinken und die Dunkelheit wird auch nicht vor dem Schneegebirge Halt machen!« Uris Stimme dröhnte durch die Luft, so dass der Schnee bebte. Ganze Schneehügel fielen zusammen. Der Boden zitterte unter Ludmillas Füßen.

Der Schneegeist schien innezuhalten. Er war wieder auf die Hälfte seiner Größe zusammengesunken und schien zu überlegen. »Unsere Welt ist in Gefahr. Dunkelheit im Schneegebirge«, murmelte er.

Uri blieb regungslos vor ihm stehen. Und plötzlich, wie aus dem Nichts, vernahmen sie die Schreie der Späher, die in einer dunklen Wolke über ihnen kreisten. Ludmilla duckte sich instinktiv. Der Schneegeist erhob sich zu seiner vollen Größe, griff in die dicke Wolkenschicht und teilte sie mit seinen Händen wie einen Vorhang. Dahinter konnte Ludmilla einen strahlend blauen Himmel erkennen. Der Schneegeist schlug wütend nach den Spähern und brüllte dabei aufgebracht. Der Schnee erzitterte, ein Späher fiel lautlos zu Boden, während die restlichen Späher wütende schrille Schreie ausstießen und die Flucht ergriffen. Der Schneegeist hob den leblosen Späher von der Schneedecke auf und schleuderte ihn mit einer weit ausholenden Bewegung in die Luft.

Ludmilla zitterte vor Kälte. Entsetzt starrte sie dem Vogel nach, der nach wenigen Metern von einer Nebelwolke verschluckt wurde. »Warum hat er das gemacht?«, flüsterte sie Pixi zu. Aber Pixi antwortete nicht.

Der Schneegeist ließ sich wütend wieder in den Schnee zu Uri hinabsinken. Er schnaubte verächtlich. »Wir hassen diese Viecher. In letzter Zeit fliegen sie immer öfter über unser Territorium und stören unsere Ruhe.« Die Verärgerung des Schneegeistes hatte zur Folge, dass der Wind noch stärker blies, so dass selbst Uri Mühe hatte, stehen zu bleiben.

Nach einer Weile legte sich der Sturm etwas und der Schneegeist erhob sich wieder.

»Also gut, ihr könnt passieren. Wir werden die Angelegenheit besprechen, und sollten wir zu einer anderen Entscheidung kommen, werden wir euch gefangen nehmen. Ihr werdet noch eine ganze Weile für die Durchquerung brauchen. Diese Zeit wird uns ausreichen, um uns zu beraten.« Mit diesen Worten verschmolz der Schneegeist mit einer Schneewolke, die über die Schneelandschaft wirbelte, und war verschwunden.

Uri schnaufte auf und raunte Ludmilla zu: »Schnell, weiter. Es ist gut möglich, dass sie ihre Meinung ändern. Er ist nicht der alleinige Entscheidungsträger.« Mit diesen Worten eilte er voraus durch den Schnee. Ludmilla setzte sich auch in Bewegung. Erst jetzt merkte sie, wie ihre Beine zitterten.

Einundzwanzigstes Kapitel

Schnee über Fluar

Bodan hatte für Ada und sich zwei Dubs gerufen, damit sie so schnell wie möglich die Stadt erreichen konnten. Dubs waren pferdeähnliche Tiere, die, folgten sie dem Ruf eines Wesens, sich reiten ließen und dabei windschnell wurden. Er hatte beschlossen, dass es besser wäre, wenn er Unterstützung hätte, um die Einwohner von Fluar zu warnen. Währenddessen hatte er genug Zeit, Ada auf den neuesten Stand zu bringen. Er erzählte ihr alles: von dem Vorfall auf dem Marktplatz, von den Spähern, von Uris und Ludmillas Flucht in das Gebirge und von dem Berggeist, den Uri gesehen hatte. Ada hörte gespannt zu und untermalte Bodans Bericht mit verschiedenen Ausrufen und Zwischenfragen. Gerade als sie ihn über Ludmilla ausfragte, bemerkten sie die dichte Nebelwolke, die über der Stadt hing. Ein kalter Wind blies ihnen entgegen, fast so, als würde es gleich anfangen zu schneien. Beide verstummten und warfen sich besorgte Blicke zu. Kein einziger Sonnenstrahl ließ die Nebelwolke durch. So etwas hatte Bodan über Fluar oder in der Nähe von Fluar noch nie zuvor gesehen. Es schien, als ob die Schneegeister Schnee und Nebel über die Stadt gesandt hätten, was Bodan unwahrscheinlich erschien, da Fluar außerhalb des Territoriums der Schneegeister lag.

Bodan trieb die Dubs an, schneller zu laufen. Nach kürzester Zeit hatten sie die Stadtgrenze erreicht. Die Stadt schien wie ausgestorben. Der Nebel hing tief in die Gassen hinein und erlaubte keine klare Sicht. Einzelne Schneeflocken tanzten arglos über den

Dächern. Bodan und Ada stiegen ab und schauten sich ungläubig an. Die Dubs hoben kurz den Kopf, atmeten die kalte Luft ein und stoben davon. Das Geräusch ihrer Hufe auf den Pflastersteinen war das einzige Geräusch, das zu hören war.

Langsam liefen Bodan und Ada durch die Straßen und Gassen, sahen in einzelne Häuser hinein und versuchten, auch nur einen Bewohner dieser großen Stadt zu entdecken. Sie war wie leer gefegt. Keine Seele, ob Wesen von Eldrid, Mensch oder Tier, war zu sehen. Bodan lief immer schneller voraus, die kleinen steilen Gässchen hinauf bis zu seinem Haus. Auch seine Nachbarschaft war wie ausgestorben. Die Häuser schienen unversehrt. Aber wo waren all ihre Bewohner?

Gerade als Ada und Bodan den äußersten Rand der Stadt zum Gebirge hin absuchten, hörten sie ein dumpfes, ohrenbetäubendes, grollendes Geräusch. Ada hielt sich die Ohren zu und schob sich in einen Hauseingang. Bodan aber blieb wie angewurzelt in der Mitte der Gasse stehen und starrte zum Himmel. Kurz darauf erschütterte etwas die Straßen von Fluar. Es hörte sich an wie die Schritte von einem sehr großen und sehr schweren Wesen. Größer als ein Riese. Die Schritte kamen von einem der Bergausgänge und steuerten direkt auf Bodan und Ada zu.

Ada zog Bodan von der Straße. »Wir müssen uns verstecken! Es könnte ein Schneegeist sein oder vielleicht sogar ein Berggeist. Auf jeden Fall hat es alle Stadtbewohner verjagt oder sonst was mit ihnen gemacht.«

Bodan reagierte nicht. Er schien wie erstarrt.

»Bodan! Wir müssen hier weg! Hilf mir! Du musst uns beide unsichtbar machen, sonst wird er uns entdecken.«

Ada packte ihn an den Schultern und schüttelte ihn. Bodan nickte nur langsam, unfähig, etwas zu sagen. Ada zog ihn so tief in den Hauseingang hinein, dass sein Schatten sie verschluckte. Die Schritte kamen näher und näher. Plötzlich wurde es still. Sie hörten das Wesen laut schnaufen und dann hielt es den Atem an. Es folgte ein merkwürdiges Geräusch. Es hörte sich an, als würde das Wesen schnüffeln. Es sog die Luft ein, in kurzen Abständen, und rührte sich nicht.

Es versucht unsere Witterung aufzunehmen, dachte Ada und sah Bodan eindringlich an. Tu doch was! Sprich einen Zauber, der uns unsichtbar macht!, flehte sie ihn in Gedanken an.

Da rührte sich Bodan endlich. Er sah ihr fest in die Augen, nickte entschlossen und schloss dann langsam seine Augen. Schwerelos und wie aus dem Nichts legte sich eine kupferfarbene Kugel um sie herum, in der sie füreinander sichtbar blieben, aber für jedes Wesen außerhalb dieser Kugel unsichtbar wurden.

In diesem Moment setzte sich das Wesen wieder in Bewegung. Die Schritte kamen immer näher und näher und direkt vor ihrem Versteck blieb es stehen. Das Wesen stieß ein hässliches tiefes Grollen aus. Die Erde bebte und die Wände des Hauses, in dessen Eingang sie sich versteckten, zitterten. Ada duckte sich instinktiv, während Bodan auf die Straße starrte. Vor dem Hauseingang stand etwas, das wie ein Fuß aussah. Ein Fuß, der völlig mit Schnee bedeckt war. Oder aus Schnee bestand? Aber Schneegeister sind nicht so groß und geben auch nicht solche Geräusche von sich, dachte Ada. Bodan stierte wie gebannt auf den Fuß des Wesens, der zum Greifen nahe vor ihnen stand.

Das Wesen schnaufte und schnüffelte erneut. Wieder wurde es so still, dass Ada nicht zu atmen wagte. Plötzlich gab es einen gewaltigen Windstoß und ein riesiges Auge erschien vor dem Hauseingang. Ada hätte aufgeschrien, wenn Bodan ihr nicht die Hand auf den Mund gepresst hätte. Der Kopf des Wesens war nicht zu erkennen, da das Auge fast den gesamten Ausschnitt des Hauseingangs ausfüllte. Ada konnte nur erkennen, dass um das Auge herum kein Schnee, sondern dunkelbraune Gesteinsmasse lag. Es war ein Berggeist! Wieder schnüffelte er. Er konnte die beiden durch Bodans Zauber nicht sehen, aber offenbar noch wittern. Das Auge verschwand ruckartig wieder und Ada wagte wieder zu atmen. Sie griff sich an den Hals, aus Angst, dass sie husten musste, während sie nach Luft rang. Sie warf Bodan einen erleichterten Blick zu.

Zu früh, denn Sekunden später fuhr etwas in den Hauseingang hinein. Es sah aus wie ein Finger oder der Teil einer Hand, ganz aus Stein. Der Finger stocherte im Hauseingang herum und versuchte die beiden zu erreichen. Ada und Bodan drückten sich gegen die Tür, die in das Haus führte. Die Tür gab nicht nach. Ada sah Bodan flehend an. Er hob nur verzweifelt die Schultern.

In diesem Moment blieb der Finger des Berggeistes im Hauseingang stecken. Er war zu dick. Der Berggeist schrie auf vor Wut und brüllte, dass die Straßen bebten. Er zog und zog an seinem Finger, bis er ihn wieder rausziehen konnte. Dabei riss er fast die gesamte Wand mit sich.

Bodan und Ada sahen sich fragend in die Augen. Was nun?

Öffne die Tür!, flehte Ada ihn in Gedanken an.

Dann wird er uns auf jeden Fall entdecken, erwiderte Bodan nervös.

Das hat er doch schon längst!, dachte Ada angestrengt.

Währenddessen stampfte und tobte der Berggeist vor dem Hauseingang. Sie saßen in der Falle!

Noch während Bodan und Ada überlegten, ob es wohl klug wäre, in das Haus hineinzufliehen, fing der Berggeist plötzlich an, das Haus zu zertrümmern. Lehmbrocken flogen nur so durch die Luft. Doch dann hielt er plötzlich inne. Die kalte Luft trug ein tiefes Grollen zu ihnen. Erst leise und dann immer eindringlicher. Der Berggeist knurrte widerwillig. Noch einmal schlug er auf das Haus ein, aber es ließ sich nicht so leicht zerstören. Erneut erschien das Auge vor dem Hauseingang. Bodans magische Kugel blendete ihn noch immer. Also murrte der Berggeist ein leises unzufriedenes Grollen und entfernte sich dann langsam. Dabei blieb er immer wieder schnaufend stehen und schnüffelte.

Bodan und Ada wagten sich erst aus ihrem Versteck, als die Schritte längst verhallt waren. Ada zitterte am ganzen Körper. »Nichts wie weg hier!«, flüsterte sie Bodan zu.

Doch Bodan schüttelte den Kopf. »Ich muss herausfinden, was hier vor sich geht. Was ist mit den Städtern passiert? Konnten sie fliehen oder sind sie alle gefangen? Sind sie getötet worden oder was haben die Berggeister mit ihnen gemacht? Ada, ich brauche Antworten. Geh du allein zurück zu Uris Höhle. Der Rat soll ohne mich tagen. Ich komme nach. Wir treffen uns dort. Versprochen.«

Ada wollte protestieren, doch Bodan ließ sie nicht zu Wort kommen. »Ich werde hier nicht weggehen, bevor ich nicht weiß, was mit den Städtern passiert ist. Außerdem muss ich herausfinden, ob die Berggeister eine Allianz mit den Schneegeistern eingegangen sind. Es liegt Schnee über Fluar, Ada. Schnee!« Bodan war außer sich. »Seit wann gibt es Schnee in Fluar? Das kommt nicht von den Berggeistern. Aber es ist nicht das Territorium der Schneegeister. Also, wie kommt Schnee in die Stadt, Ada?«

Ada hob ratlos die Schultern.

»Genau«, bestätigte er. »Ich weiß es auch nicht, aber ich muss es herausfinden. Wir müssen wissen, womit wir es zu tun haben. Vielleicht kann ich sogar in Erfahrung bringen, ob Zamir dahintersteckt. Noch haben wir keine Bestätigung. Wir vermuten es nur. Und selbst wenn es so ist, wissen wir nicht, woher er so viel Macht hat, die Berggeister zu wecken. Dazu bedarf es sehr viel Macht. Ich muss dem auf den Grund gehen.«

Ada schüttelte nur verzweifelt den Kopf. Sie hatte Tränen in den Augen. »Sie werden dich gefangen nehmen. Vielleicht werden sie dich auch töten. Das kann ich nicht zulassen.«

Bodan lächelte schwach. »Du kennst meine Mächte. Ich werde mich schon zu wehren wissen, glaub mir. Mir passiert nichts. Ich kann nur dich nicht auch beschützen. Deshalb musst du dich in Sicherheit bringen, und zwar schnell. Lauf zum Stadtrand. Ich werde dir einen Dub rufen, der dich zu Uris Höhle zurückbringt.«

»Aber …«, hob Ada an.

Bodan legte den Finger auf die Lippen. »Du musst dich beeilen«, flüsterte er. »Verliere keine Zeit. Du darfst deine Mächte nicht einsetzen. Hörst du? Nicht jetzt! Insbesondere nicht jetzt. Das wäre ein weiteres Ziel für Zamir. Glaub mir. Ich komme hier allein am besten zurecht. Und jetzt geh bitte. Schnell!« Bodan schob Ada sanft auf die Straße.

Als Ada sich nach ihm umdrehte, war er bereits verschwunden.

Unschlüssig blieb sie auf der Straße stehen. Dann überkam sie wieder die Angst und sie rannte so schnell sie konnte zum Stadtrand. Ihr langer Rock rauschte über die Pflastersteine. Es war so still, dass sie ihr eigenes Keuchen hören konnte. Nur ihre Schuhe mit den dünnen Ledersohlen gaben kaum einen Ton von sich.

Ada lächelte, als erinnere sie sich an längst vergessene Zeiten. Es war schon viel zu lange her, dass sie ein solches Abenteuer erlebt hatte. Und sie genoss es. Das Gebrüll der Berggeister war wieder zu hören. Es war nur eine Frage der Zeit, bis sie die Stadt durchkämmen würden, um sie zu suchen.

Nach kürzester Zeit hatte sie die Stadtgrenze erreicht. Von weitem sah sie schon den Dub, der auf sie wartete. Dankbar lächelte Ada. Auf Bodan war Verlass.

Gib gut auf dich Acht, Bodan!, dachte sie voller Sorge, während sie sich auf den Rücken des Dubs schwang.

Zweiundzwanzigstes Kapitel

Minas Idee

Mina rieb sich verzweifelt die Stirn. Ludmillas Eltern kamen von einer ihrer Geschäftsreisen zurück und wollten ihre Tochter sehen. Sie hatte die Verabredung tatsächlich vollkommen vergessen. Und nun? Sie konnte ihnen nicht die Wahrheit sagen. Sie würden ihr nicht glauben und sie für unzurechnungsfähig halten. Minas Tochter, Alexa, hatte die Funktion des Spiegels nie entdeckt. Sie kannte weder den Pakt der Spiegelfamilien noch kannte sie andere Mitglieder der Spiegelfamilien. Bei Alexa war es Mina nicht schwergefallen, den Spiegel zu verheimlichen. Anders als bei Ludmilla. Mina seufzte. Was sollte sie ihrer Tochter sagen? Dass Ludmilla in eine magische Welt gereist war und Mina nicht wusste, wann sie wiederkam? Sie stöhnte auf, als hätte sie Schmerzen, und rieb sich erneut die Stirn.

Denk nach, Mina, denk nach! Aber sie konnte es drehen und wenden, wie sie wollte, sie kam immer zum selben Ergebnis: Sie musste das Spiegelbild dazu bringen, Ludmillas Eltern ein Theater vorzuspielen. Da sich Ludmilla bei den Besuchen ihrer Eltern meist nicht sehr anständig benahm, würde es nicht auffallen, wenn das Spiegelbild frech war. Minas einzige Sorge war, dass das Spiegelbild mit seinen Reaktionen übertreiben könnte oder gar von dem Spiegel und von Ludmillas Reise erzählen könnte.

Wie sollte sie das Spiegelbild dazu bringen, Ludmillas Eltern etwas vorzuspielen? Sie musste dem Spiegelbild eine Gegenleistung für den Auftritt vor Ludmillas Eltern anbieten. Nur, das Einzige, was das Spiegelbild wollte und was es interessierte, war der Spiegel. Es wollte durch den Spiegel reisen. Ludmilla hinterher. Und das war das Problem: Ein Spiegelbild konnte nicht durch den Spiegel reisen. In Eldrid gab es keine Spiegelbilder. Und schon gar keine quicklebendigen. Sollte sie Ludmillas Spiegelbild nach Eldrid bringen, würde sie Ludmilla gefährden und vielleicht sogar ganz Eldrid aus dem Gleichgewicht bringen. Also, was tun?

Minas letzter Ausweg war, ein Wesen aus Eldrid zu Hilfe zu rufen. Sie selbst war nicht mehr Herr der Lage.

Mina versuchte es mit einer List: Sie würde versuchen, ein Wesen durch den Spiegel zu rufen, ohne dass das Spiegelbild es merkte. Als Erstes überzeugte Mina Ludmillas Spiegelbild davon, dass sie zu ihm in den Raum kam, um mit ihm zu reden. Sie wolle nur reden, beteuerte sie. Und sie bringe etwas zu essen und zu trinken. Das Spiegelbild hatte Hunger und Durst. Das hatte es immer wieder deutlich gemacht. Mina ließ sich vom Spiegelbild versprechen, dass es nicht aus dem Zimmer rennen würde, wenn Mina die Tür aufschloss. Das Spiegelbild versprach es und Mina schloss das Zimmer auf.

Natürlich schoss das Spiegelbild auf sie zu und wäre ihr beinahe entwischt, aber Mina hatte damit gerechnet und die Tür mit einem gekonnten Fußtritt hinter sich geschlossen. Blitzschnell schloss sie die Tür ab.

Daraufhin schmollte das Spiegelbild zunächst. Aber Mina ließ sich davon nicht beeindrucken. Sie redete so lange auf das Spiegelbild ein, bis es sich ablenken ließ. Während das Spiegelbild hungrig die Brote verschlang, die Mina zubereitet hatte, konnte sie ganz beiläufig den Spiegel berühren, ohne dass es das Spiegelbild bemerkte. Der Spiegel reagierte mit einem matten, kurz aufblitzenden Glühen. Auch das nahm das Spiegelbild nicht wahr. Mina war überzeugt, dass dies ausreichte. Für einen Ruf.

Und nun wartete sie. Sie wartete auf eine Antwort. Oder auf ein Zeichen. Dabei ließ sie allerlei Unverschämtheiten über sich ergehen. Ludmillas Spiegelbild war unermüdlich, wenn es darum ging, Mina zu beschimpfen. Es verspottete Mina in einer Tour.

»So wird das nichts, meine Liebe! Du wolltest reden. Dann rede.« Böse Augen funkelten Mina an. »Du willst meine Hilfe? Dann musst du mir schon was anbieten. Etwas, was mir auch was bringt!«, zischte das Spiegelbild sie an.

Mina verdrehte nur genervt die Augen. »Ich werde dir etwas bieten. Warte nur ab. Zuerst musst du mir beweisen, dass du dich benehmen kannst. Kannst du dich benehmen? Kannst du das überhaupt?«, konterte sie energisch. Dabei schielte sie immer wieder zum Spiegel und dann auf die Uhr. Um 17 Uhr kamen Ludmillas Eltern. 17 Uhr, das waren keine drei Stunden mehr. Irgendein Wesen musste doch Minas Ruf gehört haben. Ihr Herz raste und sie wurde langsam nervös.

Dreiundzwanzigstes Kapitel

Lando als Späher

Lando hatte die Form eines Spähers angenommen und kreiste stumm über Zamirs Höhle. Es war eine lange Reise gewesen, da er den hellen Teil von Eldrid nicht als Späher überfliegen konnte. Es gab zu viele Gefahren. Späher waren verhasst und wurden gejagt. Deshalb hatte er den hellen Teil als Bussard überflogen. Ein sehr schnelles Tier, aber, Lando konnte es nicht leugnen, das Fliegen hatte ihn Kraft gekostet. Zusätzlich zu der Verwandlung. Also hatte er kurz gerastet und seine Gestalt angenommen. Formwandler konnten nicht von einer Gestalt in die andere schlüpfen. Sie mussten zunächst ihre eigene Form annehmen, bevor sie die nächste besitzen konnten. Als er den dunklen Teil des Waldes erreichte – er war einen Teil des Weges gelaufen, um Zeit zu sparen –, hatte er sich in einen Späher verwandelt.

Am Himmel hing die riesige dunkle Schattenwolke und verhüllte die Sonne. Lando hatte den dunklen Teil seiner Welt bisher noch nicht von oben gesehen. Gerade als er beschloss, noch ein wenig das Land zu erkunden, tauchten Zamirs Späher am Horizont auf. Lando hörte ihr Kreischen schon von weitem. Er suchte nach einem geeigneten Platz, von dem er unbemerkt den Höhleneingang beobachten konnte, und ließ sich auf einen Ast eines uralten Baumes hinab. Dort verharrte er regungslos und wartete ab.

Zamir erschien am Eingang seiner Höhle. Er hielt Abstand zu der unsichtbaren Barriere, die offenbar noch zu funktionieren schien.

Ungeduldig lief er vor dem Eingang hin und her. Dabei murmelte er ständig etwas vor sich hin.

Lando betrachtete spöttisch Zamirs Äußeres, das so menschlich war. Er hatte fast nichts mehr mit einem Wesen von Eldrid gemein.

Kein Wunder, dass er so bösartig ist! All das Gute, das Eldrid verkörpert, ist in ihm erloschen, dachte Lando abfällig. Noch während er den Gedanken zu Ende dachte, schüttelte er sich kurz. Er durfte diese Gefühle jetzt nicht haben, sonst würde Zamir seine Anwesenheit spüren. Wut und Angst spürte Zamir besonders intensiv. Das wusste Lando.

Die Späher ließen nicht lange auf sich warten. Sie versammelten sich um den Eingang herum und kreischten unablässig, bis Zamir die Hand hob. Es wurde schlagartig still. Sie reckten den Kopf zu ihrem Herrn empor, beäugten ihn mit den rot glühenden Punkten, die aus den schwarzen Höhlen in ihren Köpfen hervorstachen. Ein etwas größerer Vogel hüpfte nach vorn und krächzte. Zamir nickte ihm zu und der Vogel hüpfte in die Höhle hinein. Zamir ließ sich auf die Knie nieder und schob sein Gesicht ganz nah an das des Vogels heran. Er stierte dem Vogel genau in die Augen. »Dann lass mal sehen«, herrschte er ihn an.

Das Auge des Spähers schwoll an und fing an zu glühen, wie ein gerade erloschenes Feuer. Lando konnte kaum glauben, was er sah: Zamirs Augen glühten in der gleichen Farbe wie die des Vogels, während er in seiner Haltung verharrte.

Nach einer Weile richtete sich Zamir wieder auf und schrie triumphierend: »Aha! Sie sind also wirklich im Schneegebirge. Dieser Narr! Das schafft er nie mit diesem Scathan-Mädchen.«

Zamir fixierte noch einmal das Auge des Vogels, erstarrte für einen weiteren Augenblick, bevor er erneut aufkreischte und ein hysterisches Lachen erklang. »Ein Schneegeist ist bei ihnen! Sie werden ihn nie passieren lassen. Niemals!«

Lando zuckte zusammen. Uri war mit Ludmilla im Schneegebirge von den Schneegeistern gefangen genommen worden? Er konnte es nicht fassen. Wie konnte es dazu kommen?

In diesem Moment hüpfte der Späher aus der Höhle und wenige Sekunden später erhob sich die Schar kreischend in die Höhe.

Zamir stand in selbstgefälliger Haltung am Höhleneingang und blickte seinen Spionen hinterher. Lando hatte nicht hören können, welchen Auftrag die Späher von ihm erhalten hatten. Er zuckte regelrecht zusammen, als Zamir plötzlich in den Wald schrie: »Es dauert nicht mehr lang! Bald werde ich über ganz Eldrid herrschen! Die Dunkelheit wird überall hereinbrechen und sich in jeden auch noch so hellen Winkel ausbreiten. Es gibt kein Entkommen!«

Er lachte sein martialisches Lachen, das im Wald widerhallte. Der Wald bebte unter dem schrillen Gelächter.

Lando war sich zwar sicher, dass Zamir ihn nicht bemerkt hatte, aber dennoch duckte er sich instinktiv. Sein Herz pochte wie wild. Jetzt war ihm einiges klar: Zamir sah durch seine Späher. Er blickte in die Augen der Späher und konnte sehen, was sie gesehen hatten. So bekam er seine Informationen über seine Opfer. Wie oft hatte er sich gemeinsam mit Uri und Bodan gefragt, wie Zamir seine Opfer visualisieren konnte. Denn Zamir brauchte ein ganz genaues Bild seines Opfers, das er rief und dessen Schatten er sich dann nahm. Eine Beschreibung allein reichte nicht. Er musste das Wesen dazu gesehen haben. Nur dass er das Wesen erst sah, nachdem er es sich zur Höhle gerufen hatte. Aber jetzt war es ihm klar. Er sah seine Opfer durch die Augen der Späher, die ihm die Erinnerung und damit auch das Bild des Wesens brachten.

Lando durchschauderte es. Das bedeutete, dass jedes Mal, wenn ein Späher etwas beobachtete, Zamir es auch sehen konnte.

Lando durchfuhr ein Stich. Uri und Ludmilla! Zamir wusste jetzt ganz genau, wie Ludmilla aussah. Die Späher hatten von ihnen berichtet. Und sie saßen fest, fest im Schneegebirge. Er würde Hilfe holen müssen. Er konnte nicht länger vor Zamirs Höhle hocken und hoffen, dass noch etwas passierte. Das Wesentliche wusste er: Zamir wusste, dass Ludmilla in Eldrid war, und er wusste, wie sie aussah. Er brauchte nur noch ihren Namen herauszufinden, dann konnte er sie endgültig rufen. Aber wollte er sie überhaupt rufen? War sie für ihn interessant? Oder besser: Wusste Zamir, wie besonders Ludmilla war?

Lando zögerte. Er fixierte Zamir, der vor dem Höhleneingang hin und her tigerte. Er murmelte unaufhörlich etwas und machte zwischendurch eigenartige Hüpfer. Immer wieder entfuhr ihm ein schriller euphorischer Schrei. Lando war überzeugt: Hier würde gleich noch etwas passieren. Er konnte jetzt noch nicht gehen. Noch nicht.

Er musste nicht lange warten. Plötzlich wurde es im Wald noch dunkler. Alle Geräusche verstummten. Es wurde so still, dass jedes Knacken eines noch so kleinen Ästchens ein Echo gehabt hätte. Lando hielt den Atem an und starrte gebannt auf den Höhleneingang. Und dann nahm er sie wahr: Fünf Gestalten glitten lautlos auf den Höhleneingang zu.

Es waren Gestalten mit langen schwarzen Mänteln und Kapuzen. Die Mäntel schliffen über dem Boden und dennoch konnte Lando kein Geräusch hören. Die verhüllten Wesen waren nicht zu erkennen. Tief hingen die Kapuzen im Gesicht; die Mäntel waren weit, so dass sie Arme, Hände, Beine und Füße überdeckten. Lando strengte seine Augen an, die in der Dunkelheit rot zu leuchten begannen. Unruhig versuchte er ein Wippen seines Hinterteils zu verhindern. Der Späher in ihm erwachte und wollte zu seinem Herrn. Was geschah hier?

Zamir breitete die Arme aus und stellte sich ganz nah an die Grenze des Höhleneingangs. Er wippte vor Aufregung auf seinen Zehenspitzen hin und her.

»Meine Schatten! Meine mächtigen Schatten! Welch eine Wohltat, euch alle zu sehen. Wir haben etwas zu feiern. Godal! Du bist gekommen!« Dann klatschte er in die Hände und schrill ertönte sein Vorwurf: »Ihr verlasst viel zu selten euer Schattendorf, um mir einen Besuch abzustatten!«

Lando erstarrte innerlich. Er wagte es nicht mehr zu schlucken. Direkt vor ihm stand Godal. Der gefürchtete Schattenkönig. Der personifizierte Schatten, der kein Leben in sich trug.

Das scharfe Zischen der Schatten durchschnitt die atemlose Stille des Waldes. Die schwerelosen Wesen glitten in Zamirs Höhle. Zamir schritt stolz voran.

»Kommt, kommt, tretet ein! Es gibt viel zu besprechen!«, hallte seine sich überschlagende Stimme im Höhleneingang wider.

Lando saß wie versteinert auf seinem Ast. Godal! Godal war bei Zamir, aber wer waren die anderen Gestalten? Zamir hatte sie seine „mächtigen Schatten" genannt. Gab es neben Godal noch mehr mächtige Schatten? Wie hatten sie das nicht merken können? Wie hatte Uri das übersehen können? Warum verschloss sich seine eigene Welt vor dem, dessen Aufgabe es war, sie zu beschützen und vor der Dunkelheit zu bewahren? Und was war das für ein Schattendorf? Davon hatte er noch nie zuvor gehört. Hielten sich die Schatten dort für gewöhnlich auf? So hatte er Zamir verstanden. Und Godal auch? Würden sie Godal dort finden, wenn sie ihn an Ludmilla binden wollten? Das Schattendorf. Das musste er sich anschauen, wo auch immer es lag.

Lando entfuhr ein Krächzen, als er sich von dem Ast erhob. Er mochte leichtsinnig und überheblich sein, aber nicht dumm. Er würde sich nicht länger unnötig gefährden. Wenn Godal in der Nähe war, galt es, klug vorzugehen und ihn nicht auf sich aufmerksam zu machen. Geriet er erst mal in Godals Visier, wäre auch er nicht in der Lage, seinen Schatten zu retten. Und in eine solche Situation wollte er sich zumindest sehenden Auges nicht bringen. Nun galt es, so schnell wie möglich diesen Ort zu verlassen und in Erfahrung zu bringen, ob Uri und Ludmilla noch im Schneegebirge feststeckten.

Vierundzwanzigstes Kapitel

Die Macht

Die Schneegeister beschworen Wind, Nebel und Schneestürme herbei, die ein schnelles Vorankommen unmöglich machten.

Ludmilla versuchte nach bestem Willen schnell voranzukommen, aber sie sank bei jedem Schritt fast bis zur Hüfte in den Schnee ein. Sie konnte nicht so leichtfüßig über den Schnee laufen wie Uri. Nach kürzester Zeit setzten die demoralisierenden Gedanken und Gefühle wieder ein. Sie fror am ganzen Körper und warf Uri jedes Mal, wenn er sich umwandte, vorwurfsvolle Blicke zu. Die Wirkungen der aufwärmenden Minuten in Uris schützender Seifenblase hielten immer kürzer an, und bald waren Ludmillas Lippen wieder blau vor Kälte und ihre Finger ganz steif.

Ludmilla erklomm gerade einen besonders hohen Schneehügel, als Uri auf sie wartete. Er blickte sie entschlossen an und hielt ihr seine Hände entgegen, als sie ihn erreicht hatte. Seine Hände glühten und kleine goldene Funken sprangen in den Schnee. Die goldene Seifenblase tat sich auf und der um sie herumtobende Schneesturm schien wie auf stumm geschaltet. Dankbar legte Ludmilla ihre Hände in die seinen und konzentrierte sich auf ihre Atmung. Ihr Atem ging schnell vor Anstrengung und ihr Puls pochte in ihrem Kopf. Und dann hörte sie Uris sanfte Stimme. Er starrte ihr eindringlich in die Augen, während er sprach: »So schaffen wir es nicht, Ludmilla«, hörte sie ihn. »Ich werde dir jetzt eine Macht verleihen, damit wir diesen unsäglichen Ort so schnell wie möglich verlassen können.«

Pixi quietschte auf und flog aus Ludmillas Kapuze heraus. »Das kannst du nicht tun, Uri!«, dröhnte sie, so dass sich Schneebretter über ihnen zu lösen begannen. »Das ist ein großer Fehler. Willst du die gleichen Fehler machen, die du schon bei den Scathan-Schwestern gemacht hast?« Pixis Stimme war schrill vor Zorn und Entsetzen.

»Ich habe den Schwestern keine Mächte verliehen!«, polterte Uri zurück.

»Du hast es aber auch nicht verhindert! Es war dein Spiegel, den sie benutzten! Und nur weil die Scathan-Schwestern Mächte hatten, konnte die eine ihren Schatten verlieren«, konterte Pixi aufgebracht.

Uri hielt inne und funkelte Pixi an.

»Es wird dich außerdem sehr schwächen«, fuhr Pixi ihn weiter an.

Uri schwieg. Er presste die Lippen aufeinander. Für den Bruchteil einer Sekunde wirkte er unentschlossen. Er funkelte die kleine Fee herausfordernd an, während sie vor seinem Gesicht hin und her schwebte.

»Hast du einen besseren Vorschlag?«, zischte er sie schließlich unüberhörbar an.

Pixi schlug nervös mit ihren Flügeln. »Nein, habe ich nicht«, presste sie hervor.

»Du siehst doch, dass sie friert und dass sie es so nicht schafft. Sie hat selbst gesagt, dass ihr bald die Zehen und Finger abfrieren werden. Die Schneegeister tun ihr Übriges dazu, damit sie sich kraftlos fühlt. Was sollen wir also deiner Meinung nach tun?«

Pixi flatterte empört herum. »Ich kann nur immer wieder betonen, dass du gegen die Auflagen des Rates handelst und du dich selbst damit gefährdest. Du weißt selbst, wie lange es dauert, bis du dich davon erholst, wenn du eine Macht verleihst. Du bist für Zamir viel angreifbarer. Du gehst ein großes Risiko ein.«

Uri lächelte matt. »Das weiß ich«, flüsterte er. Dann aber verhärtete sich sein Gesichtsausdruck. Er schob sein Kinn herausfordernd nach vorn. »Du kannst mich nicht daran hindern. Ich habe mich entschieden. Ich werde es tun!«

Uri wandte sich Ludmilla zu und ergriff erneut ihre Hände. »Hör mir zu, das ist wichtig!«

Ludmillas Augen funkelten.

»Du wirst nun sehr schnell laufen können, du wirst nicht mehr im Schnee einsinken und wir werden das Schneegebirge in Windeseile verlassen können. Du hast diese Fähigkeit nur in Eldrid. Und«, er hielt kurz inne und sah Ludmilla eindringlich in die Augen, »dein Schatten bekommt jetzt eine besondere Bedeutung. Gib auf ihn Acht! Er kann sich von nun an von dir lösen. Verstanden?«

Ludmilla nickte entschlossen. Uri schloss die Augen. Ludmillas Hände begannen zu glühen, ihr wurde warm und sie hatte das Gefühl, durch den Spiegel zu reisen. Es wurde ihr ein wenig übel und dann fühlte sie sich ganz leicht.

Als sie die Augen öffnete, ließ Uri ihre Hände los, taumelte ein paar Schritte zurück und stöhnte kurz auf. Er krümmte sich und hielt sich mit den Händen auf den Oberschenkeln fest. Erschrocken starrte sie ihn an. Sein Gesicht war fahl und der goldene Glanz darin war verschwunden. Seine Augen hatten sich verdunkelt. Ludmilla hatte den Eindruck, sie hätten ihren Schimmer verloren. Er zitterte und keuchte, so dass Ludmilla ihn stützend am Arm packen wollte. Aber Uri machte eine abwehrende Bewegung. »Es geht gleich wieder«, versicherte er angestrengt und richtete sich langsam auf. »Gib mir ein paar Minuten. Du kannst deine neue Macht erproben, indem du einen großen Kreis um mich herumläufst«, keuchte er mühsam.

Mit seinen Worten zerplatzte die schützende Seifenblase, so dass Ludmilla sich frei bewegen konnte. Ludmilla sah ihn zweifelnd an. Dennoch tat sie ihm den Gefallen. Sie rannte los und fühlte sich, als ob sie über den Schnee schweben würde. Außerdem hatte sie den Eindruck, dass sie schneller als der Wind lief, der ihr plötzlich nicht mehr ins Gesicht peitschte. Sie lachte auf vor Überraschung und bald kreischte sie vor Übermut, als sie immer größere Kreise um Uri herumdrehte.

Uri lächelte ihr zu. »Es kann losgehen«, forderte er sie schließlich auf. »Lass uns das Schneegebirge verlassen.« Seine Gesichtsfarbe war zwar noch etwas blässlich, aber er schien sich stark genug zu fühlen.

Ludmilla rannte los. Sie schien eine Schneise in den Schneesturm zu schneiden und selbst Uri konnte kaum Schritt halten.

Plötzlich hörte Ludmilla etwas hinter sich. Es war ein Getöse wie von einer Lawine. Sie wollte sich umdrehen, aber Uri packte sie am Arm und zog sie weiter.

»Nicht umdrehen! Lauf, Ludmilla, lauf, so schnell du kannst, wir haben gleich die Grenze erreicht!«

Ludmilla lief noch schneller als vorher und dennoch konnte sie nicht anders, als kurz einen Blick hinter sich zu werfen. Hinter ihnen hatten sich vier Schneegeister aufgebaut, die in ihrer vollen Größe, größer als ein Hochhaus, durch den Schnee glitten. Sie verfolgten sie und schrien etwas, das Ludmilla nicht verstand. Immer wieder versuchten die Schneegeister nach ihnen zu greifen. Aber die beiden waren schneller. Dennoch kamen die Schneegeister bedrohlich näher und Ludmilla konnte nun ihre Befehle hören: »Stehen bleiben! Ihr seid unsere Gefangenen!«

Ludmilla konzentrierte sich auf ihre Schritte und plötzlich bemerkte sie, wie der Schnee auf dem Boden weniger wurde und der Nebel sich lichtete. Sie liefen auf eine nur leicht schneebedeckte Landschaft zu. Als Ludmilla sich erneut umschaute, sah sie eine Schneehand, die wenige Zentimeter hinter ihr war. Sie stolperte vor Schreck und wäre fast hingefallen. Doch Uri fing sie auf und zog sie die letzten Meter bis zur Grenze mit. Dort ließ er sich schwer atmend auf den Boden fallen.

Die Schneegeister standen wie vor einer Barriere aus zu wenig Schnee und stießen wütende Schreie aus. Ludmilla hielt sich die Ohren zu.

Uri aber hob entschuldigend die Hände. »Es ging nicht anders!

Ich brauche das Mädchen!«, rief er den Schneegeistern zu. Ein überlegenes Lächeln konnte er sich dabei nicht verkneifen.

Die Schneegeister versuchten noch einige Male, sie zu ergreifen, aber der Schnee reichte nicht aus. Tosend, Uri wütende Blicke zuwerfend, zogen sie sich zurück.

Fünfundzwanzigstes Kapitel

Zamirs Machtdemonstration

»Woher wusstest du, dass sie nicht weiterkommen?«, fragte Ludmilla den schwer atmenden Uri. Er sah erschöpft aus. Seine Haut war immer noch fahl und mehr Falten als zuvor zogen sich durch sein Gesicht. Seine Augen leuchteten müde.

»Hier ist die Grenze«, murrte Pixi widerwillig, als Uri nur ein Japsen hervorbrachte. Sie zeigte auf einen Grenzstein, der aus dem Boden ragte. Es war ein grauer unscheinbarer Stein, in der Form einer unförmigen Kugel, und hatte ein Symbol als Inschrift, das Ludmilla an die Zeichen auf dem Spiegel erinnerte.

Ludmilla warf Pixi einen fragenden Blick zu, aber die kleine Fee zog sich wieder in Ludmillas Kapuze zurück. Sie war immer noch sehr verstimmt und sprach kein Wort.

»Grenzsteine in Eldrid? Das passt irgendwie gar nicht zu dieser Welt«, murmelte Ludmilla mehr zu sich selbst.

Uri nickte, hob einen Finger, doch der glühte nur matt, so dass er ihn wieder sinken ließ und schwieg.

Ludmilla setzte sich neben ihn und betrachtete die Landschaft, die vor ihnen lag. Sie blickte in ein kahles Tal, an dessen Ende sie meinte, den Wald erkennen zu können. Auch die Felder und Gräser ließen sich nur in weiter Ferne erahnen. Die wunderschöne, farbenprächtige Talebene, Airin, die sie von Bodans Terrasse aus bewundert hatte, war nirgends zu entdecken. Auch nicht am Horizont.

Dieser Teil Eldrids war karg und farblos. Das Gras, auf dem

Ludmilla saß und das sich in das Tal hinunterfraß, war grau und sah aus, als wäre es halbtot.

Uri bemerkte Ludmillas Verwunderung. »Wir befinden uns hier am Fuß des Schneegebirges. Das ist ein Teil von Eldrid, der von Tieren und Wesen bewohnt wird, die keinen Wert auf Gesellschaft legen. Das hier ist neutraler Boden, könnte man sagen. Wir nennen diesen Teil unserer Welt Nahil«, erklärte er, wobei er flüstern musste.

»Das heißt, dass jeder diesen Teil von Eldrid bereisen kann. Egal, ob vom dunklen oder hellen Teil?«, fragte sie interessiert.

»Ja, damit hast du Recht. Das hier ist sozusagen Niemandsland. Keiner beansprucht es. Es ist so karg und unfruchtbar und voller Wesen«, er überlegte kurz, »denen man lieber nicht freiwillig begegnet, da sie starke Abwehrmechanismen haben, die gefährlich sind.«

»Das heißt aber auch, dass jeder es für sich beanspruchen kann, oder?«, überlegte Ludmilla weiter.

»So habe ich das noch nicht betrachtet. Dazu ist Nahil zu unbedeutend und die Wesen, die in Nahil leben, nicht sehr beliebt in Eldrid. Wie gesagt, sie sind nicht besonders gesellig. Aber ja, damit magst du Recht haben.«

Ludmilla lächelte zufrieden. Insgesamt, so bemerkte sie gerade, fühlte sie sich hervorragend. Obwohl der Boden feucht und kalt war, fror sie nicht. Energie durchströmte ihren ganzen Körper und sie hatte ein Gefühl der Unbesiegbarkeit.

Uri beobachtete sie kritisch. »Du hast dich schnell an deine neue Fähigkeit gewöhnt. Das ist gut.« Er nickte bekräftigend. »So werden wir heute Abend noch vor Anbruch der Dämmerung meine Höhle erreichen. Der Weg ist bei weitem nicht so beschwerlich wie der durch das Schneegebirge. Bleib immer dicht bei mir. Die Wesen, die hier leben, leben zurückgezogen. Solange wir ihnen nicht zu nahe kommen, tun sie uns nichts.«

Langsam erhob er sich. Sein Gesicht war verzerrt, als ob ihn jede Bewegung schmerzte. Ludmilla sah ihn besorgt an, wagte jedoch nicht, ihm zu helfen. Dann setzten sie sich in Bewegung. Ludmilla hielt sich an Uris Worte und blieb immer dicht bei ihm. So konnten sie unbehelligt und sehr schnell eine weite Strecke zurücklegen.

Schon nach ein paar Stunden hatte sich die Landschaft von der kargen düsteren Umgebung verabschiedet und in eine sonnendurchströmte Welt verwandelt. Nahil war jedoch nicht so farbenfroh wie Airin, die Talebene, die zwischen dem Wald und Fluar lag. Die Farben waren matt und nicht so leuchtend. Auch die Pflanzen schienen andere zu sein. Diese hatten Stacheln oder Dornen, wuchsen rankenartig und überzogen den Boden und teilweise auch den Weg, so dass Ludmilla und Uri mehrfach vorsichtig darübersteigen mussten.

Immer wieder begegneten ihnen Tiere, die wie Rehe aussahen. Sie waren nur viel größer und ihr Fell war eine Mischung zwischen Schneeweiß und Grau. Sie sprangen durch die Felder, so dass Ludmilla immer nur einen kurzen Blick erhaschen konnte. Sie hörte die Vögel zwitschern, um sie herum brummte und summte es und der Duft der Blumen stieg ihr in die Nase. Es war, als wäre sie wieder in dem Teil von Eldrid angelangt, den sie schon erkundet hatte. Aber die Stimmung war eine andere. Das nahm sie wahr. Auch die Wesen, die sie entdeckte, verhielten sich verhalten und zeigten keinerlei Interesse an ihr und Uri. Manchmal konnte Ludmilla ihrer Neugier nicht widerstehen und blieb stehen, um die Wesen zu beobachten. Uri ließ sie gewähren, ermahnte sie aber, einen gebührenden Abstand einzuhalten. Er nutzte die kleinen Pausen, um sich zu erholen. Er hatte nicht damit gerechnet, dass Ludmilla so schnell war. Sie konnte ihre neue Fähigkeit anwenden, als hätte sie sie schon immer besessen. Das war ungewöhnlich. Und noch etwas war anders als sonst: Die Verleihung der Macht an Ludmilla hatte ihn viel mehr Kraft gekostet als jemals zuvor.

Plötzlich blieb Uri stehen. Sein Gesichtsausdruck erstarrte und ganz langsam fing er an, sich zu krümmen. Ludmilla beobachtete gerade Wesen, die wie Libellen aussahen. Es waren klitzekleine menschliche Wesen, die große durchsichtige Libellenflügel hatten und ihre langen Körper in die Luft streckten. Sie hatten einen schmalen Kopf und spitze Nasen, fast durchsichtige Glieder und eine schillernde Haut.

Als Ludmilla sich zu einem der Libellenmenschen hinunterbeugte, um ihn noch genauer betrachten zu können, stöhnte Uri laut auf. »Ludmilla, nicht!« Mehr brachte er nicht hervor. Er sank in die Knie und senkte seinen Kopf.

Ludmilla richtete sich auf und blickte zu Uri, der ein paar Meter weiter auf dem Boden saß. Sie stürzte auf ihn zu. »Uri, was hast du?«

Aber Uri konnte nicht antworten. Er stierte auf den Boden und schien sich zu konzentrieren. Sein ganzer Körper zitterte.

»Pixi, was hat er?«, rief Ludmilla, aber sie erhielt keine Antwort. »Pixi?«

Ludmilla sah sich verzweifelt um. Wo war die Fee? Pixi tauchte nicht auf. Ludmilla kniete sich neben ihn und wusste nicht, was sie tun sollte. Immer wieder rief sie nach Pixi, wobei sich ihre Stimme fast überschlug. Jetzt brauchte sie ihre neue kleine Freundin. Wo war sie nur?

Zeitgleich saß Zamir in seiner Höhle und murmelte unaufhörlich Zauberformeln vor sich hin. Er hatte die Augen geschlossen und wiegte seinen Oberkörper vor und zurück. Es war so weit. Uri war geschwächt. Das war *die* Chance, seinen Verbannungszauber zu brechen. Aber er war immer noch sehr stark und wehrte sich. Zamir beschwor all seine Mächte, um Uri noch mehr zu schwächen. Jetzt könnte er Godals Hilfe gut gebrauchen. Wo war Godal? Sein markanter Unterkiefer knackte vor Anspannung.

Uri kniete auf allen vieren auf dem Boden. Er murrte und knurrte, als befände er sich im Kampf. Ludmilla hatte es aufgegeben, ihn anzusprechen. Er war wie in Trance. Zwischendurch stöhnte er auf und krümmte sich kurz zusammen, bevor er sich wieder mühsam aufrichtete. Zamir war stark geworden. Sehr stark. Warum hatte er es nicht bemerkt? Aber den Zauber würde er nicht brechen können. Es kostete ihn viel Kraft, aber er konnte den Angriff abwehren.

Zamir schrie vor Zorn. Wie konnte das sein? Er konnte Uris Schwäche spüren. Er konnte sie förmlich riechen. Es war der süße Duft des Untergangs. Zamir lächelte selbstgefällig. Es war nur noch eine Frage der Zeit, von Minuten. Geduld, Zamir, Geduld, gleich hast du ihn. Sein Gesicht verzog sich zu der Fratze, die er trug, wenn er an seinen Machtplan dachte. Erneut sprach er die Zauberformel aus.

Uri hob den Kopf und atmete auf. Zamir war nahe dran gewesen. Sehr nahe. Er hatte es deutlich gespürt. Ludmilla saß neben ihm. Sie hatte ihm die Hand auf die Schulter gelegt. Er starrte entsetzt auf ihre Hand und da entdeckte Ludmilla es auch. Ihre Hand glühte. Sie glühte genauso, wie Uris Hände glühten. Nur dass Ludmilla ein Mensch war und diese Fähigkeit gar nicht besitzen konnte. Voller Erstaunen spürte Uri plötzlich, wie eine fremde neue Kraft ihn durchströmte. Ungläubig blickte er sie an. Ludmilla starrte auf ihre glühende Hand und wagte nicht, sich zu bewegen.

In diesem Augenblick kam die nächste Attacke. Uri krümmte sich vor Schmerz und schrie auf. Seine Brille fiel zu Boden und Schweißperlen standen auf seiner faltigen Stirn. »Was immer du gerade getan hast, Ludmilla. Hör auf damit«, presste er hervor.

Ludmilla sah ihn fassungslos an. Warum sollte sie damit aufhören? Es schien ihm zu helfen. Sie starrte auf ihre Hand, die auf Uris Schulter ruhte und glühte. Ein seltsames wärmendes Gefühl durchströmte ihren Körper. Sie hatte das Gefühl, dass diese Wärme, diese Energie durch ihre Hand in Uris Körper floss. Sie konzentrierte sich auf dieses Gefühl und schloss die Augen. Uri schüttelte sich und versuchte, Ludmillas Hand abzustreifen, aber sie krallte sich an ihm fest.

»Du gefährdest dich damit!«, zischte er zwischen zusammengepressten Zähnen hervor.

»Ja, und?«, fuhr sie ihn an. »Ich kann dir helfen, also ist es das wert.« Ihre Augen funkelten wild.

In diesem Moment schrie Zamir in wildem Zorn auf. »Nein!«, tobte er. »Nein, das ist nicht möglich!«

Er griff sich mit beiden Händen an den Kopf und krallte sich an seinen Haaren fest. Und dann geschah etwas, mit dem er nicht gerechnet hatte. Ihn durchfuhr ein Schmerz, der ihn schwanken ließ. Er krümmte sich und stöhnte auf. »Nein, nein, nein!«, raste er. Dunkle Funken sprühten aus seinen Augen und aus seinen feinen Poren im Gesicht. Er hielt sich den Magen und beugte sich nach vorn.

»Uri!«, schrie er schäumend. »Uri, wer hilft dir? Das bist du nicht allein!« Er ächzte vor Schmerz. Falten und Adern traten in seinem Gesicht hervor.

»Oh nein, das nicht! Nicht mein Gesicht!«, kreischte er hysterisch. Seine Hand fuhr zitternd über seine Stirn. »Keine Falten!«, presste er zwischen den Zähnen hervor. »Keine Falten!«

Er fiel in sich zusammen, als der Schmerz abrupt endete. »Wer bist du?«, schrie Zamir los. Seine Worte hallten in der Höhle wieder. »Wer wagt es? Wer ist so mächtig?«

Er raste vor Wut. Seine Fußabdrücke hinterließen tiefe Spuren im Höhlenboden, der sanft in dunklen Farben funkelte.

»Das muss sie sein. Es gibt keine andere Erklärung. Sie muss ihm helfen. Sie ist ganz außergewöhnlich, *diese* Scathan!«, schnaubte er. »Doch das war ein Fehler. Denn jetzt habe ich sie gespürt. Ich weiß, wie sie sich anfühlt. Das ist besser, als sie zu sehen. Jetzt kann ich in ihren Kopf eindringen und sie rufen!«

Er brach in ein grausames Gelächter aus. »Ich weiß jetzt, welchen Schatten ich brauche. Den EINEN Schatten. Das Mädchen hat ihn. Aber nicht mehr lange. Und dann werde ich den Bann brechen!«

Er lachte. Schrill und laut. Dabei drehte er sich im Kreis, breitete seine Arme aus und flog wie ein Propeller durch seine Höhle. Immer schneller drehte er sich, immer höher bis unter die Decke flog er, bis seine Gestalt kaum mehr zu erkennen war.

Uri richtete sich langsam auf. Zorn stand in seinem angestrengten Gesicht. »Das war töricht!«, polterte er los. »Jetzt kennt er dich. Jetzt braucht er nicht einmal mehr ein paar alberne Informationen, wie deinen Namen, dein Aussehen. Er hat dich gespürt. Jetzt kann er dich jederzeit rufen.«

Sein Gesicht war fahl vor Anstrengung und dennoch sprühte ein ganzer Funkenregen aus seinen Augen, so sehr erregte er sich.

»Weißt du eigentlich, wie gefährlich das ist?«, presste er beherrscht hervor. »Er hat deine Macht gespürt. Du bist jetzt interessant für ihn. Er wird dich rufen. Früher oder später, und ich bin mir nicht sicher, ob du seinem Ruf widerstehen kannst.«

Ludmilla stand betroffen da. »Ich wollte nur helfen«, versuchte sie zu erklären.

»Ich brauchte deine Hilfe nicht! Ich wäre auch allein mit ihm fertig geworden«, behauptete er empört. »Und woher wusstest du eigentlich, dass du mir überhaupt helfen kannst?«

Ludmilla hob die Schultern. »Es war so ein Gefühl«, erwiderte sie kleinlaut. Gleichzeitig ärgerte sie sich über ihre Antwort. Sollte er doch dankbar sein, dass sie ihm geholfen hatte! Stattdessen schrie er sie an. Herausfordernd schob sie ihr Kinn nach vorn. »Und das bezweifle ich, dass du ohne meine Unterstützung mit ihm fertig geworden wärst«, fuhr sie ihn an. Und noch bevor Uri wutentbrannt antworten konnte, fuhr sie fort: »Ich habe deine Schwäche und seine Stärke gespürt. Ohne mich hätte er deinen Bann gebrochen!«

Uri sprang auf, schnaubte so stark, dass dabei Funken aus seinen

Nasenflügeln sprühten, wie ein aufgebrachtes Rhinozeros. »Wie kannst du es wagen …!«, presste er hervor.

»Ich habe es gewagt und ich habe dir geholfen. Sieh es ein!«, fauchte sie.

Für ein paar weitere Sekunden sprühten Uris Funken durch die Luft, dann setzte er sich schwer atmend auf den Boden und starrte vor sich hin.

Ludmilla beobachtete ihn aus den Augenwinkeln. Wie alt und klein er wirkte. Er tat ihr fast ein wenig leid.

Als Uri ihren Blick wahrnahm, erzwang er sich ein Lächeln. »Es tut mir leid, Ludmilla. Ich weiß, dass du denkst, dass ich dir danken sollte. Ohne genau zu wissen, was da eben passiert ist und wie du dazu überhaupt fähig bist, muss dir eines klar sein: Das, was du getan hast, so edel deine Absichten auch waren, hat vor allem eines bewirkt, und da bin ich mir absolut sicher: Du bist jetzt Zamirs nächstes Ziel.«

Ludmilla sah ihn nachdenklich an. »Ja, und?«, fragte sie fordernd. »Dann hat er mich eben gespürt. Aber ich habe nur die eine Macht, die du mir verliehen hast. Das kann für ihn nicht interessant sein.« Sie wusste selbst, dass das so nicht ganz der Tatsache entsprach. Sie hatte eine unbekannte Macht in sich gespürt. Eine Macht, die sie befähigt hatte, Uri zu helfen. Sie hatte Uris Macht gespürt und Zamirs Macht gespürt und ihre Macht war die stärkste gewesen. Aber konnte das überhaupt sein? Sie schüttelte sich unmerklich. Dieser Gedanke war ihr zu fremd. Stattdessen fuhr sie so unbedarft wie möglich fort: »Fürs Erste kann er immer noch nicht seine Höhle verlassen und auch er ist geschwächt nach eurem Duell. Das verschafft uns doch auch Zeit, oder etwa nicht?«

Uri lächelte schwach. »Das ist wohl wahr«, murmelte er. »Nur wissen wir nicht, was als Nächstes kommt, und davor fürchte ich mich.«

Uri fürchtete sich?, wunderte sie sich. Das war kaum zu glauben, nach allem, was sie über ihn gehört hatte und wie er sich gab.

Sie dachte an Bodans Worte: Auch Uri trägt viele menschliche Eigenschaften in sich. Furcht gehörte offenbar dazu.

Plötzlich sah sich Uri suchend um. »Wo ist Pixi?«, fragte er verwundert.

Ludmilla zuckte mit den Schultern. »Ich weiß es nicht«, erwiderte sie niedergeschlagen. »Hast du nicht gehört, wie ich nach ihr gerufen habe?«

Uri schüttelte den Kopf.

»Ich habe sie immer wieder gerufen, aber sie hat nicht geantwortet. Ich glaube, sie ist weg.«

Uri wog den Kopf ungläubig hin und her und fing an, die kleine Fee zu rufen.

Sechsundzwanzigstes Kapitel

Fluars Besetzung

Bodan schlich durch die Gassen. Immer wieder musste er sich vor vorüberrollenden Berggeistern verstecken, die die Stadt durchkämmten. Die Berggeister waren außerhalb des Gebirges sehr ungelenk. Überlieferungen besagten, dass sich dies im Gebirge ganz anders verhielt. Berggeister konnten im Gebirge verschiedene Formen annehmen. Sie konnten mit dem Gebirge verschmelzen oder sogar wie der Wind durch die Gänge fegen. Aber hier in der Stadt waren sie nicht in ihrem Element. Sie stapften wie zu große Riesen durch die Straßen, wobei sie des Öfteren die Ecke eines Daches mitnahmen, ohne es zu bemerken. Bodan hatte viele Fährten durch die Stadt gelegt, um die Berggeister in die Irre zu führen und von seinem wahren Ziel abzulenken. So hatte er es bis zu einem der Höhleneingänge des Gebirges geschafft. Er vermutete, dass sich die Bewohner Fluars dort versteckten. Es gab nur zwei Wege aus der Stadt. Der eine führte direkt in das Gebirge Odil, über verschiedene Höhleneingänge und Gewölbe, der andere führte in die Talebene Airin, an deren Ende der Wald Teja lag. Aus dieser Richtung waren Ada und er gekommen und ihnen war auf ihrem Weg in die Stadt kein einziger Städter begegnet. Also mussten sie im Gebirge sein.

Er versteckte sich hinter einem Schuppen und beobachtete den Gebirgseingang. Es waren keine Berggeister zu sehen. Aus dem Gebirge drang ein eintöniges dumpfes Hämmern. Außerdem war ein Grollen zu hören. Was ging da vor? Bodan überlegte angestrengt. In Eldrid gab es fünf Geisterwelten: die Schneegeister, Flussgeister, Waldgeister, Lichtgeister und die Berggeister. Die Geister waren grundsätzlich unabhängig und neutral. Auch waren sie nicht von dem Licht Eldrids abhängig. Sie beanspruchten ihre Territorien und mischten sich ansonsten nicht in die Belange der Welt ein. Dies galt zumindest für alle Geisterwelten, bis auf die für die Berggeister. Über die Berggeister war am wenigsten bekannt. Sie hatten seit Jahrhunderten geschlafen. Es gab ein uraltes Abkommen, das den Wesen von Eldrid erlaubte, das Territorium der Berggeister, das Gebirge Odil, zu durchqueren, wenn sie dadurch nicht geweckt werden würden. Das Gebirge war die einzige Verbindung zu einem ganz besonderen Teil von Eldrid. Dem sphärischen Teil, Ilios. Dort lebten Wesen, die genauso lichtdurchflutet waren wie die gesamte Landschaft. Sie wirkte fast durchsichtig, wie die Flügel der Feen. Bodan seufzte voller Sehnsucht, als er an diesen Teil von Eldrid dachte. Ilios! Jetzt, da die Berggeister erwacht waren, würden sie eine Durchquerung des Gebirges sicherlich nicht mehr erlauben. Aber wie sollten sie dann jemals wieder nach Ilios reisen können? Zamir hatte alles verändert, indem er die Berggeister geweckt hatte. Einfach alles. Bodan schüttelte verbissen den Kopf.

Aber noch andere Fragen quälten Bodan: Die Berggeister waren Wesen der Dunkelheit. Ihr Element war das dunkle Gebirge Odil. Sie waren sehr mächtige Geister und könnten dem Bündnis der Wesen des hellen Teils von Eldrid gefährlich werden. Bisher hatte sich keiner der Geisterwelten dem Kampf gegen die Dunkelheit angeschlossen. Das würde sich ändern, wenn Zamir in den Berggeistern Verbündete im Kampf für die Ausbreitung der Dunkelheit gewinnen würde. Würden sich die Berggeister einmischen und mit Zamir verbünden? Oder waren sie vielmehr verärgert, dass er sie geweckt hatte? Bodan vermochte dies nicht abzuschätzen, und er wusste, dass dies keiner konnte. Auch Zamir nicht.

Und warum waren die Schneegeister so aufgebracht? Schnee lag über der Stadt, die nicht zu ihrem Territorium gehörte. Die

Schneegeister hatten sich stets von Allianzen ferngehalten. Da hielten sie es genauso wie die anderen Geisterwesen. Aber zuweilen ließen sie mit sich reden und sie waren Wesen des Lichts. Das gab Bodan Hoffnung. Vielleicht gab es eine Chance, die Schneegeister für sich zu gewinnen und damit gegen Zamir zu stellen. Eine Allianz mit den Schneegeistern gegen Zamir und die Berggeister, das wäre ein Hoffnungsschimmer.

Plötzlich sah Bodan ganz klar: Es war von höchster Notwendigkeit, so schnell wie möglich die Schneegeister aufzusuchen und mit ihnen in Verhandlung zu treten. Sie mussten überzeugt werden, sich mit ihnen zu verbünden. Nur so hatten sie eine reale Chance gegen Zamir und gegen die Berggeister. Unabhängig davon galt es noch eine Allianz zu verhindern: Die Schneegeister durften sich unter keinen Umständen mit den Berggeistern verbünden. Eine Allianz innerhalb der Geisterwelten hatte es in Eldrid noch nie gegeben und wäre ein unberechenbarer Zustand. Unberechenbarer, als Zamir es jemals sein würde.

Langsam ließ er sich im Schatten der Höhlenwand in das Gewölbe gleiten. Der Gang war dunkel. Das wenige Tageslicht, das der Nebel durchließ, wurde von der Dunkelheit des Gebirges schnell verschluckt. Er ging dem Geräusch nach, das aus dem Inneren des Gebirges kam. Vorsichtig schlich er den Gang entlang, bis er zu einer Höhle kam, von der mehrere Gänge in verschiedene Richtungen abgingen. Bodan kannte sich in dem Gebirgsinneren gut aus, da er sehr gern und oft nach Ilios reiste.

Bodan wählte einen Gang, der in das Innere des Gebirges führte. Dieser Gang führte zudem in die Richtung des Schneegebirges. Die Gänge waren so dunkel, dass Bodan mehrmals stolperte. Seine Augen gewöhnten sich nur langsam an die Dunkelheit. Es war, als hätten die Berggeister die Gewölbe mit so viel Dunkelheit gefüllt, dass kein Licht sie zu durchdringen vermochte. Bodan fluchte vor sich hin. Uri hatte immer Pixi bei sich, während Bodan lieber allein reiste. Aber jetzt wäre er für ein bisschen brummende Gesellschaft dankbar gewesen.

Bodan tastete sich so schnell vorwärts, wie er nur konnte. Das Hämmern wurde immer lauter. Nun konnte Bodan auch Geräusche von Geröllarbeiten ausmachen, bis er einen Gang erreichte, der einem Tunnel glich. Er war sehr steil und führte in das Herz des Gebirges. Kurz vor dem Ende des Tunnels erkannte Bodan einen schwachen Lichtschein. Das Hämmern und Grollen war zu einem ohrenbetäubenden Lärm angeschwollen. Je näher er dem Ende des Ganges kam, desto heller wurde das Licht. Es war kein Tageslicht, aber hell genug, um das Gebirgsinnere zu erleuchten. Bodan trat langsam aus dem Schatten des Ganges in das Gewölbe hinein, das ihm die Sicht auf den Ursprung des Hämmerns und Dröhnens freigab.

Bodan taumelte vor Schreck zurück und presste sich an die Wand. Vor ihm öffnete sich ein tiefer Krater, der sich spiralförmig wie ein Schneckenhaus bis zum Fuß des Gebirgsinneren schlängelte. Auf mehreren Ebenen, die offenbar dafür geschaffen worden waren, schlugen die Städter mit Hämmern, Sicheln und anderen Geräten auf das Gebirge ein. Es gab Wesen, die aufgrund ihrer Fähigkeiten den Fels bearbeiten konnten und dazu kein Werkzeug brauchten. Riesen schafften das Geröll aus dem Weg, wobei sie es wie Schnee zu einem riesigen Ball formten und fortrollten. Hunderte von Feen flogen brummend den Krater hoch und runter und gaben so genug Licht für die Arbeiten. Auf den verschiedenen Ebenen schwebten Berggeister, die dafür sorgten, dass die Städter arbeiteten. Pausen wurden nicht erlaubt. Immer wieder ließen sie ein bedrohliches Grollen von sich hören, das die Städter zum emsigen Weiterarbeiten anhielt. Sie schienen verängstigt und größtenteils völlig erschöpft.

Die Berggeister hatten die Arbeiten sehr effizient aufgeteilt. Sie schienen nur nicht zu berücksichtigen, dass die Städter Zeit zur Regeneration und Schlaf brauchten. Die Berggeister brauchten offenbar keinen Schlaf.

Bodan war entsetzt. Immer wieder entdeckte er ein Wesen, das in Ohnmacht fiel. Der Berggeist, der in der Nähe war, stöhnte vor Unmut auf und trug den Städter fort. Dann brüllte er die anderen an, weiterzumachen. Bodan unterdrückte einen Schrei des Entsetzens, als er sah, dass die Berggeister die ohnmächtigen Wesen auf einen Haufen warfen. Reglose Körper türmten sich aufeinander wie Abfall.

Bodan hatte genug gesehen. Für ihn war die Absicht der Berggeister klar zu erkennen. Mit Hilfe der Städter bauten sie das Gebirge unterirdisch weiter aus und erweiterten so ihr Territorium. Vielleicht hatten sie sogar vor, ganz Eldrid unterirdisch auszuhöhlen. Bodan wägte ab: Sollte er den gefährlichen Weg durch das Gebirge wagen und Gefahr laufen, von den Berggeistern gefangen zu werden? Wäre es nicht geschickter, mit einer Delegation von Ratsmitgliedern die Schneegeister aufzusuchen? Aber vielleicht war es dann schon zu spät. Fest stand, dass sie um jeden Preis vor einem Aufeinandertreffen der Berggeister und Schneegeister in Verhandlung mit den Schneegeistern treten mussten. Der Rat musste so schnell wie möglich die Schneegeister überzeugen, sich mit ihm zu verbünden und nicht mit den Berggeistern oder gar mit Zamir.

Bodan trat wieder an den Rand der Schlucht und suchte in den höheren Ebenen, die für ihn am ehesten zu erreichen waren, nach einer Fee oder einem Vogel. Im Inneren des Gebirges war es ihm nicht möglich, mit Uri telepathisch zu kommunizieren. Deshalb benötigte er einen Boten. Irgendetwas, das flog und klein war, so dass es sich leicht den Augen der Berggeister entziehen konnte. Vielleicht hatte er die Möglichkeit, ein kleines fliegendes Wesen zu Uris Höhle zu schicken, das seinen Bericht übermitteln konnte, und er würde versuchen, durch das Gebirge zum Schneegebirge zu gelangen. Dann könnten sie sich im Schneegebirge treffen und mit den Schneegeistern in Verhandlung treten. Bodan war bereit, sich von den Schneegeistern gefangen nehmen zu lassen, bis sie zu einer Verhandlung bereit wären.

Siebenundzwanzigstes Kapitel

Der Sumpf

Irgendwann gab Uri die Suche nach Pixi auf. Sorgenfalten standen auf seiner zerfurchten Stirn.

»Wir müssen weiter, Ludmilla«, sagte er entschlossen. Seine Beine schmerzten ihn, ebenso der Rest seines Körpers. Dennoch streckte er seinen Rücken durch und sah ihr fest in die Augen. Er wollte nicht noch mehr Schwäche zeigen. Es reichte schon, dass sie etwas Unmögliches getan hatte. Etwas, das es in Eldrid noch nie gegeben hatte.

»Aber was ist mit Pixi?«, fragte sie überrascht.

Uri schüttelte den Kopf. »Ich weiß nicht, wo sie ist. Sie war nicht damit einverstanden, dass ich dir diese Macht verliehen habe. Das ist aber noch kein Grund, einfach so zu verschwinden.« Er hielt kurz inne und blickte nachdenklich zurück zum Schneegebirge. »Aber sie kann sehr gut auf sich selbst aufpassen und die Zeit drängt. Wir müssen uns auf den Weg machen. Pixi wird schon wieder auftauchen.«

Er versuchte unbekümmert zu wirken, aber Ludmilla glaubte ihm nicht. »Ist das denn ihre Art?«, beharrte sie.

»Wie meinst du das?«

»Na, verschwindet sie öfter einfach so?«, wollte Ludmilla wissen.

Uri stutzte, bevor er gereizt antwortete: »Nein, das ist nicht ihre Art und, um genau zu sein, das hat sie noch nie gemacht. Selbst wenn wir uns nicht einig sind, sie verschwindet nicht einfach sang- und klanglos.« Mit diesen Worten wandte er sich ab und begann den Hügel weiter hinunterzulaufen.

Ludmilla zögerte noch einen Augenblick und sah sich lange um. Aber sie konnte nichts entdecken, was ihr Gefühl bestätigte. Und dennoch, irgendetwas stimmt nicht. Irgendetwas fühlte sich nicht richtig an. Aber sie konnte nicht erklären, was.

Schließlich, als Uri nur noch ein kleiner Strich vor ihr war, rannte sie los. Sie lachte vor Freude auf, als sie ihre Beine kaum mehr erkennen konnte, so schnell rannte sie. Bald hatte sie Uri überholt, so dass sie ihr Tempo verringerte und die sich immer mehr verändernde Landschaft betrachtete. Und plötzlich sah sie klar: Mit dieser Macht fühlte sie sich unbesiegbar und stark, so stark, dass sie sich dieser Aufgabe stellen wollte. Sie würde sich Godal stellen und versuchen, ihn in ihre Welt mitzunehmen. Auch wenn sie Uri immer noch nicht ganz durchschaute, vertraute sie ihm. Und außer Uri würden noch andere Wesen sie begleiten. Sicherlich Bodan und auch Lando. Vielleicht kam er auch mit. Das würde ihr gefallen. Ihre Wangen fingen an zu glühen, als sie an ihn dachte. Das war ein Abenteuer, das sie sich nicht entgehen lassen würde. Übermütig fing sie an zu lachen und achtete dadurch nicht auf den Weg.

Als sie Uris warnendes Rufen hörte, war es schon zu spät. Sie stand mitten in einem von Morast bedeckten Sumpf. Darin lebten Laubfrösche. Zumindest sahen sie so aus. Wären da nicht ihre lila Zungen gewesen, und statt zu quaken zwitscherten sie wie Vögel. Auf ihrem Rücken hatten sie lila Verzierungen, die Ludmilla an die Verzierungen auf dem Spiegel erinnerten. Und bevor sie merkte, was geschah, sank sie ein. Sie wollte Uri um Hilfe rufen, doch ihre Stimme war wie blockiert. Und als sie sich gegen das Einsinken wehren wollte, merkte sie, dass sie sich nicht mehr rühren konnte. Alles an ihr war gelähmt. Sie sank immer weiter in den Sumpf ein. Uri rief ihr etwas zu, aber der Gesang der Frösche übertönte seine Stimme. Ludmillas Herz begann zu rasen. Panik überkam sie. Diese Panik mobilisierte ihre neue Macht, und mit einem Mal konnte sie wieder ihre Arme bewegen und schlug um sich.

Urplötzlich wurde es still und die Frösche fixierten sie mit ihren riesigen glupschigen, lilafarbenen Augen an. Ludmilla bemerkte es zwar, ließ sich aber nicht beirren und versuchte sich auszugraben.

Uri hatte in der Zwischenzeit einen Stein gefunden, auf den er sich stellte, damit er nicht auch noch einsank, und hielt ihr einen Stock hin, an dem er sie aus dem Sumpf herauszog. Die Frösche wichen zurück und starrten die beiden stumm an. Uri zog Ludmilla zurück auf den Weg. Er schnaufte laut vor Anstrengung und rückte seine Brille zurecht, als sich Ludmilla aufrappelte.

»Was war denn das?«, stieß Ludmilla geschockt hervor.

Uri lachte müde. »Das sind magische Frösche, die lähmendes Gift in ihr Sumpfwasser versprühen. Normalerweise hättest du dich nicht bewegen können. Auch nicht mit deiner Macht.« Er sah sie prüfend an. »Was ist da passiert, Ludmilla?«

Sie zuckte unbekümmert mit den Schultern. »Ich habe keine Ahnung. Ich habe Panik bekommen und habe mich auf meine Macht konzentriert, und dann konnte ich mich plötzlich bewegen«, versuchte sie zu erklären.

»Das ist undenkbar!«, rief Uri aus. »Das Gift wirkt bei jedem Wesen von Eldrid und auch bei Menschen. Egal ob mit Mächten oder ohne. Die Mächte werden genauso gelähmt wie der Rest des Körpers. Wie kam es, dass du dich so schnell wieder bewegen konntest?«

»Das sagte ich doch bereits«, entgegnete Ludmilla gereizt. »Ich habe mich auf meine neue Fähigkeit konzentriert und plötzlich war ich nicht mehr gelähmt.«

Uri hob die Augenbrauen, als wäre diese Erklärung ihm nicht genug.

»Was wäre denn am Ende passiert? Hätten sie mich ertränkt und dann gefressen?«, fragte Ludmilla trocken.

Uri schüttelte den Kopf. »Das ist eine Art von Fröschen. Sie fressen keine Wesen oder Menschen. Sie wollen nur verhindern, dass jemand durch ihre Behausungen trampelt. Deshalb gibt es diese

Sümpfe. Das Gift wirkt nicht lang und der Sumpf ist nicht tief. Du wärst nicht ertrunken. Irgendwann wärst du auf den Grund gekommen, das Gift hätte aufgehört zu wirken, und dann hättest du dich ganz langsam selbst befreien können. Aber das dauert normalerweise Stunden.«

Uri seufzte ungläubig. Schließlich hob er nur resignierend die Schultern. »Wenigstens haben wir Zeit gespart. Aber eigenartig ist das schon, dass das Gift bei dir nur so kurz gewirkt hat.«

Achtundzwanzigstes Kapitel

Der Rat

Der Wald verschluckte schon die letzten Sonnenstrahlen, als Ludmilla und Uri endlich an seiner Höhle ankamen. Trotz des Getöses des Wasserfalls konnten sie schon vor der Höhle laute Stimmen vernehmen, die aufgeregt durcheinanderredeten. In Uris Höhle hatten sich viele verschiedene Wesen versammelt. Feen brummten durch die Luft, zwei Riesen standen in gebückter Haltung in der Mitte der Höhle, die Gaukler und Feuerspucker, die Ludmilla bereits in Fluar gesehen hatte, waren ebenfalls zugegen. Eine Gruppe Elfen, vermutete Ludmilla, stand am Rand der Höhle. Sie hatten große spitze Ohren und waren in grüne Gewänder gehüllt. Ihre Haut schimmerte in verschiedenen Grüntönen, und als Ludmilla zufällig einen Blick erhaschen konnte, stellte sie fest, dass auch ihre Augen so grün wie Moos waren.

Vorsichtig bahnte sie sich einen Weg durch die Menge. Sie schob sich an Arden und Kelby vorbei, die ihr ein gequältes Lächeln zuwarfen. Suchend sah sie sich um, ob sie Bodan entdecken konnte. Aber stattdessen entdeckte sie eine Frau, die ihrer Großmutter sehr ähnlich sah. Ludmilla erstarrte. War das vielleicht Minas Schwester? Konnte das sein? Mina hatte gesagt, dass sie nie zurückgekehrt war. Also musste sie hier in Eldrid sein. Aber war sie es wirklich?

Ada drehte sich Ludmilla zu und lächelte herzlich. Sie ging auf Ludmilla zu und breitete ihre Arme aus. »Ich kann es kaum glauben!«, rief sie voller Freude. »Die Enkeltochter meiner Schwester!«

Ludmilla lächelte unsicher. Die sonst so selbstbewusste Ludmilla wusste nicht, wie sie sich verhalten sollte. Sie wusste, dass Mina ihre Schwester ihr Leben lang schmerzlich vermisst hatte. Und nun stand sie vor ihr. Sollte sie sich freuen? Wieso war sie nicht in ihrer Welt geblieben? Warum hatte sie das ihrer Schwester angetan, die ihren Schatten verloren hatte? Eine gewisse Mitschuld hatte sie daran sicherlich auch. Ludmillas Augen verengten sich, als ihr diese Gedanken durch den Kopf schossen. Aber Ada ignorierte Ludmillas Gesichtsausdruck und schloss sie herzlich in die Arme.

Sekunden später ließ sie sie auch schon wieder los. »Entschuldige bitte! Ich weiß gar nicht, ob ich das darf. Darf ich dich umarmen?«

»Na ja, jetzt hast du es ja schon getan«, murmelte sie nur.

Ada lächelte breit. »Ich bin Ada. Die Schwester deiner Großmutter, Mina, und du bist Ludmilla. Die großartige Ludmilla!«

Ludmilla runzelte die Stirn. Großartig? Aber Ada ließ sich nicht beirren. Sie zog sie ans Feuer und schubste sie auf einen der Strohballen zu, so dass sich Ludmilla widerwillig daraufffallen ließ.

»Wie geht es dir? Du musst mir alles erzählen. Was hast du erlebt? Wie gefällt dir diese prächtige Welt?«, sprudelte es aus Ada heraus.

Ludmilla zuckte mit den Schultern. »Willst du nicht wissen, wie es deiner Schwester geht?«, fragte sie trocken.

Ada schlug sich die Hand auf den Mund. »Oh, ja, natürlich. Du hast Recht. Ich möchte alles über Mina erfahren. Wie es ihr die letzten fünfzig Jahre ergangen ist. Aber jetzt beginnt gleich die Ratssitzung, und alles dreht sich um deine Aufgabe, Zamir und Godal und um die Berggeister. Aber sag schnell, hast du dich entschieden? Wirst du uns helfen?« Sie redete schneller als ein Wasserfall und Ludmilla sah sie mit leicht geöffnetem Mund an. Sie zögerte.

»Ich habe es Uri noch nicht gesagt«, erwiderte sie langsam.

Ada nickte wissbegierig und sah sie erwartungsvoll an.

»Also gut. Er wird es ja auch bald erfahren. Durch diese Macht, die er mir verliehen hat, fühle ich mich so stark« sagte Ludmilla leise und hielt kurz inne. Als sie Ada anblickte, zuckte sie zusammen.

Ada funkelte sie fassungslos an. Jede Herzlichkeit wich blankem Entsetzen. »Was heißt, du hast eine Macht?«, zischte sie.

Ludmilla hob unschuldig die Schultern. »Ich kann jetzt ganz schnell laufen. Das war auch notwendig im Schneegebirge, sonst hätten die Schneegeister uns gefangen genommen.«

»Die Schneegeister?«, kreischte Ada hysterisch und schlug sich die Hand auf den Mund. Sie atmete schnell und ihre Augen funkelten wie die eines Teenagers. »Ihr seid Schneegeistern begegnet? Konnte Uri sie nicht überzeugen, dass dies eine Ausnahmesituation war?«, flüsterte sie aufgeregt.

Ludmilla wog den Kopf hin und her und presste die Lippen aufeinander. Ada kam ihr vor, als ob sie nie erwachsen geworden wäre.

In diesem Moment bemerkte sie, dass es in der Höhle still geworden war. Alle Augen richteten sich auf Ada und Ludmilla. Wie schon auf dem Marktplatz von Fluar zogen die Wesen einen Kreis um sie und stierten sie an.

Ludmilla richtete sich auf und blickte sich suchend um. »Uri?«, fragte sie leise. Als sie Uri nicht sofort entdecken konnte, sprang sie auf und rief, so laut sie konnte: »Uri!« Sie konnte nicht verhindern, dass sich ihre Stimme überschlug.

Da teilte sich die Masse und Uri kam auf sie zu. Er machte eine beschwichtigende Geste. »Es ist alles in Ordnung«, flüsterte er ihr zu.

Aber noch bevor sie reagieren konnte, brach ein regelrechter Tumult aus. Ludmilla schien es, als würden alle Wesen auf einmal durcheinanderreden. Uri wurde von allen Seiten bedrängt, Hände griffen nach ihm, Wesen schrien ihn an. »Was hast du getan?«, rief es von mehreren Seiten. »Wie konntest du das tun?«, schlossen sich andere Stimmen an. »Warum?«, raunte es von überall. Die

Fragen füllten die Höhle bis unter die Ecke und schwollen zu einer unerträglichen Lautstärke an.

Uri und Ludmilla standen mit Ada eingezwängt in der Mitte eines immer enger werdenden Kreises. Ludmilla wusste nicht, wo sie hinschauen sollte. Sie hatte Beklemmungen, so eng war es, und das Herz schlug ihr bis zum Hals. Sie bekam Panik.

Uri hob die Hände in die Luft. Goldene Funken sprangen in alle Richtungen und die Wesen wichen zurück. Ludmilla keuchte und zuckte zusammen, als Uri »Ruhe!« donnerte. Dieser Befehl hallte von den Höhlenwänden wider wie ein Bumerang und es wurde schlagartig still in der Höhle.

»Ich hatte keine Wahl. Sie wäre von den Schneegeistern gefangen genommen worden. Wir kamen aus dem Schneegebirge nicht raus. Sie hatten uns auf ihre Weise eingesperrt. Nur mit dieser Macht konnten wir überhaupt fliehen. Hätte ich zulassen sollen, dass sie sie gefangen nehmen?«, dröhnte Uri.

Uri blickte herausfordernd in die Runde.

Ludmilla hielt die Luft an. Woher wussten die Wesen, dass sie eine Macht hatte? Hatten alle Ada gehört? Sie sah Ada fragend an, die offenbar ihren Blick richtig deutete und schweigend mit dem Zeigefinger auf Ludmillas Schatten zeigte, der neben ihr durch den Schein des Feuers auf dem Boden lag. Ludmilla drehte sich verständnislos um und starrte ihren Schatten an. Die glühend roten Augen ihres Schattens fixierten sie und schienen sie durchbohren zu wollen. Sie zuckte zurück und ihr entfuhr ein stummer Schrei, da Ada ihr die Hand auf den Mund gedrückt hatte. Ludmilla sah sie ungläubig an und Ada nickte langsam.

»Darauf achten die Wesen bei einem Menschen immer als Erstes. Daran können sie sehen, ob der Mensch eine Macht hat oder nicht«, flüsterte sie hinter vorgehaltener Hand.

»Es musste sein! Wenn wir unseren Plan durchführen wollen, brauchen wir Ludmilla dafür. Ich konnte nicht zulassen, dass sie von den Schneegeistern gefangen genommen wird.« Uri machte eine eindrucksvolle Pause. »Und hat sich denn auch schon herumgesprochen, warum wir überhaupt das Schneegebirge durchqueren mussten?«, dröhnte er herausfordernd.

Einige Wesen murrten leise, aber keines wagte, das Wort direkt an Uri zu richten. Selbst Kelby und Arden hielten sich zurück.

»Es ist derselbe Grund, warum wir eine Ratsversammlung abhalten müssen«, donnerte er weiter. In der Höhle war es inzwischen still geworden.

»Zamir hat die Berggeister geweckt!«, flüsterte er eindrucksvoll. Seine Worte hallten in der Höhle wider, so dass sie sich tausendfach wiederholten.

»*Zamir, Zamir, Zamir, die Berggeister, die Berggeister, die Berggeister, geweckt, geweckt, geweckt.*«

Ein Raunen erhob sich in der Höhle. Uri übertönte es: »Wer außer Zamir sollte es wagen und wäre dumm genug, die Berggeister zu wecken? Wir müssen beraten, wie wir weiter vorgehen. Eine Delegation von Ratsmitgliedern muss versuchen, ein Abkommen mit den Berggeistern auszuhandeln. Wir müssen schnell handeln und noch schneller entscheiden. Können wir deshalb jetzt bitte mit der Versammlung beginnen?«

Wieder war es still geworden. Stumm starrten die Wesen ihn an.

»Wo ist Pixi?«, fragte da plötzlich eine weibliche Stimme in die angespannte Stille hinein, die sich für Ludmilla wie Amiras Stimme anhörte.

Suchend sah sich Ludmilla um. Die Höhle war so vollgestopft mit Wesen, so dass sie weder Amira noch Pixi entdecken konnte.

Uri schüttelte nur leicht den Kopf. »Ich weiß es nicht.« Besorgnis schwang in seiner Stimme mit. »Sie ist plötzlich verschwunden. Sie war damit nicht einverstanden, dass ich Ludmilla eine Macht verliehen habe, und wir haben uns deshalb gestritten. Ich dachte, sie wäre hier.«

Ein Raunen erhob sich in der Höhle.

»Sie taucht schon wieder auf. Feen können manchmal etwas störrisch sein«, versuchte er zu scherzen. »Sie kann gut auf sich aufpassen. Der Rat sollte nun tagen. Aus Ilios brauchen wir niemanden zu erwarten. Der Weg durch das Gebirge Odil ist durch die Berggeister abgeschnitten.«

Das Gebrumme und Gemurmel der Wesen wurde immer lauter. Uri aber wurde ungeduldig. »Ruhe!«, donnerte er erneut.

Einige Wesen zuckten regelrecht zusammen und starrten Uri an.

Seine Stimme dröhnte durch die gesamte Höhle: »So kommen wir nicht weiter!« Er blickte sich suchend um. »Bodan, dein Bericht bitte!«, rief er in die Menge.

Keiner rührte sich. Nur Ada rutschte unruhig auf ihrem Strohballen hin und her.

»Bodan!«, forderte Uri erneut, bevor sich Ada ruckartig erhob. Alle Augen waren auf sie gerichtet, während sie Uri ein unsicheres Lächeln zuwarf.

»Bodan ist nicht hier, Uri.« Bevor Uri etwas erwidern konnte, fuhr sie fort: »Er ist in Fluar geblieben, um nach den Bewohnern zu suchen.«

Ein Raunen erhob sich unter den Wesen, aber Uri brummte nur kurz und es wurde wieder still.

»Was soll das heißen? Berichte bitte, Ada!«, forderte er sie befehlend auf.

Ada nickte unterwürfig. »Ich habe Bodan nach Fluar begleitet und dort haben wir festgestellt, dass die Bewohner von Fluar verschwunden sind«, erklärte Ada sachlich. »Über der Stadt hängen Schnee- und Nebelwolken und die Berggeister haben ihr Gebirge verlassen. Bodan und ich haben die ganze Stadt durchkämmt und keinen einzigen Bewohner angetroffen, noch nicht einmal eine Maus oder einen Vogel. Die Stadt ist wie leergefegt. Und beinahe hätte ein Berggeist uns entdeckt.«

»Du hast einen Berggeist gesehen?«, rief ein Wesen entsetzt aus.

»Nur einen Teil von ihm. Aber es war definitiv kein Schneegeist. Und auch sonst kein Wesen, das ich kenne. Es war größtenteils aus Stein oder Gebirgsmasse und riesengroß. Und wenn ich sage riesengroß, dann meine ich größer als jeder Riese, den ich je ge-

sehen habe. Und dieses Exemplar war dazu noch sehr verärgert.«
Ada hielt kurz inne. »Ganz sicher, dass es ein Berggeist war«, flüsterte sie. »Und es kommt noch schlimmer«, fuhr sie fort. »An den Füßen des Berggeistes klebte Schnee. Erst dachten wir, es sei ein Schneegeist, aber dann haben wir sein Auge und einen Teil seiner Hand gesehen.«

Wieder ging ungläubiges Raunen durch die Höhle. Aber Ada fuhr unbeirrt fort: »Bodan hat einen Unsichtbarkeitszauber ausgesprochen, deshalb konnte der Berggeist uns nicht sehen, aber er konnte uns anscheinend wittern.«

»Wittern?«, brach es hysterisch aus Arden heraus.

»Ja. Er hat immer so geschnüffelt, und dann hat er angefangen das Haus zu zerstören, in dessen Eingang wir uns versteckt hatten. Es war unsere Rettung, dass er anscheinend abberufen wurde, denn er ließ plötzlich von uns ab und wir konnten fliehen. Bodan bestand darauf, in der Stadt zu bleiben. Er versucht herauszufinden, was mit den Bewohnern passiert ist. Er versprach mir nachzukommen, sobald er mehr in Erfahrung gebracht hat.«

Uri ergriff wieder das Wort. »Wir sollten die Sitzung nun beginnen. Ada, vielen Dank für deinen Bericht. Das ist«, er rang kurz mit der Fassung, »sehr aufschlussreich.«

Er setzte sich auf einen Strohballen ans Feuer und machte eine herrische Bewegung, wobei sich ein goldener Sprühregen auf dem Höhlenboden ergoss. »Hinsetzen! Wir fangen an!«

Etwas unwillig setzte sich ein Wesen nach dem anderen dazu. Ludmilla beobachtete die Wesen bewundernd. Es waren so viele verschiedene Arten. Nicht nur Riesen, Elfen, Zwerge und Hexen. Wesen, von denen Ludmilla annahm, dass es Kobolde waren, da sie zwar ähnlich wie Zwerge aussahen, aber kein Werkzeug bei sich trugen. Sie meinte eine Gruppe von Formwandlern zu erkennen, denn sie sahen Lando mit ihren hochgewachsenen Körpern und der blaulila schimmernden, fast durchsichtigen Haut sehr ähnlich.

Noch während sich die Wesen beruhigten und um das Feuer

sammelten, drangen Stimmen aus dem hinteren Teil der Höhle zu ihnen. Uri fuhr ärgerlich herum. »Eneas! Dein Gefolge und du, ihr müsst euch sichtbar machen, so können wir nicht mit euch diskutieren.«

Sofort erschienen drei fast durchsichtige Wesen. Sie waren ähnlich groß wie Riesen, hatten aber sehr schmale und in die Länge gezogene Körper. Fast so schmal wie ein Surfboard.

Bei ihrem Anblick musste Ludmilla kichern. Uris ermahnender Blick ließ sie verstummen.

»Die Unsichtbaren sind sehr empfindlich. Reiß dich bitte zusammen, Ludmilla!«, raunte ihr Ada zu.

Die Wesen hatten eine menschliche Statur und dennoch konnte Ludmilla fast hindurchsehen. So als wären sie nicht wirklich da. Eneas und die anderen beiden Unsichtbaren setzten sich neben die Riesen und murrten leise.

Der Rat begann zu tagen. Die Angst vor Zamir war deutlich zu spüren. Die Wesen konnten sich nicht erklären, wie Zamir so mächtig werden konnte, dass er die Berggeister wecken konnte. Aus dem Ort seiner Verbannung heraus. Zamir hatte das Unmögliche geschafft. Etwas, wozu keines der Wesen fähig war. Aber noch etwas beunruhigte die Ratsmitglieder zutiefst: Zamir hatte gegen das jahrhundertealte Abkommen verstoßen, das der Rat mit den Berggeistern geschlossen hatte, die Berggeister ruhen zu lassen. Die Konsequenzen dieses Verstoßes waren niemandem bekannt. Auch vermochte keiner eine Vermutung auszusprechen, was mit den Bewohnern von Fluar passiert war. Und schließlich war da noch der abgeschnittene Weg in den geliebten Teil von Eldrid: Ilios. Keines der Ratsmitglieder konnte sich vorstellen, nicht mehr in den sphärischen Teil von Eldrid zu reisen.

Innerhalb kürzester Zeit herrschte wieder ein heilloses Durcheinander. Eneas war aufgestanden und diskutierte lauthals mit einem Formwandler, indem er sich weit über ihn beugte. Dieser nahm die Gestalt eines Riesen an, um mit Eneas auf Augenhöhe zu sein.

Uri hatte alle Mühe, die Wesen zur Vernunft zu bringen. »So kommen wir nicht weiter!«, dröhnte er immer wieder. Uri atmete schwer auf. »Was ist mit Zamir? Wir müssen uns über ihn Gedanken machen. Seine Verbannung hat ihn nicht genug geschwächt. Es bleibt abzuwarten, was passiert, wenn er Godal nicht mehr an seiner Seite hat.«

Bei dem Namen des mächtigen Schattens zuckten fast alle Wesen zusammen.

»Ihr fürchtet euch vor Godal!«, rief Uri aus. »Das macht ihn nur noch stärker. Er kann eure Angst spüren. Er wird sie für sich verwenden! Oder er wird Zamir dazu bringen, sie für sich zu verwenden. Wir dürfen keine Angst vor ihm haben.« Er machte eine kurze Pause. »Weder vor Godal noch vor Zamir. Wir müssen Godal loswerden. Nur dann haben wir eine Chance, Zamirs Macht zu brechen.«

»Und wie willst du seine Macht brechen?«, fragte Amira leise.

Ludmilla blickte sie verwundert an. Sie hatte sie bisher nicht wahrgenommen, obwohl sie ihr direkt gegenüber am Feuer saß.

»Indem wir seine Verbannung verstärken«, erwiderte Uri bestimmt. »Wir hatten einen Plan. Lasst uns diesen Plan umsetzen.«

Uri sah auffordernd in die Runde. Die Ratsmitglieder starrten ihn an. »Wollen wir uns kampflos ergeben? Ist es das, was ihr wollt?« Ein Murren und Raunen erhob sich. »Dunkelheit über unserer Welt? Schatten, die alle Zamir gehorchen und unsere Welt verdunkeln? Schattenlose Wesen, die sich selbst in die Dunkelheit verbannen? Sieht so Eldrid aus? Wollen wir das zulassen?«

Uri lief aufgeregt im Kreis. Amira stand herausfordernd in der Mitte am Feuer und drehte sich ihm zu, wo immer er stehen blieb. »Wo bleibt euer Kampfgeist? Lasst uns den ursprünglichen Plan nun endlich umsetzen. Ludmilla ist hier.« Er deutete mit beiden ausgebreiteten Händen auf Ludmilla. Goldene Funken sprühten aus seinen Fingerspitzen. Alle Augen wandten sich ihr zu, als Uri fortfuhr: »Soll sie Godal ihrer Großmutter zurückbringen.

Er wird sie für seine Herrin halten und sie wird ihn zurückschicken.« Uri verstummte.

Amira wog den Kopf hin und her. »Bist du dir da sicher? Wird das wirklich funktionieren? Wenn wir Ludmilla in Godals Nähe bringen, bringen wir sie in Gefahr. Sie hat jetzt eine Macht und kann ihren Schatten verlieren. Du weißt selbst, wie mächtig menschliche Schatten sind. Wenn Godal Ludmilla ihren Schatten nimmt und ihn Zamir bringt, könnte das Zamir so stark machen, dass er deinen Zauber doch brechen könnte. Wer weiß? Vielleicht ist es das, was ihm noch fehlt?!« Amira sah Uri forschend an.

Uris Gesicht blieb undurchdringlich.

»Oder noch schlimmer«, fuhr Amira leise fort. »Zamir holt sich Ludmillas Schatten, bevor ihr überhaupt in Godals Nähe gekommen seid. Ludmillas Schatten wird Zamir stärken, das ist sicher. Er ist jetzt schon so mächtig, dass er die Berggeister wecken konnte. Wir wissen nicht, wozu er sonst noch fähig ist. Können wir es riskieren, dass er noch mehr an Macht gewinnt? Ich sage: Nein! Wir müssen Ludmilla zurückschicken und uns einen anderen Weg ausdenken, wie wir Zamir schwächen und Godal außer Gefecht setzen können.«

Uri funkelte sie an. Das hatten Hexen in Eldrid so an sich. Sie waren unbequem, da sie sich nicht scheuten, ihre Meinung zu sagen. Und in Amiras Fall war es noch schlimmer: Sie hatte Recht. Ludmilla und vor allem ihr Schatten stellten eine Gefahr für Eldrid da. Ihr Schatten und ihre Fähigkeiten waren besonders. Doch diese Kenntnis teilte er nicht mit dem Rat. Er musste sich selbst erst Klarheit darüber verschaffen und den Rat wollte er nicht mehr als nötig beunruhigen.

»Ich bin nicht deiner Meinung, Amira«, konterte er mit viel Bedacht. »Wir haben mit Ludmilla eine Chance. Es ist eine einmalige Chance, denn schicken wir sie erst mal zurück in ihre Welt, können wir davon ausgehen, dass sie nicht wiederkommt. Mina wird es nicht erlauben. Wir sollten das Risiko auf uns nehmen. Mächtige Wesen werden Ludmilla bei ihrer Mission begleiten. Ein

Magier wird dafür sorgen, dass sie ihren Schatten nicht verliert, zumindest nicht an Zamir oder Godal. Der Plan ist durchdacht und er ist gut. Wir haben die Möglichkeit, uns Godals zu entledigen. Das Risiko sollten wir eingehen. Und wenn doch etwas schiefgeht, dann schicke ich Ludmilla zurück. Wir werden sie nicht gefährden und dafür sorgen, dass sie ihren Schatten nicht verliert.«

»Ist das die Lösung?«, schrie Eneas aufgebracht. »Wir gehen ein so hohes Risiko ein, und wenn es schiefgeht, schickst du Ludmilla zurück? Das wird dich so schwächen, dass Zamir deinen Verbannungszauber brechen kann!« Er schnaufte schwer und glitzernde Funken sprühten von seinem Körper. »Schaut sie euch doch an. Sieht das denn keiner? Ludmillas Schatten ist mächtiger als andere menschliche Schatten. Wie er dasitzt. Wahrscheinlich trägt sie etwas in sich, das sie von ihrer Großmutter hat. Sie ist eine Scathan! Ein direkter Abkömmling der mächtigen Scathan-Schwester. Sie kann unser Gewinn, aber auch unser Untergang sein. Ist das die Lösung?«

»Beruhige dich, Eneas. Ich verstehe, was du sagen möchtest. Aber das wissen wir nicht.« Uri hob beschwichtigend die Hände.

Eneas Ausbrüche waren eindrucksvoll und verunsicherten die anderen Ratsmitglieder, die ohnehin schon zweifelten.

»Soll das heißen, dass wir sie lieber nach Hause schicken und es gar nicht erst versuchen?«, rief Uri erzürnt aus. »Ludmilla ist unsere einzige Chance, Godal aus dieser Welt zu schaffen und Zamir zu schwächen. Ohne Godal werden wir ihn«, Uri zögerte einen Augenblick, »vernichten können!«

Ruckartig drehte Amira den Kopf zu ihm. »Jetzt sprichst du schon von Vernichtung!«, rief sie erzürnt. »Das ist entgegen unserer Regeln. Kein Wesen wird vernichtet. Die höchste Bestrafung ist die Verbannung!«

»Und die hat bei Zamir nicht funktioniert«, unterbrach sie nun einer der Elfen. Er erhob seine Stimme nicht. Dennoch war sie deutlich hörbar. Er sprach sehr bedacht und seine Worte hörten sich fast wie eine Melodie an. »Wir haben keine andere Wahl, Amira.«

Uri nickte zustimmend. »Wenn wir ihn entmachten und sterblich machen, dann ist das keine Vernichtung, weil wir ihn nicht töten.«

»Aber es ist eine Vernichtung seiner Art«, unterbrach ihn Amira erneut. »Ein Spiegelwächter ohne Macht, der sterblich ist, ist kein Spiegelwächter mehr. Das *ist* die Vernichtung eines Spiegelwächters. Und das ist es, was ihr beschließen wollt!«

»Hast du denn einen besseren Vorschlag?«, fragte der Elf, der sich durch nichts aus der Fassung bringen ließ. »Wir haben Zamir verbannt und er ist mächtiger geworden. Er beherrscht den dunklen Teil unserer Welt und das aus der Verbannung heraus. Der dunkle Teil hat sich schon erheblich ausgebreitet. Er bringt die Dunkelheit über unsere Welt und er hat die Berggeister geweckt. Wer weiß, was er noch alles im Schilde führt. Er ist eine Bedrohung für uns alle. Das siehst du doch auch so, oder?«

Amira murmelte etwas Unverständliches vor sich hin. Noch nie, seit dem Bestehen von Eldrid, hatten sich die Ratsmitglieder mit einer solchen Bedrohung auseinandersetzen müssen. Zamirs Hass und Machtgier waren unerklärlich für diese Welt, da die Wesen von Eldrid solche Eigenschaften nicht in sich trugen. Sie waren friedfertig und respektierten einander, auch wenn sie sehr unterschiedlich waren. Sie kamen nicht auf die Idee, sich zu hassen oder gegenseitig zu vernichten.

Der Rat tagte die ganze Nacht. Die Wesen spalteten sich in zwei Lager. Die Elfen, Formwandler, Unsichtbaren und Riesen stimmten Uri zu. Die Hexen, Feen, Kobolde, Gaukler und Feuerspucker waren von Amiras Argumenten überzeugt. Jedoch fehlte ein Gegenvorschlag, Zamir unschädlich zu machen. Als sich die Nacht dem Ende zuneigte und die ersten Sonnenstrahlen den Tag ankündigten, drängte Uri auf eine Entscheidung und eine Abstimmung.

Zunächst wurde einstimmig beschlossen, dass eine Delegation von Ratsmitgliedern nach Fluar geschickt wurde, um mit den

Berggeistern über ein Abkommen zu verhandeln. Eine weitere Delegation würde gesondert dazu die Schneegeister aufsuchen.

Dann stand Ludmillas Aufgabe zur Wahl. Das Ergebnis fiel knapp aus, aber die Mehrheit sprach sich für die Aufgabe aus. Sie sollte versuchen, Godal mit in ihre Welt zu nehmen. Amira und die anderen Hexen hatten sich dagegen ausgesprochen. Nachdem die Entscheidung gefallen war, fügten sie sich der Mehrheit und versprachen, die Mission zu unterstützen. Amira versprach, Ludmilla bei ihrer Mission zu begleiten. Auch für diese Mission galt es eine Delegation von mächtigen Wesen zusammenzustellen. Eneas, der Unsichtbare, erklärte sich dazu bereit. Er schielte Ludmilla dabei neugierig von der Seite an. Ludmilla lächelte ihn etwas unsicher an, aber da hatte er den Kopf schon wieder abgewandt.

Zum Schluss mussten sie über den heikelsten Punkt abstimmen: Sollte Zamir entmachtet werden oder nicht? Amira und die anderen Hexen weigerten sich, an der Abstimmung teilzunehmen. Sie verließen empört die Höhle. Die verbliebenen Wesen stimmten mehrheitlich für eine Entmachtung Zamirs.

Schließlich waren alle Punkte beschlossen und Uri konnte erleichtert und sichtlich erschöpft die Ratssitzung schließen. Er kannte das Risiko dieser Beschlüsse. Aber Ludmilla trug etwas in sich. Auch wenn sie es wahrscheinlich selbst nicht wusste. Sie war mächtig. Und er glaubte an sie. Zufrieden lächelte er sie an. Ludmilla lächelte zurück, dann hob sie ihr Kinn: »Uri, du hast eines nicht bedacht«, sprach sie selbstbewusst, als die letzten Wesen die Höhle verlassen hatten.

Uri runzelte die Stirn. »Was habe ich nicht bedacht?«, fragte er kritisch.

»Ich habe meine Hilfe noch gar nicht zugesagt gehabt, als du sie zur Abstimmung gestellt hast«, stellte sie herausfordernd fest.

Uri grinste sie wie ein kleiner Schuljunge an. »Oh, Ludmilla«, seufzte er. »Dann hättest du dich schon geäußert, so gut kenne ich dich inzwischen.« Er lachte matt, legte sich auf einen der Strohballen und schloss die Augen.

Neunundzwanzigstes Kapitel

Pixi

Plötzlich fing der Spiegel an zu leuchten. Mina sprang auf und starrte voller Erwartung auf den Spiegel. Das Spiegelbild schrie triumphierend auf und stierte gierig den Spiegel an. Was geschah jetzt? Kam Ludmilla zurück?

Wie von einer Wurfschleuder katapultierte sich Pixi in das Zimmer. Sie fluchte über die missglückte Landung. Ludmillas Spiegelbild stierte sie begeistert an, während sie sich vom Boden aufrappelte und ihre zarten Flügel zurechtstrich.

Pixi warf dem Spiegelbild einen spöttischen Blick zu. »Und du machst uns also auch noch Schwierigkeiten?«, zischte sie das Spiegelbild an, so dass dieses zusammenfuhr. »Weißt du eigentlich, was hier auf dem Spiel steht? Und du willst alles boykottieren? Da hast du dich aber geschnitten!«, dröhnte Pixi in ihrer tiefsten und lautesten Stimme, die sie hervorzubringen vermochte. »Ich werde dich bewachen und dafür sorgen, dass du es Mina nicht unnötig schwer machst, bis Ludmilla zurück ist. Hast du das verstanden?«

Ludmillas Spiegelbild nickte eingeschüchtert und starrte Pixi entgeistert an. So hatte es sich das nicht vorgestellt.

Mina aber lachte triumphierend auf und breitete die Arme aus, als wolle sie Pixi umarmen: »Pixi! Wie lange ist das her? Wie herrlich!«

Auch Pixi quietschte auf und flatterte aufgeregt vor Minas Gesicht auf und ab. »Ach, es ist so schön, dich zu sehen!«, erwiderte sie herzlich.

Das Spiegelbild stand wie angewurzelt in der Mitte des Raumes und wagte nicht, sich zu bewegen.

Pixi betrachtete Mina nachdenklich, während Mina sie in ihrem Redeschwall erstickte: »Wie geht es Ludmilla? Geht es ihr gut? Wann kommt sie zurück? Warum hat Uri sie nicht sofort zurückgeschickt, als sie ihm sagte, dass sie meine Erlaubnis nicht hat? Oder hat sie euch etwa angelogen, was das betrifft? Wie weit seid ihr mit eurem Plan? Ihr könnt ihn doch sicherlich auch ohne Ludmilla durchführen. Ich hielt es von Anfang an für eine Schnapsidee, sie mit reinzuziehen.«

Als Mina kurz Atem holte, hob Pixi die Hände und sah ihr tief in die Augen: »Moment, Moment, Mina! Erst einmal möchte ich wissen, warum du mich gerufen hast. Du musst dich in einer ziemlich aussichtslosen Lage befinden, sonst hättest du mich nicht gerufen. An Uri wolltest du dich offenbar nicht wenden?!«, stellte Pixi fest und blickte sie schief an.

Mina schüttelte den Kopf und lächelte. »Ich war mir zwar nicht sicher, ob der Ruf tatsächlich dich erreichen würde, aber dich wollte ich rufen und nicht Uri, das ist richtig.« Sie wog ihren Kopf traurig hin und her. »Was soll ich auch mit Uri reden? Er hat meine Entscheidung nicht respektiert. Gegen meinen ausdrücklichen Wunsch ist Ludmilla nun in Eldrid und soll irgendeine Aufgabe erfüllen«, fing sie wieder an zu zetern.

Mina hob die Hand. »Also gut, ich vergesse das für einen Moment. Auch wenn mir das sehr schwerfällt«, eiferte sie sich. Sie atmete tief durch. »Ich brauche hier dringend Hilfe und wusste einfach keinen Ausweg.« Mina sah Pixi verzweifelt an. »Ludmillas Eltern kommen in zwei Stunden zu Besuch und wollen sie sehen. Und dieses Spiegelbild«, Mina zeigte mit dem ausgestreckten knochigen Zeigefinger auf Ludmillas Spiegelbild, »ist ein besonders garstiges Exemplar. Es will eine Gegenleistung, wenn es bei dem Theater für die Eltern mitspielt.«

Pixi entfuhr ein empörter Aufschrei: »Das ist ja wohl eine Unverschämtheit! Und was hat sich dieses Ding vorgestellt?«

Ludmillas Spiegelbild fand seine Sprache wieder und trat auf Pixi zu. »Ich will auch durch diesen Spiegel reisen«, forderte es forsch.

Pixi lachte laut und höhnisch auf. »Ach wirklich, möchtest du das?« Sie fixierte das Spiegelbild und schüttelte missbilligend den Kopf. Sie flog vor das Gesicht des Spiegelbilds, stemmte ihre Hände in die Hüften und polterte los: »Was denkst du dir eigentlich? Eldrid ist dabei, von der Dunkelheit aufgefressen zu werden. Und Ludmilla versucht, dies zu verhindern. Und du hast nichts Besseres zu tun, als dich auch noch querzustellen?«

Dann wandte sie sich ab und flog wieder zu Mina. »Aber was soll man auch von Spiegelbildern erwarten? Sie sind der temporäre Ersatz für die Menschen, die nach Eldrid reisen. Vernunft und Kooperation sind euch vollkommen fremd!«, schimpfte sie weiter.

Das Spiegelbild sah Pixi verdutzt an. Es hob an, sich zu rechtfertigen, aber Pixi machte eine Handbewegung, die das Spiegelbild verstummen ließ.

»Wie ist der Plan?«, fragte sie Mina stattdessen.

Nun war es Mina, die innehielt und Pixi mit ihren lebhaften grauen Augen fixierte. »Darf ich zunächst einmal kurz erfahren, wie es meiner Enkeltochter geht?«, fragte sie streng.

Pixis Gesicht erhellte sich sofort und sie fing an zu kichern. »Oh, sie ist so schön und so frech. Und sie ist mutig und stark. Du kannst sehr stolz auf sie sein.«

Pixi kicherte noch einen Augenblick weiter, bis das Lachen ihr fast im Hals stecken blieb. Ihr Gesicht verdunkelte sich schlagartig. Sie flog ganz nah an Minas Ohr heran.

»Es geht ihr gut, aber wir haben große Probleme. Es ist alles viel ernster, als wir gedacht haben. Zamir ist so mächtig geworden. Er hat die Berggeister geweckt«, flüsterte Pixi aufgeregt.

Mina starrte sie entgeistert an. »Die Berggeister?«, stammelte sie.

Pixi nickte heftig. »Wir müssen viel mehr bedenken, als wir

dachten. Der Rat tagt gerade und deshalb müssen wir uns hier beeilen, weil ich eigentlich gar keine Zeit habe, und Uri weiß auch nicht, dass ich hier bin.«

»Du bist einfach verschwunden?«, unterbrach sie Mina.

Pixi blickte Mina mit ihren großen grünen Augen traurig an.

»Warum hast du nicht Bescheid gegeben? Sie werden sich Sorgen machen und nach dir suchen«, meinte Mina bestimmt.

Pixi hob hilflos die Schultern. »Ich habe mich mit Uri gestritten, weil er Ludmilla eine Macht verliehen hat, und ich war so wütend auf ihn, dass mir dein Ruf gerade recht kam. Er kommt ohne mich offenbar auch wunderbar zurecht und schätzt meine Meinung nicht mehr so, wie er es früher getan hat«, stellte sie trotzig fest.

Aus Minas Gesicht war schlagartig jegliche Farbe gewichen. »Er hat *was*?«, flüsterte sie mit belegter Stimme.

»Ganz genau, er hat ihr eine Macht verliehen. Das ist Wahnsinn!«, meckerte Pixi los.

Aber Mina hob die Hand und Pixi verstummte. »Wieso hat er das getan?«, presste sie schwer atmend hervor.

Pixi sah sie mit traurigen Augen an. »Erst waren wir im Gebirge, um uns vor Zamirs Spähern zu verstecken. Unglücklicherweise sind die Berggeister genau zu diesem Zeitpunkt erwacht und haben uns verfolgt, so dass wir den Ausgang zum Schneegebirge nehmen mussten. Im Schneegebirge wollte ein Schneegeist Ludmilla festsetzen, da sie ein Eindringling war und gegen das Abkommen verstoßen hatte. Uri konnte den Schneegeist überreden, uns passieren zu lassen, bis die Schneegeister eine Entscheidung getroffen hätten. Aber wir kamen sehr langsam voran, Ludmilla war unter dem Einfluss der Schneegeister sehr geschwächt und Uri hatte Angst, dass die Schneegeister sie gefangen nehmen würden. Also hat Uri ihr eine Macht verliehen, die Macht der schnellen Bewegung«, flüsterte sie Mina ins Ohr.

Mina zuckte zurück und sah Pixi entsetzt an. »Wie konnte er das tun?«, murmelte sie heiser, als hätte sie den Rest der Geschichte nicht gehört.

»Ich war dagegen. Strikt dagegen«, ereiferte sich Pixi. »Aber er wollte nicht auf mich hören!«

Für einen Moment schwiegen sie sich an. Mina zitterte und jegliche Farbe war aus ihrem Gesicht gewichen. »Das ist viel zu gefährlich. Ludmilla hat jetzt eine Macht. Ihr Schatten ist nun erwacht und wird für Zamir interessant.« Sie ballte ihre Hände zu Fäusten und funkelte Pixi an. »Hat er das nicht bedacht?«

Pixi sah sie nur mit großen hilflosen Augen an und hob die Schultern. Ihre Loyalität zu Uri ließ sie schweigen.

Mina durchbohrte Pixi mit ihrem Blick. Doch dann besann sie sich. Ihr Körper straffte sich. »Nun, unabhängig von den Vorkommnissen in Eldrid haben wir auch hier ein Problem und ich benötige Hilfe. Ludmillas Spiegelbild muss in Schach gehalten werden und muss Ludmillas Eltern die Tochter vorspielen. Kannst du mir dabei helfen, das Spiegelbild dazu zu bringen?«

Pixi war erleichtert darüber, dass sie das Thema gewechselt hatten. »Deshalb bin ich hier. Um dir zu helfen«, erwiderte sie bestimmt. »Es ist genauso wichtig, dass hier die Lage unter Kontrolle bleibt. Einer muss den Spiegel bewachen. Auch von dieser Seite. Und dieses Spiegelbild da«, Pixi machte eine abfällige Kopfbewegung, »darf uns nicht in die Quere kommen. Wir können uns nicht noch mehr Probleme leisten. Wir müssen deinen Plan besprechen. Aber dafür brauchen wir keine zusätzlichen Zuhörer. Lass uns rausgehen!«, beschloss sie.

Das Spiegelbild schoss an Pixi und Mina vorbei und stellte sich vor die Tür. »Ihr geht nirgendwohin!«, schrie es voller Wut.

Pixi lachte belustigt. »Aber natürlich gehen wir!«, dröhnte sie los, so dass sich Mina und das Spiegelbild die Ohren zuhielten. »Und du bleibst hier und wartest brav, bis wir zurück sind. Sonst wirst du mich kennen lernen!«

Das Spiegelbild trat eingeschüchtert von der Tür weg und kauerte sich neben den Spiegel auf den Boden.

Mina öffnete vorsichtig die Tür, ließ erst Pixi hinausfliegen und schlüpfte dann selbst auf den Flur hinaus. Sofort schloss sie die

Tür wieder ab und horchte. Das Spiegelbild gab keinen Laut von sich.

Als Mina den Gang hinuntergehen wollte, hielt Pixi sie am Ärmel fest. »Dafür ist keine Zeit. Wir müssen das jetzt sofort und hier besprechen. Wie sieht dein Plan aus?«

»Ich habe keinen Plan«, erwiderte Mina. »In meiner Verzweiflung habe ich dem Spiegelbild versprochen, dass ich jemanden aus dem Spiegel rufen werde, der es in die Welt hinter dem Spiegel bringen wird, wenn es bei dem Theater für die Eltern mitspielt. Aber wir wissen beide, dass das nicht geht.«

Pixi schüttelte missbilligend den Kopf. »Selbstverständlich geht das nicht. Kein Spiegelbild darf einen Fuß nach Eldrid setzen. Es würde das Gleichgewicht in Eldrid gefährden. In Eldrid gibt es keine Spiegelbilder. Das ist gefährlich für unsere Welt. Und für Ludmilla wäre es ebenfalls eine unberechenbare Gefahr. Da es bisher nie jemand gewagt hat, ein Spiegelbild durch den Spiegel zu schicken, wissen wir nicht genau, was passieren würde. Vielleicht würde der Spiegel dauerhaft beschädigt werden. Vielleicht würde Ludmilla auf ewig in Eldrid bleiben müssen, da in ihrer Welt kein Spiegelbild auf sie wartet, mit dem sie verschmelzen kann.« Pixi redete schnell und hitzig: »Wir können das auf keinen Fall riskieren. Wir werden dem Spiegelbild nicht geben, was es verlangt!«

»Dann sag du mir, was ich tun soll. Ich muss dieses Monster irgendwie in Schach halten, und vergiss die Eltern nicht. Denen müssen wir ein kleines Theater vorspielen«, flehte Mina sie an.

Pixi flog ganz nah an ihr Ohr heran und flüsterte: »Wir müssen uns etwas ausdenken.«

Sie flog eine Weile um Mina herum und schlug so schnell mit den Flügeln, dass sie leise brummten. Mina wartete geduldig.

»Mir fällt schon was ein«, flötete Pixi immer wieder.

»Ich habe keine Ruhe zum Nachdenken«, beschloss sie endlich. »Erst einmal bringen wir das Schauspiel für die Eltern hinter uns und währenddessen fällt mir schon was ein.«

Mina senkte ergeben den Kopf. Sie hatte keine Wahl. Sie hatte

Pixi gerufen. Nun musste sie ihr vertrauen und darauf hoffen, dass ihr etwas einfiel.

Mina und Pixi betraten gemeinsam das Spiegelzimmer. Das Spiegelbild erhob sich unsicher vom Boden und sah die beiden erwartungsvoll an. Eine Spur von Angst lag in seinem Gesichtsausdruck. Pixi flog zu Ludmillas Spiegelbild und flatterte vor dessen Gesicht herum.

»Also gut, du wirst ein wenig Theater spielen und dabei ganz brav sein. Ich werde euch begleiten und mich im Hintergrund halten. Die Eltern brauchen mich nicht zu sehen. Solltest du nicht artig mitspielen, dann verwandle ich dich auf der Stelle in eine Kröte. Also wage es nicht!«, drohte sie ihm.

Ludmillas Spiegelbild starrte Pixi entsetzt an. »In eine Kröte?«, stammelte es.

Pixi fixierte es mit ihren riesigen grünen Augen und setzte einen grimmigen Gesichtsausdruck auf.

Dreissigstes Kapitel

Bodans Durchquerung des Gebirges

Bodan legte sich an den Rand des Kraters und schob sich vorsichtig nach vorn, so dass er auf die spiralförmigen Ebenen hinunterschauen konnte. Es waren unzählig viele Ebenen, die bis zum Fuß des Kraters reichten. In der Nähe des Fußes des Kraters erkannte Bodan eine Handvoll Berggeister, die selbst am Gebirge arbeiteten. Bei dem Anblick erinnerte er sich an eine alte Überlieferung, die besagte, dass es im Inneren des Gebirges, tief unten, einen unterirdischen Fluss gebe, der durch das Gebirge führe. Er sei, so hieß es, eine Verbindung zwischen dem Tal unterhalb von Fluar und der sphärischen Welt. Da dies das Territorium der Berggeister war, hatte bisher kein Wesen von Eldrid gewagt, nach diesem Fluss zu suchen.

Bodan suchte die verschiedenen Arbeitergruppen ab. Irgendwie musste er doch eine Fee erreichen können. Aber die Feen flogen emsig den Krater hoch und runter und waren viel zu sehr damit beschäftigt, den Arbeitern ihr Licht zu spenden, als dass sie sein Rufen wahrnahmen. Bodan hatte gehofft, dass vielleicht die ein oder andere Fee irgendwann erschöpft sein würde und dann seinen Ruf hören würde oder hören wollte. Doch das geschah nicht, sosehr Bodan rief und hoffte. Er wartete lange, bis er schließlich den Gedanken aufgab, eine Fee zu einem Befreiungsflug überreden zu wollen.

Er sah sich weiter suchend um. Wo waren die ganzen Tiere? Er schob sich noch ein wenig weiter an den Rand der Schlucht und konnte auf einer sehr tiefen Ebene viele Tiere erkennen. Vögel und alles, was fliegen konnte, transportierten kleine Steine, während alle Vierbeiner Löcher in die Felsen scharrten. Daneben stand eine Hexe, die die Tiere dazu zwang, indem sie sie mit einem Zauber belegte.

Bodan durchschauderte es. Aber das war seine Chance. Er versuchte, in die Gedanken der Hexe einzudringen, um sie zu erreichen. Es war eine alte Hexe und sie war sehr stark. Fast so stark wie Amira. Bodan war erstaunt. Dennoch gelang es ihm, ihr eine Botschaft zu übermitteln. Er bat sie um einen Vogel. Einen kleinen schnellen Vogel, der seine Nachricht Uri überbringen konnte. Die Hexe zuckte zusammen, als sie die Nachricht hörte. Sie blickte zu Bodan hoch, und Bodan nickte ihr kurz zu, bevor er sich in den schützenden Schatten des Gangs zurückzog.

Es dauerte eine Weile, aber die Hexe schaffte es tatsächlich, einen der Vögel zu lösen und zu Bodan zu schicken, ohne dass es einer der Berggeister bemerkte.

Bodan lief mit dem Vogel in den dunklen Gang hinein. Der Vogel nahm Bodans Nachricht auf und flatterte davon. Als das Geräusch des Flügelschlags verklungen war, wandte sich Bodan wieder dem Krater zu. Jetzt ging es darum, so schnell wie möglich das Schneegebirge zu erreichen. Es gab nur einen direkten Weg, und der führte direkt um den Krater herum, den die Berggeister geschaffen hatten. Der spiralförmige Krater hatte viele Wege durch das Gebirge weggesprengt und dadurch viele Gänge unerreichbar gemacht. Bodan konnte von seinem Standort aus nicht erkennen, ob er den Krater komplett umwandern konnte. Dennoch hoffte er, dass der Weg in das Schneegebirge nicht abgeschnitten war.

Ganz vorsichtig löste er sich aus dem Schatten des Gangs. Ganz vorsichtig begann er seinen Marsch auf dem Grat des Kraters. Er konnte immer nur einen Fuß vor den anderen setzen, wie auf einem Drahtseil, da der Grat so schmal war. Er wusste, dass diese Fortbewegungsart viel Zeit kosten würde, aber die Wahl eines anderen Weges würde einen Umweg von mehreren Tagesmärschen bedeuten. Das Licht der Feen wurde vorwiegend in den Krater hineingesogen, so dass der Rand des Kraters fast vollständig im Dunkeln lag. Der Weg auf dem Grat des Kraters war beschwerlich und sehr gefährlich. Bodan besaß nicht die Fähigkeit zu fliegen, das hätte vieles vereinfacht. Immer öfter musste er sich an die Felswand pressen und hatte nur wenige Zentimeter Platz, um am Rand des Kraters entlangzutrippeln.

Nach vielen Stunden dieser mühsamen Fortbewegungsart erkannte es Bodan schon von weitem. Der Grat endete an einer Stelle. Nichts als der glatt abfallende Krater und die Gebirgswand. Bis zu dem Eingang des Ganges, den Bodan ansteuerte, waren es noch etliche unüberwindbare Meter. Der Eingang des Ganges lag wie ein Höhleneingang mitten in der Gebirgswand. Bodan ließ sich an der Stelle auf den Boden sinken, an der sein Weg endete.

Entmutigt stöhnte er auf. Vorsichtig schaute er hinab. Genau unter ihm arbeiteten die Gefangenen der Berggeister an der spiralförmigen Ebene, die sich auf seine Höhe hocharbeitete. Sie schienen einen Weg in das Gebirge zu schlagen, der in die Richtung des Eingangs führte. Dabei hatten sie Bodans Ziel bis auf ein paar wenige Meter schon erreicht. Er überlegte. Wenn er den Gefangenen helfen würde, die restlichen Meter in den Berg zu schlagen, dann könnte er den Eingang des Gangs relativ schnell erreichen. Er schätzte, dass die Arbeiten nicht länger als einen halben Tag dauern würden. Viele der Städter hatten magische Kräfte, die bei den Arbeiten halfen. Er selbst könnte die Arbeiten auch beschleunigen.

Bodan beobachtete die Lage unter sich sehr genau. Die Städter wurden auf dieser Ebene nur von einem Berggeist beaufsichtigt, der mehr an den Arbeiten auf den tieferen Ebenen interessiert war. Er drehte sich oft weg, so dass Bodan eine Chance sah, unbemerkt auf die Ebene zu gelangen, die Arbeiten zu beschleunigen und dann genauso unbemerkt wieder zu verschwinden.

Sein Vorhaben war riskant, das war ihm bewusst. Aber er hatte keine Wahl. Er wollte unbedingt so schnell wie möglich in das

Schneegebirge. Und am Ende dieses Ganges lag das Schneegebirge. Bodan atmete tief durch. Um ohne Aufsehen auf die Ebene zu gelangen, musste er sich unsichtbar machen. Eine Fähigkeit, die er nicht besonders gut beherrschte und die ihn viel Kraft kostete. Aber er hatte keine Wahl. Bodan schloss die Augen und atmete tief durch. Ganz leise kamen die Worte über seine Lippen, er murmelte sie vor sich hin und verschwand.

Einunddreissigstes Kapitel

Landos Bericht

Lando nutzte den Eingang von Uris Höhle, um seine Gestalt wieder anzunehmen. Er hoffte, dass die Ratssitzung noch nicht vorbei war, zu der auch er gerufen worden war. Angeschlagen richtete er sich auf und lief langsam den Gang entlang. Es war merkwürdig still. Hatte er die Ratssitzung verpasst? Als er die Höhle betrat, schreckte er regelrecht zusammen, als er Ludmilla und Uri am Feuer liegen sah. Wie friedlich sie da lagen. Beide sahen erschöpft aus. Bevor Lando noch einen weiteren Gedanken fassen konnte, löste sich eine Gestalt aus dem hinteren Teil der Höhle.

»Lando!«, rief Ada freudig und eilte auf ihn zu.

Lando zögerte einen Augenblick und lächelte ihr verkrampft entgegen. Ada zog ihn in ihre Umarmung, der er sich nicht erwehren konnte.

Da richtete sich Uri auf. »Lando!«, sprach er mit heiserer Stimme. »Wie gut!« Er setzte sich auf und schob sich die Brille auf die Nase.

Lando lief mit großen Schritten auf das Feuer zu und sagte mit seiner tiefen rauchigen Stimme: »Wie gut, kann ich nur sagen. Ihr seid offensichtlich dem Schneegeist entkommen!«

Ludmillas Herz machte einen Satz, als sie seine Stimme hörte. Vorsichtig öffnete sie die Augen und hoffte, dass es kein Traum war. Und da stand er. Groß, schimmernd und mit funkelnden Augen.

»Was wolltest du mit ihr im Schneegebirge, Uri?«, fuhr er fordernd fort, wobei ein vorwurfsvoller Unterton mitschwang.

Uri runzelte verwundert die Stirn: »Woher weißt du, dass ich mit Ludmilla im Schneegebirge war?«

Lando sah ihn düster an. »Ich weiß es, weil Zamir es weiß«, stellte er knapp fest und ließ sich auf einen der Strohballen fallen. Er schenkte Ludmilla ein kurzes breites Lächeln, bevor er sich wieder Uri zuwandte.

»Was?«, platzte es aus Ada heraus, die Lando an die Feuerstelle gefolgt war.

»Die Späher beobachten für Zamir. Das haben wir uns ja schon gedacht. *Aber*, wenn sie zu ihm kommen, kann er in sie hineinsehen und sieht, was sie gesehen haben.« Er stockte. »Oder so ähnlich. Ich weiß nicht genau, wie er es macht, aber er hockte sich zu dem Späher und sah ihm in das Auge. Das Auge des Spähers und Zamirs Augen schwollen an und glühten in derselben Farbe. Kurz darauf wusste er, dass ihr im Schneegebirge wart und ein Schneegeist euch einen Besuch abgestattet hat.«

Uri kniff die Augen zusammen. »Wir wussten schon immer, dass er in irgendeiner Form mit den Spähern kommuniziert. Nur nicht, wie. Dass er durch sie *sieht*, ist eine wertvolle Information.« Er nickte Lando anerkennend zu. »Das ändert vieles.«

»Das ist aber noch nicht alles«, berichtete Lando atemlos. »Ganz davon abgesehen«, er sah Ludmilla besorgt an, »dass er jetzt weiß, wie Ludmilla aussieht. Nur ihren Namen scheint er noch nicht zu kennen.«

Ludmilla streckte ihren Rücken durch und wollte gerade anheben, etwas dazu zu sagen, da warf ihr Lando einen eindringlichen Blick zu und schüttelte fast unmerklich den Kopf. Ludmilla schluckte und schwieg.

»Ich habe Godal gesehen. Und er war nicht allein«, platzte es aus Lando heraus.

Uri zuckte bei dem Namen zusammen. Sein gesamter drahtiger Körper spannte sich.

Lando hob die Augenbrauen und gleichzeitig die Hand. »Hörst du, was ich sage, Uri? Er war nicht allein!«

Uri schob den Kopf nach vorn, als höre er nicht richtig: »Was meinst du damit? Rede schon, mach es nicht so spannend.«

Lando konnte sich ein kurzes Grinsen nicht verkneifen und Ludmilla hatte den Eindruck, als blinzelte er sie an. Aber sofort wurde er wieder ernst, todernst. Seine Gesichtsfarbe verdunkelte sich regelrecht, als er sprach: »Mit Godal kamen vier weitere Schatten zu Zamir. Er nannte sie ›*meine mächtigen Schatten*‹.« Verächtlich ahmte er Zamirs hohe Stimme nach.

Uri warf ihm einen missbilligenden Blick zu und Ada zischte ihn an: »Bleib sachlich, Lando. Wie hat er das gemeint?«

Lando sprang auf. »Was meinst du denn, wie er das gemeint hat?«, knurrte er. »Godal kam mit vier weiteren Schatten. Seit wann können sich Schatten eigenständig bewegen? Ich meine, außer Godal. Und ich habe keine Wesen gesehen, denen die Schatten gehörten. Diese Schatten sind wie Godal. Sie sind lebendig gewordene Schatten. Und wenn Zamir sie mächtig nennt, dann sind sie *mächtig*.« Lando redete so schnell, dass sich die Worte fast überschlugen. Uri und Ada starrten ihn entgeistert an.

Aber Lando war noch nicht fertig: »Wie konnte das passieren, Uri? Wie konnte Zamir vier weitere Schatten erschaffen? Und das alles, ohne dass ihr etwas davon bemerkt. Ihr Spiegelwächter!«

Etwas Abfälliges lag in seiner Stimme. Lando drehte sich geschmeidig zu Ludmilla und rief triumphierend: »Verstehst du das, Ludmilla? Godal ist nicht unser einziges Problem! Selbst wenn du Godal in deine Welt mitnimmst, gibt es vier weitere von diesen Schatten.«

Ludmilla konnte nicht glauben, was sie da hörte. Vier weitere Schatten? Was hatte Mina erzählt? Fünf Spiegelfamilien? Fünf Spiegel? Und jetzt insgesamt fünf mächtige Schatten? Aber sie behielt ihre Gedanken für sich. Zum ersten Mal hielt sie lieber den Mund und mischte sich nicht ein.

Uri lief so schnell im Kreis, dass er kaum mehr zu sehen war. »Das kann nicht sein!«, rief er aufgebracht aus. »Das kann einfach nicht sein! Bist du dir ganz sicher, Lando?«

Lando funkelte ihn an. »Ich wünschte selbst, es wäre nicht so. Aber ich bin mir sicher. Ich habe sie mit eigenen Augen gesehen. Sie sahen fast so aus wie Godal. Nur ist Godal größer und er hat diese mächtige Aura, die ihn umgibt. Das hatten die anderen vier nicht, aber sie vereinen sicherlich auch mehrere Kräfte in sich. Sonst wären sie nicht *mächtig*, wie sich Zamir ausdrückte.«

»Vielleicht sagte es Zamir nur für dich. Vielleicht hat er dich bemerkt und dir ein Theater vorgespielt«, überlegte Ada.

Lando lachte höhnisch auf. »Ich saß als Späher in einem Baum und er hat mich NICHT entdeckt. Das war kein Theater. Er dachte, er wäre allein. Allein mit seinen Spähern und kurz darauf allein mit Godal und seinen mächtigen Schatten. Sie sind mit ihm in die Höhle gegangen und ich habe die Rückkehr angetreten. Godals Anwesenheit zu spüren, ist schon eine Qual.«

Uris Augen verengten sich, er nahm seine Brille ab und fuhr sich mit der Hand über das Gesicht. Dabei legte er seine Stirn in unendlich viele Falten und schüttelte unentwegt den Kopf.

Lando ließ sich wieder auf einen der Strohballen fallen, dieses Mal direkt neben Ludmilla, und klemmte seinen Kopf zwischen die Knie.

Die Stille in der Höhle war unerträglich. Selbst Ada, die sonst keine Sekunde stillhalten konnte, war wie erstarrt.

»Es ist wichtiger denn je, dass du deine Aufgabe erfüllst und Godal zu seiner Herrin zurückbringst«, flüsterte Lando verschwörerisch, während er den Kopf leicht anhob und Ludmilla anblinzelte. Seine wässrig schimmernden Augen funkelten wild.

Ludmilla nickte unmerklich. Wieso flüsterte Lando? Uri befürwortete ihre Mission. Deshalb hatte er sie überhaupt nach Eldrid gerufen.

»Ich weiß, was du denkst«, brummte Lando kaum hörbar.

Ludmilla sah ihn fragend an.

»Diese Spiegelwächter! Und der Rat!«, zischte er. »Sie brauchen für alles eine Ewigkeit! Nur haben wir diese Ewigkeit nicht. Wir müssen handeln, und zwar schnell.«

Noch bevor sie sich weiter austauschen konnten, hörten sie Uri vor sich hin murmeln. Er lief dabei wieder hektisch im Kreis. »Und schon wieder sind es die Menschen, die uns in diese Schwierigkeiten bringen. Das ist genau das, was Kelby und Arden hören wollen. Menschen. Und wieder Menschen.«

Ada sprang auf. Ihre Fäuste waren geballt. »Was willst du damit sagen?«, stieß sie wütend hervor.

Uri funkelte sie an. Ein goldener Sprühregen ergoss sich auf den Höhlenboden. »Was wohl, liebe Ada?«, zischte er feindselig. »Überleg doch mal!«

Ada zuckte mit den Schultern. »Was?«, blaffte sie.

»Neben den Spiegelwächtern können nur Menschen mehrere Fähigkeiten in sich vereinen. Und wie erwerben Menschen Mächte in Eldrid?«, polterte er. »Sie bekommen sie verliehen, von Spiegelwächtern oder von mächtigen Magiern. Aber davon gibt es in Eldrid nicht viele und kaum einer unter ihnen würde einem Menschen eine Macht verleihen. Also müssen wir davon ausgehen, dass Zamir noch mehr Menschen dazu gebracht hat, Fähigkeiten *auszuleihen*.« Das Wort spuckte er regelrecht aus, so dass Ludmilla zusammenzuckte.

Ada sah Uri versteinert an. »Jetzt kommt endlich die Wahrheit ans Licht!«, schrie sie hysterisch. »Endlich bekennst auch du dich zu deinem Hass!«

Uri warf ihr einen Blick zu, der einem Schwerthieb glich. »Er hat es genauso gemacht wie bei euch. Erst hat er sie dazu gebracht, sich Fähigkeiten von anderen Wesen anzueignen, und als sie mächtig genug waren, hat er ihnen ihre Schatten gestohlen«, mutmaßte er hitzig. »Doch müssen das Menschen gewesen sein, die durch seinen Spiegel gekommen sind. Das würde dann auch erklären, dass wir davon nichts erfahren haben. Ihr wart vielleicht nicht die Ersten, mit denen er dieses Spiel getrieben hat, Ada.«

Ada funkelte ihn an. »Das wäre mir neu und wir waren zu dieser Zeit sehr eng mit Zamir verbunden. Er hat uns vertraut!«, fauchte sie zurück.

Uri entfuhr ein verächtliches Lachen. »Vertraut? Eng?« Sein Gesicht war vor Wut verzerrt. »Es war ein Spiel, Ada. Er hat euch benutzt. Wie kannst du nach all den Jahren und nach allem, was passiert ist, immer noch glauben, dass seine Freundschaft echt war?«

Adas Augen verengten sich, sie hob an, etwas zu sagen. Schüttelte dann aber nur enerviert den Kopf. »Es gab keine Geschichten über Menschen, die Mächte und Schatten geklaut haben, außer über uns!«, fuhr sie Uri scharf an.

»Was nicht heißt, dass es die Menschen nicht gab. Vielleicht hat er es nur geschickter angestellt!«, zischte er zurück.

Lando beobachtete die Szene mit einem Lächeln der Genugtuung auf den Lippen. »Das war schon immer das Problem zwischen den beiden«, flüsterte er Ludmilla zu, während er sich leicht zu ihr beugte. »Uri kann nicht zugeben, dass er sich selbst die Schuld dafür gibt, dass Zamir so viel an Macht gewonnen hat und dass es Godal überhaupt gibt. Dass es jetzt noch mehr von solchen lebendigen Schatten gibt, das ist zu viel für ihn.«

Ludmilla sah ihn erstaunt an. »Das glaube ich nicht«, wisperte sie zurück. »Ich weiß, wie stark er ist. Ich habe seine Stärke gespürt.« Sie verstummte bei dem Blick, den Lando ihr zuwarf.

»Was heißt, du hast seine Stärke gespürt?«, platzte es aus ihm heraus.

Uri und Ada starrten ihn verständnislos an.

»Ich habe ihm geholfen, als Zamir ihn angegriffen hat«, versuchte Ludmilla sich zu verteidigen.

»Welcher Angriff?«, polterte Lando. »Und wie konnte Ludmilla dir dabei helfen?«

Uri seufzte tief.

»Ja, Uri, welcher Angriff? Davon hast du bei der Ratssitzung gar nichts erwähnt«, ereiferte sich nun auch Ada.

»Das ist doch jetzt gar nicht das Thema«, wiegelte Uri energisch ab.

»Und ob das ein Thema ist«, knurrte Lando ihn an. »Ludmilla?« Er sah sie auffordernd an.

Ludmilla wiederum sah Uri fragend an. Sie wollte ihm nicht in den Rücken fallen, aber Lando knuffte sie in die Seite. »Nun sag schon!«

»Ich kam in dem Schneegebirge nicht schnell genug voran und wir mussten vor den Schneegeistern fliehen, also hat Uri mir eine Macht verliehen«, erklärte sie leise. »Als er dann von Zamir mental attackiert wurde – irgendwie konnte Zamir erahnen, dass Uri geschwächt war –, da habe ich meine Macht darauf konzentriert, Uri zu stärken. Und ich konnte ihn stärken. Es war, als hätten sich unsere Mächte gebündelt. Dagegen hatte Zamir keine Chance.«

Lando entfuhr ein ungläubiges »Ha!«. Er sprang wie von einem Seil in die Luft gezogen auf und fing an, hektisch umherzulaufen.

Uri hob die Schultern. »Ich weiß selbst nicht, wie sie das gemacht hat«, versuchte er zaghaft, sich zu erklären. »Deshalb habe ich auch nichts davon dem Rat erzählt. Ich wollte selbst erst einmal herausfinden, was es damit auf sich hat.«

»Wir wissen beide, dass sie das eigentlich nicht kann. Auch nicht mit einer Macht. Hat sie sich das nur eingebildet? Aber wie konnte sie dann deine Macht und Stärke spüren?« Lando blieb direkt vor Uri stehen und beugte sich so weit über ihn, dass sich ihre Nasenspitzen fast berührten.

Uri hielt Landos Blick stand, straffte seinen Körper noch etwas und schüttelte nur hilflos den Kopf. »Ich habe keine Ahnung, Lando. Ich kann mir das selbst nicht erklären. Und schau dir ihren Schatten an. Eneas hat Recht. Dieser Schatten hat etwas an sich ... das gefällt mir ganz und gar nicht.«

»Was hat Eneas damit zu tun?«, fragte Lando verwirrt, während er Ludmillas Schatten fixierte.

Ludmilla hatte ein schreckliches Gefühl im Bauch und wagte es kaum, ihren Schatten anzusehen. Ein kurzer Seitenblick auf ihren Schatten hatte gereicht, um seine glühenden Augen zu erkennen, die auf den Wesen von Eldrid hafteten. Dabei lief ihr ein eiskalter Schauer den Rücken hinunter. Wie sehr wünschte sich Ludmilla in diesem Moment, dass ihr Schatten ein »Guter« wäre. Sie kam sich dabei extrem kindisch vor, aber im Grunde wünschte sie sich nichts mehr, als dass alles gut ausgehen würde.

Sie zuckte zusammen, als sie Landos Stimme neben sich vernahm.

»Das Blatt wendet sich. Hier passiert etwas«, stammelte Lando wie von Sinnen. »Wie konntest du ihr nur eine Macht verleihen, Uri?«, murmelte er mehr zu sich selbst. Dann warf er Uri einen funkensprühenden Blick zu. »Wie konntest du nur!«, schrie er außer sich. »Du hast sie damit in Gefahr gebracht! Und ich … wie konnte ich ihn nicht sofort sehen …? Ich hätte ihn sofort erkennen müssen …«

Lando gestikulierte wild in die Richtung, in der Ludmillas Schatten lag. Ludmilla sah ihn verständnislos an.

»Na, deinen Schatten, Ludmilla!«, rief er erzürnt. »Ich hätte deinen Schatten sofort erkennen müssen!«

Ludmilla zuckte zurück und warf ihrem Schatten einen Blick zu. Er starrte sie mit rot glühenden Augen an. Ludmilla schluckte hart. Ein Kloß bildete sich in ihrer Brust. »Und was ist mit den anderen mächtigen Schatten?«, fragte sie mit belegter Stimme. Sie wollte unbedingt das Thema von ihrem Schatten lenken. »Wie werden wir die los?«

»Tja, Ludmilla, eine sehr gute Frage«, erwiderte Lando schwer atmend. Immer wieder fixierte er ihren Schatten. Drohend hob er den Zeigefinger und fuchtelte vor dem Schatten damit herum. »Dass du ja bei ihr bleibst, hörst du mich? Du wirst dich nicht abwenden, dich nicht stehlen lassen. Verstanden?«

Und ohne dass Ludmilla etwas tat, nickte ihr Schatten. Ludmilla wurde es schlecht. Ihr Schatten lebte tatsächlich. Sie schüttelte sich.

»Noch mal!« Ihre Stimme wurde schrill. »Die anderen Schatten!«, forderte sie.

»Wir müssen die Menschen finden, deren Schatten das sind«, versuchte Lando zu erklären.

»Es könnten auch Schatten von Magiern sein«, unterbrach ihn

Ada. »Auch Magier können mehrere Fähigkeiten auf sich vereinen und haben mächtige Schatten«, versuchte sie sich zu ereifern.

»Ja, aber es gibt nur einen Zauberer, der seinen Schatten verloren hat, und dessen Schatten hat Godal persönlich ausgesogen und dann an den Himmel geschickt, das wissen wir!«, blaffte Uri sie ungeduldig an.

Ada schnitt eine Grimasse, und Ludmilla hatte fast den Eindruck, als würde sie ihm die Zunge rausstrecken wollen. Sie wandte sich beleidigt ab.

»Nun hört auf, euch zu streiten!«, herrschte Lando die beiden ungeduldig an. »Das ist ja schlimm, mal wieder«, betonte er langgezogen. »Wir haben ein wahres Problem. Überlegt doch mal: vier weitere mächtige Schatten. Wie sollen wir herausfinden, wem sie gehören? Das schaffen wir nur, indem wir Zamir schwächen. Also müssen wir als Erstes Godal loswerden.« Funken sprangen von seinen Wangen, während er sprach.

Vier weitere Schatten, dachte Ludmilla wieder. Das sind fünf mächtige Schatten und fünf Spiegel. Ist das ein Zufall? Doch bevor sie ihre Gedanken laut aussprechen konnte, wechselte Lando das Thema.

»Wie hat der Rat entschieden? Wie gehen wir weiter vor?« Sein Atem wurde ruhiger und er setzte sich zögerlich wieder auf einen der Strohballen.

»Lando, du hast einiges verpasst«, sprach Uri nun mit beherrschter Stimme und setzte sich ebenfalls ans Feuer. Er atmete betont lange ein und aus und sagte dann: »Leider gibt es ein paar Details aus Fluar, die du noch nicht kennst, und die Ratssitzung hat einen Beschluss gefasst.«

»Details aus Fluar? Und das sagst du erst jetzt? Und was für einen Beschluss?« Lando sah sich ungläubig in der Höhle um. »Wie hast du es geschafft, eine Ratssitzung innerhalb von einem Tag zu beenden? Ich dachte, ich hätte noch genug Zeit und würde trotzdem nicht zu spät kommen.«

Ludmilla entfuhr ein Kichern.

Uri lächelte müde. »Es gab einige interessante Entwicklungen, die die Mitglieder zu einer schnelleren Entscheidung bewegt haben.«

Er nickte Ada kurz zu und Ada fasste erneut ihre Erlebnisse in Fluar zusammen.

Lando konnte sich kaum auf seinem Platz halten. Immer wieder lösten sich Funken von seinen kurzen braunen Haaren. Dabei murmelte er unentwegt: »Was soll das? Wie gehen wir damit um? Dafür finden wir auch eine Lösung.«

Uri lächelte ihn milde an. »Du hast Recht. Es gibt immer einen Weg. Ich denke, dass wir uns zurzeit auf Godal konzentrieren müssen. Wenn wir ihn nicht finden, können wir ihn auch nicht zu Ludmilla locken.«

»Und was ist mit den Berggeistern? Und den Schneegeistern?«, fragte Lando ungeduldig. »Kümmert sich Bodan wirklich darum? Können wir sicher sein, dass er das im Griff hat?«

»Wir wissen nicht, was Bodan treibt oder was er bisher erreicht hat. Wir wissen auch nicht, ob die Berggeister und die Schneegeister eine Allianz eingegangen sind. Vielleicht versuchen beide nur ihr Territorium zu erweitern«, versuchte Ada zu erklären.

Lando schnaubte verächtlich. »Also könnte es auch im Krieg zwischen den beiden Geisterwelten enden. Dann bekriegen sich die mächtigsten Wesen im Norden unserer Welt. Fluar ist unbewohnbar, die Städter verschwunden. Und die Schatten, die Zamir unterstützen, sind für uns nicht erreichbar, weil wir zu unwissend sind, um sie zu finden.« Lando machte eine kurze Pause. Gerade als Uri etwas einwerfen wollte, fuhr er fort: »Und was heißt überhaupt: Sie erweitern ihr Territorium? Die Berggeister haben schon immer in Odil gelebt. Das ist ihr Gebiet. Wo wollen sie denn hin? Außerhalb des Gebirges ist nicht ihr Lebensraum. Und wenn es so ist, sollen wir das etwa akzeptieren, nur weil wir sie nicht kennen und weil wir sie fürchten?«

»Nein«, warf Uri ein. »Wir müssen es vorerst akzeptieren, weil wir nicht so mächtig wie die Berggeister sind. Und weil wir ihr Verhalten nicht einschätzen können.«

»Aber sie haben uns den Krieg erklärt. Sie haben die Städter vertrieben. Müssen wir da nicht kämpfen?«, unterbrach ihn Lando erneut.

»Sie haben uns nicht den Krieg erklärt. Und wir kämpfen nicht.« Amira sprach mit lauter fester Stimme. Sie löste sich aus dem Schatten des Eingangs der Höhle.

Uri fuhr erstaunt herum. »Amira!«

Aber Amira beachtete ihn nicht. Ihre Augen hafteten auf Lando. »Wir verhandeln. Es wird keinen Krieg geben. Das haben wir uns geschworen. Alle Völker, die hier in Eldrid leben, haben einen Pakt geschlossen. Wir werden keinen Krieg führen. Nicht gegeneinander und nicht untereinander. Jede Wesensart hat seinen Platz in Eldrid und sein Gebiet. Es gibt KEINEN KRIEG.« Amiras dunkle Stimme hallte durch die Höhle. Ihre Augen leuchteten bedrohlich.

Lando ließ sich davon nicht beeindrucken. Er trat ganz nah an sie heran und seine Augen nahmen eine dunkelrote Farbe an. »Aber offensichtlich können sich die Berggeister daran nicht erinnern!«, fuhr er sie feindlich an. »Und mit Zamir befinden wir uns schon längst im Krieg. Schon vergessen, Amira?«

Uri ging dazwischen. »Das führt zu nichts!«, herrschte er die beiden so heftig an, dass sie verstummten.

»Wir brauchen mehr Informationen«, fuhr er energisch fort. »Ich werde Bodan zurückrufen. Er hatte genug Zeit, um sich ein Bild von der Lage in Fluar zu machen. Wir benötigen seinen Bericht. Sicherlich kann er die Delegation, die sich gerade auf dem Weg nach Fluar befindet, unterstützen. Von höchster Priorität ist aber Ludmillas Aufgabe. Wir müssen einen Weg finden, Godal ausfindig zu machen. Außerdem müssen wir den Magier erreichen, der uns dabei helfen soll. Da er sich in Ilios aufhält, wird es nicht so leicht werden, ihn hierherzubringen.«

Uri blickte düster in die Runde. »Viel Zeit haben wir nicht. Ich denke, es wäre am sinnvollsten, wenn du, Lando, nach Ilios fliegen würdest. Du bist in Form eines großen Vogels am schnellsten dort. Eine gedankliche Diskussion mit dem Magier hat keinen Sinn. Ich hätte gern persönlich mit ihm gesprochen, aber so musst du das für mich übernehmen. Du musst ihn überzeugen, hierherzukommen.« Er sah Lando eindringlich ein.

Lando nickte zustimmend. Keine Überheblichkeit sprach aus seinem Gesicht.

»Und wir können die Zeit nutzen und mit der Suche nach Godal beginnen«, sagte Ludmilla leise. Sie wollte nicht untätig herumsitzen und auf ihren Einsatz warten. »Schließlich kann ich jetzt mit meiner neuen Fähigkeit mit euch mithalten.« Dabei grinste sie frech.

»Wir können uns nicht einfach auf die Suche nach Godal machen«, warf Uri düster ein. »Der dunkle Teil von Eldrid, Fenris, ist sehr gefährlich. Das muss gut überlegt sein.«

Aus den Augenwinkeln beobachtete Ludmilla, wie Lando genervt die Augen verdrehte.

»Ich schon«, sprach Amira leise und bedacht. »Aber es ist gefährlich. Ich weiß nicht, wie lange es noch dauern wird, bis Zamir von unserer Allianz erfahren wird, und dann werden meine Schwestern und ich den dunklen Teil des Waldes und den Rest seiner Welt nicht mehr betreten dürfen. Wenn ich nach Godal suchen soll, dann muss es schnell gehen.« Sie sah Uri fragend an.

Hexen wie Amira lebten sowohl im dunklen als auch im hellen Teil des Waldes. Sie waren Wesen des Lichts und der Dunkelheit. Sie bezeichneten sich selbst als neutral. In Zamirs Fall hatten sie sich aber dazu entschlossen, sich Uri und den anderen Wesen des Lichts anzuschließen.

»Haben wir eine Wahl?«, fragte er kurz. Keiner antwortete. »Dann solltest du dich sofort auf den Weg machen, Amira. Ich danke dir! Verliere bitte keine Zeit.«

Amira stand auf. »Ich werde versuchen, so schnell wie möglich wieder hier zu sein.« Mit diesen Worten wandte sie sich dem Ausgang der Höhle zu und war verschwunden.

Lando sah ihr mit zusammengekniffenen Augen nach. »Auch ich bin so schnell wie möglich zurück.« Mit diesen Worten verließ er eiligen Schrittes die Höhle.

Zweiunddreissigstes Kapitel

Zamirs Lockruf

Ludmilla blickte sich unschlüssig um. »Und was machen wir?«, fragte sie ungeduldig.

Uri lächelte müde. »Wir ruhen uns noch ein wenig aus. Viel Schlaf hatten wir in den letzten Tagen nicht. Wir werden viel Kraft benötigen, also sollten wir uns noch einmal hinlegen. Ich werde nur noch schnell Bodan zurückrufen.«

Ludmilla fühlte sich ausgeruht und voller Energie. Von Müdigkeit keine Spur. Während es sich Ada schon auf einem Strohballen bequem machte, beobachtete sie Uri, wie er in seine meditative Haltung versank.

Ada rief sie zu sich: »Komm, Ludmilla, setz dich zu mir. Wir haben uns so viel zu erzählen. Wenn du nicht zu müde bist?«

Ludmilla schüttelte zögerlich den Kopf. Eigentlich wollte sie sich nicht setzen und schon wieder nichts anderes machen als reden. Aber sie gab sich einen Ruck und setzte sich neben ihre Großtante. Sie zog ihre Knie an sich und umschlang sie mit den Armen. Das Kinn legte sie dabei auf ihren Knien ab. So stierte sie ins Feuer und wartete darauf, dass Ada etwas sagte.

Ada beobachtete kurz Uri, der immer noch in seiner meditativen Haltung verharrte, und rückte dann nahe an Ludmilla heran.

»Du scheinst dich gut mit Lando zu verstehen«, begann sie vorsichtig.

Ludmilla sah sie stirnrunzelnd an. »Das ist etwas übertrieben, ich kenne ihn ja gar nicht richtig. Er scheint nett zu sein und das einzige Wesen, das ich bis jetzt kennen gelernt habe, das ungefähr in meinem Alter ist«, fügte sie etwas unsicher hinzu.

Ada lachte leise. »Ja, die Formwandler. Das sind schon ganz besonders faszinierende Wesen. Nur, Lando ist nicht annährend in deinem Alter, Liebes.«

»Nein?«, fragte sie erstaunt.

Ada schüttelte den Kopf. »Er ist über 200 Jahre alt«, flüsterte sie.

Ludmilla verschluckte sich fast an ihrer eigenen Spucke. »Wie bitte?«

Ada nickte bekräftigend.

»Aber er macht so einen unbedarften Eindruck. So leichtlebig, wie Jugendliche in meinem Alter sind. Ein bisschen leichtsinnig, spontan, nicht so ernst wie die Erwachsenen, und er hat Humor«, sprudelte es aus Ludmilla heraus.

Ada sah sie mit hochgezogenen Augenbrauen an. »Du scheinst ihn ja wirklich zu mögen.« Sie schmunzelte.

Ludmilla schoss das Blut in die Wagen und sie zuckte mit den Schultern. »Keine Ahnung. Ich habe das Gefühl, dass wir auf einer Wellenlänge sind«, murmelte sie vor sich hin. Wieso erzählte sie das eigentlich Ada? Das ging sie doch gar nichts an.

Ada schwieg. »Ich kenne die Formwandler«, begann sie umständlich. »Sie sind von uns Menschen fasziniert. Menschen ziehen Formwandler an. So wie Feuer die Feen. Sie finden auch, dass wir mit ihnen auf einer Wellenlänge sind, wie du es ausdrückst. Formwandler sind sehr emotionale Wesen, sie ähneln uns Menschen charakterlich am ehesten. Außerdem fasziniert sie die menschliche Anatomie. Du musst wissen, Formwandler verwandeln sich zu hundert Prozent in das Wesen, das sie sich aussuchen. Dabei geht ihnen die Struktur, das Skelett, der körperliche Aufbau in Fleisch und Blut über. Für Formwandler ist es regelrecht berauschend, sich in einen Menschen zu verwandeln. Sie sind zutiefst beeindruckt von der Komplexität des menschlichen Körpers. Schon aus diesem Grund fühlen sie sich zu Menschen hingezogen. Sie vergöttern unsere Art. Aber sei vorsichtig,

Ludmilla. Formwandler sind sehr sprunghafte Wesen. Ihnen wird schnell langweilig und sie sind nicht sehr zuverlässig. Verlasse dich nicht auf Lando. Wenn ihn etwas Spannenderes lockt als deine Aufgabe, ist er …«, sie schnippte mit den Fingern, »… so schnell weg, so schnell kannst du gar nicht gucken.«

Erstaunt hörte sie Ada zu. So schätzte sie ihn nicht ein. Aber das brauchte sie nicht mit Ada zu diskutieren.

Ada schien ihre Gedanken zu erraten. »Ich weiß, dass das schwer zu glauben ist. Vor allem, wenn da so eine gewisse Vertrautheit zwischen euch herrscht, die dir ein gutes und sicheres Gefühl gibt.«

Wie konnte sie das wissen?

Ada lachte leise. »Ich weiß genau, wie du dich fühlst. Ich war jahrelang mit einem Formwandler eng befreundet und teilte mein Leben mit ihm.«

Ludmilla sah sie erstaunt an, aber Ada ignorierte ihren Blick. Vielmehr tätschelte sie liebevoll Ludmillas Arm. »Glaub mir, Liebes, sei lieber achtsam und verlasse dich nicht auf Lando. Halte dich an Uri und Bodan, da bist du in sicheren Händen.«

Sie streckte sich und gähnte. »Lass uns später weiterreden. Ich bin geschafft von der Versammlung und brauche noch etwas Schlaf.«

Mit diesen Worten und ohne Ludmillas Reaktion abzuwarten, legte sie sich auf den Strohballen und war innerhalb von Sekunden eingeschlafen.

Ludmilla starrte sie entgeistert an. Ada hatte doch mit ihr sprechen wollen. Jetzt hatte sie irgendetwas von Formwandlern gefaselt und sich dann hingelegt. Kopfschüttelnd betrachtete sie ihre Großtante, die nach wenigen Sekunden ein Schnarchen von sich gab.

Unschlüssig sah sie sich um. Uri schien auch eingeschlafen zu sein. Vorsichtig stand sie auf und lief zum Ausgang der Höhle. Der Wasserfall tobte und sie konnte im Sprühregen ihr Gesicht waschen. Zögernd schaute sie vom Wasserfall immer wieder in die

Richtung des dunklen Teils des Waldes. Mit ihrer neuen Macht fühlte sie sich stark, fast unbesiegbar, denn sie konnte so schnell laufen wie sonst kaum jemand. Also könnte sie doch einen kleinen Blick riskieren, oder? War dieser Teil der Welt wirklich so bedrohlich? Oder hatte sie sich das bei ihrem ersten Besuch nur alles eingebildet? Sofort schüttelte sie bei diesen Gedanken den Kopf. Wie konnte sie so etwas auch nur denken? So unvernünftig war sie nicht. Sie war schließlich kein Formwandler. Bei dem Gedanken huschte ein Lächeln über ihr Gesicht. Gedankenverloren starrte sie vor sich hin, als sie plötzlich den Späher entdeckte. Er saß am Rand des Pfades, der in den dunklen Teil des Waldes führte.

Ludmilla zuckte zurück und sah den Vogel entgeistert an. Er schien sie zu beobachten und machte keine Anstalten, sich zu bewegen. Sie war starr vor Schreck und wusste nicht, wie sie sich verhalten sollte. Erst dachte sie daran, um Hilfe zu rufen, aber das Getöse des Wasserfalls hätte sie nicht übertönen können. Oder doch? Uri würde sie vielleicht dennoch hören. Unfähig, eine Entscheidung zu treffen oder sich zu rühren, starrte sie das vogelartige Wesen an. Und dann fing der Späher langsam an, auf sie zuzuhüpfen. Ludmilla stieß einen Schrei aus und presste sich die Hand auf den Mund.

Der Späher krächzte ein paarmal, bevor Ludmilla eine Stimme hörte, die sagte: »Du kannst mit mir kommen, wenn du willst. Willst du den anderen Teil dieser wunderbaren Welt nicht auch kennen lernen? Sollte man nicht immer beide Seiten der Geschichte kennen, bevor man sich entscheidet, auf welcher Seite man steht? Es wird dir nichts passieren. Das verspreche ich. Und keiner wird es erfahren.« Die Stimme war sanft und sprach sehr einschmeichelnd.

Ludmilla fixierte den Späher noch ein paar Sekunden. Schließlich konnte sie sich aus ihrer Erstarrung lösen und rannte voller Panik zurück in die Höhle.

»Überlege es dir in Ruhe. Nimm dir so viel Zeit, wie du willst, Ludmilla! Ich warte auf dich!«, hallte die Stimme in dem Höhleneingang.

Ludmilla ließ sich auf ihren Strohhaufen fallen. Ada und Uri rührten sich nicht. Ludmilla schnaufte und hörte ihren Puls in ihrem Kopf hämmern. Sie dachte an ihre Aufgabe und strich sich dabei gedankenverloren über ihr Brandmal. Vielleicht war es gar nicht so dumm, allein zu Zamir zu gehen. Zugleich schüttelte sie den Kopf. Hatte er sie mit dieser Idee schon eingelullt? So dumm war sie nicht. Aber ob es so eine gute Idee war, mit einer ganzen Entourage an Wesen anzurücken, bezweifelte sie auch. Außerdem war ihr bei dem Gedanken, dass alle diese Wesen für sie und diese Aufgabe ihre Schatten riskierten, nicht wohl. Eines war ihr jedoch jetzt ganz klar: Zamir konnte sie nun rufen. Er kam in ihren Kopf hinein. Denn der Späher hatte nicht zu ihr gesprochen. Die Stimme war in ihrem Kopf gewesen.

Dreiunddreissigstes Kapitel

Bodans Gefangennahme

Der Abstieg ging leichter und schneller, als Bodan gedacht hatte. Es war zwar tiefer, als er geschätzt hatte, aber er war ein guter Kletterer und fand schnell den richtigen Tritt, um an der Gebirgswand Halt zu finden. Auf der Ebene angekommen, lief er so schnell wie möglich zu den arbeitenden Gefangenen. Ihn durchschauderte es, als er in die Gesichter der Bewohner von Fluar sah. Sie sahen angestrengt aus. Das Licht der Feen reichte nicht aus. Wie sollten diese Wesen ohne das Licht von Eldrid solche Arbeiten erledigen? Sie würden bald völlig kraftlos sein und dann würden die Berggeister ... Bodan wollte sich das Ende nicht ausmalen. Vorsichtig drückte er sich an einem Jungen mit hellblonden Haaren und sehr blasser Haut vorbei. Im Schutz der Bergwand würde es ihm gelingen, sich unbemerkt sichtbar zu machen. Er wartete, bis der Berggeist sich wieder abwandte.

Dann reihte er sich bei den Gefangenen ein und wartete darauf, dass er an die Reihe kam. Die Wesen hatten ein Arbeitssystem entwickelt. Jedes Wesen konnte mit seiner Macht den Stein zerstören. Manche Wesen arbeiteten in einer Reihe und als Team, andere allein. So gab es Feuerbälle, die auf die Bergwand geworfen wurden und das Gestein derartig erhitzten, dass es schmolz. Es gab Wasserstrahlen, die mehrere Löcher hineinfrästen, und Zwerge, die mit der Spitzhacke die restlichen Steinbrocken entfernten. Das System war effektiv. Bodan war beeindruckt.

Trotz der Müdigkeit und der Angst, die den Wesen ins Gesicht geschrieben stand, bemerkten sie Bodan sofort. Sie starrten ihn an und hörten beinahe auf zu arbeiten. »Wo kommt der denn her?«, zischte ein Wesen feindselig.

»Das ist einer der Spiegelwächter«, flüsterte eine andere Stimme.

»Soll er doch lieber dafür sorgen, dass die Berggeister wieder einschlafen, als sich hier gefangen nehmen zu lassen.«

Bodan legte besorgt den Finger auf die Lippen und trat vor. Er sah die Wesen eindringlich an. »Ich bin hier, um zu helfen«, drang er in ihre Gedanken ein. »Bitte! Ihr müsst mir vertrauen.«

Dann hob er die Hände und begann mit aller Kraft die Gesteinsplatten ineinander zu verschmelzen. Der Berg begann zu glühen. Alle Augen waren auf ihn gerichtet.

»Gleich sprengt er ihn. Wartet ab, das habe ich schon mal gesehen. Diese Spiegelwächter, so klein, wie sie sind, sie haben große Mächte«, flüsterte es aus der Menge hinter ihm.

Aber auch der Berggeist wurde auf einmal auf Bodan aufmerksam. Er schwebte näher heran und trieb die restlichen Gefangenen weg von Bodan auf die Wand zu. Bodan war so in den Einsatz seiner Fähigkeiten vertieft, dass er ihn nicht kommen sah. Erst als der Berggeist ein erbostes Grollen ausstieß, schaute er auf. Im selben Moment wehte ihn eine eisige modrige Böe fast von den Füßen. Der Berggeist brüllte laut auf. Ein dicker Gesteinsfinger zeigte direkt auf Bodan.

»Spiegelwächter!«, dröhnte der Berggeist los.

Er wandte sich den Gefangenen zu und wiederholte dieses Mal noch lauter und mit forderndem Ton: »Spiegelwächter!«

Die Wesen sahen einander verständnislos an. Schließlich wiederholte eines von ihnen: »Spiegelwächter!«, und der Berggeist nickte. »Spiegelwächter!«, wiederholten die gefangenen Wesen flüsternd. Der Berggeist funkelte sie an und stieß ein erneutes Grollen aus. »Spiegelwächter!«, riefen sie lauter. Der Berggeist grunzte zufrieden und stieß Bodan den Finger gegen die Brust, so dass dieser gegen die Wand gedrückt wurde. Dann stob er davon.

Bodan war wie gelähmt. Ungläubig sah er von einem Wesen

zum anderen, aber sie wichen seinem Blick aus und wandten sich wieder ihrer Arbeit zu.

Noch bevor Bodan einen klaren Gedanken fassen konnte, erschienen vor seinen Augen fünf Berggeister. Sie schwebten vor ihm wie zu Stein gewordener Nebel. Glühende Augen glotzten ihn an. Dann packte ihn eine schwere Hand, die ihn dabei fast erdrückte.

»Spiegelwächter!«, tönte es wie ein Echo tausendfach durch den Krater, während Bodan in die Tiefe gezogen wurde.

Vierunddreissigstes Kapitel

Godal

Ungeduldig lief Zamir vor dem Eingang seiner Höhle hin und her. Immer wieder starrte er angewidert auf seine verbrannte Hand. Warum hatte er auch unbedingt testen wollen, ob der Verbannungszauber noch wirkte? Jetzt war seine wunderschöne Hand ruiniert. Eine Hexe würde ihm heilende Kräuter bringen müssen. Eine Kleinigkeit, die ihn aufhalten würde und wofür er keine Zeit hatte.

»Wo bleibt er nur?«, murmelte Zamir vor sich hin. »Ich bin sein Herr. Wieso lässt er sich so viel Zeit?« Wütend brummte er Zauberformeln vor sich her.

Plötzlich vernahm er ein Rascheln. Zamir trat wieder ganz nah an die unsichtbare Barriere heran. Ein Schatten näherte sich der Höhle.

»Na endlich! Du bist spät!«, herrschte Zamir den Besucher an. Dann wich er vor Verwunderung zurück. »Amira!«

Für einen Moment hatte er seine Fassung verloren. Mit ihr hatte er nicht gerechnet. Sofort fing er sich wieder. »Was für eine Ehre. Die Oberhexe persönlich beehrt mich mit ihrem Besuch. Tritt ein, meine Liebe, tritt ein«, säuselte er.

Aber Amira blieb vor dem Höhleneingang stehen. »Ich bin nicht gekommen, damit du mir meinen Schatten nimmst. Ich bleibe hier stehen. Hier, wo du keine Macht hast«, sagte sie bestimmt und hob stolz ihren Kopf an. Sie blickte Zamir fest in die Augen. »Ich habe keine Angst vor dir. Ich finde dich erbärmlich«, begann sie leise und mit fester Stimme.

Zamirs Gesicht verzog sich vor Zorn. Er hatte die Hexe noch nie leiden können. Sofort hob er die Hand an die Stirn. Keine Falten, er wollte keine Falten bekommen. Als er Amiras erstaunten Blick wahrnahm, strich er sich schnell eine Haarsträhne hinters Ohr.

»Kannst du mir folgen oder bist du mit dir und deiner Eitelkeit beschäftigt?«, fragte sie abfällig. Aber sie ließ Zamir keine Zeit zu antworten. »Ich bin hier, um einen Krieg in Eldrid zu verhindern. Ich bin hier, um mit dir zu verhandeln.« Nach einer kleinen Pause fuhr sie fort: »Wir alle wissen, wozu du fähig bist. Keiner zweifelt an deiner Macht oder an deiner Überlegenheit. Aber unsere Welt ist groß genug für alle Wesen. Dazu musst du nicht über ganz Eldrid die Dunkelheit bringen. Wir brauchen das Licht zum Existieren. Du brauchst es doch selbst!« Triumphierend sah sie ihn an.

Zamir schnaubte nur verächtlich. »Es geht auch sehr gut ohne dieses verdammte Licht!«, zischte er sie an.

Amira hob die Schultern. Ihre Stimme klang diplomatisch und sanft. »Nun, aber nicht alle Wesen von Eldrid sind wie du. Es gibt Wesen, die benötigen das Licht zum Überleben. Wenn du uns das Licht nimmst, nimmst du uns die Lebensgrundlage. Du löschst uns alle aus. Ist es tatsächlich das, was du willst?«

In diesem Augenblick vernahm sie ein Geräusch. Amira drehte sich langsam um. Ein Umhang schleifte über den Waldboden, und noch bevor sie reagieren konnte, wurde sie von den Füßen gerissen. Sie rauschte wie vom Wind erfasst den Gang hinein und wurde in Zamirs Höhle hineinkatapultiert. Ein Wesen, in einen Umhang gehüllt und dennoch komplett schwerelos, drückte sie an die Höhlenwand. Eine schattenartige Hand, so schwarz wie die Nacht, hielt sie an der Kehle fest. Sie röchelte.

»Godal! Du kommst genau richtig!«, rief Zamir erfreut aus.

Godal gab ein zischendes Geräusch von sich. Die Kapuze des Umhangs hing ihm tief ins Gesicht, dennoch konnte Amira die glühend roten Augen sehen, die sie hasserfüllt anstarrten.

»Aber, aber, Godal!«, ereiferte sich Zamir. »Behandeln wir so unsere Gäste?«

Godal antwortete mit einem erneuten Zischen. Er drückte Amira noch fester an die Wand. Ihr entfuhr ein unterdrückter Schrei. Sie hatte die Augen weit aufgerissen und merkte, wie sich ihre Füße vom Boden lösten. Hilflos baumelte sie in Godals Griff an der Felswand. Sie sah Zamir hilfesuchend an. Aber der schien begeistert von Godals Auftritt zu sein.

Mit der anderen Hand schob Godal seine Kapuze ein Stück zurück, so dass seine Augen, die wie kleine Feuerbälle aus dem tiefschwarzen Gesicht hervorstachen, vollkommen sichtbar wurden. Er stierte ihr in die Augen und paralysierte sie dadurch vollends. Dann fing er an, etwas zu murmeln. Es war eine Art Gesang, ein Summen, doch zwischendurch schien er Worte zu zischen, die Amira nicht kannte. Ihr pochte das Herz bis zum Hals. Sie versuchte ruhig zu bleiben, den restlichen Atem, der ihr noch blieb, zu kontrollieren. Doch dann bemerkte sie, trotz des schummrigen Lichts in der Höhle, wie sich langsam ihr Schatten von ihr löste. Amira entfuhr ein stummer Schrei. Ihr Schatten stellte sich neben ihren Peiniger und starrte sie mit hasserfüllten, rot glühenden Augen an.

»Ha!«, schrie Zamir triumphierend auf. »Noch ein mächtiger Schatten. Und dazu noch der einer Oberhexe. Genau, was ich brauche!«

Godal knurrte Zamir an. Er lockerte den Griff um Amiras Hals nicht.

Zamir stockte. »Du kannst sie jetzt loslassen«, sprach er unsicher.

Als Godal nicht reagierte, sprach er mir fester befehlender Stimme: »Sie ist wertlos für uns. Wir haben, was wir wollten. Lass sie los!«

Godal ließ sie nicht los. Er beachtete Zamir gar nicht. Er durchbohrte Amira mit seinen feurigen Augen. Dann machte er ein schnüffelndes Geräusch.

»Godal!«, herrschte Zamir ihn an. »Lass sie los! Sie ist ohne Wert für uns!« Panik lag nun in seiner Stimme.

Aber Godal gehorchte ihm nicht. Er öffnete den Mund und

hauchte Amira seinen schwarzen Atem ins Gesicht. Amira öffnete ohne ihren Willen ihren Mund, und ihr entströmte ihr hell gleißendes Licht, das Godal durch den Mund einatmete. Als das Licht aufhörte, aus Amira herauszufließen, ließ Godal sie los. Ihr lebloser Körper glitt zu Boden. Sie war tot.

Godal aber krümmte sich und fing an, eine helle goldene Flüssigkeit auf den Boden zu spucken. Er spuckte so lange, bis keine Farbe mehr zu erkennen war. Langsam richtete er sich auf und fixierte Zamir mit seinen glühenden Augen.

Zamir stöhnte auf. »Musste das sein? Ich brauche eine Hexe, die meine Hand heilt«, beschwerte er sich.

Godal machte eine Handbewegung in die Richtung von Amiras Schatten.

Zamir lachte hysterisch auf. »Oh, ja. Natürlich. Ich brauche keine Hexe mehr, jetzt habe ich ja den Schatten der mächtigsten Hexe von Eldrid, der mich heilen kann. Oder, noch besser, ich kann mich gleich selbst heilen, wenn ich mir seine Mächte einverleibt habe.«

Godal entfuhr ein Knurren, das Zamir zusammenzucken ließ. »Was ist denn los mit dir? Hast du vergessen, wer dein Herr ist?«, herrschte er ihn an. »Und was hast du dir nur dabei gedacht? Jetzt haben wir die Hexenwelt gegen uns. Sie wären uns sicherlich noch von Nutzen gewesen.«

Godal glitt auf Zamir zu, zischte ihn an und hob drohend die Hand. Zamir wich zurück, bis Godal ihn fauchend in eine Ecke gedrängt hatte.

»Du hast mir zu gehorchen, Godal!«, schrie er schrill.

Aber der Schatten hörte nicht auf ihn. Er drückte ihn gegen die Wand und fing an, eine Melodie zu summen. Zamir versuchte vergeblich, ihn zurückzudrängen.

»Also gut, du bekommst ihn. Nimm ihn mit. Ich brauche ihn nicht. Du darfst ihn haben«, presste Zamir heraus.

Godal warf Amiras Schatten einen Blick zu und ließ von Zamir ab.

Zamir atmete schwer und ließ sich auf den Boden sinken. »Ich habe dich gerufen, weil ich eine Aufgabe für dich habe«, presste er hervor.

Godal drehte sich zu Zamir um und funkelte ihn mit seinen roten Augen an. Er brummte herausfordernd.

»Geh ins Gebirge zu den Berggeistern. Sie müssen wissen, wer sie erweckt hat und wer ihr Herr ist.«

Godal machte ein Geräusch, das sich anhörte wie ein verächtliches Lachen. Dann zischte er zustimmend, packte Amiras Schatten am Arm und verschwand.

»Du hast ihren Körper vergessen!«, brüllte Zamir voller Zorn. »Hier kann er nicht bleiben. Nimm ihn gefälligst mit!«

Aber Godal kam nicht zurück. Zamir schrie und tobte in seiner Höhle.

Fünfunddreissigstes Kapitel

Der Vogel

Der Vogel, den Bodan zu Uris Höhle geschickt hatte, hatte schon den Wald erreicht. Uris Höhle war in greifbarer Nähe. Plötzlich brach die Dunkelheit herein, wie eine Wolke, die die Sonne verdunkelte. Der Vogel schrie auf vor Angst. Er bewegte sich in einem dunklen Fleck, während alles um ihn herum hell war. Er schaute nach oben und sah eine riesige Wolke von schwarzen großen Vögeln über sich. Wieder schrie der Vogel auf. Es waren nur noch wenige hundert Meter bis zu Uris Höhle und er wollte Bodans Nachricht überbringen. In diesem Moment stießen die schwarzen Vögel auf ihn herunter.

Ludmilla zuckte zusammen, als der schrille Schrei des Vogels durch die Höhle hallte.

Uri sprang besorgt auf und lief zum Eingang der Höhle. Er horchte angestrengt in den Wald hinein. Ludmilla konnte nichts als das Rauschen des Wasserfalls hören. Aber Uri, für den das Getöse des Wasserfalls kein Hindernis war, vernahm ein leises Krächzen, gefolgt von einem kurzen kraftlosen Schrei, und dann herrschte wieder Stille im Wald.

»Komm, Ludmilla!«, rief Uri in die Höhle hinein, doch Ludmilla stand schon neben ihm und sah ihn gespannt an.

»Ich möchte wissen, woher das kam«, sagte Uri und eilte voran.

Die Sonne stand schon tief am Himmel, aber es war noch genug Zeit, bevor die Nacht hereinbrach. Der Sternenhimmel gab zudem meist genug Licht, so dass es in diesem Teil von Eldrid selten richtig dunkel wurde. Ludmilla lief in ruhigen großen Schritten neben Uri, der sich erneut darüber wunderte, mit welcher Leichtigkeit sie ihre Macht beherrschte.

»Was war das?«, fragte sie kritisch.

Uri blickte sie von der Seite an. Er kniff die Augen zusammen. »Ein Vogel. Und Zamirs Späher. Ganz sicher.«

Es dauerte nicht lange und sie kamen zu der Stelle, an dem der Vogel lag. Er lag auf dem Rücken und hatte die Flügel voll ausgebreitet. Der Kopf war zur Seite geneigt und die Augen waren weit aufgerissen. Uri und Ludmilla kamen zu spät. Uri beugte sich über den Vogel.

»Warum bringen Zamirs Späher einen kleinen Vogel um?«, murmelte er vor sich hin.

Ludmilla stand wie angewurzelt neben ihm. Sie fixierte den Vogel. Es war kaum Blut zu sehen. Es war ein wunderschöner Vogel mit buntem Gefieder und einem gelben Schnabel. Aber die Pose, in der der Vogel auf dem Weg vor ihnen lag, ließ Ludmilla erschaudern. Über ihr schrie ein Späher auf.

Uri richtete sich auf und blickte zum Himmel. »Hau ab!«, schrie er den Späher an. »Er ist tot! Verschwindet aus diesem Teil des Waldes! Ihr habt in Teja nichts zu suchen!«, donnerte er. Mit diesen Worten schleuderte er einen goldenen Feuerball, der plötzlich in seiner Hand aufflammte, in den Himmel. Der Späher krächzte noch einmal auf und erhob sich in die Lüfte, um dem Feuerball auszuweichen. Uri schüttelte zornig den Kopf.

Er kniete sich neben den toten Vogel und strich ihm über das Gefieder. »Was war so wichtig an dir, dass sie dich töten mussten?«, murmelte er vor sich hin. Vorsichtig hob er den Vogel auf und trug ihn zu seiner Höhle.

Ludmilla schritt still hinter ihm her. »Warum nimmst du ihn mit?«, fragte sie leise.

Uri blieb stehen. »Vielleicht kann Amira etwas in Erfahrung bringen, indem sie den Vogel berührt. Ich konnte leider gar nichts erspüren. Es war schon zu spät. Aber die Mächte der Hexen sind in der Hinsicht besser ausgeprägt.«

Wieder etwas gelernt, dachte Ludmilla und lief leichtfüßig zur Höhle zurück.

Sechsunddreissigstes Kapitel

Trauer und Verzweiflung

Plötzlich ging alles ganz schnell. Kaum waren Ludmilla und Uri mit dem toten Vogel in die Höhle zurückgekehrt, überschwappte die Höhle ein ohrenbetäubender Lärm. Von allen Seiten schienen Schreie auf sie einzustürzen. Es waren schrille Schreie, die immer lauter zu werden schienen. Nach kurzer Zeit kam ein schauriger Gesang dazu, der dem Geheul eines verwundeten Tieres glich. Die gesamte Höhle schien davon erfüllt zu sein.

Ludmilla hielt sich die Ohren zu und kauerte sich auf den Boden. Diese Geräusche bereiteten ihr unerträgliche Schmerzen. Hilfesuchend blickte sie Uri an. Aber Uri war in eine meditative Haltung verfallen und beachtete sie nicht. Ada stürzte sich auf Ludmilla und begrub ihren Körper unter sich. So als wolle sie damit den Lärm abdämmen. Ludmilla fing vor Anstrengung an zu zittern. Wie hielt Ada das nur aus? Sie war doch auch nur ein Mensch.

Und dann wurde es schlagartig still. In Ludmillas Ohren summte es. Ada löste sich von ihr, so dass sie sich vorsichtig aufsetzen konnte. Alles drehte sich vor ihren Augen. Als sie gerade dabei war, zu sich zu kommen, nahm sie Bewegung im Gang der Höhle war. Sekunden später betraten Hunderte von Hexen Uris Höhle. An ihrer Spitze lief eine hochgewachsene dunkelhaarige Hexe mit tränenüberströmtem Gesicht. Sie hatte große Ähnlichkeit mit Amira. Auf ihren ausgebreiteten Armen trug sie ein Tuch vor sich her, auf dem Amiras blutiger Kopf lag.

Ludmilla wich zurück und schrie auf. Ada legte schützend ihren Arm um sie, verbarg ihr aber nicht die Sicht. Uri war aufgesprungen und hatte sich schützend vor Ludmilla und Ada gestellt. Die Hexen füllten die Höhle und bildeten einen Kreis um sie. Sie fingen an, ein Lied zu summen, das Ludmilla bereits mehrere Male in Eldrid gehört hatte. Dieses war jedoch eine sehr traurige Variante. Die Melodie erfüllte die Höhle und schwoll wieder zu einer unerträglichen Lautstärke an.

Die anführende Hexe trat vor und legte Uri Amiras Kopf zu Füßen. Uri starrte fassungslos auf Amiras Kopf. Die Hexen aber summten weiter ihr Lied und zogen dabei den Kreis immer enger.

Ludmilla rückte noch näher an Ada heran. Sie spürte, wie Angst in ihr hochkroch. Sie presste ihre Hände auf die Ohren und versuchte, nicht ständig Amiras blutigen Kopf anzustarren. Er lag jedoch direkt vor ihren Füßen, so dass sie ihren Blick kaum abwenden konnte. Und noch während sie krampfhaft auf den Boden stierte, verfärbte sich der Boden dunkel. Auch die Höhlenwände verdunkelten sich. Das Summen wurde zu einem Brummen und der Kreis zog sich immer bedrohlicher zusammen.

Dann hob Uri die Hand und die Hexen verstummten. Er nahm Amiras Kopf in die Hände, küsste ihn mit Andacht, setzte ihn wieder ab und nickte der Hexe zu, die ihn überbracht hatte. Sie trat vor und beugte sich zu Uri vor. Er küsste sie auf die Stirn und wischte ihr eine Träne aus dem Gesicht. Auch sein Gesicht war tränenüberströmt. Die Hexe trat zurück und die nächste Hexe trat vor. Auch diese küsste er auf die Stirn und wischte ihr eine Träne aus dem Gesicht. Dies wiederholte er bei jeder einzelnen Hexe.

Es dauerte Stunden, bis sich die Höhle langsam leerte. Nachdem er der letzten Hexe seine Ehre erwiesen hatte, ließ sich Uri erschöpft auf einen Strohballen fallen. Er sah Ada verzweifelt an.

»Ich muss mit den anderen Spiegelwächtern sprechen. Das ist eine Katastrophe. Alles ist im Wandel. Wir leben zum ersten Mal seit seinem Bestehen nicht mehr in Frieden.« Uris Stimme war heiser. »Ich brauche dich jetzt, Bodan! *Jetzt!*«, murmelte er mehrfach hintereinander. Immer wieder horchte er in sich hinein und schüttelte dann verzweifelt den Kopf. »Wo ist er nur? Warum kann ich ihn nicht erspüren?«

Als Nächstes versuchte er Pixi zu rufen. Aber auch hier hatte er keinen Erfolg. Das leichte Leuchten des Spiegels winkte er mit einem Fingerzeig ab.

Ludmilla hatte die Frage schon auf den Lippen, wagte sie jedoch nicht auszusprechen: Wieso fängt der Spiegel an zu leuchten, wenn er versucht, Pixi zu rufen? Fragend blickte sie Ada an, aber sie schüttelte nur unmerklich den Kopf.

»Nicht jetzt«, flüsterte sie.

Uri stöhnte auf und versank für ein paar Momente in Schweigen. Dann wandte er sich entschlossen Ada zu. »Ich muss mich mit Kelby und Arden beraten. Dazu gehe ich in den Wald. Wartet bitte hier auf mich. Pass gut auf Ludmilla auf. Ich kann noch nicht sagen, ob wir unseren ursprünglichen Plan noch verfolgen werden. Godal ist zu allem fähig.«

»Das war Godal?«, entfuhr es Ludmilla.

»Zamir ist dazu nicht fähig«, erwiderte er müde. »Außerdem kennt er die Konsequenzen. Dazu ist er zu schlau. Er würde es nie wagen, eine Oberhexe zu töten. Aber Godal«, er stockte, »Godal ist das gleichgültig. Er ist ein Schatten. Er kennt nur die Dunkelheit, und das Einzige, was er will, ist Macht.«

Ludmilla lief ein Schauer über den Rücken.

»Aber Zamir hat sie enthaupten lassen!«, hörte sie eine Stimme hinter sich. Lando schlenderte in seiner gewohnt lässigen Art in die Höhle.

Wie konnte er so schnell zurück sein?, dachte sie verwirrt. Und wo war der Magier, den er mitbringen sollte? Adas Worte hatten ihre Wirkung nicht verfehlt. Misstrauisch beobachtete sie ihn aus den Augenwinkeln. Lando fühlte ihre Blicke auf sich und funkelte sie herausfordernd an. Sie zuckte zusammen und schaute zu Boden.

Landos Gesichtsausdruck verriet, dass auch er angespannt war. »Er hat dem Ganzen die Dramatik verpasst«, platzte es aus ihm heraus. Er verzog sein Gesicht zu einem gequälten Lächeln.

Als Uri ihn fragend ansah, fuhr er fort: »Als ich das Geheul der Hexen im Wald hörte, bin ich zu Zamirs Höhle geflogen. Ich hatte irgendwie im Gefühl, dass Amira ihn vielleicht aufsuchen würde. Und da sah ich sie. Amiras Körper lag vor Zamirs Höhle. Sie war schon tot. Aber dann tauchte einer von Zamirs Gehilfen auf, dieser Zwerg. Raik!« Lando spuckte den Namen regelrecht aus, so dass dunkelrote Funken auf den Boden sprühten.

Ludmilla überlegte krampfhaft, in welchem Zusammenhang sie diesen Namen schon einmal gehört hatte.

»Zamir zwang ihn, ihr den Kopf abzuhacken«, fuhr Lando leise fort. »Es war schaurig. Selbst der Zwerg hat dabei geheult. Und Zamir lachte die ganze Zeit völlig hysterisch.«

Uri rappelte sich auf. »Es bleibt dabei. Ich muss mich mit Arden und Kelby treffen. Ihr bleibt bitte hier bei Ludmilla. Vor allem du, Lando!«, befahl er.

Lando und Ada nickten zustimmend und im nächsten Moment war Uri aus der Höhle verschwunden.

Siebenunddreissigstes Kapitel

Der Besuch

Mina lief nervös auf und ab. Ständig schaute sie aus dem Fenster. Dann fuhr endlich der Wagen vor und Ludmillas Eltern stiegen aus.

Pixi scheuchte Ludmillas Spiegelbild zur Tür. Widerwillig öffnete es die Haustür. »Lächeln und winken!«, zischte Pixi es an. »Es sind schließlich deine Eltern, also freue dich gefälligst.«

Mina trat einen Schritt zurück. »Danke!«, hauchte sie. Sie zitterte vor Aufregung.

Ludmillas Eltern betraten das Haus und begrüßten ihre vermeintliche Tochter freudig.

Ludmillas Spiegelbild erwiderte die Freude nicht. Und damit nahm das Unheil seinen Lauf.

Das Spiegelbild begleitete ihre Eltern nicht ins Haus, sondern verschwand kurzerhand in Ludmillas Zimmer. Nicht, dass ihre Eltern ein solches Verhalten nicht gewohnt waren. Dennoch waren sie darüber empört.

Mina bemühte sich um Schadensbegrenzung. »Ihr habt sie seit zwei Monaten nicht besucht«, versuchte sie das Verhalten zu erklären. »Und wann habt ihr das letzte Mal mit ihr telefoniert? Was erwartet ihr denn? Sie ist fünfzehn!«

Den Vorwurf in ihrer Stimme konnte sie nicht verbergen. Sie fühlte sich im Recht, auch wenn sie das Verhalten von Ludmillas Spiegelbild nicht guthieß und es der echten Ludmilla nicht hätte durchgehen lassen. So war sie gezwungen, das Spiel mitzuspielen.

»Genau!«, fauchte Ludmillas Mutter, Alexa. »Sie ist fünfzehn. Da wird sie doch wohl den Anstand haben, ihre Eltern zu begrüßen. Ein solches Verhalten ist inakzeptabel. Ich werde mit ihr sprechen.«

Wutentbrannt verließ sie die Küche. Mina hatte den Tisch mit Kaffee, Tee und Kuchen gedeckt und blickte nun etwas hilflos zu Pit, Ludmillas Vater, der unbeholfen am Tisch stand.

»Magst du dich setzen, Pit?«, versuchte sie die Wogen zu glätten. »Darf ich dir etwas anbieten? Tee, Kaffee, Kuchen?«

Pit sah sie irritiert an, zögerte und setzte sich dann an den Tisch. Sekunden später ertönte ein Schrei, der durch das gesamte Haus hallte.

Alexa kam in die Küche gerannt, die Hand vor dem Gesicht. »Sie hat mich angespuckt«, presste sie hervor.

Mina ließ vor Schreck das Messer fallen, mit dem sie den Kuchen anschneiden wollte. Sie starrte ihre Tochter und ihren Schwiegersohn an.

»Ich spreche mit ihr ...«, stammelte sie fassungslos, »... ich regle das«, und verließ den Raum.

Als sie sichergehen konnte, dass sich Pixi auch in Ludmillas Zimmer befand, schloss sie energisch die Tür und warf Ludmillas Spiegelbild einen vernichtenden Blick zu.

»Was denkst du dir eigentlich dabei?«, herrschte sie es an. »Das war nicht unsere Abmachung!«

Das Spiegelbild grinste breit. »Wir haben überhaupt keine Abmachung. Du willst mich nicht durch den Spiegel schicken, und dieses kleine Ding auch nicht. Ihr nutzt mich doch nur aus und dabei spiele ich nicht mit.«

Mina wurde rot im Gesicht. Von draußen hörte sie, wie sich Schritte näherten.

Pixi flatterte hervor. »Du benimmst dich jetzt oder du hast den Spiegel das letzte Mal gesehen«, piepste sie erzürnt.

Das Spiegelbild hob nur verächtlich die Schultern.

In diesem Moment flog die Tür auf und Ludmillas Vater betrat den Raum. Er war groß und schlank und trug auch heute einen maßgeschneiderten Geschäftsanzug, der wie eine zweite Haut saß. Seinen Hals schmückte eine dezente Seidenkrawatte und aus der Brusttasche des Sakkos ragte ein farblich passendes Einstecktuch. Seinen Scheitel trug er akkurat gezogen, die dunkelblonden Haare glänzten im Licht und seine blauen Augen funkelten hinter einer runden Hornbrille hervor.

»Ludmilla!«, donnerte er los. »Was denkst du dir dabei? Ein solch kindisches Verhalten dulden wir nicht, und das weißt du. Wir müssen davon ausgehen, dass deine Großmutter keinen guten Einfluss auf dich hat, wenn du dich derartig danebenbenimmst.«

Ludmillas Spiegelbild starrte ihn an und grinste frech. Dabei warf sie Mina einen Seitenblick zu, der Mina wie eine Faust im Magen traf. Sie machte alles nur noch schlimmer. Ludmillas Mutter tauchte hinter ihrem Mann auf. Auch sie trug einen schwarzen Hosenanzug, als wäre sie bei einem Geschäftstermin. Ihre braunen Haare hatte sie streng zusammengenommen und trug sie zu einem Dutt. Ihre Füße steckten in schwindelerregend hohen spitzen Schuhen, in denen sie lief, als wären es Turnschuhe.

»Wenn du so wenig Einfluss auf sie hast, Mutter«, fauchte Alexa Mina an, »und sie so wenig Benehmen an den Tag legt, dann können wir sie nicht länger in deiner Obhut belassen. Pubertät hin oder her, aber das geht zu weit!«

Das Spiegelbild starrte belustigt von einem zu anderen.

Mina hob an, etwas zu sagen, aber Pit schüttelte entschlossen den Kopf: »Wenn ihr beide weiter in dieser Konstellation leben wollt, dann muss Ludmilla lernen, sich zusammenzureißen. Ansonsten wird das Konsequenzen haben.«

Alexa nickte so heftig, so dass ihr Dutt wippte. »Sonst müssen wir davon ausgehen, dass du kein guter Umgang für sie bist.«

Sie gab Mina keine Chance zu reagieren, ergriff die Hand ihres Mannes und zog ihn aus dem Zimmer. Sekunden später knallte die Haustür zu.

Mina schossen die Tränen in die Augen. Völlig hilflos blickte Mina Pixi an. Pixi tobte vor Wut. Aber Mina hob nur verzweifelt die Schultern. »Was sollen wir denn jetzt machen? Wenn sie mir Ludmilla wegnehmen und dieses Spiegelbild aus dem Haus schaffen, dann kann Ludmilla den Spiegel nicht mehr benutzen. Sie kann, ohne dass ihr Spiegelbild im Haus ist, nicht aus dem Spiegel steigen.«

Pixi schlug sich ihre kleine Hand auf den Mund. »Du hast Recht«, flüsterte sie voller Entsetzen. »Wir müssen unter allen Umständen verhindern, dass das Spiegelbild das Haus verlässt. Ludmilla wird sonst nicht aus Eldrid zurückkommen können.«

Mina nickte nur matt. »Das heißt, dass wir dieses Exemplar dazu bringen müssen, mitzuspielen, oder Ludmilla muss zurückkommen. Ich kenne meine Tochter. Sie macht ernst. Gegen sie habe ich keine Chance.«

Pixi starrte verbissen ins Leere.

Mina ließ sich verzweifelt in den nächststehenden Sessel fallen. »Das hier ist eine Katastrophe!«

Und sie fing an, bitterlich zu weinen.

Achtunddreissigstes Kapitel

Bodans Schatten

Immer tiefer ging es hinab. An vielen Ebenen vorbei, auf denen die Bewohner von Fluar arbeiteten. Die Augen waren auf Bodan gerichtet, wie er hilflos in der Hand des Berggeistes eingequetscht war. Unbeholfen drückte er sich etwas nach oben, um genug Luft zu bekommen. In dem Krater war es heiß, und je tiefer sie hinabrauschten, desto wärmer und stickiger wurde die Luft. Die Sicht wurde immer schlechter, so staubig war es.

Bodan durchdachte blitzschnell seine Möglichkeiten: Wenn er sich unsichtbar machen würde, würde der Berggeist vielleicht die Hand öffnen und ihn fallen lassen. Da er nicht fliegen konnte, würde er in die Tiefe stürzen. Dasselbe würde passieren, wenn er versuchen würde, die Hand des Berggeistes zu sprengen. Auch dann würde er fallen. Also war er gezwungen, darauf zu warten, dass sie an ihr Ziel kamen. Er hoffte, dass er sich dann unsichtbar machen und verschwinden könnte. Gegen die Berggeister halfen seine Fähigkeiten nicht. Es waren Fähigkeiten, die ihm das Leben in Eldrid versüßten. Die ihn mächtig und weise erscheinen ließen, damit er von den anderen Wesen genug Respekt erhielt. Seine Mächte waren aber nicht dazu gemacht, um sich zu verteidigen. Erst recht nicht gegen Berggeister.

Es dauerte endlos, bis der Berggeist zum Stillstand kam. Bodan fragte sich, warum den Berggeistern ein Spiegelwächter so wichtig war. Wollten sie ihn auch als Arbeiter einsetzen? Aber er hatte dafür keine Zeit! Er musste ins Schneegebirge. Wie hatte er nur so dumm sein können? Auf seiner Stirn zeichneten sich Sorgenfalten ab, tiefer und größer als je zuvor.

Schließlich setzte der Berggeist auf dem Grund des Kraters auf. Es war eine kreisförmige Fläche, die mehrere hundert Quadratmeter groß war. Bodan konnte nun erkennen, woran die Berggeister hier arbeiteten. Seine schlimmsten Befürchtungen wurden wahr: Sie suchten nach dem Fluss und hatten einen Höhleneingang freigelegt, aus der Bodan Wassergeräusche wahrzunehmen glaubte. Der unterirdische Fluss! Er existierte also wirklich. Der Fluss Taron, der durch Eldrid floss, hatte seinen Ursprung in Ilios. Aber warum hatten die Berggeister daran Interesse? Und noch eine Frage schoss ihm durch den Kopf: Wenn es einen Fluss im Gebirge Odil gab, gab es auch Flussgeister? Wenn die Flussgeister auch in das Gebirge gelangen konnten, dann hatte Bodan vielleicht einen Verbündeten. Denn die Flussgeister waren friedliebende Geister, die am Waldrand in der Nähe des Wasserfalls lebten. Sie waren den Wesen von Eldrid sehr wohlgesinnt, aber auch sehr mächtig. Mit ihnen an seiner Seite hätte Bodan sicherlich eine Chance zu entkommen. Angespannt starrte er auf den freigelegten Höhleneingang.

Bei dem Anblick hatte er vollkommen vergessen, dass er sich unsichtbar machen wollte. Das Grollen des Berggeistes, der ihn in seiner Hand hielt, ließ ihn zusammenzucken. Er wandte sich ihm zu und sah plötzlich mehrere Berggeister vor sich schweben. Sie hatten riesige schiefe Gesichter aus Stein, dunkle, glühende Augen. Der restliche Körper der Berggeister bestand aus einer Nebelwolke. In dieser Form, so vermutete Bodan, konnten sie sich leichter durch den Krater bewegen, den sie selbst geschaffen hatten.

Unsanft setzte der Berggeist Bodan auf dem Boden ab. In der nächsten Sekunde stieß er ihn mit dem Finger in die Richtung des Höhleneingangs. Bodan stolperte darauf zu und blickte sich um. Hinter den Berggeistern erschien ein weiterer Berggeist. Er schien größer zu sein als die anderen. Er fuhr auf Bodan zu und seine

Hände erschienen aus der Nebelwolke heraus. Seine Hände waren riesig. Er faltete sie vor seinem Gesicht und blies seinen Atem hinein, bis die Hände wie überdimensionale Luftballons aussahen. Dann schwebten die Ballonhände direkt auf Bodan zu. Bodan entfuhr ein Schreckensschrei, doch er konnte sich nicht bewegen. Die Ballonhände nahmen ihn in die Luft und umschlossen ihn, ohne ihn zu erdrücken. Vielmehr bildeten sie einen Hohlraum, in dem Bodan stehen konnte. Aber er war darin gefangen.

Der Berggeist, dem diese Hände gehörten, kam mit seinem Gesicht ganz nah an Bodan heran und zischte: »Darin bist du nun gefangen, Spiegelwächter. Deine Mächte funktionieren nur, soweit ich es erlaube. Es sind meine Hände, die dich halten. Sie werden dich zerquetschen, wenn du auch nur eine falsche Bewegung machst. Und komme erst gar nicht auf die Idee, dich unsichtbar zu machen. Meine Finger finden dich trotzdem.«

Die Stimme klang klar und ruhig. Wäre der bedrohliche Unterton und das Grollen der übrigen Berggeister nicht gewesen, hätte sie fast freundlich geklungen.

»Hast du mich verstanden, Spiegelwächter?«, fuhr der Berggeist ihn an.

Bodan nickte schnell und versuchte, dabei unbeeindruckt zu wirken. Sein Herz raste und er konnte keinen klaren Gedanken fassen. Was ging hier gerade vor und warum konnte er sich nicht wehren? Warum hatte er sich nicht unsichtbar gemacht und war weggelaufen?

»Dann fang an zu arbeiten. Wir wollen an diesen Fluss ran. Lege ihn frei!« Die Hände des Berggeists schoben ihn in die Höhle hinein.

Bodan verstand die Mächte der Berggeister nicht. Wie konnten sich die Hände von dem Geist lösen? Und wie konnte er seine Fähigkeiten kontrollieren oder gar blockieren? Bodan kannte sich mit der Geisterwelt von Eldrid gut aus. Sie waren friedfertig und griffen die Wesen von Eldrid nicht an. Ähnlich wie die Schneegeister wurden auch die Lichtgeister nicht gern gestört, so dass sie verschiedene Abwehrmechanismen anwandten, um Eindringlinge zu verjagen. Aber dazu gehörte nicht die Blockade von Mächten. Das war Bodan vollkommen neu.

Noch während Bodan grübelte, schlossen sich die Hände des Berggeistes immer dichter um ihn und er fing an zu arbeiten.

Nach etlichen Stunden der Arbeit und vielen Metern, die er dem Fluss näher gekommen war, schnaufte Bodan erschöpft auf. Kupferfarbene Schweißperlen überströmten sein Gesicht, sein Bauch wippte von dem schweren Atem und seine Knie zitterten. Auch Spiegelwächter brauchten eine Pause. Fragend sah sich Bodan um. Die Hände ruhten über ihm, zufrieden, dass er widerstandslos arbeitete. Sie reagierten nicht, als er sich kurz auf den Boden setzte, um sich auszuruhen.

In diesem Moment hörte er aufgeregtes Brummen und Grollen der Berggeister. Unruhe entstand im Berg. Neugierig schob sich Bodan zum Höhleneingang. Die Hände des Berggeists hinderten ihn nicht. Vorsichtig lugte er hinaus und versuchte nach oben zu schauen.

Schlagartig wurde es still. Das Hämmern der Bewohner von Fluar hatte aufgehört. Bodans Herz begann wie wild zu pochen. Was ging da vor?

Am Fuß des Kraters hatten sich die Berggeister versammelt. Der Größte, dessen Hände Bodan in Schach hielten, schwebte vor den anderen. Alle starrten den Krater hinauf. Bodan stellte sich auf die Zehenspitzen, um besser sehen zu können, und dann sah er es auch. Ein Schatten flog den Krater hinunter. Ein Schatten, in einen Umhang gehüllt, mit glühend roten Augen. Bodan presste sich instinktiv mit den Händen an die Höhlenwand. War das etwa Godal?

Der Schatten landete schwerelos auf dem Boden des Kraters und zischte die Berggeister an. Die Berggeister fuhren zurück, nur der Größte blieb stehen und funkelte den Schatten herausfordernd an.

»Was willst du hier?«, brüllte der Berggeist los. Seine Stimme hallte im gesamten Gebirge wider, so dass es erzitterte. »Ich bin Raan, der König der Berggeister, und wer bist du, dass du es wagst, uns zu stören?«

Der Schatten schob seine Kapuze ein Stück zurück und zischte so laut, dass sich die Wesen von Fluar die Ohren zuhielten und sich zusammenkauerten. Auch Bodans Knie wurden bei dem Geräusch weich.

»Ich bin Godal«, züngelte der Schatten leise. Seine Laute klangen unnatürlich und nicht nach einer Sprache und dennoch waren sie eindeutig zu verstehen. Sie hallten an den Gesteinswänden wider. »Ich bin der mächtigste Schatten in Eldrid. Ich bin der Schattenkönig.«

Den Wesen von Fluar entfuhr auf vielen Ebenen Schreie der Angst.

Godal ließ ein grausames Gelächter erklingen. »Ich bin gefürchtet!«, zischte er den König der Berggeister an.

Raan schien das nicht zu beeindrucken. »Was willst du hier?«

»Ihr habt mir zu gehorchen!«, flüsterte Godal leise. »Zamir, der Spiegelwächter, hat euch erweckt, aber *mir* habt ihr zu gehorchen!«

Raan blickte ihn verdutzt an. Noch bevor er antworten konnte, fing Godal an zu schnüffeln. Er drehte sich zu dem Höhleneingang um, in dem sich Bodan versteckt hielt. Er schnüffelte erneut und bewegte sich, wie an einem Faden gezogen, auf Bodan zu. Raan grollte, doch Godal reagierte nicht. Sekunden später fixierten Bodan zwei rot glühende Augen an. Bodan meinte sogar ein triumphierendes Lächeln in seinem tiefschwarzen Gesicht erkennen zu können.

»Wage es nicht!«, polterte Raan. »Das ist mein Gefangener! Mein Spiegelwächter, rühre ihn nicht an!«

Aber Godal zuckte noch nicht einmal zusammen. Er schnüffelte ein letztes Mal, dann hatte er mit einem Fingerschnippen Bodans Ballongefängnis gesprengt. Raan stieß einen abscheulichen Schrei aus, der ganze Steinbrocken von den Wänden löste und polternd in die Tiefe stürzen ließ. Godal trieb Bodan unbeirrt in den Höhleneingang hinein, bis Bodan über einen Gesteinsbrocken stolperte.

»Was willst du von mir?«, krächzte Bodan. Mehr vermochte er nicht hervorzubringen. Im selben Moment bemerkte er, dass er wie gelähmt war. Eine schwarze Hand griff ihm an die Kehle, hob ihn hoch, als hätte er kein Gewicht, und fixierte ihn an der Gebirgswand. Wie paralysiert starrte Bodan in Godals Augen. Er hörte, wie Godal etwas murmelte, eine Art von Gesang anstimmte und ihn mit seinen Augen fixierte. Bodans Schatten löste sich sehr langsam von ihm. Es war wie ein Kampf, den Bodan nicht ohne weiteres aufgeben wollte. Aber Godal war stärker.

Schließlich stand Bodans Schatten neben Godal. Er blickte Bodan nicht an, während er sich Godal zuwandte.

Bodan entfuhr nun ein Entsetzensschrei, aber Godal brüllte auf vor Gelächter. Dabei blies er den erstaunten Berggeistern schwarzen Nebel ins Gesicht, so dass diese in einer schwarzen Wolke verschwanden. Godal und Bodans Schatten schwebten ungehindert den Krater hinauf und waren Sekunden später verschwunden.

Neununddreissigstes Kapitel

Ludmillas Entscheidung

Uri durchfuhr ein Schauer. Etwas Entsetzliches war passiert. Bodan! Es war Bodan! Er verlor seine Mächte als Spiegelwächter. Wie konnte das sein? Uri krümmte sich vor Schmerzen auf dem Waldboden. Die Spiegelwächter waren alle miteinander verbunden. Litt einer, litten die anderen mit ihm. Aber nur Bodan verlor seinen Schatten.

Ludmilla kauerte in einer Ecke der Höhle, starrte gedankenverloren auf den Spiegel und wartete. Gedankenverloren spielte sie mit dem Anhänger ihrer Kette. Sie war das Warten leid. Sie wollte endlich etwas tun. Aber ständig passierte etwas, das die Lage derartig veränderte, dass Uri jetzt nicht mehr sicher war, ob sie ihre Aufgabe überhaupt erfüllen konnte. Aber nur deshalb war sie hier. Und sie wollte Minas Schatten zurückbringen. Um jeden Preis. Nur, was sollte sie machen, wenn Uri sie zurückschickte? Unverrichteter Dinge. Ludmilla schüttelte es. Sie wollte sich gar nicht ausmalen, was sie dort erwartete.

»Und was willst du jetzt tun?«, flüsterte Lando ihr ins Ohr, so dass sie zusammenzuckte. Er setzte sich leise neben sie und warf einen Blick auf die schlafende Ada. Ludmilla sah ihn fragend an und hob die Schultern.

»Willst du hier rumsitzen und warten oder willst du es endlich selbst in die Hand nehmen?« Er blinzelte sie an. Ein kleiner durchsichtiger Funke sprang aus seinen Augen. »Was bringt dir die Warterei? Was bringt es dir, die Entscheidung der Spiegelwächter abzuwarten? Die Lage hier wird nicht besser. Du solltest jetzt handeln!«

Sie richtete sich auf und schob das Kinn nach vorn. »Was willst du damit sagen?«

Lando zuckte mit den Schultern. »Was wohl?«, fragte er belustigt. »Ich denke, du solltest handeln. Auf eigene Faust. Schau dir deinen Schatten an. Er ist mächtig. Und wenn ich sage mächtig, dann meine ich, so mächtig wie Godal.«

Er machte eine eindrucksvolle Pause und sah sie nachdenklich an. Ludmillas Augen verschmälerten sich. Sie mochte das nicht hören. Ihr Schatten. Die Wörter brannten ihr auf der Zunge und am liebsten wäre sie alles losgeworden, was ihr auf der Seele lag, aber sie hatte das Gefühl, dass Lando noch mehr zu sagen hatten. Also presste sie die Lippen zusammen und schwieg.

»Du musst lernen, ihn zu kontrollieren, damit er seine Mächte mit dir teilt. Dein Schatten hat bereits alle Mächte, die deine Familie über die Jahrhunderte gesammelt hat. Davon bin ich überzeugt«, fuhr Lando bedacht fort. Seine Stimme war nur noch ein Flüstern und immer wieder starrte er zu Ada hinüber.

Ludmilla funkelte ihn entgeistert an. »Wie meinst du das?«

Er lächelte sie an und seine unterschiedlich farbigen Augen blitzten auf. Er schwieg und sah sie prüfend an.

»Beantworte mir die Frage bitte ehrlich, Ludmilla«, seine Stimme klang sehr ernst und in diesem Moment erkannte sie sein wahres Alter. »Bis auf die Macht, die Uri dir verliehen hat – konntest du noch andere Mächte in dir spüren?«

Ludmilla starrte zu Boden und schwieg kurz. Dann blickte sie ihm in die Augen und nickte langsam. Ihre Stimme war heiser und sie hatte einen Kloß im Hals. Sie wusste selbst nicht, ob ihr das gefiel, was sie jetzt aussprach: »Da war diese Situation im Sumpf mit den Fröschen. Uri meinte, ich hätte mich nicht so schnell aus der Lähmung befreien können. Es hätte viel länger dauern müssen. Und dann war da noch dieser Angriff von Zamir, bei dem ich Uri geholfen habe.«

»Ich wusste es«, presste er triumphierend hervor. »Warum hat Uri das nicht erzählt? Was genau ist in diesem Sumpf passiert, Ludmilla? Erzähle mir bitte auch, was du dabei gefühlt hast. War es genauso wie bei Zamirs Angriff?«

Ludmilla sah ihn von der Seite an und überlegte kurz. Statt zu antworten, sagte sie: »Er hat Kontakt mit mir aufgenommen. Er will, dass ich zu ihm komme, Lando!« Ihre Stimme war nur noch ein Krächzen, wie das eines Spähers.

Lando zuckte zusammen. »So weit ist es schon?«

Ludmilla nickte und spürte, wie Tränen in ihr aufstiegen. Die sonst so starke Ludmilla hatte plötzlich Angst und fühlte sich überfordert. Verstohlen wischte sie sich über die Augen und schluckte hart.

Lando aber sprang auf. Bei seiner ruckartigen Bewegung zuckte Ludmilla zusammen und schaute zu ihm auf. Seine Füße landeten lautlos auf dem weichen Höhlenboden. »Weiß das Uri?« Aber er ließ sie nicht zu Wort kommen. »Keine Sekunde darfst du allein bleiben und wir dürfen keine Zeit mehr verlieren. Wir müssen jetzt handeln. Nicht, dass Uri wieder den Rat einberufen muss, und zum Schluss schicken sie dich doch nach Hause, ohne es wenigstens versucht zu haben.« Aufmunternd hielt er ihr die Hand hin.

Ludmilla ergriff sie und ließ sich hochziehen. »Aber was hast du vor? Du hast selbst gesagt, dass ihr keine Ahnung habt, wo ihr Godal suchen müsst. Wo sollen wir anfangen? Hast du einen Plan, von dem die anderen nichts wissen?«

Lando sah ihr in die Augen. »Ich habe eine Ahnung, wo sie sich aufhalten. Zamir hat etwas von einem Schattendorf erwähnt. Das müssen wir suchen. Ich bin mir sicher, dass wir dort fündig werden.«

»Davon hast du bisher nichts gesagt. Und wann hat Zamir das erwähnt, hast du mit ihm gesprochen?« Sie wich misstrauisch zurück.

»Natürlich nicht!«, gab er entrüstet zurück. »Als ich ihn beobachtet habe und Godal mit den anderen Schatten kam, da sagte er etwas von einem Schattendorf. Ich wollte mich erst einmal vergewissern, wo dieses Schattendorf ist, bevor ich Uri davon erzähle.«

Ludmilla hob die Augenbrauen. »Mir ist nicht entgangen, dass du die Verfahren der Spiegelwächter nicht schätzt«, sprudelte es aus ihr heraus. »Du brauchst mich also nicht anzulügen. Du hattest nie vor, es Uri zu sagen!«

Landos Lippen umspielten ein spöttisches Lächeln. »Ganz so einfach ist es nicht, Ludmilla. Hier in Eldrid gelten bestimmte Regeln. Unter anderem müssen wir uns dem Willen und den Entscheidungen des Rates unterordnen. Und die der Spiegelwächter.« Er stockte kurz und betrachtete sie prüfend. »Wenn Uri dir verbietet, durch Eldrid zu reisen, bist du chancenlos. Wenn ich ihm aber zuvorkomme und dich mitnehme, wird er diese Entscheidung vielleicht nicht treffen. Er vertraut mir. Es war nicht mein Plan, Uri das Schattendorf zu verheimlichen. Ich wollte es mir nur zunächst selbst anschauen und sichergehen, dass sich eine Reise dorthin mit einer ganzen Delegation von Wesen auch lohnt. Das ist alles. Wenn du jetzt mit mir gehst und wir deine Aufgabe auf eigene Faust versuchen zu erfüllen, musst du mir vertrauen. Und zwar bedingungslos, Ludmilla!« Lando sah ihr eindringlich in die Augen. »Du musst mir vertrauen, Ludmilla. Anders funktioniert es nicht.«

Ludmilla starrte ihn an. Sie wusste, dass sie ihm vertrauen konnte. Trotz Adas Vortrag. »Vertrauen«, wiederholte sie langsam.

Lando nickte verschwörerisch. »Und als Erstes muss der Magier dir beibringen, deine Mächte zu erwecken. Und du musst lernen, deinen Schatten zu kontrollieren. Dann kann er dir auch nicht gestohlen werden.«

»Das geht?«, platzte es verwundert aus Ludmilla heraus.

Lando lächelte sie breit an. »Es ist eine sehr alte Kunst, die nur wenige Wesen beherrschen, aber ja, es geht. Dein Schatten muss dir gehorchen und das kannst du ihm beibringen. Dann könnt ihr die Mächte teilen, ohne Gefahr zu laufen, sie zu verlieren.«

»Aber warum lernen nicht alle Wesen von Eldrid diese Kunst?«, fragte sie verständnislos. »Dann wären Zamir und Godal keine Bedrohung mehr, weil keine Schatten gestohlen werden können.«

Landos Lächeln wurde immer breiter. »Weil nicht alle Wesen diese Kunst erlernen können«, erklärte er sanft. »Und es ist keine leichte Kunst. Das Wesen muss über außergewöhnlich viel Macht verfügen und es bedarf viel Geduld. Es kann Jahre dauern, diese Kunst richtig zu beherrschen.«

»Jahre!«, rief Ludmilla aus, so dass Lando einen warnenden Blick auf Ada warf. »Aber ich habe keine Jahre Zeit«, flüsterte sie. »Irgendwann muss ich auch wieder zurück in meine Welt.«

Lando sah sie ernst an. Bevor er etwas sagen konnte, sprudelte es aus Ludmilla heraus: »Kannst du es denn?«, fragte sie. »Hast du deinen Schatten an dich gebunden?«

Lando zuckte unmerklich. Statt zu antworten, ergriff er ihre Hand. »Es geht jetzt um dich und deine Aufgabe. Nicht um mich! Bist du dazu bereit? Vertraust du mir?«, fragte er und sah ihr dabei prüfend in die Augen.

Ludmillas Herz pochte wie wild, aber sie wagte es nicht, wegzuschauen. Konnte sie das wirklich tun? Uri verlassen? Auf eigene Faust mit Lando das Schattendorf suchen? Aber hatte sie eine Wahl? Sie wollte etwas erleben. Etwas tun. Nicht nur herumsitzen und warten. Sie atmete tief durch, bevor sie antwortete: »Also gut, ich komme mit. Ja, Lando, ich vertraue dir. Lass uns auf eigene Faust versuchen, meine Aufgabe zu erfüllen. Nur wir zwei.«

Lando lachte amüsiert auf. »So leichtsinnig bin ich nun auch nicht.« Er grinste. »Der Magier wird uns finden, wenn wir so weit sind, und außerdem wird uns mein guter Freund Eneas begleiten.«

»Eneas?«, brach es ungläubig aus Ludmilla heraus. »Der Unsichtbare?« Sie konnte ihre Abneigung kaum verbergen.

Lando lachte auf. »Natürlich. Eneas, der Unsichtbare. Ein Formwandler und ein Unsichtbarer, eine bessere und machtvollere Begleitung findest du nicht. Lass uns gehen, Ludmilla«, sprach er und zog sie in Richtung Ausgang der Höhle. Mit großen Schritten lief er auf den Wasserfall zu, der in allen Farben leuchtete.

Verzeichnis der Personen und Wesen

Personen

Ada Scathan
Minas Schwester, die in Eldrid geblieben ist und dort lebt. Mitglied des Rates.

Alexa Scathan und Pit Musk
Ludmillas Eltern.

Die Spiegelfamilien
Scathan-Familie, Taranee-Familie, Solas-Familie, Ardis-Familie, Dena-Familie.

Ludmilla Scathan
Lebt bei ihrer Großmutter Mina, im Haus der Scathan-Familie. Sie entdeckt den Spiegel im Haus ihrer Großmutter und reist durch diesen Spiegel, den Scathan-Spiegel, nach Eldrid.

Mina Scathan
Ludmillas Großmutter. In ihrem Haus steht der Spiegel, durch den Ludmilla nach Eldrid reist.

Wesen

Amira
Mächtige Oberhexe. Mitglied des Rates.

Arden
Spiegelwächter des Dena-Spiegels. Mitglied des Rates.

BODAN
Spiegelwächter des Solas-Spiegels. Lebt in Fluar. Engster Vertrauter von Uri. Mitglied des Rates.

DUB
Pferdeähnliches Tier, das, folgt es dem Ruf eines Wesens, sich reiten lässt und dabei windschnell wird.

ENEAS
Unsichtbarer. Mitglied des Rates.

GODAL
Der selbstständige übermächtige Schatten von Mina. Verbündeter von Zamir.

KELBY
Spiegelwächter des Ardis-Spiegels. Mitglied des Rates.

LANDO
Formwandler. Vertrauter von Uri. Mitglied des Rates.

PIXI
Uris Fee. Mitglied des Rates.

RAAN
König der Berggeister.

RAIK
Zwerg.

URI
Spiegelwächter des Scathan-Spiegels, der in Minas Haus steht. Oberhaupt von Eldrid. Mitglied des Rates.

ZAMIR
Ehemaliger Spiegelwächter des Taranee-Spiegels. Verbannt in eine Höhle im dunklen Teil von Eldrid.

SPECIAL THANKS TO ...

@the love of my life: Mein Fels in der Brandung! Ohne Dich wäre es nicht gegangen!

@mein Sparringspartner: Du liebst Eldrid genauso wie ich und manche Figuren sogar noch mehr als ich. Durch Deine Kritik und Anregungen konnte ich einigen Charakteren den fehlenden Schliff verleihen. Dafür sind sie Dir sehr dankbar und ich auch. Deine Begeisterung für Eldrid war so oft meine Rettung und ist auch immer noch mein Antrieb, weiterzuschreiben.

@mein Schwesterchen: Du hast nie aufgehört zu fragen und warst immer mit gutem Rat zur Stelle.

@myBavariaConnection: Deine ständige Motivation, nicht aufzugeben, hat mich getragen und so weit gebracht.

@myLondonConnection: Deine Anmerkungen waren sehr wertvoll für die letzte Überarbeitung.

@MM: meine Inspirationsquelle für die Musik zum Schreiben. Die Leidenschaft verbindet uns und noch so vieles mehr.

Ein RIESIGES DANKE von ganzem Herzen an Euch und an alle, die an mich geglaubt haben und mich bei diesem Vorhaben unterstützt haben. Ihr seid die Besten!

Ein Dank gilt auch der Agentur Hilden Design, München, die das Cover und die Homepage für mich entworfen haben. Das war ein Zufalls- und Glückstreffer!

Über die Autorin

Annina Safran wurde 1974 in Offenbach am Main geboren. Nach Jurastudium und Promotion war sie jahrelang in einer internationalen Großkanzlei im Wirtschaftsrecht tätig, bevor sie sich vollständig dem Schreiben zuwandte. Die Idee zur Saga von Eldrid entstand nach der Geburt ihrer ersten Tochter. Nun erscheint der erste Band der mehrteiligen Fantasy-Saga.

Annina Safran lebt mit ihrem Mann und ihren zwei Töchtern in der Nähe von Frankfurt am Main.